强国重器

紫芒果 著

陕西师范大学出版总社

图书代号　WX22N1559

图书在版编目(CIP)数据

强国重器 / 紫芒果著.—西安：陕西师范大学出版总社有限公司，2022.11
ISBN 978-7-5695-2823-7

Ⅰ.①强… Ⅱ.①紫… Ⅲ.①长篇小说-中国-当代 Ⅳ.①I247.5

中国版本图书馆CIP数据核字（2022）第027852号

强 国 重 器
QIANG GUO ZHONG QI

紫芒果　著

出版统筹	刘东风　胡雅劼
责任编辑	王雅琨
责任校对	宋媛媛　陈柳冬雪
封面设计	YR·费且
出版发行	陕西师范大学出版总社
	（西安市长安南路199号　邮编 710062）
网　　址	http：//www.snupg.com
印　　刷	陕西龙山海天艺术印务有限公司
开　　本	720 mm×1020 mm　1/16
印　　张	23
插　　页	2
字　　数	368千
版　　次	2022年11月第1版
印　　次	2022年11月第1次印刷
书　　号	ISBN 978-7-5695-2823-7
定　　价	59.00元

读者购书、书店添货或发现印装质量问题，请与本公司营销部联系、调换。
电话：（029）85307864　85303629　　传真：（029）85303879

目 录

1
第1章　去和留的抉择　001

2
第2章　老鼠的学问　041

3
第3章　钢象棋的博弈　067

4
第4章　十万保证金　097

5
第5章　推荐信，感谢信，举报信　119

6
第6章　表决　153

7
第7章 厂长和奇景　185

8
第8章 咱们工人有力量　214

9
第9章 专属感谢茶缸　237

10
第10章 多方共赢的计划　265

11
第11章 科学原理与传统智慧　305

12
第12章 结果　328

第1章 去和留的抉择

1988年11月，接连下了好几天的冷雨，气温骤降。

下午6点多，雨势变小了，胡新泉提着一瓶兴州醇，把已经切好的二斤猪头肉用油纸包了小心揣到怀里，也不带伞，趁着还没退的酒的热乎劲儿，就朝老师傅董青金家走去。高一脚低一脚走在坎坷不平的土路上，很快裤子上就满是泥泞，但他一点都不在乎，甚至高兴地吹起了口哨，那是《喀秋莎》的调子。

这调子是进厂时带他的老师傅董青金教的，据董师傅说，这还是援建兴州市电力机械制造厂的那些专家，在指导他们修厂房时经常哼的。

兴州市电力机械制造厂，是1954年苏联援建落地到陕省兴州市的唯一一个项目，那一圈苏式建筑，曾经是这座城市的地标，从厂里那些老师傅们平时的故作神秘的闲谈中，胡新泉甚至听到过这样的传闻：这里生产的变压器和电容器，都是要装在被焊死并封上绝密军用标的卡车里，直接送到西北去。

记录这座厂子最光荣历史的是进门处的一面墙壁，上面都是用水泥浇筑固定死的好些个玻璃盒，里面有的放了一枚锈迹斑斑的勋章，有的放着一面锦旗，有的放着一页页薄薄的红头文件纸……

那一面墙壁似乎佐证着老师傅们平时闲谈时说的那些传奇，又似乎就是那些传奇的来源。

胡新泉毕业后就被分配到这里，第一次进厂的时候，看到那面墙，突然就热泪盈眶，这么多年过去，他都没有找到原因，说不出是激动，还是悲伤，还是兴奋，又或许是喜极而泣。

后来在和带他的老师傅董青金熟悉后，他试探性地问过：为什么进厂时看到那面墙，他就流泪了？

董青金没有丝毫停顿地回答他：被光晃的，那面墙上的东西耀人，太阳照着的时候，刺眼得很。

胡新泉没有深问，倒是有几次趁夏天中午太阳最亮的时候，有意地盯着看，却并不流泪；他还找了镜子反光照自己眼睛，也没用。另外，胡新泉还模糊地回想起：他第一次进厂那天是个阴天。

转过几个巷子，胡新泉打了一个酒嗝，身后传来吧嗒一声，他回头就见到一条瘦巴巴的癞皮狗，惊慌地往后猛退，然后一下摔倒在路当中的一个污水坑里。那条狗看样子是尾随了胡新泉一路，应该是被他怀里的猪头肉味道吸引了。

"呀！嘿！滚！"胡新泉口里叫着，一边狠狠地跺脚，那条瘦巴巴、浑身皮毛都被雨淋湿的癞皮狗，被吓得在水坑里连打了几个扑腾，才狼狈地夹着尾巴逃走了。

吓走了狗，巷子后面的一扇木门就吱嘎嘎地发出声音来，透过昏黄的灯光，董师傅一边咳嗽一边虚弱地说："泉子，你来了。"

紧走了几步，胡新泉到了董师傅的家门口，先拍了拍身上的雨水，把鞋子伸到屋前台阶边沿刮了几下，弄掉上面的污泥，再跺了跺脚，才进到屋里。

屋里光线很暗，董师傅披着一件打满补丁的军大衣，正试着搬一把椅子过来，胡新泉忙抢了过去，拉过了椅子："师父，我来！我来！"

地上摆了一些盆碗，接着屋顶的漏雨，发出滴里嗒啦的声音。

一张用砖头垫着的破旧桌子放在屋子的中间，整间房里没一件好的家具，地面都潮潮的。胡新泉从怀里取出猪头肉，和手里提的那瓶酒一起放到桌上。

董青金看到这两件东西，愣了一下。

胡新泉高兴地又从怀里掏出一页文件递了过去："师父，我的调令下来了，一个月后去西京化肥厂报到，我马上就可以去咱们的省会上班了！"

董青金接过那一页薄薄的纸，很郑重地托在手里，小心地靠到昏暗的灯光下,仔仔细细看完,眼睛眨巴了好几下,回了一下头,擦了擦眼角,才又一边递还给胡新泉,一边说:"西京化肥厂,咱们省头一号的大企业,不错啊!泉子,真不错!你这小伙,踏实,爱学,年轻,上进,进厂那天,就知道你小子是个好料。"

"哪有,哪有!谢谢师父夸奖!这还不都是您带得好!"胡新泉脸都红了,接过调令揣回怀里后,朝董青金鞠了一躬,"今天来看您,一是告诉您这个好消息;二是和您告个别,去了西京后还不知道什么时候才能再回来看您,师父您一定要保重身体。"

"嗯!保重身体!"董青金猛咳嗽了几声,取了三个搪瓷碗放到桌上,将胡新泉带来的那包猪头肉撕开,都倒到了碗里,又打开那瓶酒,满了两碗:"泉子,来这边坐。"

胡新泉挪着椅子到了桌边。

"既然是告别,那就喝点吧,别怪我用你的东西招待你。"董青金接连咳嗽了好几声,憋着气声音有些发哑地说:"我这屋里,就锅里还有俩半拉凉窝头,实在是不能待客。"

坐到桌边,本来还兴高采烈的胡新泉,目光一侧就看到了边上黑漆漆的铁锅里,有拳头大的两个杂面窝头,他的酒意顿时醒了一些,弯下腰拿起了一个,发现这窝头干硬干硬的,使劲捏了一下,就爆出一些粗糙的糠皮。

"泉子,厂里的好些人都自谋出路,下这么多天的雨,厂房也被淹了,设备都泡在水里。已经出了通知,两个月后要进行破产清算。在这种时候,你能去西京化肥厂,也真是很不错!"董青金端起酒喝了一口,失神地盯着桌上的那碗猪头肉,没有注意到胡新泉正同样看着那俩窝头发愣。

兴州市电力机械制造厂这几年发展不好,资不抵债,因为没钱进料,已经停产了六个多月,也没有给工人发工资。这段时间,胡新泉回了老家兴昌,直到今天才回兴州,让他万万没想到的是,像董青金这样的老骨干老师傅,境况竟然会变得这样糟糕。

"有能力且还能做事的人都走了,厂也快没了,我们这些老东西,以后可怎么办啊?"董青金又大大地喝了一口酒,一边咳嗽着,一边沙哑地说,他没有对着胡新泉,像是在自言自语,又好像不是。

胡新泉不知道该怎么接话，只是从旁边默默地取了筷子递给董师傅。

董青金木然地接了过去，却没有夹猪头肉吃，而是端起酒大大地喝了一口，然后猛地咳嗽。他是厂里最早的一批技术员，在那个还没有太多经验可以进行生产借鉴的年代，完全是靠着血肉之躯去进行生产摸索，不可避免地落下了里里外外的一身伤病。

"胡新泉，如果你留下，带着我们干，可能我们这些老东西还不至于被饿死吧。"董青金突然抬起头来，盯着胡新泉。

胡新泉赶紧伸出筷子去夹肉，想要以此来避开眼前的情况，却发现手里拿的竟然是一根筷子。他刚才取筷子，拿了三根，一双给了董师傅，手里就剩了那么一根。

还伸不伸出去夹？怎么夹？

胡新泉很慌，酒完全醒了，脑袋里却更加乱糟糟。

终于，他还是伸出那一根筷子在碗里搅了搅，尴尬地说："师父，吃菜，吃菜……"

董青金垂下了头，叹了一口气，把手里的筷子分出一根递给胡新泉，只端起碗，咕噜一声喝得干净，嘴里嘀咕着什么，回身踉跄了几步，倒在床上。很快，呼噜声就响亮起来。

胡新泉知道董青金的习惯，喝酒后倒头就睡。

进厂这些年来，董青金一直把他当成亲生儿子一般看待，刚开始胡新泉就陪着老师傅喝酒，十分拘束，只有等他这么倒头躺下了，才能放得开吃放得开喝。但今天不知道怎么了，看着董青金倒下，他竟然觉得手足无措。

胡新泉强撑着端起碗，大大喝了一口，随即却猛地咳嗽起来，酒水都喷了出来。

兴州醇，是胡新泉平时做梦都不奢望喝一口的好酒，他偶尔能喝上的也就是散装红薯酒，听卖酒的那个老板说，兴州醇，入口柔，喝起来是不会呛人的。

胡新泉现在却完全觉得那老板就是骗人，他的喉咙火辣辣的，灼人灼得厉害。

夹了一块肉放在嘴里压一压酒劲，却一点尝不出滋味，胡新泉回想着刚才董青金的话，惊觉这次董青金没有再亲切地叫他"泉子"，而是直接叫他"胡新泉"的全名，那是一种由近变远、由亲变疏的关系的转变。

外面的雨又大了些，胡新泉默不作声地喝光了手里的一碗酒，不知道怎么离开了董师傅家，也不知道是什么时候回到住处。

兴州市电力机械制造厂建厂后，生产的电容器、变压器等设备主要是供给国家的指定项目，走的完全是计划经济生产路线。厂子经营和管理都十分僵化，人员冗余，连基本的生产任务都完成不了。

1978年改革开放，各地乡镇企业野火燎原，发展蓬勃，光是在陕省就出现了六家电力机械制造厂。

在这十年里，兴州市电力机械制造厂发起了"打破大锅饭""塑造兴州品牌"之类的改革，也短暂起到了一些作用，甚至还一度在全国电力机械行业产生影响，但主管部门好大喜功，在没有充分做市场调研和评估的前提下，就盲目搞扩张，最终设备积压而使整个厂子的资金链断裂。

此时的兴州市电力机械制造厂暴露出一些根源性的问题，在市场化的大潮下，若不以市场化的思维进行企业管理，所有的改革都只能是流沙建堤坝，一遇风浪必然垮。

停产的这六个多月，胡新泉回了老家兴昌，等厂里的通知，没想到等来的是一纸调令，这是兴州市电力机械制造厂原党委书记赵明诚为他争取的。

这个老书记和他毕业于同一所大学，在胡新泉进厂后对他就诸多照顾，尽管后来老书记被调到兴州市机电工业局电器公司任党委副书记，但还时时刻刻想着他。

胡新泉接到这天大的好消息后，第一时间收拾了一些土特产赶回兴州市，就去拜访了老书记。

赵明诚也兴致很高，不但塞给他二十块钱大红包作贺，还留了胡新泉吃饭。其间说到兴州市电力机械制造厂的情况，老书记是连连叹息："可惜了，我参加工作就进了电力机械制造厂，怎么也不会想到好好的一座厂会变成现在这样。"

电力机械制造厂的工人们现在生活情况很糟糕，年轻人到乡镇企业"走穴"，星期天出工还能维持，一些为厂子奉献大半生的老职工们，现在连基本生活都保障不了。

当时胡新泉还不知道情况有多严重，直到他到董青金家和老师傅告别才明白，这些以厂为家的老职工，一旦离开了厂子这个家，完全会"家破人亡"，这一点都不夸张。

这一晚，他躺在床上想了很多。

第二天，胡新泉起了一个大早，他又去登门拜别了一些在厂里和他关系不错的职工，而这些职工们的窘迫程度，彻底刺激了胡新泉。

经过兴州市一处菜市场，胡新泉远远地就看到一群人围在那里。

挤过去后，看到是厂里的一个叫罗白桦的工人在卖东西。

"绝对正宗的军用水壶，两块五一个，质量好得很，一个壶用一辈子。我家就翻出这三个，想要的赶紧了！"

罗白桦身材高大，鼻高眼深，一眼看过去就能知道他是个中俄混血。兴州市电力机械制造厂刚成立的时候，来援建的苏联人里，有一个乌克兰女专家认识了罗白桦的父亲，一来二去发生了关系，生下了他。

后来苏联撤回专家，女专家走了，留下他和父亲相依为命。在特殊年代，罗白桦的父亲被批斗致死，他成了孤儿，在城市里吃百家饭长大。趁着上山下乡的号召，想从这座城市离开，但竟然搞大一个女学生的肚子生下了一个女儿。女学生顾忌名声，孩子生下来交给罗白桦后，就找个偏远的地方当知青去了。

罗白桦稀里糊涂当了爹，什么事情都是两眼一抓瞎，也是天无绝人之路，不知道怎么就从家里翻出一皮箱子电力机械设备的图纸，靠着这个进厂成了一名工人。

只是从小养成的那种偷奸耍滑的性格使然，一旦遇到什么困难，罗白桦就会利用自己的出身特点，弄几件东西说成是家里翻出的老玩意，拿到菜市场卖了换些钱。

"真是你家翻出来的？我怎么看着和西京市供销社里面卖的一模一样，我记得人家好像才卖一块五一个……"有熟悉罗白桦套路的人提出怀疑。

罗白桦马上就反驳："你胡说啥呢？看看这带子上，这些可都是俄文，我翻出来的时候还用油纸包着,来,闻闻,是不是一股汗膻味?"

"闻着倒是你身上的味……"

"哈哈!"

"你这家伙,要不是厂里大半年发不下工资,家里都揭不开锅了,我能卖这种好质量的老玩意,苏联人的东西,皮实得很,用一辈子完全没问题,再说了,以后这也得算一文物,那就更值钱了。"罗白桦不住推销。

围着的人里有感兴趣的,接了壶仔细翻看。

"哎,我说老罗,你来卖个什么劲啊,要是你家罗维卡来卖,我二话不说就买一个!"有个人轻佻地打趣。

提到罗维卡,围着的人都哄起来:"就是,就是!要是罗维卡来卖,别说两块五,五块钱一个我都抢着要!"

罗维卡是罗白桦的女儿,身材高大,皮肤白皙,眼珠有些微微泛蓝,生得很漂亮,是兴州市电力机械制造厂公认的美女。

"来!来!不要只是嘴上说,现在是我在卖了!"一个清脆的声音响起,一位少女从胡新泉的身边走过。

人群顿时静了,罗白桦则哈哈笑起来:"我家罗维卡来了,看你这些小子嘴碎,快付钱!付钱!"

三个拿着壶的人只好掏两块五一个买了,又都有些担心罗白桦再说"五块钱"的事,一个个赶紧离开,人群也就散了。

"小胡,你要买壶?"罗白桦看着胡新泉还站着没走,就一边数着手里的毛票一边问。

胡新泉摆了摆手:"不,我来看看你。"

罗白桦看到胡新泉手里提的散酒和两瓶罐头,顿时喜笑颜开:"好!好,家里走!听老董说你调去西京化肥厂了,我正有些事要和你说。"

他走过来,亲密地拍了拍胡新泉的肩膀,又一跺脚想起什么,就对跟在身后的罗维卡吩咐:"你带小胡先去家里,我去弄点东西。"

雨稀稀拉拉地下着。

胡新泉和罗维卡从菜市场出来,沿着一条土路走,路上时不时出现一汪水,雨滴落到里面,砸出一圈圈涟漪。

"你要去西京化肥厂？"罗维卡问。

"收到调令了。"胡新泉回答。

一路走着，再没什么话，胡新泉和罗维卡都是董青金带出来的技工，但胡新泉很少跟她说话，和罗维卡在一起，特别是独处时，胡新泉会觉得紧张，就好像罗维卡不是一个人，而是要极为小心操作的高压电力开关。

到了罗白桦家，罗维卡一进门就赶紧把一些绿色的东西盖压到碗里，胡新泉却已经看清了，那是一些嫩树叶子。

不一会罗白桦回来，提了一小包黄豆和一袋子面，他把黄豆炒了，招呼胡新泉吃，一边说了一些闲话，最后才郑重说出目的："小胡，你去了西京，安顿好后给我来封信，之后我给你开单子，你帮我买些东西让厂里开货车的老宋给捎回来，一次我给你五块钱辛苦费。"

胡新泉一愣，摆了摆手："帮你买东西可以，辛苦费就算了。"

罗白桦努努嘴："这是要长期做的。"

"长期做？"胡新泉看着罗白桦："罗师傅，你不准备在厂里上班了？"

"破产清算后，厂都要没了，上个屁班，"罗白桦晃了晃脑袋，"你不也跑了吗？"

离开罗白桦家后，走过几条巷子，听到身后有脚步声，胡新泉回头一看，罗维卡追上来，塞了件东西到他手里，是一个水壶。

"别听我爸瞎说，这不是从家里找出来的，是他去西京市一块二一个买的，家里还有好些，你拿一个吧，"罗维卡脸色有些发红，"厂里发不出工资，他就靠这个倒腾些钱。"

"哦……谢谢。"胡新泉本想说他不需要，但不知怎么竟没法开口，就周身兜里掏钱，好不容易翻出几张皱巴巴的小票，递了过去。

罗维卡却已经走开，回头冲他摇摇手："送你了。"

回家的路上，胡新泉脑海里不断涌现一些情形：昏暗湿潮的屋子，连窝头都吃不上的空锅子，压在碗里的嫩树叶子，大半都是糠皮的饭……

眼里心里闪过的都是这些东西，最后停留在董青金盯着他说出的那句话："胡新泉，如果你留下，带着我们干，可能我们这些老东西还不至于被饿死吧。"

胡新泉家世代农民，他老爹胡厚云最得意的事是大着胆子，趁着改革开放第一波热潮，靠养猪卖钱，盖起了三间都装了玻璃窗户的白墙大瓦房，见到的人，都会忍不住赞一声：好漂亮的房子。

房子建在一处地势本身就凸起的地方，再加上立柱横梁都特意做大了一码，看起来尤为显眼；用的都是过水青瓦，上了三遍白火泥，窗户还亮，这白墙青瓦被自留地上种的那些绿油油的蔬菜一映衬，要多好看有多好看。

胡新泉把那一页西京化肥厂的调令给老爹看，说了要去西京上班的事，胡厚云不识字，但眼光一落到那页纸上面的五角星红头字和下面的红章子，就显得很振奋。

一遍遍摩挲那页纸，嘴里说："今天要整点酒。"

开饭的时候，胡厚云特别烧了黄纸，倒了杯酒放在祖宗牌位前。

"你回来得急，只从地里摘了点菜，将就着吃。"母亲唐彩凤说着话，不断往胡新泉的碗里夹菜。

胡厚云扒拉了几口饭，悠悠地说："发了红头文件的工作，应该是不错的，西京的厂怎么讲也比兴州的要好，我听人讲，你之前在的那个厂子要什么破产清算，本来还担心你没着落，没想到坏事变好事，这下就踏实了。"

"踏实……"胡新泉刨着饭，心里还在想着兴州市电力机械厂的事，嘴里含糊地回应着。

"踏实就对了，"胡厚云端起碗，"泉子，来，陪你老子我走一个。"

"嗯……啊！"胡新泉回过神来，有些惊讶地看向胡厚云，平时一贯冷淡的父亲，这时神采奕奕，兴致颇高。

他赶紧端起碗和胡厚云碰了一个，两人一饮而尽后，胡厚云又给自己满上，旁边一向会劝父亲少喝的母亲，这会却没有开口，同样笑吟吟地看着胡新泉，见他目光转了过去，唐彩凤拢了拢手，竟然端起胡厚云身前的酒碗，抿了一口。

看着父母这样的举动，胡新泉察觉到了反常，挠了挠头，看向父母笑着问："家里是有什么好事吗？"

胡厚云一笑，取出一个用手帕里三层外三层包着的东西，小心翼翼地打开后，推到胡新泉面前，那是一个存折。

"这是？"胡新泉一愣。

胡厚云打开存折："我把房子抵给了信用社，圈里的猪都卖了，加上这些年的积蓄，这里是五万零五百块。"

胡新泉惊讶了，父亲突然拿出这么一大笔钱，是要干什么？

唐彩凤脸上堆着笑："我们给你说了一桩亲事，就等你这去西京工作的事情砸实喽。你爸都问好了，政策放开，西京市里的楼房可以凭你的工作证明买，一套三居室五万打零；姑娘在西京百货大楼上班，说好了，只要确定你工作能定在西京，再能有自家的房，这事就成了。"

胡新泉顿时愕然。

父亲又喝了一碗："你的其他事，我们从来不管，但这件事你得听我们的，人家是城市户口，出身不错，不要给我说什么要自由恋爱那一套。"胡厚云拉过胡新泉的手，一把将存折拍在他手里："你去了西京，尽快选好房子，楼上楼下，电灯电话，我和你妈是怎么都要过一过的！"

胡厚云明显喝高了，母亲在旁边又是高兴又是难过地擦着眼睛感慨："哎，哎，你爸养猪真是冒着丢成分的险，真是难啊，为的就是什么楼上楼下，我是不图的，一家人安安生生就好……"

看着父母都情绪激动，胡新泉也不好劝解，只能把存折格外小心地收起来。确实，父亲非常不容易，胡新泉还记得刚上学那会，因为父亲养猪的事情，他走在路上经常被人扔泥土石头。只是没想到父母竟然攒下了这么一笔巨款，还要到西京买房。

买房，胡新泉想起来就觉得新奇，到了西京倒要好好去见识见识。至于亲事，他是肯定不会答应的，得找一个时机和父母好好说说。

胡新泉虽然在自己家，睡觉的时候仍不敢大意，依旧把那存折放在贴身的衣兜里，这样一笔钱，他老觉得衣兜在发烫。

胡新泉在家里待了几天，经常想起董师傅的话："胡新泉，如果你留下，带着我们干，可能我们这些老东西还不至于被饿死吧。"

他就觉得心里好像有一架天平，两边不断加着砝码，一边是他看到的兴州市电力机械厂停产后那些职工们的境况，一边是父母的期待和自己对于西京新生活的向往。这架天平不断地左右倾斜，困扰中的胡新泉感到一种不安，但兴州市电力机械厂的情况已经如此，他这样的一个电气技术员，也实在做不了什么。

他打定主意后去西京化肥厂报了到，回到厂里，他刚一进厂门，就见有人正在擦拭兴州市电力机械厂进厂那面墙，走近后，认出是老书记赵明诚。

赵明诚高兴地问他："收拾好了？今天走？票买了？"

胡新泉本来已经下定的决心，又有些动摇，他不知道该怎么回答，就问："老书记，你怎么回厂里来了？"

赵明诚不顾天冷，袖子挽起，双手握着一块抹布，叹了一口气："趁今天有点太阳，来看看这些东西。"他用手碰了碰刚擦完的一个玻璃盒，里面放着一页发黄的嘉奖信："这封嘉奖信，还是我做代表在厂大会上读过的。"

胡新泉凑过去，那封信的大部分已经模糊，但信纸的红五星抬头显示来自第二机械工业部，还能看清最后一部分："……电力机械厂所供应的输变电设备，……为项目的圆满完成提供了保障。基于以上事实，我部特发此信以作嘉奖，对贵厂的贡献给予肯定和感谢！1964年12月28日。"

胡新泉进厂后，远远看过这面墙，但从来没走近仔细看过，他心里是这样的想法：以后有的是时间看，不着急；本身就是厂里的东西，不稀奇。不曾想到的是，不着急不着急，一晃眼，自己都要离开了；不稀奇不稀奇，仔细看，才发现，这些玻璃盒里放的东西，实在值得珍惜。

赵明诚用抹布又擦净一个玻璃盒，里面是一枚勋章，他有些得意地说："颁给厂里的功勋章，这走遍全国也该是独一份了。那些年，真是一个工人奋战的时代啊！"

接着，赵明诚一边擦，一边和胡新泉大致说着每一个玻璃盒里面物事的来历，每一件无不与国家的重大项目相关，每一件都沉甸甸的。

这么擦到一半，赵明诚已经气喘吁吁，胡新泉抢过他手里的抹布，继续擦拭后面的。赵明诚人虽疲惫但依旧精神奕奕地站在一旁，看着胡新泉擦拭，和他说着话。

冬日的阳光不耀眼，斜斜地落下去一些，从厂里那些掉光叶子的笔直白杨树间照射下来，投到这一老一少身上，把地上的影子拉得很长。

最后擦完时，胡新泉一头汗，在一旁洗抹布，赵明诚感慨地说："这里是我转业后的第一个工作单位,哎,永不磨灭的番号,是一支军队的最高荣誉,真不应该就这样湮灭,哎……"

胡新泉愣住了,那个在他心中本来打定的主意开始动摇。

"哎呀!快!快!董师傅出事了!"几个工人从厂外面跑过,看到胡新泉,忙挥挥手招呼。

"出事了?"胡新泉和赵明诚对望一眼,赶紧跟了上去。

兴州市工人医院门诊厅,十来个工人正在喧闹。

"这不符合规定,只能以正常的流程办理,先缴费再用药和安排病房。"一个医生强调。

董青金躺在一旁,只做了简单的包扎。

"什么不符合规定?为什么我们兴州市电力机械厂的条子不能用,别的厂的工人就可以凭厂部的条子先用药和安排病房?"一个年轻的工人愤然地朝前面一指:"他们还在我们后面来的,是用纺织厂的条子就办的,我亲眼看到的!"

医生打着哈哈:"你们兴州市电力机械厂和纺织厂的情况不一样……"

胡新泉冲过去看董青金,老师傅的脸上全是血,头部只做了简单的包扎,他问旁边的工人:"陈龙,这是怎么搞的?"

"董师傅想着厂里的设备还泡在水里,就想趁雨停了去排水,没想到地滑就摔撞到钢架上了……"

董青金昏迷着,胡新泉担心地赶紧催问那个医生:"大夫,怎么还不安排治疗?"

那个医生一摊手:"要先缴费才能安排的。"

"我们是兴州市电力机械厂的,是可以凭工人证开就诊单先治疗的。"胡新泉很不解,这样的就诊程序,是一直的惯例。

医生一脸歉意,但眼中明显有鄙夷神色:"其他工厂可以走这个程序,但兴州市电力机械厂是不行的,你们情况不一样,需要先缴费才治疗。"

"有什么不一样?"胡新泉有些怒意。

医生不说话了,也没有要办理的意思。

"乱弹琴!人命关天,你们是工人的医院,怎么能这样混蛋!"赵明诚也很生气，他掏出一个证件递过去："用我的证，开就诊单，安排治疗，马上办理！"

医生接过去仔细看了一下，这才着手安排。

工人们七手八脚地帮忙，送董青金到病房安顿好，一个年纪有些大的人边抹眼泪边轻声叹息着："这厂子不行了，到医院救命都开不了就诊单了，原来兴州市电力机械厂的工人证到这儿，是可以优先办理的，现在，哎，怎么就变成这样了？"

胡新泉在一旁听着很不是滋味，他两只手翻来覆去地绞着，终于，他拉着赵明诚出了病房，到了医院一个静僻的小院子里。

他咬着牙说："老书记，我想留下来，继续在兴州市电力机械制造厂干，想试试看，能不能把厂子搞好。你有什么法子吗？"

赵明诚诧异了一下，好心提醒胡新泉："你可要想清楚，西京化肥厂肯定是康庄大道，兴州市电力机械制造厂都已经发通知了，很快就会破产清算，这基本上就是条死路。"

胡新泉咬着嘴唇抬头看向赵明诚："就算是死路，也得试一试，这样我才能心安。"

赵明诚摇摇头："你是清楚兴州市电力机械制造厂情况的，这条死路不好走，你要真踩上去，艰苦得很呐。虽然地方上也不希望这样一座地标性厂子垮掉，但换了好几任厂长，找了很多能人，也都没有救活。这两年的厂长王世才在报告会议上也做了总结，兴州市电力机械制造厂的衰落是电力机械制造业方向出现变化的必然趋势，这是不能逆转的。这些天接连暴雨，连厂房都被淹了，你真愿意，真敢试一试？"

老书记的话，一字一句都刺激到胡新泉的心上。胡新泉也确实有些发虚，但最终斩钉截铁地回答："情况确实如你说的，但只要有一丝可能，我也要走一走。如果我就这么离开，这一辈子也饶不了自己；哪怕是我试一试，最后还是失败了，还是没改变什么，我无悔无怨，也算是对董师傅他们有了一个交代了！"

赵明诚上上下下打量了一遍胡新泉，过了好一会儿，老书记抬起手，微微颤抖地拍了拍胡新泉的肩膀："好样的，我没看错你！说实话，兴州市电力机械制造厂也是我参加工作后工作时间最长的地方，对那里我也有很多的舍不得。你真的决定走这条拯救厂子的路，我这个退到二线的老家伙也豁出去了。明天我就去和主管部门讲，这个厂子没有垮，不能做破产清算，因为还有一个年轻的技术员要把它救活！"

这让胡新泉感到意外，让他没想到的是，赵明诚用有些激动的语调说的后面的话："我也会要求调过去，用我这一把老骨头帮衬帮衬，和你一起走！一起救！"

胡新泉惊呆了，完全不知道该说些什么，只能紧紧握住老书记的手，感受着掌心传来的热度。

从目前的情况看，这几乎是一场必败无疑且会被全歼的战役。

但因为有了赵明诚这个老战士的加入，让胡新泉本身只是一股冲劲的决定，又增加了一点把握，更增加一份由信任而催生的责任。

已经发出通知要破产清算的厂，等同于一个已经被判处了死刑押到刑场上的人。当终结的刀就要挥下时，胡新泉闯了法场，喊出的却不是刀下留人，而是：我要留下。

陕省兴州的这个季节，雨特别多，刚停了半天，人们都还来不及舒一口气，雨又稀稀落落地下起来。

胡新泉坐在兴州市电力机械制造厂旁边的一个早餐铺子里，面前摆着一碗胡辣汤和半个油饼，他这个位置，刚好能够看到兴州市电力机械制造厂的大门。按照以往的情况，现在正是上工的时间，会有从各处走来的工人，穿着兴州市电力机械制造厂灰色工服，汇聚成一条灰色的人流，涌进厂里。

现在，兴州市电力机械制造厂的大门处却很冷清，随着雨势慢慢变大，水蒙蒙的，什么都看不清了。

他起身正准备走的时候，两个男人挤进了铺子，他们没有穿工服，但听他们说话时候的大嗓门，就知道这两个人肯定是兴州市电力机械制造厂生产线上的一线工人。

兴州市电力机械制造厂生产线的噪音比较大，一线工人们交流基本靠吼，时间久了，就算不在生产线上，这些人哪怕说话低声，都比一般人大声说话要响亮。

"哎,老陈,听说了吗,厂子破产清算后,王厂长会回购。"一个年轻的工人拿着油饼咬了一口,胡辣汤都还没喝,就有些兴奋地说。

另外一个年老的工人小心地咬了一口饼,端起胡辣汤,一边吹一边转碗,吸溜吸溜地沿着碗边喝了一圈后,才回应:"我说小张,你还真是个愣头儿青,屁都不懂。这事值得高兴?王世才真不是个东西,他肯定回购啊,把厂子搞成这样,那个畜生还不就是为了回购!"

年轻的工人很不明白:"老陈,你这话就是乱讲了,王厂长可都是为了我们好,我可是听说了,破产清算后,王厂长一回购,就会把这大半年的工资都补发了,还按照工龄岗位给发安置金,最少的都有一千块。这不是天大的好事么?"

"哎,年轻人你懂什么!六个月的工资加一笔安置金,就砸了一辈子的饭碗,就你这种生瓜蛋子还觉得是好事!"老工人连连摇头叹气。

年轻工人端起碗喝了一口胡辣汤,哎呀一声,他没有老工人那么娴熟地喝胡辣汤,当即就被烫得连连呼气不止,有些生气地把碗重重放到桌上,语调轻飘地说:"什么一辈子的饭碗,现在都停产六个月了,我看这样挺好的,什么回购之类的,我不懂,也不想去搞明白,只要人能给我发钱,就是好事。"

老工人又转着碗喝了一口胡辣汤,愤然地说:"这种烫嘴钱,拿了怕是嘴巴都要被烧起泡的。王世才这个狗东西,把公家的厂子弄烂后回购成自己的厂子,这和旧社会的资本家还有什么区别?这要是放原来,肯定得吃枪子!"

"谁说我要吃枪子?"铺子外面响起一个鼻音很重的声音。

接着就见一个穿着深棕色中山装的中年人走进了铺子,他没有直接找座位,而是站在门边的位置收伞,那两个议论的工人神情各不相同:年轻的一脸幸灾乐祸,一双眼看着来人,流露出些许崇拜神情;年老的脸色则变得发白,有些手足无措。

中年人把伞靠在门边,抖了抖身上的雨水,目光扫了铺子一圈,这人没有深究他进门时候问的话,看到胡新泉后,目光就定住了。

"老李,一碗胡辣汤,一张油饼,再把这两个鸡蛋煮一下。"他从兜里掏出两个鸡蛋递给早餐铺老板,然后走到胡新泉的对面坐下。

这让铺子里本来议论的两个工人都松了一口气，年老的工人仓促端起胡辣汤喝起来，不像一开始那样娴熟地转碗，手都有些哆嗦，被烫得不断抽气。

"胡技术员。"中年人打了个招呼。

胡新泉客气地回了个招呼："王厂长。"

兴州市电力机械制造厂效益不好后，频繁换厂长，但都没有带来什么改善。每一任厂长来的时候，都信誓旦旦地要振兴厂子，最后都偃旗息鼓地离开。王世才是在近些年调来的厂长中干时间最长的，已经五年多了，他到任后，没有说振兴的话，甚至在年前的工作汇报中，还给厂子找到了衰落的原因：

"从前是计划经济时代，有西北某个重大军事项目的硬性需求，兴州市电力机械制造厂是带着任务进行生产，进原料的'需'和出设备的'供'，都是可以准确计算出来的。而现在，电力机械制造业方向已经出现了变化，进原料的'需'不再是拿着单子抓药，出设备的'供'也不再是确定病人开药，需和供都不可预估，有了不确定性，这种变化是不可逆转的历史趋势，是市场化后肯定会出现的。以现在兴州市电力机械制造厂的情况，不存在变好的可能，只有淘汰一条路，破产清算是没有办法的办法。用辩证的眼光来看待发展的问题，不能否认兴州市电力机械制造厂在以往创造出的巨大价值，也不能回避当前事实性的深刻问题，兴州市电力机械制造厂现在就是政府的一个棘手大包袱。既然兴州市电力机械制造厂再往后是死路，就不能一条道走到黑。已经确定问题，就要立即着手解决，并且越快越好，不然工人们拖不起，厂子也拖不起。如果把兴州市电力机械制造厂看成是一个人，那么他经历了成长，曾经有过辉煌，现在，该是他体面落幕的时候了。"

王世才详细地列出了兴州市电力机械制造厂的运营数据，以及陕省改革开放十年来电力机械制造行业的整体状况，这每一项都印证了他前面总结的原因。

这样唱衰是不常见的，在王世才说完后，进行了休会，之后复会上，主管部门的领导也赞同他的说法，不甘心又不得不用悲伤的语调给出了论断：要动员起兴州市所有能够动员的媒体，着重宣传这些年兴州市电力机械制造厂为兴州市发展做出的突出贡献。但事已至此，各部门都要全力做好破产清算工作，要对工人们有一个最好的交代，要画上一个完美的句号。

所有人都认定了，兴州市电力机械制造厂只有破产清算这一种处理方式，也都接受了王世才总结的原因——时代发展造成的。历史车轮滚滚向前不可逆转，这是趋势，只能认命，就和电灯肯定要替代蜡烛，汽车肯定要取代马车一样。

王世才坐在胡新泉对面，打过招呼后就再没说话，胡新泉端着胡辣汤，吸溜吸溜地喝着，心里则回想着和王厂长相关的话、相关的事。

那两个工人仓促地吃完后，就离开了，年轻的工人本来还想过来和厂长打招呼，却被那个年老的一把拽住拉走了。

后面又来了些想吃早餐的工人，掀开帘子看到王世才在里面，都离开了，一个都没进来。

胡辣汤和油饼，还有煮好的鸡蛋是一起上的，王世才取了一个煮熟的鸡蛋，在桌边敲了一下，然后就用手心压着破壳的蛋在桌子上刺啦刺啦地滚起来。

"胡技术员，你也吃一个。"王世才朝胡新泉努努嘴，胡新泉也不客气，取了一个，也和王世才一样在桌边敲破了用手心按着在桌面上滚。

对于吃煮鸡蛋，胡新泉是有一定认识的：吃煮鸡蛋主要在于剥壳，要是直接就这么剥壳，则失去了吃煮鸡蛋的灵魂，滋味会差大半。吃煮鸡蛋，剥壳的方式就是现在这样，敲开一个口子，然后手心按住，在桌面上滚动，刚煮好过了凉水的煮鸡蛋，就在巴掌的控制下不断滚碎蛋壳，微微有些扎人的感觉按摩着手心，手心的筋络通胃，刺激着食欲。到最后，蛋壳都滚碎了，里面包裹鸡蛋的蛋膜还是完整的，这时抖干净碎壳渣子，再放到嘴里，让蛋膜包着鸡蛋，一口口吃下去，就有一种吃饺子的感觉，那滋味，让人回味。

"胡技术员，厂子都成这样了，就别折腾吧，"王世才吃了一口鸡蛋，眯眼看着胡新泉，"我可是做了很多努力，才让主管部门答应破产清算，然后给工人补发工资和安置金。都是为了大家好，再拖下去，这样一个烂摊子，出了变故，大家都没有着落。"

"王厂长，这个厂是很多老师傅一辈子的心血和依托，就这么没了，不是个事。能不能不破产清算，你带着我们再拼一拼，再搏一搏……"胡新泉诚恳地看向王世才，一字一句都是他的真心话。

王世才一抬手，打断了胡新泉的话，平静地说："我们拼得还少？博得还少？这是趋势，你是技术员，可能对这里面的很多问题认识不足。听我的吧，你去和老书记说一下，让他不要再去找主管领导了，兴州市电力机械制造厂最好的归属就是破产清算，这样旁生枝节，没有必要，也不应该出现。"

　　胡新泉听着，沉默着，吃了鸡蛋和油饼，喝着胡辣汤。

　　王世才说完后，也平静地吃完，最后看着不回应的胡新泉，认为他是默认同意了，脸上有一丝笑意，伸手拍了拍胡新泉的肩膀："胡技术员，好了，记得去和老书记说。就这样了，你去西京化肥厂，要不要我安排车送你一下？"

　　"不用，我要留下，"胡新泉客气地回答王厂长，"谢谢你的好意，我要试一试。"

　　王世才脸上的笑容凝固了，他注视着胡新泉，过了好一会儿，起身离开，拿起靠在墙边的伞，出门的时候轻轻说了一声："可惜了老子的一个鸡蛋。"

　　看着桌子上滚碎的两摊鸡蛋壳，胡新泉想了想，伸手都拢成一堆，然后小心翼翼地收进口袋里。

　　陈苍建回到职工宿舍，看到胡新泉正把最后一块碎鸡蛋壳往纸上贴。

　　"新泉，你还没走？"陈苍建意外地问。

　　胡新泉摆了摆手，没有回答他，手里捏着一根竹签拨动鸡蛋壳。

　　胡新泉大学的时候，看过一本画册，里面的画都是用碎鸡蛋壳贴的，当时饥肠辘辘像饿狗一样的胡新泉就想，能当这样的一个画家肯定不错，至少可以名正言顺地吃很多鸡蛋。

　　从那以后，收集碎蛋壳作画，就成了他的一个爱好。

　　有那么一两次，胡新泉在心里反思自己的这种爱好，作为一个无产阶级技术工人，怎么会让这种小布尔乔亚的方式浪费时间，对吃的向往先搁一边，其实让破碎的东西以另一种方式获得新生，也让他觉得有意义。

　　陈苍建站在胡新泉背后，看他全神贯注地摆弄鸡蛋壳，扭头又见床铺都没收拾，心里很疑惑：难道新泉去西京化肥厂改时间了？

　　陈苍建和胡新泉一样，都是地地道道的农村人，两人还是高中同学，后面考上了不同的大学，毕业分配工作，却又都进了兴州市电力机械制造厂。

陈苍建这个人心思活泛，性格外向，很会说话来事。

胡新泉记得进厂第一天，他见到陈苍建很惊喜，激动地说："真是有缘，没想到又见到你！"

陈苍建哈哈一笑："取次花丛懒回顾，半缘修道半缘君。"说完还勾了胡新泉的下巴一下，惹得当时来报到的一群人哄然大笑。

胡新泉贴完鸡蛋壳画，长长舒了一口气，抬头看向陈苍建："我不走了，我要继续留在厂里。"

陈苍建一愣，停了一会儿，走过来摸了摸胡新泉的额头："新泉，你没病吧？去西京化肥厂，可是做梦都不敢想的好事，你不去，还要留在这个马上就要完蛋的厂里？"

"你去哪了？"胡新泉不再就这个问题和他深入讲，因为担心再讲，自己也会动摇，就岔开了话头。

陈苍建坐回他的床上，掏出一叠毛票整理着："还能去哪，看，我去卖冰棍了，进账五块多，可惜现在时间太晚，不然请你出去打打牙祭。"

"卖冰棍？"胡新泉有些诧异，虽然说现在市场经济解封，但像陈苍建这样的知识分子，能够放下身段去卖东西，听都没听过。何况他还是厂里的技术专工，这实在难以想象。

"你别一副小孩被狼叼走的表情，"陈苍建拍了拍胡新泉的肩膀，"我跟你讲，这小孩的钱最容易赚。你不用这么惊讶，我的新泉同志，交代一下你的问题吧，为什么不去西京化肥厂？"

胡新泉叹一口气："这还用交代吗？连你这样的技术专工，都去卖冰棍，要是我去西京化肥厂，再回来，你会不会已经去开饭馆了？"

"你还真别说，我确实有开饭馆的想法，"陈苍建取出一张纸，开始给胡新泉算账，"现在开饭馆赚钱……"

胡新泉按住他的笔，从桌子下面抽出厚厚的一叠东西放到桌上："苍建，这间宿舍里住的是两个技术员，不是业务员。你不用给我算这些，要是实在没话聊，我们说一说这些设备图纸。"

"你这人……"陈苍建推开那叠厚厚的东西，"新泉呀新泉，你就是死脑筋，不管做什么，首先要考虑的是效益，庄稼没有效益，就没人种地；厂子没有效益，就死路一条，你看咱们厂就是。"

陈苍建站起身："你说你，有了那么好的机会为什么不去？留在这里一起死，你图什么？我跟你讲，要是我收到调令，别说西京化肥厂，就是西京化肥厂兴州分厂，我也马上收拾东西，连夜赶过去！"

"那你去吧，我可以给你写推荐信。"胡新泉从怀里掏出那张调令，放到了桌子上。

陈苍建眼睛一下亮了，他伸手过去摸了摸调令，这种调令是专人专事，但如果被选调的人员自愿放弃，是可以推荐其他人去的。

虽然不能保证推荐的人一定被调用，却也是一个很不错的机会。

"哎，"陈苍建叹了一口气，从调令上移开手，拍了拍胡新泉的肩膀，"说说你到底是怎么想的，接下来你又准备怎么干。"

"我没怎么想，更没有准备怎么干。"胡新泉也不藏着掖着，就把这些天的所见所想都和陈苍建说了。

胡新泉到现在，心里其实也还没有彻底下定决心，去西京化肥厂工作，在西京市买房开始安逸的生活，是父母寄托在他身上的希望。而留在兴州市电力机械制造厂，谈不上什么前途，更多的是被这些天所见所闻所激发的一种冲动。胡新泉冷静下来，他觉得自己的信念并不足，甚至想烧掉调令绝了自己的路。

这时和陈苍建一五一十地说他心中的想法，更多的是把心里的那种纠结表达出来。

听胡新泉说的过程中，陈苍建一句话都没有插，他是一个很好的倾听者。只在听到赵明诚也愿意再调回厂里时，陈苍建的眼睛睁大了几分。

"好，我支持你留下来，"胡新泉说完，陈苍建拍了拍他的肩膀，"看来，我们要好好谈一谈接下来准备怎么干。"

胡新泉有些意外陈苍建的表态，但心里更多的是感谢，把心里的事情说出来，就好比将他现在面临的情况，放到一架天平上。一边是父母希望的安逸新生活；一边是自己想逃避，师父和老书记把他激发出的冲动。

陈苍建的表态，让胡新泉那一架纠结的天平，偏向得踏实了一些。

"嗯，"胡新泉点点头，"是该好好谈谈。"

"对了，你有什么吃的没？"陈苍建也不见外地就翻找起来。

胡新泉摇摇头。

"有了！"陈苍建翻找到一袋子东西，高兴地叫了一声。

是一袋药，一袋驱肠虫的药。

西京化肥厂调令要求胡新泉进厂前做一个体检，胡新泉去卫生所检查后，没发现什么毛病，就是肚子里有虫，于是开了一袋药，还没来得及吃。

陈苍建取了一颗深黄色的药放进嘴里咀嚼几下咽了下去。

这种驱肠虫的药叫"六一宝塔糖"，一些馋嘴的小孩会偷偷拿来当糖丸吃，懂一些药理的胡新泉却知道，这种药不能多吃。

不过这时肚子饿得厉害，听到陈苍建咀嚼的声音，肚子里就跟火烧一样。

"来吧，都选择留在厂里死路一条了，还怕吃这个药坏肚子？"陈苍建递了一颗过来，"咱们都吃，顶顶饿，打下虫来，挑挑拣拣，洗洗涮涮，还可以当明天的早餐。"

"你真恶心……"胡新泉有些无语，但还是忍不住咽了一下口水，接过放到嘴里咀嚼起来。

两人就着宝塔糖，硬耐着肚子里的饥火，说了各自知道的情况，也谈了各自的想法。

兴州市电力机械制造厂现在的情况很糟糕，厂里面，年老的职工无着无落，年轻的职工人心思变，毫无信心。厂外面，改革的风潮席卷，新兴的电力机械制造厂，精专一项，把兴州市电力机械制造厂原有的一些市场份额蚕食殆尽。

胡新泉想的是技术，随着一些技术员的流失，兴州市电力机械制造厂在技术方面的优势已经不明显，甚至由于这些年的体制僵化，生产的一些电力机械设备，因为没有与时俱进，已经落后。

陈苍建想得更多的则是业务，他是在厂里情况恶化后，第一波利用停产时间去"走穴"捞外快的技术员。就他所知的实际情况，随着这些年的改革，整个社会对于电力机械设备的需求，是逐年猛涨的。兴州市电力机械制造厂的电力机械设备销量不佳的原因有两点：一是不遵行市场规律，现在厂里已经生产出来的设备，宁愿放在库房吃灰，也不采取主动的销售策略，要购买厂里的设备还要通过介绍信、批条子的流程。二是没有服务意识,虽然兴州市电力机械制造厂生产的电力设备,质量肯定比新兴的那些制造厂要过硬,但机械设备总还是会坏的,原来是主供给国家单位和部门,坏了之后要维修,是要给厂里先打申请报告,烦琐不说,这笔费用还要买方承担。

从技术到业务,兴州市电力机械制造厂都属于症结长存,都是久治不愈的难题。这些难题,最终导致了兴州市电力机械制造厂现在的结果。

两人不知不觉说得天都亮了。

胡新泉捂着肚子问陈苍建:"听了你说的,那岂不是没有办法了?"

陈苍建也捂着肚子,一边从桌子上抽草纸一边嘿嘿一笑,唱了一句:"现在是曹贼已平汉中地,指望老将定军山呐。"

"你怎么还唱上了,什么意思?"胡新泉肚子翻江倒海,急得直跺脚。

陈苍建却不回答,几步就朝茅房跑去。

兴州市工人医院0826病房里,醒过来的董青金,听了守在病床旁照顾他的老哥们张八一说了情况,不住叹气:"哎,给你们添麻烦了。"

"董班长,你这说的是什么话!"张八一眼睛发红,"麻烦是不觉得,只是心里难过,你说怎么就成这样了?"

董青金双眼无神,似乎是自言自语:"工人是无产阶级,厂子没了,根断了,不这样又能怎样……"

赵明诚心事重重地推门走进病房,看到张八一和董青金在说话,就准备退出去。

"赵书记,你来了!"张八一揉了揉眼睛站起来,端起旁边的一个搪瓷杯子,和董青金说:"我去给你打点开水。"

赵明诚停住往后退了退,站在门边。

等张八一经过他身边的时候,赵明诚转身,背对着病房,一把拉住张八一,掏出几张毛票塞到张八一手里,低声吩咐:"打一碗小米粥。"

张八一愣了一下,声音有些颤抖地说:"赵书记……"

"好了,去吧。"赵明诚把张八一推走,然后进了病房,把门关上。

坐到病床边,赵明诚关切地问:"老董,好点了吧?"

董青金不知道说什么好,一把握住赵明诚的手:"赵书记,多谢!我没事的，已经完全好了。"

"应该的，"赵明诚轻轻拍了拍董青金的手背，"你这个谢，我是有愧的，厂子变成这样，我们这些人是有责任的，这些后果，不应该让你们来承担的。"

"赵书记……"董青金声音哽咽，"要是你还在厂里就好了……这话也不对，你到电器公司是升了，是好事……哎，我这个人嘴笨，说错话你别怪我！"

"哈哈，怎么会怪你，一段时间不见，老董你和我生分了。"赵明诚笑了几声，缓和一下气氛。

董青金搓搓手："生分那是因为没脸见你，现在厂子搞成这样，老兄弟们一个个和要饭的一样，实在活不下去想找你反映情况，也都不好意思上门。"

"你们想反映什么情况？"赵明诚问。

"王世才！"董青金提到这个，就涌起一股子火气，"我们想反映的是厂长王世才！这个地主家的崽子，停了生产不说，还和上级部门主动提出破产清算……"

"那个会，我参加了，"赵明诚安抚住情绪激动的董青金，"老董，你现在病情刚好转，不要太激动。"

"嗯，赵书记，"董青金急促地呼吸了几口气，才用压制住怒意的话说，"王世才胡说八道，什么叫历史趋势！世界是在进步的，前途是光明的，这个历史的总趋势任何人也改变不了！历史是人民创造的，工人阶级就是广大人民最坚实的后盾！"

"是的，你说的这些都不错。"赵明诚叹了一口气。

董青金得到了赞同，气消了一些。

外面响起了敲门声，赵明诚开了门，董青金看着门口张八一手里端着的冒着热气的粥，眼睛一下就涌出泪来。

"你先吃。"赵明诚招呼他。

"哎！"董青金擦拭了几把眼睛，喝着粥，心里暖暖的。

看着这个老资格的技工喝了大半碗，赵明诚才平静地说："其实，王世才厂长的话是对的，我在会上投的是赞成票。"

"啊！"董青金一下就呆住了，他有些不敢相信自己的耳朵，呢喃着问："赵书记，你说王世才没错，让厂里破产清算，你投了赞成票？"

赵明诚点点头。

董青金鼻子里呼呼地往外喷气，把手里还剩的半碗热粥倒进病床边的垃圾桶里。

"董班长，你怎么了？"张八一有些不知所措。

"老董，你听我说……"赵明诚原来在兴州市电力机械制造厂时，和董青金接触比较多，他知道这个老技工的脾气，紧赶着解释。

董青金摆摆手，几把扯下了手上还打着的吊瓶，翻身就挣扎着从病床上下来。

"护士！护士！"赵明诚看着董青金手背上血一下就从针眼处涌出来，也顾不上和他解释，赶紧拉开门朝外喊。

张八一一把按住董青金，慌乱地说："这是怎么了？这是怎么了？"

"赵书记，你垫的钱，我会想办法还你，"董青金看着赵明诚，"这碗粥，我以后还你一袋米。"

赵明诚走过来，从兜里掏出一块手绢，先裹住董青金往外冒血的手，然后说："你把我赵明诚当什么人了？"

"兴州市机电工业局电器公司书记，我们的主管单位领导！"董青金想挣开被赵明诚拉住的手，但挣不开。

"老董，你就不能听我把话说完？"赵明诚朝董青金肩膀伸过手去，想拍拍他的肩膀，让他平复下情绪。

董青金侧身让开，忍住一肚子的火气说："没什么好说的，但你是领导，有什么指示就下达吧。"

打点滴的针头没关，滴答滴答地往下流着药液。

屋里一下安静下来。

董青金这段时间饥一顿饱一顿的，身体本来就虚弱，刚才全凭一股子怒意生的劲，情绪稍微一缓和，身体颤抖几下，就瘫坐在病床上。

赵明诚和张八一，又把他扶了躺回去，董青金喘着气，还是想挣扎下床。

"好！"赵明诚一下放开了手，也有些恼火地说，"董青金，医院的钱交了就不能退,你给我老实躺着吧,别有个三长两短以后还不了我!"

董青金一听这话,不再说话,扭过身,背对着赵明诚。

护士走进来,看到一地的药液,赶紧给董青金的手止住了血,换一只手把点滴打上,看着剑拔弩张的董青金和赵明诚,没好气地说:"两位老同志,有什么矛盾,在医院外面解决,病房里这么闹,伤口感染了怎么办?"

"我和这个炸药包没什么矛盾。"赵明诚直接走了,到门口又回头说,"老董,你养病吧,过后我再和你说。"

董青金不吱声,一把扯过被子蒙住了头。

张八一走过来,送赵明诚出了门,想要问刚才是怎么回事,却一时不知怎么开口。

胡新泉和陈苍建,相邻一块隔板,一人蹲一个坑,脚都蹲得直打哆嗦了。

吃了那么多六一宝塔糖,尽管两人肚里没食,但虫都打下来了。

胡新泉记得小时候有一次打虫,他不等虫出完,就去和村里的同伴玩,结果,身后一直痒,那感觉像生了一条尾巴,伸手拽出往外一拉,就扯出来了,其他小孩都围着他看稀奇,每当他扯出一条蛔虫,还会起哄喊:"又一条!"

那情形给胡新泉留下深刻记忆,也让他能够更深刻地理解一些话,比如开弓没有回头箭,比如有些事情一旦开始,就不能中断,只能坚持到最后。

赵明诚找到两人的时候,胡新泉正在和陈苍建相互监督着,以防其中一个因为体力不支,直接晕倒在茅房。

两人搀扶着,跌跌撞撞从茅房出来,赵明诚看着他们苍白的脸色,诡异地问:"你们怎么了?"

陈苍建看到赵明诚,立即强撑着站直了解释:"拉肚子,拉肚子……"

"是饿的吧?"赵明诚让两人先回宿舍,过了一会,抓着一把挂面下到锅里。

闻着煮面条的味道,胡新泉两人的眼睛都亮了。

陈苍建自告奋勇地在厂区里摘了几大把嫩柳树叶子回来,用水焯了一下,就和煮好的面拌在一起。没什么调料,只翻出一些盐块加到面里。

看着狼吞虎咽的胡新泉和陈苍建,赵明诚一边让他们慢点吃,一边和两人说:"你们现在的样子,倒是和我年轻时候一样,那会是生产大会战,面都来不及煮熟，过一下水就打起来吃，外面黏糊糊的，里面还是干面芯，一个车间一个车间地开吃，喊里嚓啦的一片响，就和一群老鼠啃木头一样。"

大半碗面条下肚，那种挠心的饿火消解了一些，胡新泉舒坦地呼了几口气，才看向赵明诚问："老学长，是有什么事吗？"

赵明诚点点头，表情有些古怪，兴奋里面满是疲惫，语调高昂："我和上级部门申请调职，得到批准答复，同意我调职兴州市电力机械制造厂任党委书记。"

胡新泉叹了一口气，佩服地看向赵明诚。

兴州市机电工业局电器公司是兴州市电力机械制造厂的上级主管单位，赵明诚的调职，虽然是从二线到一线，却是降级。

何况现在兴州市电力机械制造厂的情况这么恶劣，更贴切的比喻是，赵明诚从安逸的大后方，主动上了火线，还是一条看起来死路一条的火线。

赵明诚接着又说："在申请调职的时候，我还同时打了报告，是关于兴州市电力机械制造厂破产清算的，这个报告也得到了答复。"

"什么答复？是不用破产清算了吗？"胡新泉格外关心地问。

既然都同意了赵明诚的调职，肯定不会让他调职到一个破产清算的厂，胡新泉心里这样想，满怀希望地看向赵明诚。

赵明诚却摇了摇头："关于兴州市电力机械制造厂破产清算的决定不变。"

胡新泉一听这话，心里凉了半截。

正在吸溜吸溜吃面的陈苍建也一下愣住，抬头看向赵明诚，嘴里的面都来不及吃进嘴里，就那么挂在嘴边。

"不过，上级部门在答复的最后，还给了一个明确的指示：只要我们能够提出比破产清算更合理的处理方案，可以交由工人们自己选择决定。"赵明诚补充道。

"比破产清算更合理的处理方案……"胡新泉沉吟着。

陈苍建几口把面条咽下，然后和赵明诚一起看向胡新泉。

胡新泉从桌子下翻出一张报纸，那是最权威的国家级头一号机关报纸，他熟练地翻到其中的一版，伸手指着一个报道，胡新泉说："我觉得，这是一个不错的方案。"

赵明诚和陈苍建凑过去，那是关于苏省大型国企江南衬衫总厂通过"租赁承包"的方式起死回生的报道。

如果工人像农民承包土地那样承包工厂，情况会怎么样？

三人围在桌边，胡新泉和陈苍建手里还端着面碗，就开始逐字逐句地看这篇报道。

胡新泉已经看过很多次，但他再看，还是会被吸引。

江南衬衫总厂，是苏省大型国企，纺织业的排头兵，曾经一度辉煌，是苏省对外的一张耀眼名片，但改革浪潮来袭后，企业濒临破产清算，年产近百万件服装，却有一大半堆在仓库里。工人的工资没有着落，退休金发不出。走投无路后，由一条生产线的职工提出改革自救：借鉴农村已有的租赁承包制，由工人代表租赁承包厂子，不靠上级，靠市场。最后起死回生，现在效益非常好，工人们的积极性也很高。现在它已经是苏省改革的一面旗帜，还被国外的好多来宾参观取经。

江南衬衫总厂曾经的情况，与目前兴州市电力机械制造厂几乎完全一致。

但"租赁承包"这种方式，在陕省还没有先例。

"就按照这个列一个方案，"赵明诚看过后，立即拍板，"要是能成，兴州市电力机械制造厂就是陕省第一家吃这个螃蟹的。"

胡新泉从技术的角度，陈苍建从业务的角度，进行了剖析，连夜整理，列了一个合并的方案交给赵明诚。赵明诚看过后，非常满意："这个方案很完善，我今天就提交上去。"他翻了一遍细节，赞许地又说了一句话："胡新泉侧重技术，可以类比是张仪的连横；陈苍建侧重业务，可以类比是苏秦的合纵。这合纵连横一体，很完美。"

陈苍建立即附和赵明诚："赵书记这样类比，真是过誉了，要这么说，您就是鬼谷子才行，不然我可不敢接受。"

赵明诚看向陈苍建："这类比还有一个意思，你们两个的侧重点合在一起很完美，能这样一直保持才好，要是说不准哪一天分开了，可是两种不同的路线，两种路子肯定要引发斗争的。"

"不会，不会！"陈苍建连连摆手，"赵书记，我和新泉，永远都不会斗争,这么说吧,可惜他是个男的,不然我真要找他做成一家人。"

胡新泉踢了陈苍建一脚:"不要满嘴跑火车。"赵明诚本来沉郁的心情,也变得轻松了一些,但他不由得暗想:"即便是一家人,也是矛盾不断的。"

罗白桦家。几个崭新的水壶散乱地堆在地上,罗维卡手里捏着一块膻味很重的羊油,往那些水壶带子上涂着。罗白桦坐在桌子边,照着一本苏联诗歌本上的俄语,用铁钉蘸了油墨往带子上描画。

"还说之后可以让胡新泉帮我买水壶,也不知道那小子的脑袋是不是被驴踢了,竟然不去西京化肥厂了!"罗白桦描画完一条带子,有些悻悻然地说。

"当啷!"罗维卡手里的一个正涂羊油的水壶掉到地上。

罗白桦一步窜过去,捡起那个水壶,心疼地说:"小心点啊,摔瘪一点可就不好出手了。"

"爸,你又是听谁瞎说的?"罗维卡神情平静地从罗白桦手里拿过那个水壶,仔细检查着,嘴里不经意问,"现在厂里情况那么糟糕,大家都在找出路,能去西京化肥厂,好多人梦都不敢那么梦,我不信他会不去。"

"闺女,别说你不信,我听了都不信,"罗白桦有些羡慕地说,"现在西京化肥厂,待遇好得那可是咱们陕省头一号,让我去当个看门的,我都愿意。不然怎么说胡新泉脑袋被驴踢了,他的确是不去。"

罗白桦说到这里,话头停了,伸手取过一个水壶,继续在带子上描画俄文。

罗维卡竖起耳朵想听罗白桦说下面的话,等了一会也不见罗白桦再说,就又随口问:"他为什么不去?"

"还能为什么,"罗白桦看了一眼罗维卡,"没准是看上你了,舍不得走。"

"爸,你别胡说!"罗维卡瞪了罗白桦一眼,举起手里那一团脏兮兮的羊油,"你要再乱讲话,晚上等你睡觉打呼噜的时候,我就把这个塞你嘴里!"

"有你这样威胁老子的?"罗白桦见罗维卡是真的有些生气,他这个闺女历来说到做到,可不敢再说,就赶紧补充,"家里可就这块羊油了,别塞,我不说就是了。"

屋里安静下来。

过了好一会,罗维卡若无其事地问:"爸,胡新泉真不去西京化肥厂?"

"嗯,"罗白桦伸了一下胳膊,晃了晃有些发酸的手,"千真万确,胡新泉不但不去,听说还跟原来的老书记赵明诚一起,和上级反映了厂里的情况,不想让厂子破产清算。"

说到这里,罗白桦冷哼了一声:"不然怎么说他脑袋被驴踢了,不去西京化肥厂,还和现在主导破产清算的王厂长对上了,我看留下来,也没什么好果子吃。"

"老苗和小陈吃早餐的时候,就亲眼见到王厂长和胡新泉杠了一回,"罗白桦说到这里,想起什么,赶紧叮嘱罗维卡,"闺女,我知道你和他都是董青金带过的,但你可一定别和他搅和什么事,胡新泉这小子,我看是没什么出息了。"

胡新泉一大早就去医院接董青金出院。

他考虑到董青金行动不便,专门找了一架板车,里面铺上厚厚的被褥。还没到医院,就见两个人搀扶着在路边行走,认出来是董青金和张八一。

他拉了板车过去。

"你来干什么?"董青金眼睛瞪得大大地看着胡新泉,"从西京回来的?"

"新泉没去西京化肥厂。"张八一扶着董青金走到板车旁,为了不影响董青金的情绪,让他好好养病,胡新泉让去医院照顾董青金的工人们,都没和董青金说。

"怎么没去?"董青金眼睛瞪得更大了。

"您先上车,回去我再和您说。"胡新泉过来扶董青金,董青金欲言又止,最后嘟囔了一句:"我没事,可以自己走回去……"但还是被胡新泉和张八一合力扶着躺到板车上。

胡新泉在前面拉,张八一在后面推,上坡时非常费劲,董青金一下爬起来,直接下车,喘了几口气:"看你们就是瞎折腾,我自己走吧!"

张八一和胡新泉连连喊他上车,董青金头也不回地往前走,没走出几步,因为身体太虚,扶住一根电线杆,站在那儿浑身发颤。

胡新泉熟悉师父的性格，脾气一上来，没法劝住，就让张八一拉着车，胡新泉跑着追过去，扶住董青金。

"我能走！别扶！"董青金倔强地往前冲出一步，整个身体摇摇晃晃地就要摔倒，胡新泉赶过去，伸手一托，直接把董青金背到了背上。

董青金挣扎了几下，大口大口喘着气，任凭胡新泉背着他朝住处走去。

两人不再说话，走出好一段后，董青金叹了一口气，才说："我老了。"

胡新泉不知道该怎么回应，就只听着，感到董青金硬朗的身体一下变得有些松弛，就手上使劲把师父往上托了一下。

"去厂里吧。"董青金又说。

"好。"胡新泉答了一声。

赵明诚从兴州市机电工业局电器公司出来的时候，天有点飘雨，他不急着回家，就沿着那条种满槐树的街道慢慢走，一边走，一边还捡一些枯枝。

出门的时候，老伴交代他去药房一趟，买一些干槐枝回去。这两天和远在经济特区的儿子通电话，近来什么都好，就是不知道怎么搞的，患上了痔疮。

老伴王洁娣是老卫生员出身，从部队转业到地方后，跟着赵明诚到了兴州，退下来前是兴州人民医院副院长，现在是兴州人民医院特聘的中医专家。原来在岗的时候，是个工作狂，1956年消灭血吸虫除瘟疫大会战时，王洁娣亲自到疫区，以自身做实验体，下水引病，后来会战获胜，王洁娣的一双腿却落下毛病，每年一到六七月份，就会肿胀。

赵明诚每年这个时候，下班回家，都会特别留出一个小时，扶着王洁娣走几圈。

有一年，兴州市电力机械制造厂生产大会战，赵明诚没日没夜地吃住在厂几个月，好不容易完成了生产任务，人不人鬼不鬼地回到家。

发现老伴因为没人扶着走路，一条腿肿得有两条那么粗，并且由于久坐少动，还患了痔疮。那时候缺医少药，赵明诚很心急，找了几个市卫生局的战友寻药，意外知道一个情况。

国家将痔疮药列为非常见疾病的药，只能从苏盟援调药品。

当时，赵明诚就感到痛心，国家真是一穷二白，一切都要从头开始，连痔疮药都没有。最后，还是自己和老伴翻查一些古医典籍，找到用槐树枝熬水的法子，治疗痔疮。

改革开放这些年，很多药品已经引进，不再像当年那么紧缺，但老伴在知道儿子患上这个病后，马上就给儿子制订了疗程。

老伴退下来后，工作的积极性不减，除了在专家候诊日准时准点地去人民医院坐诊，剩下的大部分时间，就用来给赵明诚这个唯一的长期病人诊治。

赵明诚每天一起床，等着他的就是测体温、测血压、看舌苔、诊脉等一系列流程。

除了充当王洁娣的病人，赵明诚还是老伴的药房伙计。

现在王洁娣和家人、亲戚、朋友通电话，都会习惯性地问一下对方的身体。

儿子患上痔疮，王洁娣拿出一百二十分的关心，临出门的时候，还给赵明诚拿了一条绳尺，让他去药房买槐树枝的时候，每一根都量一下，只要二十公分长、不分杈的槐枝，长了短了都不行。

为此，她在赵明诚出门的时候，还特别叮嘱他："一定要一根根量。"

这是作为医者对于药材的严格要求，其中，也有很大一部分是对儿子的关爱。

赵明诚挑拣了一捆后，掏出绳尺，开始量。

"嘎吱……"

一辆轿车停在路边，车上下来一个人，径直走到赵明诚身边。

"赵书记，我是王世才。"来人一脸笑容地走到赵明诚身边，习惯性地伸出手想要和赵明诚握手。

赵明诚一手树枝一手绳尺，腾不出手来和他握。

王世才怎么会在这里出现，他要干什么？赵明诚心里疑惑，但还是客气地说："是王厂长啊，我知道你。"

"哈哈，赵书记，局里的会，见过几次，只是都没有说上话。"王世才缩回手，脸上的神情不变，爽朗一笑。

赵明诚继续量树枝，王世才过来，帮赵明诚托住树枝。

"赵书记，量这个树枝有什么妙用？"王世才起疑地问。

赵明诚把已经量好的那些槐树枝归拢到一起，直接用绳尺捆起来，平静地回答："治痔疮。"

王世才微微有些尴尬，但脸上依旧保持着笑容。

"已经收到局里的通知，我代表兴州市电力机械制造厂，欢迎赵书记再回来指导工作。"王世才等赵明诚收拾好槐树枝，手里空出来后，又伸出手去，想和赵明诚握手。

"王厂长不用客气，指导谈不上，相互支持吧。"赵明诚语调很平静，却没有和王世才握手，而是又捡起了一根刚才已经量过的槐树枝。

王世才伸出的手悬在那儿，停了一会儿，终于缩了回去。

赵明诚提起量好的槐树枝，迈步离开。

王世才追出一步，想拉住赵明诚，手伸出了，又没有拉；想要拦在他面前，也没敢，就在赵明诚身侧说："赵书记，都遇上了，我送你一段吧，反正顺路。"

"你知道我要去哪？"赵明诚停下脚步问。

王世才顿时一愣，只能笑着试探地说："赵书记是回家吧？"

"嗯？"赵明诚盯着王世才。

王世才被这老人盯得有些心里发毛，哈哈一笑："北城区兴源街，我家也住那里，顺路。"

赵明诚一愣，但随即摆摆手："我还不准备回家，要去厂里一趟，不顺路。"

王世才一窘，注视着赵明诚离开，眼中迅速闪过一丝恼怒，但立即抑制住，又追出一步到了赵明诚身边："赵书记，我知道不顺路，但眼看这雨就要下大了，我专程送你去厂里，行不行？"

话已至此，赵明诚也不好再说什么，只能上了王世才的车。

赵明诚本来是准备到后座坐的，王世才快步走到车边，为赵明诚打开车门，开的是副驾驶座的车门。

赵明诚这时才发现，车里没有司机，是王世才亲自开车，老书记犹豫了一下，还是坐了进去。

坐下的时候，他朝车后座看了一眼，没有人，但有一包东西。

王世才关上车门，回到驾驶位上，有些歉意地和赵明诚说："厂里停产，正是缩衣节食的关口，我也不能例外，司机陈师傅我也让他回去待岗了。"

赵明诚听王世才这么说，脸上的神情松缓了一些。

车朝兴州市电力机械制造厂开去，王世才聚精会神地盯着路，开出一段后，他说："接到局里的通知后，我非常高兴。主管部门知道我的难处，特别安排赵书记您这样的老将出马，厂里破产清算的工作，有您老和我搭班子，我算是有主心骨了……"

赵明诚摆摆手，说："我调回厂里，不是主管部门的安排，是我自己打的申请，也不是为了和你搭班子搞破产清算的。"

王世才一窘，转头看向赵明诚，想要再说什么。

"看路。"赵明诚马上提醒。

王世才转回头，车又开出好一段，他才又开口说："不管怎样，赵书记你这种愿意降级调动的高风亮节，是很值得我学习的，也是我非常佩服的。"

"这就算高风亮节了？"赵明诚叹了一口气，"王厂长，这真的不算什么高风亮节，只是我个人想动动这身老骨头罢了。"

王世才哈哈一笑："算的，算的，我也和赵书记您说个掏心窝子的话，要是把我和您换一下，我怎么都不会舍得降级又回厂里。"

说到这里，王世才叹一口气："赵书记，您老是厂里的元老，很多情况比我清楚多了。厂子成了现在这样，很多老工人对我破产清算的工作是不理解的，这么和您说吧，我现在就是被放在火上烤，难啊……"

"王厂长，我还得提醒你一下，"赵明诚声音平静，"虽然我在你汇报兴州市电力机械制造厂情况的会上，投了赞同票，举了手，但并不表示我就理解你提出的东西，只表示我认为你分析的情况是对的，处理方法基于那种历史趋势下，我是支持的。"

王世才一愣，不是很懂赵明诚的话，但还是很快在脸上挤出一个笑容："哈哈，只要赵书记您支持就好。"

"不，"赵明诚摇摇头，同时摆摆手，"厂里的情况，要真如你所说的那样，我支持；但要是厂里还存在一点希望，我就不支持。"

"这个……"王世才疑惑地看向赵明诚，"赵书记，什么意思？"

天边汇聚一团乌云，爆出一道很亮的闪电。

"这段时间厂里发生了一些变化,有重新投产再现辉煌的希望,"赵明诚一字一顿地说,"现在我不支持破产清算。"

"咔嚓!"那道闪电的雷霆声这时才响起,震耳欲聋,就和刚才的耀眼亮光一样强。

"看路!"赵明诚又提醒有些出神的王世才。

王世才眼睛瞪得大大的,开车往前走。

"哗啦!"黄豆般大的暴雨,就陡然一下从天上倒了下来。

胡新泉扶着董青金到了厂里,两人先在厂门口那堵墙前停了一会,然后董青金就朝着厂房走去。

"师父,要不我们先回去吧!您是有什么要紧的东西落下了吗?"胡新泉有些担心董青金,他是重伤还未愈,虽然扶着,走了这么一段路,脸色已经变得苍白,额头全是冷汗。

董青金不说话,只是往前走。

兴州市电力机械制造厂一些大功率的设备最后组装,都会在一个凹地车间进行。

据厂里的老师傅们说,早期因为缺少牢固可靠的起重机,为了安装一些重型的构件,只能通过铁链吊人肩扛,所以厂房都建在凹地。组装大功率设备时,厂房下面会并排停上三辆"嘎斯"汽车,车上铺一层半米厚的木垫,设备就在车上组装。组装完毕后,三辆"嘎斯"车同时启动,开到调控车间等地方进行测试,最后焊上铁罩,送到使用的地方。后来虽然有了起重设备,但组装大功率设备也还是在凹地车间进行。

没停产时,凹地车间周围有一圈防水渠,在下雨时会专门安排人进行清理;停产后,没有人维护,这段时间下雨后,水漫过防水渠,直接把整个凹地车间淹了。

市场化浪潮袭来,诞生了一大批电力机械制造厂,但对于一些大功率的设备,在整个陕省,还是只有兴州市电力机械制造厂具备设计和制造的实力。

停产前,有几台10kV级S9变压器正在组装,现在全都泡在水里。凹地车间的下方有一个密闭泄水闸,董青金被撞伤,就是冒险想要潜到水下去打开那个泄水闸。当时,董青金盯着晃眼的一汪水,突然抬起脚,踢了一块碎砖飞出去，撞到旁边的一个铁架子上。

董青金突然转过身，按住胡新泉："也是我没搞清情况多嘴，你还是去西京化肥厂吧，不要留下来，这个厂没救了。"

一道耀眼的白光闪过。胡新泉看着董青金惨白的脸上，呈现出一个狰狞的神情。

"走啊！这厂没救了！"董青金又吼了一声。

"咔嚓！"震耳欲聋的雷声在乌压压的空中响起。

胡新泉被惊得退后了两步，他深深吸了几口气，不知道自己的师父到底是怎么了。身体孱弱的技工老师傅无力地靠着一根生锈的铁柱子，慢慢坐到了地上，双手抱住脑袋无力地抽泣起来。

"哗啦！"暴雨如瀑般浇洒下来。

"师父，您怎么了？"等了好一会，听董青金的抽泣声停了，胡新泉才小心走过去，轻声询问。

董青金的脸上还有泪痕，双眼红红的，摇着头说："没想到会这样，这世道坏了。"

"你说什么？"胡新泉有些诧异。

董青金于是把医院的事情，和胡新泉说了一遍。

胡新泉听完后，一把扶起董青金，赶紧和他解释："师父，您误会了！赵书记为了救厂子，已经和局里申请，二线转一线，降级调职回兴州市电力机械制造厂了。"

"什么？他要降级调职回来？"董青金一下从地上站起来。

胡新泉点点头："师父，不知道您怎么会对赵书记生出这样的误会！"

"哎！"董青金重重地叹一口气，突然抬起手，就要扇自己，胡新泉赶紧一把拉住他。

董青金颤抖着说："新泉，你不要怪我，我知道你去西京化肥厂，是老赵帮你拿到的调令，心里对他有埋怨：把你这样的年轻骨干都调走了，这是釜底抽薪……"

"我老糊涂了！"董青金重重地摇摇头，"赵书记是为你好，我是有私心的，对这件事，我是有愧的，不想让你走，但你留下来，厂子要是没了，真是耽搁了你的前程！"

董青金使劲抽出手，狠狠地抽自己耳光，胡新泉来不及抓，只能拉住他的手往前一带，抽到了自己脸上。

"新泉！"董青金缩回手去，惊愕地看着胡新泉，重重地说，"我自己的一辈子都留这厂里了！你还年轻，外面有的是机会，你的一辈子不能也交待在这厂里！"

胡新泉脸上被抽出了一个印子，他故作轻松地一笑："师父，您这样说，我才应该心中愧疚。"改革开放以来，市场经济席卷各行各业，陕省取得了突飞猛进的发展，大把大把的机会摆在眼前。但所有人都只看到了改变所结出的累累成果，却都没有意识到，获得这些成果会付出什么代价。陕省所获得的这些经济成果，付出的代价就是整整一代人的青春。

胡新泉更加坚定了心里的想法，留下来，把厂子搞好。

"唉，我该去给赵书记负荆请罪，"董青金重重地说了一声，又满怀希望地看向胡新泉，"只要赵书记回来，这个厂肯定有救，当年厂子差点被毁，都是赵书记救下来的。"

说到这个，董青金的双眼放光。

二十多年前，大运动席卷整个陕省，兴州市电力机械制造厂作为苏联援建的项目，首当其冲，被当成反苏修对象。当时兴州市电力机械制造厂正在加班加点地生产，为西北的一个重大项目提供输变电设备。看到潮水般的小将们一群群向厂里涌，赵明诚当即决定封厂，同时给上级部门去了信，申请军管。他还安排厂里除了生产的工人，全部轮班到厂外二十四小时不休巡逻。

没想到的是，上级部门已经受到冲击，收到赵明诚的信后，给指示，工人阶级必须领导一切，在这种大是大非的关键阶段，不要只顾生产，不顾斗争，要让工人同志们都停工，积极投身到浪潮中来。对于这种指示，赵明诚没有执行，而是继续向上反映情况，把自己的信和指示跟一批运往项目地的设备，一起带了过去。指示下达后，兴州市电力机械制造厂依旧封厂，这引起了运动参与者们的不满。

于是各种大字报就贴到了厂区外面。"苏修堡垒""血汗作坊"等一系列称呼都扣在兴州市电力机械制造厂头上。

赵明诚虽然全力控制局面，厂里几个因为怠工或其他违规事情，曾经被批评处罚过的工人，动了歪心思，在厂里组织成行动队。趁着乱，行动队找个机会开了厂子的大门，要放外面的小将们进来。

眼看厂子就要遭到毁灭性的冲击，赵明诚提了一把椅子，坐到了大开的厂门前，面对来势汹汹的小将们和行动队，一把拉开了自己的军大衣。

赵明诚的身上捆满了炸药，吓得小将和行动队都退开。

"都是上战场攒下还没用上的，来，都往前来一步，便宜你们了。"赵明诚说完这话，就坐在厂门口，守了一天一夜。

小将和行动队远远地怒骂呵斥，硬是没敢上前一步。

最后当部队的人带着"三支两军"决定赶来对兴州市电力机械制造厂执行军管时，赵明诚整个身体都紧绷着不能动弹，只能保持坐着的姿势，被送到厂卫生部进行抢救。

"一切都会好起来的。"胡新泉看向董青金。

董青金点点头："嗯，会好起来的。"

暴雨瓢泼中一辆车开进厂里，胡新泉和董青金有些诧异。

车停了，看到上面先下来一人，是厂长王世才，他一脸笑容，毕恭毕敬，也不顾雨地打开另一边车门。另一个人从车上下来，是老书记赵明诚。

赵明诚手里提着那一捆齐齐整整的槐树枝，站在厂门卫室前，下车的时候，他往后座看了一眼，看清楚了那一包东西，是一袋子药。看到药名后，赵明诚心里一愣，老伴和他提过，这种药是进口的。

下车后，王世才提着那袋药，打着哈哈："赵书记，您说巧了不是，这几天我刚帮一个朋友买了这些治痔疮的进口特效药，这样吧，您先拿着用，我之后再买。"赵明诚盯着王世才，他知道天底下没有这么巧的事，看来，王世才今天是专门出来和自己碰"巧"的。

王世才见赵明诚不说话，又爽朗地一笑："当然，这些东西副作用大，不像赵书记您找的槐树枝那样药效温和，但也不妨用一用的。"

赵明诚看着笑容满面的王世才，心里感到一阵阵的恐惧，不知道为什么，脑海里浮现出这样一个情形：一条看起来坚固的堤坝，里面是密密麻麻的蚂蚁在啃咬土石。

儿子得了痔疮这件隐秘的事，王洁娣和儿子通电话得知后，只在家里和赵明诚说过。看现在的情况，王世才显然从什么地方知道了，然后专门准备了这些药。

王世才把那一袋药递到赵明诚手中。

"啪！"赵明诚另一只手里提着的槐树枝掉到了地上，一只手勾住了那袋子药，但猛地一哆嗦，那一袋子药也掉到了地上。

"赵书记……"王世才蹲下去。

左边是掉的那一袋子药，右边是散落的槐树枝，该捡哪一边？

赵明诚朝左边看了一下，王世才顿时脸露喜色，开始捡拾那些进口特效药，起身后，却发现赵明诚颤巍巍地把那些槐树枝聚拢一处，又捆了起来。

王世才再把药递给赵明诚，赵明诚不但没接，还把手揣到了兜里："不用的，我儿子粗肉糙皮的，用槐树枝熬水就够用了，这些药还是给你那个朋友吧。"

王世才脸上一阵青一阵白，他提着那一袋子药，过了一会，又笑着说："赵书记，您和我太见外了，我也实话实说吧，这些药其实是专门买了给您的，只是知道您原则性强，所以才说了一些托词。"

"嗯，多谢好意。"对于王世才的话，赵明诚倒有些意外。

王世才继续说："赵书记，知道您要调出来和我搭班子，我是诚惶诚恐，又感动感激。现在厂里的局面，能有您这样的元老来坐镇，真的是雪中送炭。"

"雪中送炭，这个说法我接受，"赵明诚点点头，"现在厂里的情况，的确是三九寒冬，雪盖一人深，王厂长，我们一起添炭加柴，早点让厂子渡过难关。"

王世才愣住了，不知道该怎么往下接，重重地喘了几口气，才保持笑容地说："是的，我的目的也是这个。"

"好，这样，我们就达成共识，"赵明诚主动伸出手，"现在，我们是同志了。"

透过厚重的雨幕，董青金看到赵明诚伸出手和王世才握到了一处。

董青金身体摇摇晃晃的，似要跌坐在地。胡新泉伸手想要扶住他。董青金推开胡新泉的手,鼻子里喷出重重的气息,就和一头老牛耕了很久田地一样,有些跌跌撞撞,但步伐坚定地走着。

想着师父身上的伤,胡新泉上前要拦住他,董青金大手一抬:"起开!"

雨下得更大了,胡新泉注视着董青金就那么走了进去,心里发紧,一股强烈的寒意让他不由得打了一个冷战。

胡新泉不知道自己怎么回到住处的。陈苍建看到浑身湿透的胡新泉,赶紧递给他干毛巾:"哟,我趁下雨,就洗了个头,你倒彻底,全身都泡了。"

胡新泉用毛巾搓干头发,换了一身衣服,开口问陈苍建:"你觉得厂子还有救吗?"

陈苍建愣了一下,笑起来:"怎么突然问这个,有救,肯定有救,不然你为什么留下来?赵书记为什么又调回来?"

"有救,你真的这么想?"胡新泉追问道。

"当然,"陈苍建点点头,走过来拍拍胡新泉的肩膀,"新泉,我已经决定和你一起干,你就不要试探我了。"

"试探?"陈苍建的话,让胡新泉有些不明白。

"哈哈!"陈苍建继续笑着,"你放弃去西京化肥厂这样好的机会,赵书记又愿意降级调回厂里。春江水暖鸭先知,咱们厂不管有救没救,肯定是前途无量,这要还看不出来,我岂不真成了大笨鸭?"

听到这里,胡新泉心里有些懂了,陈苍建这个人,注重效益,他肯定是看自己放弃去西京化肥厂,赵明诚又调回厂里,认为救厂这件事里面肯定有好处,所以才会这么回答。

胡新泉想和他解释,陈苍建从旁边扯过两块塑料布,递了一块给胡新泉,制止住他想要开口的意图:"我知道你嘴紧,我也不多问,你也不用多和我说,反正我现在是'报君黄金台上意,提携玉龙为君死'。你和赵书记说该怎么干,我全力以赴就是。"

"我和你说的这些,你也记得告诉赵书记,"陈苍建着重叮嘱后,吞咽了一下口水,"好了,该说不该说的,都讲了,走,我今天带你去破荤戒。"

陈苍建拉着胡新泉就往外走。雨已经小了一些,四周都潮乎乎的,整个厂子都好似笼罩在一层厚重的雾气中。走了好一段,胡新泉认出眼前的地方,是厂里存放绝缘材料的库房。陈苍建打开库房门，一股发酸的湿臭味就迎面涌来，胡新泉被呛得连连咳嗽。库房上面漏了几个大洞，雨和光都从那儿落进库房里。

"到这里破什么荤戒？"胡新泉疑惑地问。

"来看！"陈苍建低着头寻了一圈，在一个角落喊起来。

第2章 老鼠的学问

胡新泉走过去，就看到一只格外肥大的老鼠，被一个钢丝套勒住了脖子。

"看，多肥。"陈苍建提起来，在胡新泉面前晃晃。

胡新泉非常惊讶，不是惊讶陈苍建抓老鼠开荤的做法，树皮草根，甚至观音土，胡新泉都吃过。他惊讶的是，厂里怎么会有这么肥的老鼠。

"再好的草地都会有瘦马，再破的仓库都会有肥鼠。"陈苍建看出了胡新泉的疑惑，似乎另有所指地和他说出这句话。

但胡新泉这时顾不上多问，注意力都集中在陈苍建手里的肥鼠，肚子里的馋虫完全上来了，那圆滚滚肉嘟嘟的，引得他极度缺乏油水的身体起了本能反应，忍不住吞咽了几下口水。他找了一个空旷的地方，找了几块废砖头垒了个简易的火灶，中间生起火，把锅架在上面，添进半锅水。

在胡新泉操持火的时候，陈苍建又到仓库里查看了几处之前下好的套圈，又带回来一大三小四只老鼠。虽然个头悬殊，但一只只都是肥圆滚滚。这让胡新泉心里直犯嘀咕，厂都变成这样了，怎么还有这样肥的老鼠？

陈苍建对吃颇为热衷，也有方法。老鼠肉碰了铁器会腥，只能用非金属的东西加工，找了一些竹子破开，留下几片锋利的，又把几块篾片摊在锅里，隔成一个蒸笼。将老鼠放到篾片板上摆好，加大了火，浓浓地蒸了一下，拿出蒸热的老鼠，用手一抹，鼠毛、鼠爪子、鼠尾巴上的鳞皮，都脱了下来。这时再一看，就是白乎乎的一团肉。

用预留下的锋利竹片，剖开老鼠，把内脏都去了，用水冲洗干净，大致切一切，就得到满满的一碗老鼠肉。

两人在厂里又寻觅一圈，找到几棵野葱、一些野菜，都用柳树叶包住，用竹签子穿成串，陈苍建操火烤着，也不让胡新泉闲着，叫他去找了些盐和酱油膏来。

盐撒到老鼠肉串上，顿时窜出一股香味，惹得胡新泉肚子里馋虫翻腾。

"准备开动吧！"陈苍建递过来一串，胡新泉闻着肉香和油味，手都是抖的，嘴巴不受控制一样，狠狠地就叨下来一块，烫得嘴巴辣疼，但整个身体都被胃牵引着，完全不听自己指挥。

咀嚼三两下，让嘴里的把门牙齿舌头过了过瘾，就直接囫囵吞到肚，从喉咙到肠子，都是烫热的，胡新泉喝了两口水，都没有消解，站起来跳了好几下，那种身体从里到外被烫得辣疼的感觉，才缓和一些。

"慢点，慢点，别烫坏了……哎哟……"陈苍建嘴里劝着胡新泉，自己也忍不住吞了热烫的肉，也烫得连连呼气。

两人不住地跳脚，停下来后，被烫得流出泪来，再相视一看，不由得都笑起来。一边吹一边吃，手里的串吃了大半，才开始蘸酱油膏，味道更是提升了一个档次。

吃了一阵，等肚子馋虫得到安抚后，两人这才松了一口气。

"新泉，这荤戒破得实在吧？"陈苍建颇为得意地问。

胡新泉连连点头称赞，然后再问出了心里的疑惑："苍建，咱们仓库里也没什么能吃的，这老鼠怎么会这样肥？"

陈苍建一笑，拉着胡新泉回到仓库，撕开一个箱子的表皮，里面是发黄油脂包裹着的钢片。这些油脂是鲸鱼油加了化学药剂，用来防止锈蚀的。他朝着边角一指，那里有明显的啃咬痕迹。

"新泉，这些防锈油脂，我们人吃不得，这些老鼠却是可以吃的，并且比蜡烛油要滋养得多，"陈苍建说完，看向胡新泉，"这和咱们厂现在的情况一样。"

"怎么说？"胡新泉一愣，看向陈苍建问。

刚下过雨，空气非常清新。

赵明诚迈步离开，王世才追出几步，把那一袋子药往赵明诚手里塞，笑容满面地说："既然是同志，这些药，赵书记就收下吧。"

"就是同志，才不用，"赵明诚摆摆手，"我们一起努力，让厂子早点渡过难关。"

王世才点点头："是的，要尽快让厂子渡过难关。"

见赵明诚确实不会收那一袋子药，王世才无奈地叹了一口气说："赵书记，你还真是铜墙铁壁，你是不是觉得我很坏？"

"不是，"赵明诚平静地说，"我是一个唯物主义者，不会用片面的好坏来定义一个人。"

王世才沉吟一下，抬头看向赵明诚："赵书记，我给你讲一个故事，占用你点时间，你听听，怎么样？"

"好。"赵明诚收回迈出去的腿。

王世才掏出烟，递了一根给赵明诚，赵明诚摆摆手："戒了，肺不好。"

"我是从关北调过来的，往上算三辈，从我爷爷起，就是工人。"王世才点了烟，深深地吸了一口。

对于王世才的情况，赵明诚知道得很清楚："嗯，我知道。"

关北，是这个国家工业的摇篮，为整个国家输送最正统的工人血脉。处在那里的盛阳电力机械制造厂，是全国最大的电力机械制造厂，绝对龙头中的龙头。

因此在兴州市电力机械制造厂陷入困境后，兴州市机电工业局调派了数任厂长挽救无果，最后不得不直接通过上级部门，花了大功夫，将王世才这个有着丰富经验的人从关北调来。原本对王世才挽救兴州市电力机械制造厂寄予厚望，不想王世才来了之后，直接兜头盖脸地泼了冷水，给兴州市电力机械制造厂开了绝症的诊断书。

破产清算，是王世才给出的解决办法，他不是拯救厂子的神医，而是用最体面方式给厂子送葬的殡葬师。很难想象，王世才这样一个几代工人的儿子，会给出这样的解决办法。

当然，这也是兴州市机电工业局会初步同意兴州市电力机械制造厂破产清算的原因。

一个身体里流着绝对工人血液的人，要不是已经万分确定一个厂子没救，是绝对不可能提出破产清算这种断绝工人后路的解决办法的。

一个工人，怎么会对工厂有这样大的怨念？

赵明诚看向王世才，凝神听他讲述，希望从中能够找到答案。

鼠串都吃完，陈苍建显然还意犹未尽，他拿过一棵野葱蘸了酱油，放在嘴边嚼。

"新泉，你别看咱们厂现在是这样一副鬼样子，这里面可是藏了很多好东西，像我们这样的普通工人吃不了，但厂里的老鼠是可以吃的。"陈苍建说完，指着库房和胡新泉算账。

"电的使用，现在越来越普遍。市场经济大潮来袭，各种乡镇小厂、作坊、养殖场、店铺等蓬勃兴起，都要用电，要用电，就需要电力机械设备，但在这样一片大好的趋势下，为什么兴州市电力机械制造厂还会停产停工？"

陈苍建拍了拍胡新泉的肩膀，接着说："因为有老鼠。"

兴州市电力机械制造厂在电力机械设备制造这一块，是有绝对优势的，拥有最好的设备、最好的工人、最好的技术。

这些"最好"，是计划经济年代稳定生产的基础，就好像一辆行驶在轨道上的火车，什么时间该在什么地方停，都早已经有了明确的规定。

在这种规定下，其中的一切都有两个特点：标准化和同质化。

因为不需要对前面的方向考虑，身处其中的工人个体，不需要对自己的前途命运负责，只要牢牢遵守集体秩序，并付出自己的最大努力，就会取得最好的成果。所有的一切都是为了生产服务。

像董青金这样的工人，就和机床上的螺丝钉一样，在自己的位置奉献一切，成为整个生产体系中的一环。有明确任务目标，在"劳模文化"的精神导引下，身处其中的人都心怀信念，这种形式是能够创造出奇迹的。但改革开放后，既定的任务目标没有了。

市场经济打开了窗户，清新的空气进来，也带进来了苍蝇、蚊子……还有老鼠。在管理岗位上的工人，依靠集体秩序时所建立的权威，很多人变成了

"硕鼠"。

这些，胡新泉是知道的。他作为兴州市电力机械制造厂的技术员，也有一些新兴的制造厂，让他去做兼职技术顾问，都被他拒绝。做好自己，独善其身是胡新泉定下的自我原则，但他也发现，兴州市电力机械制造厂的糟糕情况，并没有因为一个人的坚持原则，而发生什么改变。

寒冬，并不会因为一棵树坚持不掉叶子，就不来临。

这让胡新泉感到无力和绝望，接到西京化肥厂调令时，他高兴的原因非常多，其中有一个是藏在心底的，那就是他在兴州市电力机械制造厂已经看不到希望。

逃避，是胡新泉认为他能做的唯一抉择。

"硕鼠硕鼠，无食我黍！三岁贯女，莫我肯顾。逝将去女，适彼乐土。乐土乐土，爰得我所。"陈苍建有些愤然地念了一遍诗经里的《魏风·硕鼠》。

陈苍建和胡新泉偏向于数理化的逻辑思维不同，他虽然是一个理科生，但他身上有很重的文艺气质，在高中时就是公认的"才子"。

这种文艺的性格，能让人轻易就从一个极端走向另一个极端，在大学时的陈苍建与现在的功利性的陈苍建是完全判若两人的。

自从选择留下后，胡新泉思考兴州市电力机械制造厂的问题时，不仅仅是把自己当成一个技术员来考虑，这时听到陈苍建念出这首诗，他非常有共鸣。

胡新泉用力地点点头说："苍建，老鼠是咱们厂变成现在这样的根源问题，我赞同，看来，再见到赵书记，我们一定要和他说，要救厂，先灭鼠。"

陈苍建却猛地摇摇头："新泉，你没明白我的话，这种时候，一定不能和赵书记提灭鼠。"

"嗯？"胡新泉疑惑地看向陈苍建，"那我们该干什么？"

陈苍建轻轻一笑，拍拍胡新泉的肩膀，说出一句话，顿时让胡新泉一下呆住。

烟圈一个个腾起。

王世才深深地吸了一口，并不急于诉说，而是嘴巴一动一动地将一口烟一个烟圈一个烟圈吐出。

"赵书记，你应该听过王龙雄这个名字。"王世才看向赵明诚。

赵明诚有些愕然，不禁问："你说的是曾经被全国报道的'领袖的好工人'工人劳动模范代表王龙雄？"

王世才点点头。

怎么突然提到这个？赵明诚很不解。

对于王龙雄，赵明诚非常熟悉，那是20世纪60年代初最出名的一个工人劳动模范。当时还兴起过"向领袖的好工人王龙雄同志学习"的全国性活动。

王龙雄是关北机器制造厂的技术工人，他通过刻苦钻研、大胆革新，进厂第一年就实现两项技术革新，提高数十倍的工作效率。提前十年，将原规划生产任务完成，因此得以被最高领袖多达十几次亲切接见，成为计划生产下全国所有工人学习的对象。

王世才说："赵书记，我和你要讲的故事，就是关于王龙雄的。"

赵明诚听到王世才要说的是关于王龙雄的故事，有些失望，他想听的是王世才的事。

赵明诚摆了摆手："王龙雄的事迹，我很熟悉，你不用……"

"不，我要说的，你不熟悉，"王世才有些反常地打断赵明诚的话，一字一停地强调，"你一定从来没听过。"

"好，那你说。"赵明诚抬了一下手。

王世才出神了一下，开口和赵明诚说了一个关于一双球鞋的故事。

20世纪60年代初，是计划经济全面推行的时代，也是工人阶级最荣耀的一段时期。随着"斯大林模式"的计划经济战略实施，工业化变成重中之重，工人的待遇得到翻天覆地的提升。为了让工人能够安于生产，围绕每一个生产厂，都会以苏联标准兴建工人村。工人村的建筑都是苏联流行的三层起脊闷顶式。红砖红瓦，四面固定叠砖的缓坡屋顶；风格划一简洁，没有太多装饰，但非常牢固。工人村不仅提前实现了普通人的终极梦想——楼上楼下，电灯电话，而且自来水、煤气、暖气也全部配置。每个工人村还有专门的"大合作社"，日用品、果蔬一应俱全。有配套的幼儿园，工人的孩子一生下来，就有国家供应的精细粮和牛奶豆浆。这种生活条件，是当时普通老百姓做梦都不敢梦的。

那个时候，是全国人民都向往的最高主义。一些到过工人村的人和别人侃大山，被问到最高主义啥样。这些人都会毫不犹疑地说：就是工人村那样。

当时最高领袖提出："工人领导一切。"工人们不仅收入高，物质条件丰富，享受的服务设施齐全，还受到整个社会的敬重。

全国上下的人，都十分羡慕工人。

王龙雄，则是这些工人里涌现出来的最突出代表。

"赵书记，"王世才语速很慢，"王龙雄，最后跳楼死了，为一双球鞋。"

"新泉，难道你就从来没想过，我们也可以做老鼠。"陈苍建热切地看着胡新泉说。

胡新泉正端着碗，用棍子搅拌里面的块状酱油膏，听了陈苍建的话，顿时一下木然，手里的碗啪的一声摔落在地。

陈苍建眼中的热意不减，有些兴奋地说："以前我没有机会，这次赵书记回来，我是铁了心要跟着你们干。"

胡新泉不知道该怎么回应。

陈苍建饶有兴致地和胡新泉说："新泉，我和你说，这做老鼠也是有学问的。"

接着，陈苍建用树枝在地上画了两个圈，就说了一下做老鼠的学问。

在野外做老鼠，遇到点风吹草动，就得赶快逃走，担惊受怕，只能吃一些草根杂食，苟且偷生。但在仓库里做老鼠，一只只可以吃得又大又肥，优哉游哉地在其中嬉戏玩耍，不受风吹日晒，也没有太多危险。一个人有没有出息，就和做老鼠一样，是由自己的选择和把握机会后，最终所处的环境决定的。

听了陈苍建的话，胡新泉只觉得脑袋里嗡嗡的，他连连摇头："不对，陈苍建，你这样看待我和赵书记的选择，是不对的！"

"不对……哪里不对？"陈苍建听到胡新泉叫他全名，以及胡新泉斩钉截铁的语气，眼中的热意一下消退。

"我选择留下，赵书记选择回来，都肯定不是你说的为了做什么仓中鼠，"胡新泉继续摇头，"这肯定不对，具体哪里不对，我现在还说不出来。但是，陈苍建，你要是真这么想，我建议你还是考虑其他出路吧。"

陈苍建顿时有些慌了，额头上冒出一层汗，心里暗扇自己耳光，随即打了一个哈哈："新泉，你也太板正了，我和你说笑的，人怎么能做老鼠？"

胡新泉点点头，又没想到该怎么反驳陈苍建，只能说："嗯，堂堂正正地做人，不能做老鼠。"

"是的，是的。"陈苍建一边用泥沙捂熄了火，一边口里连连回应胡新泉。

胡新泉心里却透亮起来，他能够调往西京化肥厂，在兴州市电力机械制造厂所有人的眼中，都是一件想都不敢想的好事。放弃这样的好事留下来，肯定是有更大的好处。再加上现在就连老书记赵明诚也自愿降级调岗回来，更加坚定了很多人心里的那种想法。就像陈苍建，甚至把这看成是一个机会。这完全颠覆了胡新泉留下来的初衷，仔细一想，倒让他有些苦恼起来。

雨后，一阵阴冷的风吹过。

听了王世才的话，赵明诚的身体不禁颤抖了一下。

王世才叹了一口气继续讲述。

作为全国都知道的工人模范，王龙雄是第一批搬进工人村居住的工人，当时专门给每一户工人家派了马车，直接把每户的行李都运到门口。但其实屋里的配套很全，很多工人进了分配的房屋后，发现带来的破烂行李，根本就用不上。

工人村每户人家都是一个四十平方米的开间，两户共用一个厨房和卫生间。屋里标配一张三屉桌、一张双人木床、一套沙发、一个茶几。墙上挂崭新的毛主席画像。

王龙雄的家里，还配有一台收音机，一套搪瓷洗漱用具：盆、碗、口缸。床上除了新的被褥，还格外贴心都带上一个瓷器热水袋。

最让王龙雄一家激动的是屋子的中间，停了一辆扎了大红花的自行车。能够住进这样的地方，不仅仅是满足了生活所需，更重要的是光荣。

那是计划经济时代，工人心目中的最高理想。

这一切，被市场经济大潮冲击得体无完肤。

很多工人在长期停产停工后，迫于生活，走投无路之下，甚至只能靠妻子做皮肉生意养家，守望着一个复工的信念。

王龙雄家到了后期，就是这样一种情况。

唯一不同的是，每天王龙雄会骑着那辆承载他荣誉的自行车，把妻子送去洗浴场，然后午夜的时候再接回家。厂里一直没有复工的消息，生活过得非常艰辛。

有一天，王龙雄的儿子从学校回来，说学校要开运动会，自己被选上了，现在要一双球鞋。但家里根本拿不出钱来买鞋，妻子就抱怨了两句王龙雄没用，儿子也在一边闹。王龙雄没说什么。

吃饭的时候，妻子和儿子还是不断抱怨。王龙雄一言不发地吃完饭，洗干净碗筷，收拾好桌子，然后走过去打开窗户，直直跳了下去。

赵明诚听得心惊，不敢相信："怎么可能？！"

"这是真的。"王世才看向赵明诚说，"赵书记，我提出让兴州市电力机械制造厂破产清算，就是不想厂里的工人，再沦落到那样的境地，工人们拖不起的。这就是我为什么提出破产清算，并且越快越好的原因。"

"赵书记，你回来了，非常好。这些话，我从来没有对人说过。我是真的为了工人们考虑，结合兴州市电力机械制造厂的情况，经过仔细调查后，才慎之又慎提出的，"王世才停了一下，语气平缓地问："现在，您支持我吗？"

赵明诚想了想，并没有回答，而是问："关于王龙雄的事，你怎么会知道得那么清楚？"

王世才眼睛里泛起一些泪花："我就是那个要球鞋的儿子。"

雨停后，地上巴掌大的落叶浸透了水，都变得圆鼓鼓的。一眼看过去，就好像厂里这条路上生了脓疮，完全是一副病入膏肓的情形。

往回走的时候，胡新泉一言不发，陈苍建心里愈加不安。

胡新泉走得很慢，看到有那种鼓起来的树叶，就一脚踩上去，树叶爆开，溅得四下都是水。

陈苍建跟在他身后，走了一段后，靠了过来，打着哈哈说："新泉，刚才说的那些真是说笑，你别往心里去。"

看胡新泉的异常反应，陈苍建心里直打鼓，很担心他会把刚才的话说给赵明诚。

于是，胡新泉每踩爆一片树叶，他的心就忍不住哆嗦一下。

胡新泉心里想着事，没有听到陈苍建的话，就没回他，这让陈苍建更加紧张。

"新泉……"陈苍建又小心地叫了一声。

胡新泉依旧没有回应，不过那踩爆树叶的声音停了，陈苍建抬起头，朝胡新泉看去，就见他站在那，盯着前面。

顺着胡新泉的目光看过去，就见一个上身穿着白色的确良衬衣，下边穿着一条蓝布裤子，扎了两条黝黑辫子的女人，正站在远处的一棵树下。

"咦，是罗维卡？她在这里干什么？"陈苍建好奇地问。

罗维卡看到了走来的胡新泉和陈苍建，就抬起手朝他们招了招，胡新泉随即迎了上去。

"哈，原来是找新泉同志，"陈苍建拍了胡新泉的肩膀一下，嘿嘿一笑，"我知道你为什么愿意留下来了。"

"别乱说。"胡新泉一窘。

路上积了一摊水，胡新泉想要绕过去，陈苍建却一把将他拉住，二话不说就背到背上，直接踩水走过去。

这让胡新泉有些无措，他挣扎着想下来，陈苍建却轻声说："别动，不然摔水里。"他只能任凭陈苍建把自己背过去。

罗维卡也有些诧异，陈苍建径直走到她身前，把胡新泉放下："罗维卡，你是要找我，还是找谁？"

"咳，买冰棍的小孩才找你！"罗维卡性格直，一点也不怯，朝胡新泉一指，"我找胡新泉。"

"人可是我背来的，"陈苍建朝罗维卡一摊手，"是不是该付点背夫钱？"

"呸！"罗维卡往陈苍建摊开的手里唾了一口，一张脸顿时涨得通红。

在兴州，有这样的习俗，成婚当天，新娘在新房等着，新郎在外酬客谢礼。

酬客谢礼的过程，新郎不可避免地要被灌酒，大家会抢着背醉酒的新郎进新房，同时和新娘要"背夫钱"。

陈苍建这么说，不仅仅让罗维卡很不好意思，就是胡新泉都觉得脸上发烫，他赶紧把陈苍建推到一边："真该把你嘴焊上！"

"他乱说的，你不要在意，"胡新泉歉意地向罗维卡说明了一下后，又开口问，"你找我有什么事吗？"

"我给你的水壶，还在吗？"罗维卡问。

"还在，还在。"胡新泉连声回答。

"你现在不去西京化肥厂，"罗维卡表情有些古怪地看向胡新泉说，"那你把水壶还我吧。"

胡新泉没想到她要说这个，愣了一下，才点头说："好的。麻烦你在这等我一下。"

不知道为什么，胡新泉心里有些失落。回到住处，他取出那个水壶，在手里拨弄了一会后，就要出门给罗维卡送去。

"等一下。"陈苍建一把夺过胡新泉手里的水壶。

"你干什么！"胡新泉这时心里有些烦闷，就有些恼火地吼了一声。

"少安勿躁，"陈苍建把水壶托在手中，仔细地看了一遍后，指着水壶口，"新泉，你看！"

胡新泉诧异地凑了过去，看向陈苍建指着的地方，就见那里有半个瓜子皮那么小的一块蜡烛油，要是不这么看，还真注意不到。

"这是封记，"陈苍建嘿嘿一笑，"这个水壶，你是不是没打开过？"

胡新泉点点头。

"水壶里肯定有东西。"陈苍建说完，看向胡新泉，眼神里带着询问的意思。

胡新泉停了一下，从陈苍建手里把水壶拿过来，想一想后，伸手一下拧开水壶盖子。他心里变得有些激动，深吸一口气，举起水壶转过来，口朝下一倒。一卷小小的纸条就从水壶里倒出来，落到了胡新泉手中。

雨已经停了，但枝头的一些水滴，慢慢变大后，啪嗒一声掉下来。

一滴落到赵明诚的头上，直接浸进了他花白的头发里。

赵明诚瞪大了双眼看向王世才，万万没想到，王世才的父亲是王龙雄。

"唉！"王世才叹了一口气说，"赵书记，我是工人出身，我清楚知道现在厂里是怎么一个情况，我真的是站在工人的立场去考虑的。"

赵明诚沉默了一会，说："这一点，我信。"

通过王世才所说的事情，赵明诚心里已经明白他为什么执意于破产清算。

有些经历转化为经验后，有些结果就自然变成决定。

"那么，赵书记，您现在支持我吗？"王世才盯着赵明诚，"我们会把破产清算这件事做漂亮，会给厂里工人们一个最好的安排的，会让兴州市电力机械制造厂有一个体面的落幕。"

赵明诚又沉默了。

王世才等了好一会，见赵明诚都没有说话，他还要说什么，赵明诚摆了摆手，提起那捆长短一样的槐树枝，直接走了。

看着赵明诚远远而去的身影，王世才眯着眼，伸手把额头前几根散乱的头发拢到头上，长长地呼了一口气。

王世才转身，看着雨后的兴州市电力机械制造厂，眼中一丝复杂的神情转瞬即逝，他坐回车里，拿出一个文件袋，抽出一张执照，上面的"兴州住宅开发公司"几个字尤为显眼。再往兴州市电力机械制造厂看去，那一片厂区似乎已经被彻底推平，一栋栋现代化的高层楼房拔地而起。

王世才的思绪回到那次招商引资洽谈，那个港商最后问他："王厂长，你认为，这个厂子什么最有价值？"

"快打开看看，写的是什么！"陈苍建兴奋地催促。

胡新泉看着手心里的那一卷纸条，心情也有些激动。

那是一种什么感觉，他形容不出来，只是生出一种错觉，手心里小小的一卷纸条，慢慢变成罗维卡的脸。

因为这一卷纸条，再想起罗维卡，胡新泉就会脸发烫，心跳加速。他很想打开，又很怕打开。盯着那一卷纸条，胡新泉伸出一根手指按了一下，又触电般缩了回去。

陈苍建按捺不住，趁机过来伸出手："你不好意思看，我来看！"

胡新泉推开陈苍建的手，想了想，把纸条又放回了水壶里，自我安慰一般说："罗维卡已经要收回这个水壶，那么，这里面写的什么都成了过去式，就不看了吧。"

"哟，哟，哟！"陈苍建心有不甘，但也无可奈何，一摊手，"这下好，纸条上写什么，成未解之谜了。"

胡新泉也有些动摇，他心里也非常想知道纸条上的内容，但手上迅速地拧紧了水壶盖，生怕自己忍不住。

拍了拍水壶，一咬牙，胡新泉就迈步往外走。

"慢着！"陈苍建赶过一步，一把拽住胡新泉，眼珠子转了转，嘿嘿一笑，"罗维卡有心眼子，做了封记，我们也做一个。"

胡新泉不表态，任由陈苍建把水壶抢了过去。

把水壶平放在桌子上，陈苍建伸手拔了胡新泉一根头发，用火烧成了一缕干灰，落到水壶口上。接着取了蜡烛，滴了和刚才打开时一模一样的瓜子皮大小的一滴封住口。

那一缕胡新泉的头发干灰，就和琥珀一样，凝在里面。

"新泉，这虽然打上封记，但只能保证水壶里的那卷纸条，在封记不毁的情况下，就是最开始放进去的，"陈苍建摸了摸水壶盖子，"不过要是罗维卡拿回去后，直接打开，你可就永远不能知道纸条上写了什么哦。"

言下之意，还是希望胡新泉看看纸条写了什么。

胡新泉拿过水壶，头也不回地走出门去，他心里只希望罗维卡拿回水壶后，不要打开，或者……能够当着胡新泉面打开，然后告诉他纸条上写了什么。

有了这种想法，胡新泉一颗心就跳得剧烈。

落雨后的路面，一汪汪水平静地铺在地上，王世才开着车一路行驶过去，碾过一汪汪水，溅起水花。

脑海里浮现港商那张似笑非笑的脸，王世才当时非常自信地回答："这个厂子最有价值的就是里面的工人！"

港商笑了："王厂长，我认为你想说的是人才。"

"是的，工人就是人才。"王世才补充。

"王厂长,你这句话不严谨,我倒觉得这边的另一个说法更准确,工人是螺丝钉,"港商看着王世才,"螺丝钉是最普通平常的一个配件。"

王世才赶紧摆手,让人从图书室取了一册《雷锋日记》过来,里面关于螺丝钉是这么写的:一个人的作用对革命事业来说,就如一架机器上的一颗螺丝钉。机器由于有许许多多螺丝钉的联结和固定,才成了一个坚实的整体,才能运转自如,发挥它巨大的工作能力,螺丝钉虽小,其作用是不可估量的,我愿永远做一颗螺丝钉。螺丝钉要经常保养和清洗才不会生锈。人的思想也是这样,要经常检查才不会出毛病。

王世才向港商强调,螺丝钉在这里是一种精神,并不是一个普通平常配件那么简单。

港商不置可否,脸上保持着微笑:"好的,王厂长,就按照你说的来,工人是人才,但我要告诉你,人才肯定不是这个厂里最有价值的。"

王世才一愣:"那什么最有价值?厂里的设备?"

港商跺了一下脚:"是地。"

"地?"王世才有些不理解了。

港商指着兴州市电力机械制造厂,虚画了一个圈,饶有兴致地说:"王厂长,我对你说的那些不感兴趣,但你要是让我投资拿地,我肯定毫不犹疑地马上和你谈协议。"

王世才看了一眼放在桌上的那一叠厚厚的招商引资资料,里面是对兴州市电力机械制造厂能够生产哪些电力设备的列举,里面是对厂里骨干技术员加工生产技能掌握的列举,里面是对兴州市电力机械制造厂各种生产专利和项目成果的列举⋯⋯

但港商并没有表达出什么意向。

让王厂长万万没想到的是,港商真正感兴趣的,不是兴州市电力机械制造厂多么精湛和先进的生产技术,而是厂区所在的这一块土地。

资金链坏死的兴州市电力机械制造厂,在主管部门特批下,可以开放性地对外招商引资。

被视为救命稻草前来考察的港商,用一句话点醒了王世才:"你们有土地,怎么会没钱?钱可以从土地里来!"

车开到一个小土坡上,往下看去,可以看到兴州市电力机械制造厂的全貌。

规划极具对称性的厂区,宛如一块老豆腐倒扣在地,然后板正地被划成一块块,这一块是生产车间,那一块是绕线车间。

往外看,则环围了一圈茂密的高大林木,多是梧桐和针松。

兴州市电力机械制造厂,是落地到兴州市最重要的一个援助项目,一个厂一座城,在厂区的外面,一圈圈是各居民区。

抛开后来的一些建设设计,兴州市电力机械制造厂所在的这一块区域,是整个兴州市的中心——黄金位置。

"王厂长,之前是生产建设时代,这里是生产建设中心,"港商托了托鼻梁上都有些滑下来的金丝边眼镜,"不管黑猫白猫,抓到老鼠,就是好猫;现在是经济发展的时代,这里是经济发展中心。难道不应该吗?"

天渐渐黑下来,停产的兴州市电力机械制造厂,一片漆黑,周边一圈圈的居民区,灯光逐渐亮起来。

曾经,是这个城市最闪耀的中心地方;现在,看上去就像一块乌黑的伤痂。

"经济发展中心,这听起来就是一个能够吃饱穿暖的词。"王世才自言自语地低声说了一句,随即掉转车头下山。

转过几个路口,胡新泉看到那个站在树下的身影,一颗心跳得几乎要从嗓子眼蹦出来。

刚才见到罗维卡,胡新泉心里有些激动,但听她说是要拿回水壶,又有些失落,这种从山顶到山脚的感觉,让他有些心烦。

但当陈苍建从水壶里倒出那一卷纸条时,一切又发生了变化。

那是一种怎样的变化?

好像是闷热难当的当下,陡然浇了一阵凉透的爽雨。这么一想,胡新泉生出一种错觉,似乎喝了满满一勺子的蜂蜜,不由得吧唧了一下嘴,手里提着的水壶,也和通了电一样,有些烫手。

"你偷吃了什么?"

心里想着的东西太多,没看前面,突然响起一个声音,胡新泉缓过神来一看，是罗维卡。

这时天色已经有些暗下来，但胡新泉看罗维卡的脸、身形轮廓却非常清晰。是雨后一些还没有完全消失的光，落到了她的身上。

"没……没有……"猝不及防之下，胡新泉又窘又急，不禁结结巴巴，只能机械地应对，脑海里一片空白，根本不知道该回应什么。

"呀，你还否认啊，我刚明明看到你吧唧嘴了。"罗维卡眼睛很大，一眨不眨地就那么盯着，让胡新泉更慌了。

"没，真没……"胡新泉双手都不禁摆起来，提在手里的水壶也左右晃荡。

看到水壶，罗维卡一下站住了，抬头看向胡新泉，见他只是紧张。

水壶晃荡过来，就要撞到罗维卡身上，她伸手一把抓住，目光朝水壶口瞟看了一眼，发现那个滴下的蜡封还在，顿时有些失望。

"还我吧！"罗维卡有些恼火地说了一声，伸手拽紧水壶带子一扯，胡新泉本能地往后退了一步，手里还是紧紧地拿着水壶。

罗维卡被往前一带，站不稳，就朝胡新泉跌了过来，他完全不知道该怎么办，心里根本没想，双手就抬起往上托了一下。

"啊呀！"罗维卡叫了一声。

胡新泉只觉双手接的感觉非常舒服，同时闻到一股非常好闻的味道，里面有他熟悉的，应该是雪花膏和皂角水的味道，更多的是他从来没有闻过的。

胡新泉脑袋里嗡的一声，很快，脸上忽地一下热疼。

"当啷！"水壶掉落在地。

胡新泉愣站在原地，罗维卡站在离开几步的地方，低着头，发出很粗的呼气声。

过了好一会，罗维卡还是呼呼地出着气，捡起地上的水壶，狠狠地跺了一下脚，眼神恶狠狠地看着胡新泉说："你真不是个好人！"

胡新泉很担心，难道她看出来水壶被打开过？难道她看出来封记和之前的不一样了？

"不是个好人……"胡新泉怎么也不希望从罗维卡的嘴里冒出这句话。

"是的，你真不是个好人，"罗维卡气呼呼地说，"放着好好的西京化肥厂不去，不知道还贪这个都要垮掉的厂子什么好处，在破产清算的关口，和赵书记一起横生枝节，让大家拿不到钱，这不是使坏，又是什么？"

"啊！"胡新泉愕然了，怎么也想不到，自己选择留下来，会造成这样一种局面。

胡新泉眼睛瞪圆，倒豆子一般，把这些天自己的纠结和心里的挣扎，一股脑都说了出来。

听了胡新泉说的，罗维卡神情逐渐发生变化，几次想开口说点什么，胡新泉举起手，都不让她开口。等胡新泉连珠炮般地一通说完后，罗维卡水汪汪的一双大眼睛里，那种本来充满的恼火，好似一圈圈涟漪般荡漾开，然后消散。

"我留下来，是图什么好处？赵书记调回来，是横生枝节？"胡新泉觉得心里发酸，重重哼了一声，说："这是使坏？"

说罢，胡新泉气呼呼地走到罗维卡身边，抬起脚，狠狠踢了出去。

这猝然的举动，让罗维卡不禁侧身一避。

"哗啦！"胡新泉的一脚，重重地踢到了罗维卡身旁的夹竹桃树上，顿时洒下来一蓬水，罗维卡还没反应过来，一把伞撑开挡在了她的头顶。

一旁，撑着伞的胡新泉，淋得和落汤鸡一样。

"对不起。"胡新泉说了一句。

罗维卡推开伞，有几颗水滴落到她的脸上，她看向胡新泉："你今天应该和我说对不起的事情太多了，之后一件件算。"

胡新泉顿时愕然。

"不过你刚才和我说的那些，看到师父和我们的遭遇，不想这个厂就这么没了……我信了，"罗维卡伸手擦了一下脸上的水珠，"那你现在诚实地告诉我，你真的就不是为了什么留下来？"

"真的，不为了什么。"胡新泉斩钉截铁地回答。

"不图什么？"罗维卡又追问，她整个人一下站到胡新泉面前。

两人距离有点近，胡新泉往后退了一步，很肯定地说："不图，我就是不想咱们厂，就这么没了；就是不想，像师父那样为这个厂子付出一辈子的人，落到后面，过得那么困难……"

罗维卡连连摆手："这些我知道了，你不要再说，我现在不听你说你不想的,我是问你,你想的。这个厂里,就没有你想的什么东西?或者什么人……"

"没有,"胡新泉摇了摇头,"我从来不想咱们厂的什么,要说想,现在就想厂子不要破产清算,然后尽快恢复生产……"

"你真不是个好人!"罗维卡打断胡新泉的话,气呼呼地迈步就走。

胡新泉完全搞不懂了,罗维卡刚刚才说信了自己的话,怎么又说自己不是好人。

六月的天,女人的脸,还真是说变就变。

能够玩得转厂里最复杂机床的胡新泉,面对罗维卡,完全就不知道该怎么办。

罗维卡走得远远的,突然回头和胡新泉说了一句:"给你的东西,也不打开看看,就那么原封不动还回来,你还能是个好人了?"

"好人……"

胡新泉嘴里念叨着,目送罗维卡离开。

夜色已深,雨还稀稀落落地掉下来,看不清,却能听到雨敲击在树叶上、铁皮屋顶上以及敲击在一摊积水上的声音。

他心里是有些犯嘀咕的,自己难道应该看一看那张纸条上写了什么,才是个好人。

几滴雨水落到胡新泉的脸上,凉凉的,他不由得打了一个冷战。这种天气,回到住处,钻进暖和的被子里,听陈苍建说一些历史典故或者朗诵一首催眠的诗歌,都是很不错的选择。

但不知道为什么,胡新泉心里有些沮丧,他来还水壶给罗维卡,各种情绪都在心里过了一遍,现在真正见过后,发生的事情,是让他始料未及的。

胡新泉没有回头,他裹紧了身上的衣服,手里提着的伞也没有撑开,就那么迈步朝前走去。他有些不甘,仍旧带着些期待。他甚至伸手整理了一下头发,走到前面一个转角,胡新泉深吸一口气,迈步过去,他希望罗维卡站在另外一边。

没有。转角处什么都没有。

"唉……"胡新泉心里的那种沮丧,就好像一颗烧红的钉子,被放在铁砧上被铁锤砸扁砸实了。

该回去吗？

胡新泉心里自问着，脚步却仍旧往前走。

走到一堵没人清理的砖墙边，上面长出一些草来，看着很碍眼，他扶住砖墙，爬了上去，几下把那些草都拔了，拢在手里。

砖墙不到一人高，上面很平整，胡新泉用手里的草扫了扫，坐了下来，双脚临空着，整个人一下就放松下来。脑海里先是回响刚才罗维卡说的话，尤其是那两句带疑问的，变得愈加清晰。

"不图什么？""你还能是个好人了？"

然后逐渐就是这段时间里，陈苍建说的话，赵明诚说的话，董青金说的话，罗白桦说的话……以及父母说的话。

胡新泉本来以为自己下定决心留在厂里后，就不会再纠结，但听了刚才罗维卡的话，他又开始懊恼起来。

这在他看来，本来是自己为了厂子放弃更好前程的事，到现在，却似乎没有一个人那么认为。

对于别人的看法，他是很在意的。

不管这个别人是谁。

有的时候，胡新泉会觉得自己是一盏点亮的油灯，当没有风的时候，他可以燃烧得笔直；但只要有风来，灯焰就会随风摇曳。

脑子里乱糟糟的，各种念头都涌起。

胡新泉在砖墙上就那么坐着，头脑却怎么也冷静不下来，那种感觉，不好受，他重重地揉了揉头发，双手往后一撑，猛地一下落到地上。

嚓啦一声响，系住裤子的布腰带断了。他只能双手提住裤子，一瘸一拐地走回去，这么一跳，脚剧疼后酸麻不止，脑海里那些本来怎么也理不清的念头，却一下都没了。回到住处，陈苍建正靠躺在床上，看着一本书。见到胡新泉进门，他坐直起来，上下打量。看到胡新泉双手提着裤子，嘴里啧啧几声后说："新泉，进展是不是太快了点？"

"什么进展？"胡新泉坐回床上，揉着酸麻的腿，看向陈苍建。

陈苍建一脸严肃地说："新泉，作风问题还是要注意的。"

明白陈苍建的意思后,胡新泉顿时窘得脸都红了,连连摆手:"说什么啊!这是我从墙上跳下来挣断的,我去墙上拔草……"

"嗯,我信,我信。"陈苍建靠躺回去,举起他的书,摇头晃脑地看起来。

胡新泉窜过去一步:"我说的是真的!"

"是啊,我也没说假的,"陈苍建嘿嘿一笑,"我信你。此事按过不表,个中精彩不足为外人道也。"

"什么乱七八糟的。"胡新泉捶了他一拳。

陈苍建一副了然的神情看向胡新泉,眼睛转了几转,故意拉长了语调念:"鱼,我所欲也;熊掌,亦我所欲也,二者此番可以兼得也。"

胡新泉想再解释解释,也想问问陈苍建,什么是鱼,什么是熊掌。

陈苍建把书往枕头下一塞,打了个哈欠,伸手一把拉灭了电灯,笑着说:"我醉欲眠卿且去,明朝有意抱琴来。"

屋里一片漆黑,胡新泉坐在床上,有种裤裆抹黄泥,不是屎也是屎的感觉。

几天后。兴州市电力机械制造厂门口围满了工人。

一张鲜红的通知贴在布告栏里。还没到跟前的一些年轻工人,都有些兴奋地打听:"是破产清算的通知吗?确定了什么时间?"

一些年纪大的工人,听到这个话立即就狠狠地瞪回去。

几个已经挤过去看了通知内容的工人,则嘀咕着回应:"是开欢迎会的通知……"

"都要破产清算,还开什么欢迎会。"

看到通知的工人,无论是一开始就听闻些风声,还是刚知道的,都议论不已。

欢迎会在厂里的小会议室进行,本来王世才是计划在礼堂隆重地搞,但临开始时被赵明诚否了。

于是,通知的二十来个参会人员,只能一个挨一个坐着,挤在本来只能容纳十来人的小会议室。空间小,人多,显得很压抑。

赵明诚刻意没有坐在最中间的位置,他早早就来了,挑了一个靠门边的角落坐,后面来的王世才愣了一下,客气好意让他去坐到中间,赵明诚摆手拒绝。

王世才只得挨着他坐下。

于是,小会议室虽然人挤人,中间的两个位置却空出来。这让本来就压抑的气氛，显得更加沉重。

王世才坐定后，清了清嗓子，先故作亲和地微笑着扫看一遍来参会的人，然后目光停在赵明诚的身上。

欢迎会的主题，通知上已经写得很清楚，也在下发通知的时候单独告知了来参会的人。

依照以往惯例，这种会议的氛围都是轻松、高兴的。

但今天的情况很不同，就好像这间会议室里放了一个炸药包，随时可能爆炸。

赵明诚从坐下后，就一言不发。

他的面前摆了一碟瓜子和一个白瓷茶杯，这个老书记一颗一颗仔细地剥着瓜子壳，然后把黑白相间的瓜子皮堆在左手边，雪白的瓜子仁放在右手边，却一颗都没吃。

被通知参会的人，陆陆续续进来，偶尔有非常熟悉的人之间会响起几声寒暄，都刻意压低了音量，等到人都齐了后，就完全安静下来。

赵明诚又捏起一颗瓜子，捏了几下，没有剥开。

一安静下来，其他人的目光就都汇聚到赵明诚身上，这老书记，只是专注地剥那颗难剥的瓜子。

坐在他旁边的王世才，脸上荡开一个笑容，咳嗽了一声，张开嘴，刚要说什么。

"啪！"终于，那颗瓜子被捏开，爆出一个听起来似乎是有回音的响声。

王世才到嘴边的话，一下就缩了回去，脸上的笑容也凝住。

赵明诚把瓜子仁和瓜子皮分左右放了，拍了拍，看向王世才，抬了抬手，示意他说。

"咳咳……"王世才又咳嗽了两声，才保持笑容地说，"首先，我们欢迎赵明诚老书记回来！"说完，他读了任职通知，然后带头鼓掌。

紧张得近乎凝固的气氛在热烈的掌声中缓和下来。

赵明诚点点头，逐一环顾过去，目光在每一个到场人的身上都停了一下，他的眼神似乎一个遥控器，每注视到一个人，那个人就不由得停止了鼓掌，无措得不知道该怎么回应。

最后，赵明诚的目光才看向王世才。

看着会场里的掌声被赵明诚的目光"关停",王世才的心里有了一种逆反的想法,他鼓着掌,等待着赵明诚看他,并且打定了主意,一定要撑那么一会。但当赵明诚的目光落到他身上的时候,王世才觉得自己就好像站到了一处狂风大作的荒原上,草叶飞扬,对面的赵明诚宛如一个老剑客和自己对峙着。能够来参加这个欢迎会的人,王世才是做了挑选的,而这些人此刻也都把他看成了首领,于是,这场欢迎会,似乎一下弥漫开了硝烟,成了战场。

"我……"王世才只和赵明诚对视了一眼,就泄气了,他不知道为什么泄气,这种泄气让王世才觉得心里发慌,他准备说点什么缓解一下,终于还是没说出来。

而王世才的双手,挣扎着想要再鼓那么一两下掌,终究还是不能,这一刻,仿佛这双手都不是自己的了。

赵明诚收回了如同利剑出鞘般的目光,慢悠悠地说:"都是生面孔,不错,不错。"

王世才松了一口气,双手却哆嗦起来,他未免失态,就故作自然地收回了双手,打了一个哈哈,声音尽量放轻拿稳地说:"都是厂里的骨干精英,来,我提议,大家逐一向赵书记介绍一下自己。"

一个精神不错、梳着整齐背头的中年人,在王世才眼神的再三鼓励下,第一个开了口:"赵书记您好,我是厂里生产部主任郑东阳……"

赵明诚点点头,双手又开始剥瓜子。

一碟瓜子剥得差不多的时候,参会的人也介绍完了。

经过这么一番缓冲,王世才状态恢复,他端过水,喝了一口,清了清嗓子,说:"大家都介绍得差不多了……"

赵明诚手一抬:"不,你还没有介绍。"

王世才一愣,这赵明诚是想干什么,他还用介绍?不说几天前见过面,就是之前到兴州市机电工业局开会,两人无论于公还是于私,都见过很多次。但这种情况下,王世才不想刚融洽的气氛再变紧张,就哈哈一笑:"好,好,我也做个自我介绍。我叫王世才,是兴州市电力机械制造厂的厂长。毕业于辽龙大学机电系,毕业后回盛阳电力机械厂做技术员,这期间我写的《电机低功率运行的维护和保养》……"

王世才平静地把他的经历说出来，会场上不断响起掌声，从那些经历，从那些理论到实际的运用，都不难看出，王世才的的确确是工人中的精英，不折不扣的人才。

赵明诚听着，手边的那一碟瓜子已经全部剥完。

等王世才说完，他也鼓了鼓掌："好，好！"赵明诚抓起一把瓜子仁，放到王世才面前："很好！王世才厂长，你不仅仅是一个好工人，还是一个技术尖子工人，这是我佩服的。"

王世才心里暗自高兴，他心里想：看来自己提前去拜访赵明诚，以及和这个老书记推心置腹交流，起了作用，现在这回厂来的老同志，是要给自己先坐一坐轿子。

"哪里，哪里！"王世才谦虚地连连摆手，"赵书记，您才是我佩服的，一直都是我心里的榜样！"

赵明诚起身，把那些雪白的瓜子仁，都拢到碟子里，然后挨个走到来开会的那些人身边，准确无误地喊出每一个人的名字，然后接着来一句："不错，骨干精英。"

说完，就抓起一把瓜子放在那人身边。来开会的人，都赶紧站起来道谢。

这些人同时都疑惑地看向王世才：这是什么情况？

来开会的人，王世才都登门拜访过，还叮嘱过，今天的欢迎会，赵明诚可能会不对付，要忍耐。

进到会场后，见赵明诚铁青着脸只是剥瓜子，这些人更是如临大敌，心里都打起了十二分的戒备心。

万万没想到，赵明诚剥了瓜子让他们吃。

一时间，每个人都放松下来。

赵明诚一圈走下来，手里的一碟瓜子刚好分完，那些人都站着，等他回到位置坐下，才都又坐下。

事情真是前所未有的顺利。

王世才于是也放下心里的顾虑，说："今天是欢迎会，赵书记礼待各位，也是为了接下来厂里的破产清算工作顺利进行，少不得大家辛苦出力，我们接下来，在赵书记的带领下，把工作要妥善圆满做好！"

大家都抓起雪白的瓜子仁，塞到嘴里咀嚼，同时，都使劲地鼓掌。

这时。

"不。"一个声音冷厉地响起，热烈的掌声戛然而止。

"今天算不得礼待，我主动提出调回厂里，接下来的工作方向也不是破产清算。"赵明诚在那一声冷厉的喝止后，又用极硬的语气继续说。

场面一下凝滞。

赵明诚打量着参会的人，目光就好似两柄雪亮的刀子，锋利的感觉让每一个被他看到的人，都不由得心里发紧。

气氛剧变，让人感到如坠冰窖。

"哈哈……"王世才先是一笑，然后打圆场，"是，是，下一步的工作该怎么搞，咱们之后再讨论，今天，是欢迎会，不提工作，不提工作……"

几个反应快的人，也纷纷附和："对，对，不提工作。"

王世才客气地看向赵明诚："赵书记，您是军转干部，不知道在您原来的部队，欢迎会上，会说些什么？"

赵明诚眯着眼想了一下，长长呼一口气："会说些什么……在部队我参加过很多欢迎会。到现在我记忆最深刻的，还是刚到部队时的第一次新兵入伍欢迎会。我是紧急征兵，入伍后直接就赶往前线，那个欢迎会在战壕里举行，当时是连长陈大彪组织的，他刚从火线下来，脸上都是泥血混合的干黑块，连长当时没和我们客套太多，说的就是敌情和我们接下来的安排，接着就是给各个人安排任务。"

"佩服！国之脊梁，英雄！"王世才竖起大拇指，其他的人纷纷赞誉。

赵明诚摇了摇头："不是，你们都没有发现关键，新兵入伍的欢迎会，一般是由所在班举行，由班长主持，但这个欢迎会是由连长主持的。"

"是不是战前动员，所以规格高？"

"连长比较重视，所以亲自主持？"

"……"

会场里的人都纷纷猜测，赵明诚只是摇头。

王世才看到会场里的气氛已经完全变得融洽，颇为满意，看向赵明诚，摆出一副小学生向老师请教的神情问："赵书记，那是为什么？"

"几天前,陈大彪是班长。"赵明诚回答。

会场里的人都啧啧称奇,个别人更是羡慕地说:"原来是火线提拔,几天就从班长升到连长,看来这个陈大彪连长非常有能力。"

有比较会来事的,马上就顺杆爬:"强将手下无弱兵,难怪咱们赵书记也这么有能力。"

赵明诚看着热闹的众人,眼中闪过一丝悲凉,用有些发颤的声音说:"不是。陈大彪是一个好连长,也是我一生最敬重的人,但是他没什么特别的能力,他几天前是班长,是炊事班的班长。"

"炊事班班长!"会场里的人都惊了,不知道该怎么接着往下说。

赵明诚端起茶杯喝了一口,剧烈咳嗽起来,茶水溅了一地:"部队里上火线后有一个默认的规矩,连长牺牲了,副连长顶上,副连长牺牲了,排长顶上……你们能想象,我们连在我们这些新兵到达前,经历了几天怎样惨烈的战斗,以至于一个炊事班班长被顶到了连长的位置上。"

会场更静了。

"啪!啪!"王世才一脸凄然地鼓掌,口里说:"闻之动容,思之敬佩!"

其他人也纷纷鼓掌,个个口里都赞颂不已,有个别人还做出了擦泪的动作。

赵明诚又说:"刚才王厂长问,部队的欢迎会上,会说些什么。当时陈大彪连长嘴唇干裂,声音发哑,但是他说的话,现在一旦回想,就如雷鸣般在耳边轰响。"

"陈大彪连长说:人可以怂,可以害怕,可以骂娘,可以哭,但连敌人的照面都没打,就举白旗,那他娘的就不行!是米是面,先放油锅里给我炸一炸!丑话说在最前面,咱们连要是谁连枪都没放就想撤退,老子就送他一枪!"

会场又一次静下来。

赵明诚站起身:"来之前,根据厂里上报的材料已经有了了解,虽然我现在还没有实地去看过,但以现在的情形,我们接下来要面临的肯定是一场大战。破产清算就是摇白旗,我也丑话说在最前面,我不是来和你们一起摇白旗的!"

老书记说完,就迈步朝外走。

会场里的人都不知道该说什么，该做什么。

"赵书记，这是从何说起，我们要讲实事求是，"王世才感到一股巨大的压力如山般落到肩上，他站起身，挡在赵明诚身前，"厂里的负责人都在这里了，我们不是摇白旗，再说了，怎么破产清算就成了摇白旗，我们只是……"

赵明诚摆摆手，打断王世才的话："负责人都在这里？我看不见吗？只是支持破产清算的人在这里。"

说完，赵明诚斜跨步，擦着王世才的身体过去，径直朝外走。

他的脚步声清晰，一声声都好似踩到了会场里人的心上，也似乎如同两个鼓槌，一上一下地敲击着，宛如两军阵前，即将厮杀时候的前奏，压抑着，窒息着。

眼看着赵明诚就要走出会议室。

"赵书记。"王世才喊了一声，赵明诚回头。

王世才说："不管是不是破产清算，总要有人来做事，厂里的民意在这里，活路在这里，您再想想。"

"想想，我来之前已经反反复复想过了。"赵明诚微微摇摇头，"活路不是这个，民意肯定也不是这个，至于做事的人，我看，也不在这里。"

这话一出，会场里的人顿时喧闹起来。

王世才抬手压了一压，那些人都瞪眼看着赵明诚，个个的神情都流露着不满，王世才说："赵书记，话这样讲就难听了，咱们厂所有骨干都在这里，做事的人，不在这里，又在哪里？"

"是的，厂里的所有骨干都在这里，"赵明诚回头扫看了一眼会场里的人和王世才，"让兴州市电力机械制造厂走到今天这一步的，你们个个都功不可没。你问得好，做事的人，不在这里，又在哪里？接下来，你就会知道在哪里。"

"哦，看来赵书记是已经有了人选。"王世才脸上的笑意全无。

赵明诚不置可否地回了一句："我就不信死了张屠夫，就一定得吃混毛猪。"

第3章 钢象棋的博弈

"将军!"

胡新泉提起一颗棋子当啷一声落到棋盘上,震得对面微微有些出神的陈苍建身体哆嗦一下。

这副用上好的钢材做的象棋,是胡新泉的杰作。

兴州市电力机械制造厂有一个传统,对于新进厂的技术员,都要安排先在一线车间工作一个月到一年。

用曾经带过胡新泉的老师傅董青金的话说,这叫杀威棒。

在一线是干一个月还是干一年,取决于安排到一线的技术员什么时候"有活"。

"有活"的标准,和带人的老师傅相关。因人而异,各有不同。

陈苍建进厂后被安排到了绕线车间,带他的师父给出的"有活"标准是:眼里要容不得乱线,心里要默数线圈,看见绕柱要一眼知道顶满绕多少圈。

绕线有活,陈苍建都被弄得魔怔。导致他后来只要看见什么立起来的直柱体,就会马上在心里计算能绕过多少线圈。有一次胡新泉和陈苍建约好吃饭,左等人不来,右等人不来。胡新泉实在担心,一路找回去,竟然发现陈苍建正往厂里一根废弃的电线杆上绕电线,嘴里还叨咕叨咕地念:"64铜一千六百四十五圈,76铜一千三百二十三圈……"

还有一次,胡新泉买几团毛线准备找人给母亲织一件毛线衣,放宿舍不一会，陈苍建就全部都绕到床栏上了。

兴州市电力机械制造厂的一线工作杀威棒，对每一个技术员，都是印象非常深刻的。像陈苍建这样，经过几个月一线工作后，养下看见线就想理顺往柱子上绕的习惯，并不是什么新鲜事。

胡新泉去的是冲压车间，董青金给的"有活"标准是：眼里有活不眨眼，手上有活跟得上，脑子有活会琢磨。前两条，都比较容易理解，多练习可以达到，第三条，胡新泉硬是在冲压车间待两个多月都没弄明白。想方设法和人打听，也不知道具体该怎么做。到后面，厂里派到车间的各种任务，胡新泉都能率先完成，但董青金始终阴沉着脸，表示没有达到标准。

眼看着和自己同一批进厂的技术员都纷纷达标后，从各个一线生产车间离开，正常开展技术工作。

最后，就剩下胡新泉一个人。

难怪厂里前几批进厂的技术员都私下叫董青金为"董阎王"，他给的杀威棒，都是鬼门关。

据说很少有技术员能达标过关，大多数分到董青金这儿的技术员，都是饱受折磨一年，熬足时间后离开。

那一批进厂的技术员里，按照毕业的学校和分配时候的理论测评，胡新泉和陈苍建是当仁不让的佼佼者。没想到一上手实操，自己竟然成吊车尾。胡新泉接受不了，非常烦恼。

在冲压车间各种震响中，胡新泉一个人苦恼地面对冲压机床下狠劲，发疯似的搞了几个昼夜，眼睛鼓得满是血丝，好像随时都会爆掉，耳朵几近聋了。

最后，当他捧着一盒用钢冲压出来的象棋子送到董青金面前时，看着圆润光洁的棋子，有着深浅一样的凹字和凸起的花纹，董青金满意地点头。

当时，董青金说他达标时，还告诫他："技术员脑子有活多琢磨，就是要多想想怎么用那些机床搞新东西，要是你到冲压车间来，还只是和我们一样，那你是什么技术员？"

对此，胡新泉相当信服。

听到胡新泉将军，陈苍建游离的目光回到棋盘上，他粗略地看一眼，拿起一颗棋子挡住胡新泉的攻势。

胡新泉一掌打到陈苍建手上:"哎!哎!你怎么动我的棋子?"

陈苍建一个不提防,那颗钢棋子就落到棋盘上,因为棋盘也是钢的,棋子立时弹起来,从棋盘落下。

"啊呀!"陈苍建捂住被棋子砸到的脚,惨叫起来。

胡新泉赶紧扶住他,关切又疑惑地问:"苍建,你今天是怎么回事,怎么心不在焉的?"

陈苍建不断抽吸着冷气,嘴里否认:"没有啊,没有啊!"

下象棋是胡新泉和陈苍建为数不多的一项打发时间的活动,特别是在肚子饿的时候。

用陈苍建的话说:"何以解忧,唯有杜康;何以解饿,唯有下棋。"

对于下棋的热衷程度,陈苍建完全超过胡新泉。有好几次,胡新泉大半夜睡得迷迷糊糊的都被陈苍建叫醒来下棋。

今天陈苍建的表现有些反常,他眼神闪烁,时不时地竖起耳朵听一下,整个人神情不定。

"还没有,你都拿我的棋子……"胡新泉伸手拨乱棋盘,"不下了。"

下棋止饿,必须双方都全神贯注才有效果,不然越下越饿。

"别啊,新泉,下棋,下棋,"陈苍建一把拉住胡新泉的手,脸上堆满笑意,"好好下一盘。"

胡新泉觉得陈苍建有些不对劲,是他拉着自己要下棋止饿,但棋盘摆起来后,陈苍建心思却完全不在下棋上,似乎是在等什么。

陈苍建热切地摆棋子,胡新泉只好再奉陪。

棋子摆好。

"呼!呼!"响起敲门声。

陈苍建一下站起来,几步蹿过去打开门。

他非常迅疾,让胡新泉都不禁一愣。

"咦,倒吓我一跳!"门外探进来隔壁宿舍技术员王卫国的头,他提着暖瓶问,"你们这有热水吗?"

"哎,怎么是你啊……"陈苍建有些失落,他摆摆手,"没有,没有……"

王卫国离开，胡新泉问："苍建，你是不是在等什么人？"

陈苍建干笑几声："我能等什么人，来，下棋，下棋……"

"呼！呼！"敲门声又响起。

陈苍建又很快地打开门。

"我只要一点热水就行，吃药呢。"王卫国咳嗽几声，又问。

"没有，真的一点都没有……"陈苍建语气里愈加失落。

回到棋盘边，落子开杀。

"呼！呼！"敲门声再一次响起。

陈苍建有些不耐烦："卫国啊，我们这真没热水……"

"呼！呼！"敲门声继续。

陈苍建皱眉，不再去开门，沉闷地下一步棋，棋子落在棋盘上，发出当啷的一声。

胡新泉回一步棋，起身走去开门。

"新泉，下棋，别管他。"陈苍建低声说着，又下一步。

胡新泉打开门，就见赵明诚站在门外，有些意外地喊出声："赵书记。"

赵明诚走进来。

陈苍建触电般站起身，几步蹿过来迎人。地上一个搪瓷脸盆里浸着几件胡新泉准备洗的衣服，被慌乱的陈苍建直接踢翻。湿淋淋的衣服、滑溜溜的皂角子散落一地。

"哎呀……这个，赵书记，真不好意思，我还以为……"陈苍建语气无措地解释。

赵明诚哈哈一笑，看着满地的东西，蹲下了身，捡起一颗骨碌碌打转的黑色皂角子："你们也用这个洗衣服啊？"

胡新泉过来把衣服和那些皂角子都捡了放盆里，拿过拖把一边拖地，一边回答："嗯，厂里西南角墙边有一棵皂角树，落子的时候，我捡了一口袋放宿舍里，用来洗东西还可以，就是要多浸泡一会。"

赵明诚走进屋内，打量一圈。

陈苍建殷勤地招呼他坐下，手忙脚乱地倒水。

赵明诚把玩着那颗表面上有些泡沫的皂角子说："新泉，你倒会找东西，厂里西南墙角那棵皂角树,可是我们这个地方唯一的一棵皂角树,你还知道能用这个东西洗衣服,很好啊。"

胡新泉挠挠头:"上大学的时候,有个舍友是南方来的,带过皂角子来洗衣服,就知道这真是个好东西。"

赵明诚点点头:"的确是有用的好东西,只是这个地方原来是没有的,厂里的这独一棵,原来也被称为孙将军树。"

陈苍建悠悠念诵:"'皂角林边杀气新,凄凉偏感北征人。我来认作将军树,汲静当年打女真。'赵书记,皂角树确实古来就被称为将军树。"

赵明诚赞赏地看着陈苍建:"陈苍建,你的学识很好,你读的这个,我是第一次听,挺好。这个厂的第一任厂长孙明伦,也喜欢读诗,那棵皂角树就是他种下的。"

孙明伦,胡新泉和陈苍建听到这个名字,两人都不由得一振。

孙明伦是兴州市电力机械制造厂的第一任厂长,老工人们常挂在嘴边,认为让兴州市电力机械制造厂所在的这一片野河滩变成大工厂,是孙明伦厂长铲开的第一捧土,砌上的第一块砖,打落的第一只大雁。

那时候的陕省兴州市,是个连铁匠铺子都没有的农业县,孙明伦接下成立兴州市电力机械制造厂的任务后,在陕省选址一个多月。之前已经安排人员考察确定几个地址,苏联专家看过后,都一一否决。

眼看着任务规定的时间一天天临近,孙明伦急得跳脚骂娘。

对于最后厂址的确定,是很有些故事性的。前期确定的几个地方都被否决,孙明伦一行人只能回西京去汇报情况,车队不日不夜开了两天,又困又乏,就停车在一处河滩休整。

河滩边长满密密匝匝的蒲草和芦苇,早上的雾气还没散,虽然天光亮,但还是看不太清,一行人就割了大把的蒲草棒,点燃插在河边驱开雾气照亮。这火光一起,浓浓的雾气里就传来扑棱棱的声音,苏联专家受到惊吓,孙明伦饶有兴致地让警卫员取过枪来,朝着雾气里来上一枪。枪响一停,有东西就跌落水中,警卫员游水过去捞起来,是一只肥壮结实的大雁。

苏联专家凑过去看,检查周身,都没发现枪眼,大感惊奇。

非常了解孙明伦的警卫就和苏联专家解释,孙厂长在部队的时候,是赫赫有名的神枪手，他打大雁的枪法有个名字叫开口射。

大雁飞起来后，整个身体是直的，孙厂长专等它开口的时候射击，子弹就从大雁张开的嘴巴打进去，打穿大雁从后口子飞出去，所以通身都看不到枪眼。

苏联专家佩服不已，连连赞叹。

孙明伦谦虚一番后和苏联专家说，用开口射打大雁，十只能打中一两只就相当不错，但他用开口射打人，一打一个准。谦虚完后，孙明伦指着这片野河滩，和苏联专家建议，在这个地方选址就很不错。苏联专家还想反对，但想到孙明伦的开口射枪法，就紧闭着嘴巴，连连点头。

于是，兴州市电力机械制造厂最终就定址于此。

当然，这个颇具故事性的传闻，胡新泉是不信的，一个这样大的重点工业项目落地，不是某个人的某种行为就能决定的，肯定是各方面论证考察完善的结果。不过他对孙明伦这个兴州市电力机械制造厂的第一任厂长非常佩服，因为从无到有，历来都是最难的。

赵明诚接着说："我和孙厂长搭过班子，当时厂里的条件不好，有一次变压器大会战，三天没睡，我是又饿又困，到他办公室去汇报进度时，没见到人，就见一些皂角子泡在盆里，这黑乎乎的东西，一颗颗圆溜溜的，看起来和大点的豆子没什么两样。我当时饿得双眼发绿，管它三七二十一，从盆里捡一缸子就放到锅里煮着吃。"

虽然是已经过去的事，但胡新泉还是很担心赵明诚："皂角子可不能吃。"

"是的，"赵明诚点点头说，"但我当时累得厉害，也饿得厉害，吃下半锅，嘴里才缓过味道，那玩意儿，就像吃下去一堆洗衣粉水泡过的肥皂一样，烧心烧肝。孙厂长这时端着盆进来，我才知道他泡那玩意儿是用来洗衣服的，听到我吃下半锅，他着急得不行，我也难受得厉害，哇哇呕吐好一会，才稍微好受些。"

"孙厂长好气又好笑，我后来和他汇报进度，一张嘴就一股子皂角味儿，"赵明诚说到这里，自嘲着笑起来，"这也就是后来孙厂长在一些会上打趣我是泡泡书记的由来。"

三人于是都笑起来，房间里的三个人，顿时亲切不少。

"赵书记，您看看，是不是这样？"陈苍建有些出人意料地用手从胡新泉泡着衣服的盆里，掬一捧含在嘴里，一说话，果然吐出好些泡泡。

房间里的笑声变得更响亮了，赵明诚笑着拍拍陈苍建的肩膀制止他："快去吐了，赶紧漱口，这水不干净，你这小伙子也真是实诚。"

"哎，哎！没事，没事。"陈苍建连连答应，然后迅速去收拾一番回来。

"孙明伦真是个好同志啊，"赵明诚叹口气，"苍建哪，孙厂长也跟我念过几次诗，都是同一首，'水漾霜风冷客襟，苔封战骨动人心。河边独树知何木，今古相传皂角林'。"

陈苍建听到赵明诚亲近得像叫胡新泉一样叫他，顿时大感振奋。

"除了大家传言里的三个第一，孙明伦还有一个第一，"赵明诚停一停，看向胡新泉和陈苍建说，"他还是咱们兴州市电力机械制造厂倒在岗位上的第一个人。哎，也只有那样的人，才能搞好这个厂。你们说对吧？"

胡新泉和陈苍建都不知道该怎么回答。

赵明诚坐到桌边，伸手拿起一颗钢棋子，掂量掂量，看向两人说："来一盘？"

"好。"胡新泉坐到棋盘边。

两人摆好车马，开始下棋，陈苍建赶紧去水房提一壶开水过来，他颇为上心，不知道从什么地方还鼓捣来一些茶叶，泡好一杯，静静地放到赵明诚手边。

赵明诚非常专注，棋也很有攻击性，并且喜欢吃子，牢牢地盯着楚河汉界，一旦胡新泉有棋子越界过来，他想方设法地都要敲掉。

在这之前，胡新泉没有和赵明诚下过棋，但刚下十几步，胡新泉已经摸清这个老书记的棋路，于是就送一枚灵巧的马过去。

赵明诚立即就调动其他棋子对马围追堵截。

胡新泉不慌不忙地把后方棋子都往前推，只是不过河。

等赵明诚把胡新泉过河的马困死在左角边线，刚要松一口气时，胡新泉一炮打过来，车马齐动，直接横穿进入赵明诚后方，眼看要不了几步就能把他将死。

这时赵明诚提起一枚过河的兵棋，往后退一步，直接把胡新泉的一枚马吃掉。

胡新泉赶紧提醒："咦，赵书记，你的小兵过河后，只能向前，是不能退后的。"

"不能退后么?"赵明诚轻轻一笑,端起茶喝上一口说,"那现在我们规定,小兵过河可以往后走,你的也可以。"

胡新泉不禁哑然,象棋的规则还能这样改?

赵明诚却不管其他,调动过河的小兵,后退前进,顿时让胡新泉猝不及防,本来稳赢的局面,直接被赵明诚杀了个七零八落,最后竟然输了。

陈苍建在一旁看得直乐,赵明诚拍拍胡新泉:"新泉,你输了,让苍建和我来一盘。"

这样输掉,胡新泉是不甘心的,但还是让到一边。

刚才已经见到赵明诚怎么下棋,陈苍建就格外小心,以防为主,即便是赵明诚要吃子后再定规则,也一直没有机会。

两人都各自在自己的棋盘上严防死守,要吃子就只能换子对冲。

一番热火朝天的相互吃子下来,棋盘上的车马炮都拼光了,就是兵卒也只剩下两枚相对着。

这时任凭赵明诚怎么修改规则,也是无济于事。

陈苍建谦和一笑:"赵书记,看来这一局只能和棋了。"

赵明诚却并不同意:"棋盘厮杀可没有和棋这一说,不是你死,就是我亡。"

接着,就见赵明诚提起象,几个田字直接下过界河。

陈苍建不禁哑然:"赵书记,象是不能过界的。"

赵明诚象飞一个田字,吃掉陈苍建一枚棋子,开口说:"我们下,就规定象可以过界。"

一旁的胡新泉忍不住了,有些不满地说:"赵书记,你这样可是耍赖了。"

"咦,新泉别这么说,"陈苍建制止住胡新泉,笑吟吟地看向赵明诚,"下棋嘛,规则肯定是下棋的人定,只要最后的结果是吃对手的子,把对手将死,分出输赢就行。"

赵明诚欣赏地打量陈苍建:"对,规则是死的,人是活的,谁在下棋,谁定规则,只要最后把对方将死,分出输赢就行。"

"好,那我赢了。"陈苍建依旧笑着,伸手一把将赵明诚棋盘上的老将直接抓起放到一边。

赵明诚反而一愣。

"我们规定可以让对方的老将自杀……"陈苍建解释。

赵明诚打断他的话："我也可以，只是我来不及了。"

看着棋盘上仅剩的钢棋子，胡新泉愣住心想：象棋，原来还可以这样下。

赵明诚拍了拍胡新泉的肩膀："新泉，有些时候，小兵过河，也要打破规则才行。"

"好的，我记下了，"胡新泉点点头，随即又问，"赵书记，你来找我们，是有什么事吗？"

"是，有事，"赵明诚起身，揉了揉酸疼的腰，轻描淡写地说，"之前我提交上去的租赁承包方案，已经通过了。"

胡新泉和陈苍建对望一眼，都非常惊喜。租赁承包的方案通过，意味着兴州市电力机械制造厂不用破产清算，这可是起死回生的大事，他俩真没想到赵明诚会这样平静地说出来。

"你们先不要忙着高兴，"赵明诚微微皱眉说，"虽然租赁承包的方案获得通过，但破产清算的处理方案也并不取消，而是继续按规划推进。"

赵明诚这番话，让胡新泉和陈苍建都很不理解。

租赁承包，破产清算，对于兴州市电力机械制造厂是截然不同的两种处理方式，非黑即白，现在怎么又批准租赁承包，还按规划推进破产清算。

赵明诚看出两人的疑惑，伸出双手，拍了拍两人的肩说："破产清算，是经过局里会议决定的，各项规划都已经完善；而租赁承包，只是一个方案，现在摆在面前的就是一个显而易见的问题：谁来租赁承包？"

谁来租赁承包，胡新泉和陈苍建对视一眼，面面相觑，这个问题，他们还真没想过，因为两个人都只是技术员。

之前提出这个方案时，胡新泉脑子里只考虑过一个问题：不让兴州市电力机械制造厂破产清算。他并没有想过在方案通过后，由谁来处理租赁承包的问题，因为在他看来，厂里的头头脑脑那么多，其中任何一个人站出来，是理所当然的。

这个问题，肯定不是胡新泉这个技术员能想和该想的。

在赵明诚炯炯的目光注视下,胡新泉试探性地说出一个名字,那是他的直接上级,分管技术的副厂长。

赵明诚摇摇头。

陈苍建也试探地说一个名字,那是厂里的大能人,商务部的部长,前几年厂里积压大量电容器,是他带着商务部的人,跑遍各地的电力公司,做到全部出货的。

赵明诚还是摇摇头。

胡新泉和陈苍建两人轮流又说了一些名字,赵明诚都摇摇头。

"难道?……"胡新泉和陈苍建对视一眼,想到他之前的唱腔,激动得几乎要跳起来,都兴奋地看向赵明诚,"老书记,您是要亲自挂帅吗?"

陈苍建一副了然于心的神情,摇头晃脑念出一句:"廉颇老矣,尚能饭否?"

赵明诚叹口气:"新泉,苍建,你们不用这样看着我,其实关于租赁承包的方案提上去后,局里对我这样横生枝节,是有反对意见的,我当时拍了桌子,确实和他们说过,让局里的人放一百个心,要是没人站出来租赁承包,我就拼了这把老骨头上!"

"但实际情况和你们说,租赁承包,不是一朝一夕的事情,我即便是披挂上阵,一年,三年,五年,那之后怎么办?我不服老,但我真的老了,我很愿意像孙厂长一样倒在岗位上,只是,我倒了,接下来怎么办?"

胡新泉和陈苍建不再激动,两人的脸上都泛起担忧的神色。

赵明诚伸手一把推开窗户,往外看去,整个厂区空荡荡的,没有什么人,一阵风刮过,卷起地上的叶子滚动飘飞,显得格外萧肃。

"看看吧,多好的一个厂啊,"一股子风劲从外面涌进来,吹扬起赵明诚斑白的头发,他伸手拢了拢,"我老了,激情也将要消退,甚至生命都很快会终结,但这厂,是可以枯木逢春的,是可以再现辉煌的。趁我现在还能动,趁我现在还能提供一些帮助,我希望扶年轻一代上马,希望给他提鞭坠镫,然后狠狠地踢上一脚,让他疾驰前行。"

赵明诚说完,期许地看着站在右边的陈苍建和站在左边的胡新泉。

"老书记,我们也和您想的一样,厂里的这一届领导们,年轻的也很多,您说吧,是谁?"胡新泉说完后,就觉得一股气涌起在胸口,不管赵明诚说是谁,自己都豁出去,跟着他干。

"就是你……"赵明诚剧烈地咳嗽起来,他竭力地压制,才又挤出一个"们"字。

"我们!"胡新泉惊讶不已,几乎是同时,陈苍建也说出这两个字,不过他眼中先是闪过一丝兴奋,然后才充斥着惊讶。

"厂里的那些干部,我都见过,他们都不是想把这个厂搞好的人。"赵明诚大致把他在欢迎会上对每个人的观察简单说了一下。

那些人在赵明诚看来,没有一个是站在厂子和工人的立场来想问题的,他们更像是一群秃鹫,就那么守着,就那么守着,只等兴州市电力机械制造厂彻底倒下,变成一堆腐肉后再一拥而上进行瓜分蚕食。

赵明诚拉过陈苍建和胡新泉的手,问:"你们愿意吗?"

陈苍建连连点头:"谢谢赵书记的看重。'晓战随金鼓,宵眠抱玉鞍。愿将腰下剑,直为斩楼兰。'"

胡新泉却有些犹豫:"我很愿意为厂子变好付出我的所有,但我只是一个技术员,我真的可以吗?"

赵明诚打量一会胡新泉,目光转向陈苍建:"新泉,不要对自己有所怀疑,尤其是这种时候,总把自己当成一颗过了河的小卒,是不对的。我有个想法,先暂定让陈苍建作为租赁承包人,你看怎么样?"

胡新泉立即点点头:"苍建有商务的经验,也在厂办待过,他可是个多面手,赵书记,真的要在我们两人中选一个作为租赁承包人,我举双手赞成他,不要暂定,就确定他吧!"

"好,"赵明诚点点头,"新泉,你能这样想,很不错。局里要求租赁承包的人要代表民意,如果你们两个人的'民意'都不一致,那这件事就没法再继续。"

陈苍建连连摆手:"感激赵书记的肯定,感谢新泉的认可,我自己知道自己几斤几两,我虽然对厂里的各种情况都非常了解,厂里的很多人对我也很认可,但这个租赁承包人,我……"

胡新泉抬手拍拍陈苍建的肩膀,目光凝视着他:"苍建,你就不要再推辞,这个事情今天就这么说定,以后遇到任何困难,我都会全力协助你的。"

赵明诚听完陈苍建的话，微微皱眉，轻叹一口气后朝陈苍建点点头："陈苍建，因为破产清算的方案还会照常推进，以我现在掌握的情况，在租赁承包进入民意表决的结果出来前，破产清算的进程肯定会被某些人加速的，留给我们的时间不多了。"

"就这么说定，你，陈苍建作为租赁承包人。"赵明诚语气肯定。

陈苍建眼中迅速闪过一丝兴奋，随即低下头，双手狠狠地揉了几把头发，坚定地抬起头说道："好，既然赵书记亲自点将，那我就当仁不让了，要是有哪里做得不好，您随时批评指正！您就把我当成您的一个后辈、一个弟子。此时的我，心中最想说的就是：'尚有一灯传郑燮，甘心走狗列门墙'。"

"咦，不能这么说，"赵明诚摆摆手，目光看向陈苍建和胡新泉，"我们是同志了。"

确定下谁是租赁承包人后，三人当即就之前的租赁承包方案进行讨论，之前只是一个大致的框架，进行丰富和补充后，添加了非常多内容。

胡新泉专心地在本子上记录，赵明诚和陈苍建在眼前说着话，不知道怎么搞的，就觉得他两人的声音越来越小，甚至都听不见在说什么。他努力地竖起耳朵听，却听不到一点声音，手上的笔也似乎写干了墨水，机械地划动着，却什么也写不上。房间慢慢变暗下来，胡新泉下意识地想要拉亮灯，但双手完全不听使唤，四下整个都静下来，也暗下来。

"新泉！新泉！你怎么了？"猛地听到耳边响起焦急的声音，胡新泉眼睛睁着，笼罩着他的黑暗逐渐消散，看清了眼前的两个人。

赵明诚紧搂着他，陈苍建手里提着湿毛巾，不断给他擦脸，在他耳边喊。

"没事，我没事……"胡新泉孱弱地回应。

赵明诚看着他苍白毫无血色的脸，痛惜地说："这是饿的，走吧，到我办公室去，给他喂点麦乳精。"

陈苍建背着胡新泉，跟在赵明诚身后。

这时天已经暗下来，三人才意识到，他们讨论方案已经过去了整整一天，也难怪胡新泉会晕过去。

赵明诚取出钥匙，拧了几下，推了几下办公室的门，门没打开。

"咦？"他俯下身，仔细往锁眼查看一下，无可奈何又有些恼火地说，

"被塞东西了。"

陈苍建把胡新泉放靠到墙边,走过去看看,伸手扯扯锁。

"赵书记,我来。"陈苍建一脸谦和看向赵明诚。

赵明诚往边上让一让。

"嘭!"陈苍建狠狠地一下朝门撞过去,挂在上面的锁顿时被撞歪半边,他伸手一拧,就要把撞坏的锁取下来。这强烈的撞击声在楼道回响,从旁边的几间办公室探出一些头来,瞧一眼,又都缩回去。眼看锁就要取下来,赵明诚按住陈苍建的手:"这个门不能这么开。"

陈苍建一愣。

赵明诚一把拉过陈苍建的手,扶起靠在墙边的胡新泉:"走吧,这个门还是要用钥匙开,不然以后每天都要用这种方式开,我这一身老骨头,肯定得散架。"

陈苍建看着那把用手只要稍微一扯就能扯落的锁说:"没事,赵书记,我天天来帮您开门。"

"不了,"赵明诚把刚才开门的那串钥匙挂到门把手上,拍拍陈苍建的肩膀,"走吧。"

下楼到一楼的医务室,门竟然开着。

停产这段时间,工人们都不上班,医务室一直关着,不知道怎么今天竟然有人。他们搀扶着胡新泉走过去。

还没到门边,就看到浓浓的烟雾弥漫出来。

听到里面有密集的喘气声,人不少。

"讲好了,只要他们硬撞开门进去,就都给弄下来,磕磕碰碰的要是弄出点伤,张主任,你可要处理好。"

一个声音低低回应:"老书记身体不好,等下要快点送下来。"

走到门边,就见小小的医护室里面坐满了人,厂长王世才也在。

厂医护室主任张振平手边正摆弄着一些酒精和绷带。

赵明诚扶着胡新泉走进去,陈苍建的身体明显有些颤抖。

"赵书记!"王世才一脸笑意地打着招呼。

其他人也都站起来,盯着三人。

赵明诚冲王世才点点头，搀扶胡新泉走过去："医护室有人，很好，张主任，你看看胡新泉是怎么了。"

张振平不知道该怎么回应，看向王世才，王世才点点头。

张振平把胡新泉扶坐到一张椅子上，检查一番说："新泉没什么大碍，营养不良，疲劳过度引起的暂时性昏厥，补充点蛋白质和氨基酸就行，面包、牛奶、鸡蛋这些都可以。"

王世才关切地看着胡新泉："新泉，怎么搞成这样？走，我带你们去好好补补。"

胡新泉喘着气，摆摆手："没事，不用。"

"要不，给新泉输点葡萄糖？"张振平下意识地把桌上的酒精和绷带遮挡了一下。

赵明诚走过去，拿过一瓶酒精："这东西，涂在身上可没有喝在肚子里舒坦。"

王世才解释："我们身体都有些不舒服，就集中一起，然后叫张主任来厂里帮我们看看……"

"嗯，我知道，"赵明诚掂掂手里的那瓶酒精，揣回兜里，"身体不舒服确实应该看看，那你们好好看，仔细看。"

赵明诚搀扶着胡新泉，带着陈苍建离开医护室，沿着厂里的一条石子路走出不远，进到一片树林里。

这里的树林茂密高大，下面有些石头座椅，是平时工人们活动休憩的地方。

厂里停工几个月，这里没有人打理。树下的叶子层层叠叠地铺了厚厚一层，走在上面，就像踩到吸饱了水的海绵上一样。

"厂里最好的储备粮就在这。"赵明诚说着，朝身前一指。

胡新泉和陈苍建看着眼前的树林，空空旷旷的。就着还有的亮光，赵明诚用树枝拨开树叶，从下面扯出一条东西来，是蚯蚓。

"面包、牛奶，哪有这个东西补人？"赵明诚一笑，让陈苍建回宿舍取锅过来，就在一旁生火煮水。

三人在树叶间翻找，这一块地方叶层厚实，下面的蚯蚓格外肥长。

水刚煮开,就已经找了整整一盆。

撒点盐,加入清水简单浸一浸,再淘洗几遍,然后放到滚水里面过一过,再捞起来,放点草酸粉和酱油膏拌一拌。闻起来没什么肉味,但吃到嘴里,滑溜溜又有嚼劲,比什么面条都容易下口。

赵明诚看着狼吞虎咽的胡新泉和陈苍建,颇为得意地说:"这可是一等功才能吃的大补餐——地龙面,你们把租赁承包的东西弄好,要真把这个厂子救活,肯定值得记一个一等功,这奖励可先发,你们后面可不要哑火。"

胡新泉满满当当一碗地龙面下肚,热腾腾地出一头汗,精神恢复不少,肚子里那种火急火燎的饥饿感被压下去,看东西也清楚不少,听到赵明诚的话,就使劲点点头。赵明诚把架在火上的锅撤掉,挑拣十几条肥长的蚯蚓,都穿上串,放到火上烤熟。

陈苍建不失时机地过来帮着烧烤,问:"赵书记,还真不知道这蚯蚓吃起来这么巴适,您刚才说这是一等功大补餐?"

赵明诚看胡新泉情况好转,颇有兴致回答陈苍建。

原来战争年代,物资非常紧缺,吃是一个非常严重的问题。

在最激烈的战役中,最高级领导甚至下过这样的军令:谁能送一个苹果到前面的火线上,就记二等功。

在这种恶劣的情况下,军中各个部分,都有自己的一套找食绝活。

这其中做得最好的,是炮兵部队。炮兵打炮后,退下来的弹壳都滚烫无比。炮兵部队就利用这一点,在打炮的地方挖下一些坑洞,每次一打完炮,就把那些滚烫的弹壳放到坑洞里,然后往里面立即灌水,水很快就会被烧开,可以轻松煮熟很多吃的。

到了后来,物资紧张,没什么可煮的,偶然有一个炮兵填弹员,发现打炮震开的地上,翻出来很多蚯蚓,他试着将那些蚯蚓放到发热的炮弹壳里煮熟来吃,味道相当不错。

一来二去,这"炮壳地龙面",成为前线能找到的最好食物,一餐难求。以至于赵明诚所在的队伍,形成这样的共识,最好的食物给伤员,只有身负重伤,立下一等功,才能吃得上。

赵明诚非常珍视兴州市电力机械制造厂,就和当年烽火岁月的经历一样,是他心里最明亮的两样东西，如同两团火，始终燃烧着。时时回忆，时时感慨，时时不悔。

当今天他面对办公室门锁被人塞上东西时，赵明诚心里是痛心又难过的，他从未有过如此感觉。不管是什么人干的，都让赵明诚意识到，兴州市电力机械制造厂这一趟浑水，他想简单了。那把被塞上东西的锁，如同一层薄薄的黑雾，笼罩着，让他心里的一样明亮东西，变得黯淡。

他要离开兴州市电力机械制造厂的时候，天已经完全暗下来。

赵明诚带着整理好的租赁承包材料，胡新泉和陈苍建送他到厂门口的时候，他走路不是很稳。胡新泉要送他回去，被赵明诚一口拒绝，他的头脑很清楚，他接下来并不是回家，而是争分夺秒地去送材料。租赁承包越早定下来，越有利。

走出厂好一段后，赵明诚终于忍不住，扶住路边的树哇哇吐起来。

"赵书记，喝点热水，会舒服一些。"

身边递过一个保温杯，赵明诚接过，一口喝下，然后冲旁边的人抱怨："苍建，都说让你们回去了，怎么还跟着？"

扭头一看，却是厂长王世才。

赵明诚站直身体，下意识地抱紧怀里的租赁承包材料。

"赵书记，天黑了，您要去哪？我送送您。"王世才客气地说。

想了想，赵明诚点点头："好，我回家。"

王世才往后走出没几步，开上他的车过来。赵明诚警醒地回想，刚才自己走的时候，身后并没有灯光。

梳理一下思路，赵明诚可以确定：王世才刚才肯定是刻意关车灯跟着自己。

"赵书记，您请。"王世才客气地打开车门，扶赵明诚上车。

外面冷，车里却格外暖和。

王世才开着车往前，速度不是很快，他关切地问："新泉没事吧？"

赵明诚没回答，似乎没有听见。

王世才专心开着车，用恭敬的语气放轻声音接着说："赵书记，现在我和您是搭了班子，不管接下来要怎么走，我是非常愿意跟着您的方向，您是我敬佩的人，您的很多事迹是这个厂最光辉的记忆，是这个厂工人们心中最闪耀的部分，这种印象是很难得的，应该珍惜，对吧？"

说完，等一会，不见回应，王世才正要侧头看，就听到一阵呼噜声响起来。

坐在旁边的赵明诚，已经睡着。

"赵书记？"王世才试探地喊，赵明诚没有反应。

车往前走着，雨越下越大。

王世才看到赵明诚怀里的材料露出一角，他伸手想轻轻把材料抽出来，手指刚接触到，又触电般缩回去。

"咣当！"车碾过一个泥坑，猛烈地颠簸一下，睡着的赵明诚晃动一下，材料从他怀里滑落出来，王世才用眼角余光瞟了下，赵明诚依旧睡着，材料上"租赁承包"几个字格外显眼。

"咚！"车撞上什么，王世才紧急停车。

撑伞走下去一看，撞到的是一个标识牌，王世才这才想起，因为长时间下雨，这条路靠山的一边有一处滑坡，泥石冲开路面，几天前就开始修整，车不能通行。

刚才一门心思想的都是赵明诚怀里的材料，浑然忘记了这件事，还好及时停住了，再往前是非常危险的。路面被冲开的地方，紧挨着一处几十米高的陡坡。

想到这个，王世才不禁出一身冷汗，转身回到车上，准备调转车离开，看到沉沉睡着的赵明诚，一个念头在他脑海里涌起。

车灯往前照出去，射进珠帘般的雨幕，陷进一团浓墨般的漆黑里。

"啪啦！啪啦！"

被一阵剧烈的撞击声吵醒，胡新泉睁开眼，浑身如散架一样，抬头就看见宿舍的窗户没关，冷风带雨从外面刮进来。他揉了揉裂开一般疼的脑袋站到窗边，刚伸手准备把窗户关上。

"哈哈！"陡然就听到身后响起一声笑，把胡新泉惊得马上清醒，回头一看才注意到，陈苍建坐在地上，背靠着门。

那里光线比较暗，刚才胡新泉头昏脑涨的，没有看到他。

把窗户拉合上，胡新泉几步走过去，扶起陈苍建，他身上的酒气很重，侧头一看,地上有一个茶缸,胡新泉端起来闻一闻,是酒。

"苍建,你到底喝了多久,天都亮了,我都睡一觉起来……"胡新泉有些担心陈苍建,他话还没说完,陈苍建竖起一根手指挡住他的嘴:"天亮了,天亮了好,新泉,我很高兴,来,我请你吃点好东西!保准你没见过!"

一边说着,陈苍建一边往前爬行,从他床底下拖出来一个木箱子。

和陈苍建住这么久,胡新泉还是第一次看他拖出这个箱子。

箱子看起来很旧,样式很好,边角上包裹铁皮的红油漆掉得几乎没有,前面的开合处,挂着两把锁,一把是崭新的"铁将军",一把是老式锁。

陈苍建掏出两把钥匙,在那捣鼓半天没有打开,就朝胡新泉喊:"怎么回事,这锁成精了,晃来晃去的,新泉,你来给我开一下。"

胡新泉接过钥匙,两把一指来长,很陈旧,三把很常见的不锈钢钥匙,都串在一个铁环上。

打开锁,抬起箱子盖。

胡新泉不禁倒抽一口凉气。

箱子里最醒目的,是几捆用铜丝勒着的钞票,铜丝很新,勒得很仔细,要是不注意看,会有一种几块小金砖的错觉。

还有几瓶酒,紧挨箱壁有些烟和一些茶叶……

其他一些什么东西,胡新泉还没看清,陈苍建就撑身过来,从里面抓住几包东西,举起来,在胡新泉眼前晃动一下:"哎,看看,巧克力!见过没?"

说着,陈苍建掰开一块,递给胡新泉:"新泉,尝尝吧。"然后关上木箱盖,又把箱子推回床下。

胡新泉木然地任凭他把那块黑乎乎的东西塞到自己口中,心里格外震惊,无法平息。

这种惊,在这段时间已经出现过两次。

一次是父亲胡厚云交给他那个五万多的存折,让他到西京去买房;一次就是现在,看到陈苍建的木箱子里,那一捆捆如同小金砖般的钞票。

胡新泉只是一个技术员,他对于经济是不敏感的。改革开放已经十年,兴州虽然不是西京那样的省会城市,但是因为兴州市电力机械制造厂的存在,人们也是能感受到一些经济气息的。这种经济气息,是导致兴州市电力机械制造厂衰落及走到今天的重要原因之一。胡新泉从心底其实是排斥的。

但直到此刻,他才真正地意识到,那股蓬勃的经济气息已经影响到他。作为一个技术员,胡新泉打从心底感到恐慌。

陈苍建彻底醉了,倒在床上嘴里糊里糊涂地念着:"飞光飞光,劝尔一杯酒。吾不识青天高,黄土厚,唯见月寒日暖,来煎人寿。食熊则肥,食蛙则瘦。神君何在,太一安有。天东有若木,下置衔烛龙。吾将斩龙足,嚼龙肉。使之朝不得回,夜不得伏。自然老者不死,少者不哭。何为服黄金,吞白玉。谁似任公子,云中骑碧驴。刘彻茂陵多滞骨,嬴政梓棺费鲍鱼。"

胡新泉却睡不着,打一缸白开水,披上一件有些破损的军大衣,取出那一幅还没有粘完的蛋壳画,小心翼翼地粘起来。

总算全部粘完,外面已经彻底天亮。

听到陈苍建翻身哼一声,胡新泉扭头看一眼,想了想,走过去,把那个推回到床底下的箱子拖出来,打开盖子。

接着他端上洗脸盆和暖瓶,去洗漱和打开水。

回来的时候,胡新泉站在门边,听到里面传来焦急的踱步声。

推开门走进去,陈苍建眼神闪烁不定地盯着胡新泉。

"苍建,你醒了,我打了开水,来,洗把脸。"胡新泉往陈苍建的洗脸盆里倒热水。

陈苍建呼了几口气,才用有些沙哑的声音说道:"新泉,你都看见了?"

"嗯,看见了,"胡新泉抬起头回应一声,"那什么巧克力,苦嘴得很,不好吃。"

"哈哈……"陈苍建干巴巴地应和着笑几声,过来取过毛巾放到盆里,浸透后,狠狠抹几把脸,下定决心一般地又笑起来说:"新泉,你可是看到我的秘密了,我坦白交代,没想到吧,其实我已经是万元户了。"

箱子已经又被拖回到床底下了。

"苍建,我要批评你,"胡新泉喝一口水说,"你都是万元户了,还和我吃什么打虫药,还和我们吃地龙面,不厚道。"

陈苍建坐到胡新泉对面:"我不是有意瞒你的,我和你保证,都是正经钱。我交代,厂里停工这段时间,我去帮几家电机厂做技术推广了,你别看咱们厂的情况这样糟糕，外面那些小电机厂，需求量可是大得很。你想想，现在哪个行业离得开电，甭管它什么作坊，都要有机器，有机器，就要电带动，要电，就必须装变压器、电容器……"

说到这里，陈苍建双眼放光："我跟你讲，那些电机厂生产的东西，和咱们厂生产的东西，质量根本没法比，但是，买他们的东西，一不需要批条子，二还可以提现货，急着开工用电的地方，是怎么快怎么来，一台经常坏，那就买两台轮换用，两台不行，就三台，我亲眼见一家毛纺厂，供电不稳，十台变压器轮换着上。"

听到这里，胡新泉问："既然现在各个地方对于电器的需求那么大，为什么咱们厂还会变成现在这样？"

陈苍建讲道："咱们厂变成现在这样，并不是设备不好。我给你讲，外面的人可是非常认咱们厂生产的电力设备，一提起兴州市电力机械制造厂，那些厂里的采购员，都能眼睛放光，竖起大拇指说上一句：军工制造。对于其他那些电力机械制造厂的设备，那些厂用起来，都要三审核四检查，采购员们给厂办交代的时候，还得分各种好处给电力师傅，才能进厂安装使用。"陈苍建说到这里补充一句："当然，好处也都是从采购员们到手的回扣里分。"

胡新泉不禁皱眉，陈苍建知道胡新泉的秉性，历来看不惯这种事情，他就岔开话题。说起兴州市电力机械制造厂生产的电力设备与其他厂生产的相比，有一个生动的故事。

"在兴州旁边的宝芽县，有一家面粉厂，因为扩大生产，增加很多设备，地方上顺应改革大潮，也给予支持，批准厂里可以专建一座变电站。这个消息一出，陕省的各家电力机械制造厂闻风而动，开展各种活动，面粉厂的采购员家更是门庭若市，各方上门的人络绎不绝。面对这种情况，厂里组织专项会议研究，邀请好几个知名的电力专家坐镇。这些电力机械制造厂使出浑身解数，报上各种准备齐全的方案，还有一家甚至托关系专门找香港的设计所出具各种资质都亮瞎人眼的材料。专项会议开了整一天，专家们看得眼花，听得脑涨，到了整个会议最重要的设备计划选用环节。在这种专项会议上，这个环节，销售代表会和厂派的汇报专员同时参加，根据专家们的反应，推测采购意向。电力专家们参加的这种专项会多，也知道怎么回事，一个个都闭目听汇报，不流露任何表情。各个厂的销售代表都是一筹莫展，不知道该怎么判断。直到其中一个厂家，汇报完各种情况后，说会选用的配套设备厂家是兴州市电力机械制造厂，那些闭目的专家一个个都睁开眼，在本上做记录。由此看来，兴州市电力机械制造厂生产的电力设备，是有口皆碑的。"

陈苍建讲完这个故事，有些难为情地挠挠头："这些，其实我原来都不知道，当我外出做技术推广的时候，是真真切切亲身经历的。就说旁边的兴州醇酒厂，上个月突然出现电力故障，也找到我去会诊，现场有人提出要全线路检查，他们厂里的负责人直接把用上咱们厂设备的地方画圈出来，和在场的人说：'兴州市电力机械制造厂的设备是不会出问题的，你们检查其他没画圈的地方就行。'当时就有年轻的电工师傅质疑，很多在场的技术人员就给他解答：'这个厂生产的东西，出了问题，可是会被枪毙的。'"

"新泉，看看，这虽然是传言，但你肯定也能听出，这些人对于兴州市电力机械制造厂的设备是多么信任，"陈苍建放低声音，"其实，我到那些厂里，只要向人家介绍我是兴州市电力机械制造厂的技术员，别人都会高看几分，给我的出工费，也是其他技术员的几倍。这么说吧，我能赚到这些钱，和兴州市电力机械制造厂过硬的设备品质是完全相关的。"

听陈苍建说了这么多，胡新泉更加不理解，既然外界对兴州市电力机械制造厂的设备这么信任，兴州市电力机械制造厂应该供不应求，市场一片大好才对，为什么会停产这么久，甚至连工人的工资都发不出来。

看着胡新泉出神，陈苍建以为他还在想自己木箱里那些东西的事情，就轻轻拍了拍胡新泉的肩膀："新泉，那些钱，都是一分一角攒起来的辛苦钱，真不容易的，你别和赵书记说……"

胡新泉扭过头看着陈苍建问："苍建，租赁承包的方案要是实施，你准备怎么搞？"

"怎么搞？"陈苍建反而一愣，他眼珠子转了转回答，"关于这个，我仔细想过，咱们厂的设备其实是供不应求的，为什么会供不应求？主要的原因是购买流程烦琐。为什么会搞这么烦琐的流程？归根结底的原因，还是产能不足。产能为什么不足？因为咱们厂目前的生产方式，是从最原始的材料进厂，然后通过一个个车间生产，最后组装成设备。"

"新泉，咱们厂的口号，你应该不陌生，"陈苍建停一停，用念诵的方式讲出来，"一堆矿从东进厂，一批设备从西出。"

陈苍建继续说道："这样对外界依赖极小的生产模式，在特殊时期，是必须的。我甚至听厂里的一些老员工谈过，最开始的时候，咱们厂甚至还有自己的矿场！这样的优势，就是咱们厂可以从无到有，不会因为外界情况发生什么改变而受到影响。但这种封闭的生产过程，在现在改革大潮下，是存在很大问题的。

"自产自销的各个环节因为封闭没有竞争，很容易出现成本过高、产能浪费的情况。比如我们生产线圈的车间，大家铆足干劲，当月生产出十万台变压器的用量，这是非常好的，但硅钢片车间，因为各种原因的影响，只能生产出一万台变压器需要的硅钢片，这就出问题了，咱们只能以硅钢片的产量来产出一万台变压器，而线圈车间生产的九万台变压器的线圈用量就只能作为库存积压起来。别看咱们厂现在各种生产车间齐全，但决定最终设备产量的，往往是其中产能最差的那一条流水线。

"这就是咱们厂产能不足的主要原因，把兴州市电力机械制造厂看成一个桶，目前装多少水，按照封闭的流水线模式，决定最终产能的，是最短的那块板。

"在之前的特殊时期，是没有解决办法的。但现在逢改革大潮，提倡市场经济，陕省乃至全国出现了非常多的企业，这些企业往往因为不具备咱们这样大而全的实力，只能搞一方面，现在有专门做绕组线圈的厂，有切硅钢片的厂，有专门炼变压器油的厂，这些厂完全可以看成是咱们一个生产车间的扩大版，它们生产设备不仅仅是供应给我们一家电力机械制造厂，产能会非常大，从而使得设备的成本降低非常多。

"兴州市电力机械制造厂完全没有必要搞那么多车间，要是让我来搞，我会关停那些车间，用采购的方式，把组装设备所需要的组件，从其他厂买回来，然后集中全厂现有的力量，专一组装后直接对外销售，这不仅可以数倍地提升产能，还能最大限度减少成本。"

"你的意思是，兴州市电力机械制造厂之后只做组装？"胡新泉担忧地问，"那怎么做追踪品控？"

"这个简单,我们要是只组装,需要的量会非常大,谁要给我们供应组装件,我们按照厂里所需要的最严格标准来要求就是,"陈苍建胸有成竹地说,"兴州市电力机械制造厂要大量采购哪家的组装件,那些厂还不得把咱们像祖宗一样供着,什么标准他们不得答应?"

胡新泉又问:"目前我们不管是绕组线圈,还是硅钢片,乃至于整体设计,现在都是有咱们自己的技术的,要是只组装,那相关生产的技术革新就是其他厂的,这……"

"新泉,市场经济,市场经济,前提是市场,重点是经济,"陈苍建开解胡新泉,"咱们现在需要的不是技术,厂里那些工人的工资,可以用技术给吗?要保住这个厂,就得有顺应市场的改变,就得用能够取得最大经济效果的方法。"

见胡新泉还是没有表现出恍然大悟的神情,陈苍建叹一口气,饶有些得意地说:"新泉,现在知道赵书记看人准了吧,让我做租赁承包人,你放心,要是租赁承包真的能够实施,别的我不敢讲,我一定会让厂子不被破产清算,工人的待遇肯定会变好,像新泉你这样的技术员,也肯定会成万元户,哈哈,你是不是从来都没敢想过自己能成万元户?"

陈苍建笑着,干脆拖出他床下的箱子,从里面点出几捆钱放到胡新泉手中:"来,让你提前感受感受,沉吧,是不是觉得心里很踏实。"

一万块,原来这么多。

胡厚云给他存折,胡新泉只是震惊,他想,要是父亲给他的是现金,他肯定就不是震惊,而是惊吓了。

"希望租赁承包真的实施吧。"陈苍建把那几捆钱收起来,心里考虑着,想着接下来该把箱子藏到什么地方去。

胡新泉听出陈苍建的语气,就问:"苍建,难道你认为租赁承包可能会实施不了?"

陈苍建点点头:"我和你,掏心掏肺,也没什么隐瞒的,你肯定也看得出来,王厂长和厂里几乎所有的头头脑脑都是支持破产清算的,上面也是下了通知的,这种时候,搞租赁承包,完全是横插一杠子,我看呐,上面肯定是顾忌赵书记的情面,所以答应两种方案并行。但按照现在厂里的情形,我认为租赁承包是实施不下去的。"

胡新泉问:"你既然认为实施不下去,那为什么又愿意做这个租赁承包人?"

"新泉,其实很多事情,实施不实施,并不重要,甚至这个事情本身都不重要,"陈苍建眼神有些羡慕地看向胡新泉,"主导搞这个事的人最重要,你和赵书记的关系亲近,所以感受不到,你自己想想,咱们厂完蛋了,赵书记能给你写推荐信,让你有更好的前程,其他人有吗?租赁承包这个事情,现在能够并行实施,可以看出赵书记的影响力是很大的。赵书记怎么考虑,上面准备怎么安排,我不想妄自揣测,我现在只知道一件事,那就是跟紧赵书记,这件事成与不成,对我而言,并不重要,能够让赵书记看到有我这个人,才最重要。"

陈苍建双眼放光,继续说道:"我当然希望这件事能够成,但是,即便不成,这么跟着赵书记辛劳一场,即便是徒劳,他肯定也会给我一个好安排的,你说是吧。"

"你这是投机心理,"胡新泉有些恼火,"昨晚你为什么高兴?要让你这么一个万元户喝成那样,原来并不是为租赁承包确定下来,而是因为这个!"

"哎哟哟,我的新泉同志!"陈苍建看胡新泉恼火,有些焦急,"你怎么能这么说我,我可不是投机。你自己想想,就说昨天,赵书记的办公室门锁被人塞上东西,厂里的头头脑脑都挤在厂医护室,这里面的事情还不明显?我要投机,我能这么站到王世才他们的对立面?我是真的希望租赁承包能成的,不过现在厂里除了对这个厂有感情的老工人,谁不巴望着破产清算,更多人关心的是拖欠的工资和安置金什么时候发。至于厂子没了,以后会怎么样,有多少人会去考虑?现在是眉毛着火和娘要嫁人,你是先管眉毛还是先管娘?"

胡新泉恼火不起来了,确实,一开始,甚至是他,都为是离开还是留下纠结过。

陈苍建搂住胡新泉的肩膀:"我陈苍建和你胡新泉,认识不是一天两天,你是知道我的,我心里是有些自己前程的盘算,但我要说的是,关于租赁承包这件事,我会尽全力。"

"好。"胡新泉答应一声,他真的没有非常坚决的底气就此指责陈苍建,因为陈苍建说出来的这些，其实有一些也是他一开始的想法。

陈苍建顿时松一口气，他说这么多，讲这么多，为的就是这一个赞同。

"新泉，现在的情况不乐观，租赁承包是不好顺利实施的，"陈苍建想了想，"赵书记办公室，门锁被塞上，就是我们迫在眉睫要想办法解决的问题。"

租赁承包要实施，除了赵书记往上报，对下，还有一个民意表决租赁承包人的事情。

确实，和其他的比起来，这件事第一重要。

"我看现在的时间还早，赵书记也不在，厂里那些人肯定也不在，"陈苍建翻出一把扳手拢在袖子里，"我直接带上家伙去把那把锁敲掉。"

胡新泉摆摆手："这样肯定不行，要是能这么弄掉，赵书记昨天就不会阻止你。那个门上挂的锁，得用钥匙开。"

"得用钥匙开？"陈苍建眼珠子转转，"我看过那锁，都塞死了，用钥匙肯定开不了。这样，我去把现在的锁敲掉，换上把新的，再拿钥匙给赵书记，怎么样？"

"不行。"胡新泉摇摇头。

陈苍建一摊手："这也不行，那也不行，新泉，那现在该怎么搞，咱们还就被这么一把锁难住了？"

"苍建，这其实不是一把锁的问题。"胡新泉反复想昨天赵明诚说的话。

租赁承包的下一步，是要让厂里的人表决。在这个时候，赵明诚办公室的门锁被塞上，这哪里还是一把锁的问题，这就是厂里的民意问题。

"哎，新泉，我感觉你把问题想复杂了……"陈苍建话没说完，肚子就叫唤起来。

财已经露白，就不好继续隐瞒下去。

"别想那么多了，走，新泉，我带你去打打牙祭，"陈苍建招呼胡新泉，"咱们一边吃一边说。"

胡新泉想拒绝陈苍建，他想着锁的事情，怎么让那把锁用钥匙打开，但不知道为什么，思绪却总是会跑到陈苍建床底下的那个箱子里。

陈苍建硬塞到他口里的巧克力滋味，这时变得格外清晰，那是一种苦涩后丝一般黏滑的甜，肚子里的肠子，似乎也感受到这种味觉信息，于是蠕动起来，发出咕咕的声音。

"好了，走，"陈苍建拽起胡新泉，"我这个万元户，今天带你挥霍一下，咱们去吃马板肠！"

胡新泉本来还觉得有推辞一下的必要，一听到马板肠这三个字，口水止不住地往外流，眼睛不由自主地放绿光："走！走！这种大户，肯定要吃！"

兴州这个地方的马板肠，专指灞河边上的那家，熟悉的本地人会简称为老李家。那个地方处在灞河集的尾巴上，有老辈子回忆，老李家在那儿卖马板肠的年月很长，往上能推好几代人。

他家的马板肠，不像一般卖马板肠的，是有老李家的讲究。

胡新泉的父亲养猪时，和老李家打过交道，他家的马板肠，有独家秘方。

他家的马板肠，味道非常好，兴州的人为吃上这一口马板肠，好些人专门到政府反映情况，上面的人几经考察研究后，专门手写一些定量的马板肠"喝汤票"，每逢赶集天，在市场按需兑换。

胡新泉和陈苍建还没走到老李家马板肠跟前，远远就看到很多人，店里店外都坐满，根本没有地方。一个满头大汗的同志，只能把两人领到店铺的背后，那里紧挨着灞河，有个梯子通到下面河堤，是一个平时取水的地方，这时也摆上一张桌子，上面碗都还没来得及收，显然上一桌人刚走。

招呼的人歉意地和两人说："今天人太多了，只剩这么一个座，你们看能不能行，不行的话，就只能再等等了。"

闻着那口马板肠大锅飘出来的味，胡新泉和陈苍建根本就迈不动腿，只要能吃上就行，坐哪儿都行。

"行倒是行，我们坐这，位置有点偏，你可别搞忘了，还有，得早点给我们上。"陈苍建一边叮嘱，一边直接动手收拾桌子上的碗筷。

招呼的人赶紧客气地过来接过那些碗筷，连连点头："你们放心，肯定尽早上，肯定尽早上！"

两人坐下，嘴里都吸溜着口水，肚子更是不消停地一个劲响。

还好位置比较偏，不然两人脸上可挂不住。

临在河边，风吹来有点冷，胡新泉压着肚子，想转到前面去看看有没有位置,远远地就见一群人过来,其中好几个他都认识,是兴州市电力机械制造厂的工人。

厂里好几个月没发工资,很多工人的生活境况堪忧,他们到这里来干什么?

胡新泉退坐回去,陈苍建搓着手问:"能换去前面了吗?"

"有好些工人朝这儿来了。"胡新泉回答。

"正常啊,这马板肠味道好又不贵,最适合开荤,这可是工人们最常来改善伙食的地方,"陈苍建补充,"除了咱们厂那情况的没法来……"

胡新泉放低声音:"来的就是咱们厂的工人。"

"嗯?"陈苍建一愣。

忽就听外面响起杂乱的脚步声,好些人找位置,一个焦急的声音,则不住抱歉着说没位置,只能等。

来的那些兴州市电力机械制造厂的工人,就都站到边上等,嘴里有一句没一句聊起来。

"哎,你说赵书记办公室的门锁被塞上,他怎么不找人开,或者干脆直接撞锁进去?"

"是呀,就那锁,都不用撞,拽着往下用点劲一拉,我都能拉开。"

"这事情没你们想的那么简单,上面锁塞东西,下面厂里那些头头脑脑和王世才都在医护室等着的……"

"我觉得这是一个提醒,想想看,厂里很多人都想着破产清算,早点拿到工资和安置金,赵书记又回来,弄什么租赁承包,这不是耽误工夫么?"

"哎,这破厂拖着真是磨人,真别折腾的好。"

"那个什么租赁承包接下来要搞民意表决,你们怎么看?"

"怎么看,我现在就想早点拿到钱,不过我家老头子还有五年才能办退休,就不知道厂子要是破产清算,他会怎么安排。"

"不管怎么安排,也比现在不死不活拖着强。"

"对,赶紧破产清算,真是够了,来个痛快的。"

听着工人们在前面的议论,胡新泉心里有些发紧。

"民意,"陈苍建用筷子捅了捅胡新泉,"我没乱讲吧,不管租赁承包能不能让厂子不走破产清算,就是民意表决这一项,就不好过。"

"不过你也不用担心,这些家伙都是去别的厂出工的人,好几个还都是我带着出过工的,"陈苍建看胡新泉脸色难看,就说,"他们只是厂里极少的一部分人,咱们厂更多的人还是希望厂子能复工复产的。"

胡新泉表情复杂地看向陈苍建,陈苍建不知道该说些什么。

这时,马板肠上来了。

香气飘起,味道闻起来就让人食指大动。

陈苍建也不和胡新泉对视,端过一碗,往里面加醋,加辣椒油,吧唧着嘴:"真是香,新泉,动起来!"

闻着碗里的马板肠,胡新泉一股馋水就从肚腹往上蔓延,冲过喉咙,汇聚到嘴巴,他举起筷子,想在碗里搅拌几下,但身体根本不听使唤。

嘴巴也不知道什么时候就凑到碗边,感到自己简直中邪一般,手里的筷子似乎只是迅速地动了一下,但嘴里已经满是滚烫的牛肠羊肚。

被那种灼烫弄得不住吸溜凉气,再看对面的陈苍建情况也和他一般无二。

外面响起一阵拖动椅子的呼啦声,显然是那些工人都找到位置坐下了。

在这里吃马板肠,还会有一碗掺了玉米糁的米饭,一碟子粗盐、辣椒面和葱花拌的蘸料。

等米饭和蘸料端上来的时候,胡新泉和陈苍建已经吸溜呼噜地吃下去小半碗。

外面的工人们坐下后,又开始聊起来。

"你说这赵书记,在上面待得好好的,为什么又回来?"

"为什么,还不就是做做样子!"

"怎么说?"

"你们想想看,这么大一个厂,说没了就没了,让下面的人怎么看,对上面的人怎么交代?依我看,甭管什么租赁承包,也就是糊弄工人的眼睛,给死人做人工呼吸,装样子抢救一下。"

"这可有点败德行,赵书记怎么能干?"

"赵书记不干,谁干?你掰着指头看看,还有谁合适,谁能让那些老工人相信,也就只有赵书记了。这种时候,败点德行,攒下来的可是功劳,我看赵书记要是能处理好这件事,后面肯定有咱们看不到的好处。"

"什么好处?赵书记在这个时候到厂里来,可是降级。"

"依我看呐，这降也是有门道的，肯定是有好处的降，虽然我不知道有什么好处，但你看技术员胡新泉，听说放着好好的西京化肥厂都不去了。还有那个陈苍建，现在也是一门心思地跟着赵书记，胡新泉是什么人，不好说，陈苍建，你们应该都知道的，他心思可活泛着，那样机灵的人都跟着赵书记弄，里面要是没好处，怎么可能。"

胡新泉听得耳朵扎疼，原来不仅仅是陈苍建这么想，知道情况的工人也是这么想。

"不过我看这好处也不是好得的，现在刚回来，办公室门锁就被塞上了。"

"人要脸，树要皮，你说这赵书记也是，常听我们家老爷子说他的光荣事迹，怎么老了老了，竟然还回厂里丢脸一回。"

"你们倒猜猜看，赵书记办公室门锁会是什么人塞上的？"

"这还用猜，我看就是王世才那帮家伙塞的……"

"你这脑子也是不好使的，要真是王世才他们塞的，赵明诚当时肯定一脚就踢门进去了。再说，现在依我看，他们都是在做戏给咱们这些工人看，一个唱白脸，一个唱红脸，那个门肯定是看穿他们把戏的人塞的，所以赵明诚才没有当场处理。"

"做戏给我们看，糊弄我们，哎，多好的一个厂啊，怎么就变成这些人表演的戏台子了，就没人真的想好好弄这个厂吗？"

"哈哈，有啊，怎么没有，那个王世才刚来厂里的时候，那个技术员胡新泉，还有陈苍建，跟着赵书记能分到好处的，不都口口声声说要弄好这个厂吗？"

"啪！"胡新泉实在听不下去，他把碗一放，伸手抹一把嘴，走出去。

陈苍建也赶紧放下碗，紧跟在胡新泉身后。

外面工人们围坐一桌，好些听了这话都在叹气，其中一个身材干瘦的工人，一手提着醋瓶子，一手握着筷子，还笑话般地重复着："要弄好这个厂……"

"对，这是多好的一个厂啊，一定要弄好。"胡新泉拨动了一下那个工人手里的筷子。

本来还欢声笑语的工人们，都安静下来。

胡新泉积压着很多话在胸口，他想告诉这些工人，他留下来，真的没有想过图什么好处，他也相信赵明诚愿意到厂里来，更加没有什么好处。

他还想告诉这些工人，他一定会尽他个人所能，把兴州市电力机械制造厂弄好，这是实实在在的想法和接下来要做的事。

但话到嘴边，胡新泉却说不出来。

胡新泉和那个工人对视着，嘴唇颤动着，陈苍建以为他要做什么过激的事，赶紧走上前拉住他的胳膊。

"这个厂会好起来的，"最终，胡新泉坚定地说，"兴州市电力机械制造厂会好起来的，我胡新泉说的。"

工人们中，有几个是认识陈苍建的，也大致猜出胡新泉的身份，怔怔地听胡新泉说出这句话。

一个工人正夹起一块肺片，上面的汁水滴落到桌上；一个刚喝下一口热汤，含在嘴里，喉结就滑动一半，没有吞咽……

胡新泉出现得很突然，说的话也突然，这些工人一时都没反应过来。

离开卖马板肠的铺子后，胡新泉快步往前走，陈苍建紧跟着。

两人大步流星地走到兴州市电力机械制造厂门口。

"新泉，你不用把那些家伙说的话放在心上，"陈苍建劝慰胡新泉，"那些家伙是什么货色，我很清楚，他们对于厂子目前的情况，没什么认识，甚至对于工人这个身份的认同感，也没有太强。他们不明白，我可是知道的，哪有什么红脸白脸，现在我们和赵书记是上了一条船，跟王世才那些人是截然不同的。这哪里是什么登台唱戏，这是咱们锣对面鼓地干啊，要么王世才他们的破产清算执行，厂子就此不存；要么咱们的租赁承包施行，厂子再红火起来。"

胡新泉猛一回头，看向陈苍建："苍建，你真这样想？"

"肯定啊，"陈苍建拍拍胡新泉的肩膀，"我现在是赵书记写到租赁方案里的租赁承包人，我知道该怎么做，往后哪怕是让我把这条命豁出去，只要能弄好厂子，我也愿意。"

"好。"听了陈苍建的话，胡新泉心里却并没有一块大石落地的感觉，不知道为什么，看着陈苍建的坚毅神情，他并不觉得踏实。

"嘎吱！"

一辆轿车停在厂门口，车门咣当一声打开，赵明诚面色铁青地从车上走下来。

"赵书记，赵书记！"王世才紧随其后。

第4章 十万保证金

赵明诚回头瞪了他一眼，王世才语气紧促而客气地说："那我就让厂办把文件发下去，积极组织租赁承包的民意表决，在一周内举行，您看怎么样？"

胡新泉和陈苍建听到王世才竟然用这种语气主动提出发租赁承包的文件，两人面面相觑，都觉得有些不可思议。

但事情似乎有些不对劲，赵明诚脸上怒意不减，盯着王世才不发一言。

王世才恭敬地把手里的一叠材料递给赵明诚，客气地挥挥手，回身上车离开。

赵明诚就那么站在那儿，一动不动。

胡新泉走过去："赵书记。"

赵明诚这才转过头，脸色铁青，他看着胡新泉，手微微颤抖地挥了挥手里的材料："王世才这个混蛋！"嘴里吼着，身体颤抖，眼看就要摔倒，胡新泉赶紧一把扶住他。

赵明诚站稳后，重重地喘息几口，迈开大步就朝前走。

胡新泉和陈苍建赶紧跟上。

赵明诚一口气走到他的办公室，那把塞了东西的锁，已经不见，不知道什么时候，竟然换成了一把崭新的锁，上面甚至还插着一串钥匙。

"嘭！"赵明诚却没有拧动钥匙，而是抬起脚，一脚就把办公室的门踹开。

进到办公室后，他把手里的材料重重砸到桌子上，然后坐在椅子上喘气。

胡新泉翻开材料，是一份关于通过兴州市电力机械制造厂租赁承包方案的确定书，仔细翻看一遍，和之前他们商量的没有什么改变。

这不就是赵书记一直以来希望通过的吗？现在通过了，为什么他还会这样生气？

胡新泉小心翼翼地问了赵书记。

"你仔细看看。"赵明诚情绪缓解一些。

陈苍建也俯身过来，和胡新泉仔细翻看，从前到后过了一遍内容，胡新泉这才注意到在第一页的一行字下面，有指甲划过的重重的痕迹。

那是一条关于租赁承包人资质的规定：租赁承包责任人，需在民意表决前，个人提供十万元保证金。

胡新泉和陈苍建看到这个天文数字，都目瞪口呆。

赵明诚愤然地讲出他刚经历的一切，今早上，他醒来发现自己没有在家，而是在机电工业局的招待所，仔细检查发现租赁承包的材料不见了。

正着急寻找的时候，厂长王世才回来，让他不用担心，材料已经交给机电工业局。

赵明诚对于王世才一反常态这么配合他交租赁承包材料，就觉得不对劲。

两人在招待所没有等多久，就接到机电工业局的电话，告诉他们局里收到材料后，立即进行研究，上报党组会进行讨论，一致同意通过关于兴州市电力机械制造厂的租赁承包方案，并要求尽快安排民意表决。

这个结果，让赵明诚都有些不敢相信。

难道说，自己这一觉醒来，王世才就态度幡然改变，不走破产清算，转而要支持租赁承包？这不可能。

赵明诚仔细地检查材料，发现其中关于租赁承包人，加上了这样一条保证金限制，他当时就怒了。站在机电工业局的角度看，搞租赁承包，为了保险起见，给租赁承包责任人加一个保证金资质，是无可厚非，也是非常尽责的。并且，对于兴州市电力机械制造厂这样一个地标性质的厂子，要租赁承包出去，十万元的保证金，在额度上也合情合理。

只是，对于目前提出租赁承包方案的赵明诚等人，绝对是一个天文数字。

对于租赁承包这件事，赵明诚放弃的是他退居二线后的稳定生活，胡新泉放弃的是他去西京化肥厂的光明轻松前程。

这些价值肯定远超十万块钱,但现在是不能量化的。他们用租赁承包这个方案来挽救兴州市电力机械制造厂的决心,和抱定将要做出的牺牲,更是不可计量的,这些也同样不能量化。

赵明诚一腔怒火,还是那种根本不知道该怎么宣泄的怒火,没有想到王世才会来这么一手。

回来的时候,赵明诚坐在后座,看着前面驾驶位上的王世才,好多次,都有这样的冲动,扑上去掐住他脖子。不得不说,王世才真是一个很有办法的厂长,他没有直接反对,甚至还大度地表现出要支持赵明诚的工作。王世才完备了租赁承包方案,在现在的情况下,也等于完结了租赁承包方案。

一周内举行民意表决,也就是说,要在一周内准备出十万元保证金。

一周,十万。

也难怪赵明诚会这样勃然大怒,这根本就不可能完成。

胡新泉想着父亲给他的五万多块钱,往前走一步,刚要开口,却发现袖子被陈苍建拽了一下。

办公室没有人出声,只听见赵明诚的喘息声,他沉思片刻后,恢复一下情绪,起身从柜子里拿出一把挂面和一罐子麦乳精递给胡新泉,然后看向陈苍建:"你们也不用太担心保证金的事,我会想办法,这些东西,你们拿去先顶一顶,不要受到这个事情的影响,集中你们的精力,准备民意表决的事。"

胡新泉和陈苍建回到住处,刚一进门,他就问:"苍建,你有什么话说?"

"这个……"陈苍建支支吾吾一会后,才反问胡新泉,"你刚才是不是准备和赵书记说我有一万多积蓄的事?"

"嗯……"胡新泉刚才倒是没想说这个,他只是想告诉赵书记,他能拿出五万块来,那现在再加上陈苍建的一万多,保证金只差四万,难度顿时就降低不少。

胡新泉本来担心的神情松缓一些,故作轻松地笑着说:"是啊,我看赵书记那么担心和恼火,就想着和他说,保证金也没那么难,王厂长这一回是搬石头砸自己的脚,他肯定想不到咱们现在确定的租赁承包人是一个万元户!"

陈苍建抓耳挠腮,迎合着干笑几声,然后才苦着脸说:"新泉,你别打趣我了，我刚才就是看出你要和赵书记说这个，所以，我才拉住你。"

"好的，我知道你是财不露白，"胡新泉理解地拍拍陈苍建的肩膀，"不过我觉得，还是说了好，有你的一万打底，我相信赵书记会更有信心的。"

"不是，"陈苍建摆摆手，"我拉住你，是不想让你说，不仅仅是现在不想你说，之后也求你不要说。"

胡新泉有些不理解，随即又反应过来，难道陈苍建是想悄悄把这个钱拿出来，这倒是和自己不谋而合了。

胡新泉想的也是不显山不露水地把他的五万交给赵明诚，剩下的部分也就只能让老书记想办法了。

"好的，那就不说，"胡新泉点点头，颇为赞赏地看向陈苍建，"那就让你先暂时做幕后英雄，我帮你拿去给赵书记。"

陈苍建叹一口气，一摊手："我想和你说的是，我不想当这个租赁承包人了。"

胡新泉不禁诧异起来："为什么？"

"算了，我也不弯弯绕绕的了，就和你说个明白，"陈苍建一跺脚，讲道，"新泉，你别怪我，我只求你，别和赵书记说这一万块的事。租赁承包也好，破产清算也罢，我是肯定支持赵书记和你的，但如果做这个租赁承包，需要我拿这一万块，那就算了，我现在就退出。"

胡新泉顿时呆住，他没想到陈苍建会说出这样的话，不由自主地就问："你刚才在厂门口说，哪怕豁出命，也要把厂子弄好的……"

"我现在也愿意豁出命，"陈苍建脸庞有些扭曲，"你们要我干什么都行，但是要让我把这些钱投进去，真的不可以。"

说完这话，陈苍建也觉得有些尴尬，就揉了揉头发，蹲在地上说："这些都是我一分一角偷偷攒下来的，知道有多不容易吗？这些可比我的命重要，能够参与赵书记和你下定决心要做的事情里来，我非常幸运，也非常想要牢牢把握这个机会。但还是之前我和你说的，租赁承包，在我看来，有很多不现实的地方。当然，拉近赵书记和我的关系，这是天大的机会，只是其实我并不那么看好这件事，能被赵书记看重，确定为租赁承包人，我是发自心底地兴奋和感激。这意味着，哪怕这件事搞不成，我旗帜鲜明地参与了，赵书记也肯定会给我一个安排。退一万步想，就算没有什么安排，让他给我写一封推荐信，也肯定可以。我是这样想的，现在租赁承包的资质需要十万块，我这一万块投进去，很可能就没有了，我接受不了。"

"你这是投机主义！"胡新泉很是失望，"豁出命都行，拿出你有的一万块不行？"

"不行……"陈苍建感觉到胡新泉的失望，用一个低而干涩的声音说，"豁出命是我的真心话，我也愿意那么干，不然我也不会公然站到王厂长他们的对立面。再说，执行一个厂里的方案，也肯定不会真的要了我的命……"

"苍建，你……"胡新泉真不知道该说什么了。

"你理解我一下，"陈苍建几乎是哭腔了，"我是真的有一万块啊。我再一次恳求你，别和赵书记，别和任何人说我有一万块的事，好吗？"

胡新泉心彻底冷下来，平静回答："我答应你。"

陈苍建这才松下一口气："新泉，你真的要理解我，你是不知道一下拥有那么多钱的感觉，我跟你说吧，我不止一次，在你睡着后，悄悄把那些钱从箱子里拿出来，抱在怀里，那是世上最舒服的事情，再也没有什么事情，能够让我这么踏实了。你说我是投机主义，那就是投机主义吧，对于租赁承包这件事，我百分百地支持赵书记和你。但看现在的情况，我决定了，这个租赁承包人，我是不做的，不过那句话我还是要说：我愿意豁出命来，和赵书记，和你，把这个厂子弄好。"

胡新泉不想再说什么了，他摸着衣兜里那五万多块的存折，长长叹一口气。

陈苍建打定主意不做租赁承包人，租赁承包的方案就要做出调整。胡新泉径直去赵明诚家，他知道赵书记现在肯定为了十万块的保证金焦头烂额，但这个改变，应该尽早告诉赵书记。

走到赵书记家门口，就闻到一股中药的味道。

赵明诚的老伴王洁娣，正手握一把蒲扇，全神贯注地守在院子里架起的一个小炉子边，上面一个陶土罐子，正冒着热气。

王洁娣的身边一个簸箩上放着几块亚麻布，她正在做什么药膏，见到胡新泉后，就招呼他："是新泉啊，你进屋先坐。"

一听这话，胡新泉就知道赵明诚没在家，要是赵书记在家，王洁娣肯定会直接喊：老赵，新泉来了！

王洁娣了解胡新泉和赵明诚的关系，从来没拿他当过外人，就那么招呼一声后，有些吃力地要提起药罐子倒药汁。

胡新泉赶紧上前，帮着提起药罐子，把里面的药汁倒到亚麻布上。

"真是谢谢你，本来和老赵说好的做药膏，他回来后又急匆匆地出门去，也没人搭把手，幸好新泉你来了。"

赵书记出门，肯定是为那十万块的保证金。

胡新泉帮着王洁娣把那些药膏挂起来晾晒，不大的小院弥漫着中药味。

赵明诚家是二层小院，楼型比较旧，楼体没什么装饰，东边向阳面爬满一片绿油油的爬山虎，西边的墙体上有很多孔洞。

院子里左右分成两块，左边一块种着些青菜、小葱和萝卜，右边堆了一些杂物，从杂物中，升起几条葡萄藤，往上就蔓延成一片，都挂在一个铁丝网上。

楼房院落都比较朴素，没有什么出众的地方，甚至都没有种一些风雅的花木，一眼看来，和普通的农家小院一样。

好在这楼院修的时间早，紧挨着兴州市电力机械制造厂，在兴州市的核心位置，交通很方便。

"新泉，你来了。"正打量院子的胡新泉，听到一个熟悉的声音，转头就看见赵明诚推着自行车从外面走进来。

胡新泉起身接过赵明诚的自行车，停到院子右边的一个小车棚里。赵明诚进屋擦一把脸，端着两个搪瓷缸子出来，里面都是用本地大叶茶泡的茶水。

"正好，我本来还说去找你。"赵明诚说着话，递给胡新泉一个缸子。

胡新泉接到手里后问："老书记，你去哪了？"

赵明诚平静地说："保证金的事，你别担心，你回去告诉陈苍建，让他也别担心。我去趟银行，把这院子抵押了，拿到六万多的贷款，剩下的我再想想办法，肯定可以解决。"

"赵书记！"胡新泉轻喊一声，赵明诚赶紧摆手把他制止住，做一个嘘声的手势，然后扭头朝屋内看，见里面的王洁娣正忙碌着下面，没听见两人说话，这才松一口气。

"你们哪能拿出这么多保证金，这件事符合规定，但不符合现况，"赵明诚吞一口茶水后说，"新泉，你们不要有压力，让陈苍建也不要有压力。出这个保证金，是我的责任，也是我对兴州市电力机械制造厂租赁承包后的信心和希望，你们就放开手干吧！"

"嗯，这个一定。"胡新泉答应。

赵明诚看出些端倪，就追问："怎么了？你是担心缺口的四万吗？"

"不，我不担心那个……"胡新泉沉吟一下，一咬牙，不提一万多的存款，也不提陈苍建投机的想法，只把他不愿再做租赁承包人的事说了。

"这算什么？临阵脱逃？"赵明诚明显有些怒意，他接连狠狠地喝几口茶水，喝得太急，剧烈咳嗽起来。

胡新泉忙过去给他拍背，过好一会，赵明诚才缓过来，不住地喘着粗气。

"赵书记，保证金你就不用再去奔走了，"说完，胡新泉小心翼翼地拿出怀里的存折，递给赵明诚，"不管接下来是您亲自挂帅，还是我们再找其他合适的人，这些钱直接拿去用。"

赵明诚打开存折，看清上面的数字后，不禁倒吸一口凉气："新泉，你从哪里来这么多钱？"

胡新泉把父亲让他到西京安家的情况都详详细细地告诉了赵明诚。

听完后，赵明诚颇为赞赏："你父亲倒是很有想法啊，能够在改革开放这么短短的时间里，就攒下这么一笔巨款，是一个大能人。更难得的是他还具备很好的时代观念，不被土地禁锢，积极进城，这个以后肯定会是趋势。"

胡新泉也一直觉得父亲是一个很有想法和胆大的人，但他从心底，其实对父亲有些排斥，认为父亲的行为是挖社会主义墙脚，投机倒把。

赵明诚把两张存折叠起来，用一张手帕层层包好，然后和胡新泉说："新泉，你来做这个租赁承包人吧。"

胡新泉连连摆手："不行的，不行的，老书记，你是了解我的，要是让我攻克什么技术关，我一定不会推辞半分，但是做租赁承包人，我肯定不行。你不要因为我出了保证金，就要我来。我说过了，这些钱直接拿去用，不管是谁来做这个租赁承包人，我全力以赴地协助他把厂子搞好。"

赵明诚看向胡新泉说："我了解你，知道你确实不适合做这个租赁承包人，所以一开始商定的人选是陈苍建，但现在，我发现我错了，不是因为陈苍建放弃，更不是因为你拿出这些钱。"

赵明诚站起来，踱步走了几圈，站定在胡新泉面前，几乎是一字一顿地说："对于这次回到兴州市电力机械制造厂，我是有私心的，我把这儿当成我的终点，把兴州市电力机械制造厂租赁承包作为我参加的最后一场战役，当成我一定要倒下的战壕。这么多年来，我经常梦到那时候的炮火，那时候的严寒，那时候在我身边倒下的一个个战友，不止一次从深夜中醒来，看看现在我的安稳生活，我是多么愧疚不安，打在我肩胛骨上的那块没取出来的弹片，会发热，会发烫。我好多次甚至想：当时这弹片往下一些，打进我的心，让我倒下。再到后来，我悄悄多次回到兴州市电力机械制造厂，看着我转业后的第一个工作单位，竟然变成了这样，我更加痛苦，那样艰难的条件下，面对那样强悍的敌人，我们都没有失败过，为什么现在这样好的条件，并不要付出生死的战斗，我们却失败得这样彻底。那天，我回到厂里，擦拭那些经过我手封存的荣勋，每擦一件，我的心就愈加疼。这一切怎么就变成这样？到底是什么改变了？确实，我不是一个唯心主义者，但在唯物主义的范畴，我同样认为，精神的传承性是物质取得巨大提升时，也不该轻视或丢弃的。正是因为我将兴州市电力机械制造厂租赁承包这件事看得如此之重，所以在确定租赁承包人的时候，我才会从各方面考虑，现在局面下，陈苍建是非常适合的人选，我私下也了解过他，陈苍建这个人拥有很好的市场意识，即便是在兴州市电力机械制造厂这样的局面下，以他的个人能力，我也毫不担心。我猜测，他现在的个人经济能力不比咱们宣传的那些能人万元户差，这在工人的固有思维决定下，是非常难得的。"

胡新泉点点头，心里很佩服赵明诚，自己虽然长时间和陈苍建在一起，但远没有这个老书记了解陈苍建。

在这种佩服之余，对于赵明诚刚才要让他做租赁承包人的说辞，更加惶恐不安。

对于自己能干什么，胡新泉是很明白的，就和当初下到生产线上，在董青金的高压考核下，自己开模切出那副钢象棋一样。

他不敢说自己在电气方面的技术能力有多强，但是他愿意为电力机械制造的技术下死力，耗尽自己的心血。

其实，这也是他放弃去西京化肥厂的一个重要原因，西京化肥厂是一个非常好的单位，待遇相当优厚，对于他这样的电气技术员，几乎没什么太复杂的任务，只要每天确保那些生产设备正常运行，完全可以一杯茶一张报纸就过一天。

这在很多人眼中，是一个不错的美差。但胡新泉不觉得，和这样的美差相比，他更愿意埋头于各种设计图纸和测试中，那些在别人看来枯燥乏味的电压、电流、电容数据，在他看来，却那样有魔力。

这种魔力的来源是什么？胡新泉也说不上来。

胡新泉的老家兴昌乡蒗蔴蒿村，是兴州市一个很贫困的地方。

当地有句俗话：蒗蔴蒿干湾湾，人少土地宽，没水尿和面，一家吃一山。

哪怕是新中国成立这么多年，都是脸朝黄土背朝天地从土石里刨吃的。

直到那年，大队上押来一个西京市里什么大学的反动分子，下放到蒗蔴蒿改造。

胡新泉的父亲胡厚云是个心眼活泛的人，看到那人手不能提，背不能扛，一天天活受罪，就冒犯错误的危险，时常给予照顾。一来二去，关系就熟络下来，那人就时常告诉胡厚云一些他想都没想过的事情，给了胡厚云很大的启发。在这种启发下，胡厚云成了村上第一胆大的人。

后来乡里推广电气化，要在下面的村里搞试点，没一个村愿意，都说电那玩意，是会咬死人的，还会发火烧屋子。

胡厚云第一个站出来，让在自己家搞试点。

当电线接进村，那盏淡黄色的电灯点亮，引得周围好几个村子的人都过来围看。

胡新泉至今记得那个电灯在自己家院子里点亮的情形。

一根几人高的木杆子立在院坝中间，整个院子里里外外都围满了看稀奇的乡亲们。

那是一个很黑的夜晚。

派下来的一个女技术员打着叫手电筒的东西检查线路，父亲胡厚云端着油灯照亮，周围的乡亲们有些提着灯笼，有些打着火把……

女技术员检查好后，环顾一下四周，对于这种情形，她肯定见过不少，这也是一个很好的启发民智的机会，就把手里一个开关举起来问："谁来按？"

没有一个人敢上前。

胡厚云大着胆子，想要上前，人们却都哄起来，这倒给那女技术员闹得有些不好意思，胡厚云只好一把将还懵懂的胡新泉推上前。

胡新泉挣扎着想退后，却被女技术员一把搂住。

"都熄了你们的亮。"女技术员喊一声。

周围的油灯、灯笼、火把……就都灭了。

天地一下都黑了，如同一团浓墨。

"不要怕，"女技术员抱住哆嗦的胡新泉，用温热的手引导着他放到开关上，在他耳边说，"按下去。"

胡新泉心里怕得不行，但手上还是使劲按了一下。

电灯亮了。

昏黄的灯光并不很亮，却如同一轮小太阳，就那么在滾蔴蒿村升起来。

后来胡新泉见过太多耀眼的东西，但他始终觉得都没有那时的那盏电灯炫目。那是具备神性和魔力的。这决定着胡新泉对于技术的态度，他从那一刻，对于让那盏电灯亮起来的东西，是痴迷而愿意为之付出一切的。

因此，胡新泉清楚知道自己的定位，兴州市电力机械制造厂现在需要的不是他这样的技术，而是经济，是陈苍建那种能够让拖欠工资发下来，让兴州市电力机械制造厂填上巨大经济窟窿的人。

当然，这并不表示他退缩了，并不表示他畏惧了，而是他秉承负责的心来慎重而周全地对待这件事。

"是的，老书记，"胡新泉点点头，"我非常赞同这些，打从心底里赞同。"

"不，"赵明诚摆摆手，"其实这种认识是错的。"

"这种认识的错，并不仅仅是对陈苍建个人来讲，而是对一类人。这一类人在目前的以经济为主的改革大潮下，涌现出来非常多，他们身上普遍具备非常好的经济意识，能够把握住各种让利益最大化的方法，不管是于个人还是于国有资产而言，都会使之发生质的改变。

"机电工业局在这种大潮下,也开了大大小小的各种会,还找了一些专家来讲课,市场的活力,来源于逐利性的推动。只有市场活起来,产生巨大的经济体量,才能带动起整个社会的物质水平,让人民群众的生活提升。

"于是,在这种形势的裹挟下,越来越多像陈苍建这种善于市场经济的人,被推到一个个改革转折点上,就是眼下我们兴州市电力机械制造厂面临的情况,我和你一致想到的人也是陈苍建。相信这种情况,不只在我们这一个厂存在。"

胡新泉没有觉得哪里不对,让懂市场擅长搞经济的人在改革大潮中涌现出来,是非常应该,也是理所当然的。

"但这一类人之所以懂市场搞经济,根本的原因,是因为他们个人的趋利性,而不是使命性和责任感,"赵明诚叹气,"目前兴州市电力机械制造厂面临着破产清算,如果说租赁承包是挽回和拯救的方法,要是让陈苍建这一类人来主导,只是饮鸩止渴,因为,其实他们都是一类人。"

胡新泉心里一怔。

"其实算起来,你的父亲也是一样,"赵明诚看向胡新泉,"你不要多想,他们这一类人,也并不是坏人,趋利,更可以说是大多数人都具备的人性。但要论起来,其实我们和他们这一类人是应该对立起来的,他们的使命和责任感是趋利,而我们是'苟利国家生死以,岂因福祸避趋之',只是在现有阶段,要于国家于人民有利,需要依靠他们这样的人。兴州市电力机械制造厂建立之初,是为国服务,于利并不考虑太多。你想想看,我们之前给特供项目上用的变压器,通过火车运送到现场去,沿着铁路线,每隔五米就安排一个人站岗,这其中投入的人力要算起来,该是怎样天价的成本?能够将兴州市电力机械制造厂从无到有建立起来,那种不计较个人得失的奉献精神,是至关重要的;但要让兴州市电力机械制造厂很好地运转下去,计较得失的趋利性,在当前的情形下,非常重要。新泉,现在的外部环境趋于和平,并且在短时间内不会改变,像你我这样的人,应该充分发扬王世才、陈苍建这一类人的优势,让他们尽可能在满足自己逐利的时候,也推动兴州市电力机械制造厂发展。让他们放手去干吧,我们只要坚持住自己的本心,时时刻刻对他们保持警惕。"

赵明诚很有信心地拍拍胡新泉的肩膀："我们才是主导兴州市电力机械制造厂走下去的人，他们这一类人，只会是兴州市电力机械制造厂发展到一个阶段，遇到一些困难后，需要他们来解决一时问题的人。新泉，你是最适合的人，去埋头钻研技术吧，那才是核心。同时你还要明白一点，当他们解决问题后，你只要做一点，就是解决掉他们。"

胡新泉心里的触动更大。

建一个厂很艰难，要守住这个厂，让这个厂走到最后，更难。

赵明诚看着目瞪口呆的胡新泉，轻轻一笑，缓和气氛地说："你看过《西游记》吧。"

胡新泉点点头。

"《西游记》里，最让人瞩目的是孙悟空，然后是猪八戒、沙僧，哪怕是白龙马，也各有各的来头，也各有各的神通，只有一个人没有什么通天彻地的本领，也最容易被人忽视，那就是师父唐僧。

"要让一个厂一直存在，就和要走完取经路一样，我们会遇到各种各样随着时代发展带来的磨难，但作为真正要让这个厂维持下去的人，我们只要把握住最关键的，任凭那些能够帮我们化解那些磨难的人去翻腾吧。"

这些话，让胡新泉彻底明白过来，虽然有一些事情，用这种方式解释，他还一时有些接受不了，但这都是事实。他们的事业，从一开始，就不是用利益能够解释的。

这些东西是和兴州市电力机械制造厂息息相关的。

"新泉，不管兴州市电力机械制造厂以后会怎样，你要牢记这两句话：一是这个厂必须牢牢把握在我们手中。当经济发展需要时，维持着不要让它消亡就好，因为一切要重新开始，实在太艰难；当这个民族需要这个厂不计利益、不计代价时，那才是这个厂真正的使命和责任。二是不能让这个厂变色。让这个厂在各种磨难中复兴，非常有必要，但经济利益永远只排第三，第二则是要始终不断提升生产力，这个是核心。"

"那第一是什么？"胡新泉心怦怦直跳，他的技术钻研能力毋庸置疑，但这核心只是第二，那第一会是什么？他忍不住问一句。

"你为什么放弃去西京化肥厂？"赵明诚没有直接回答，而是反问他，

"你为什么愿意拿出这些钱来？"

"我不想看到这个厂破产清算，不想看到那些为这个厂辛劳一辈子的工人们沦落到那样艰难的境地。"胡新泉想到董师傅，想到他去看望的那些潦倒的老工人，心痛不已。

"第一就是要有这个心，为人民服务的心，一颗不要变色的心，"赵明诚说，"我们的这个制度，从一开始计较的就不是一城一地的得失、不计较一时一刻的成败，我们要的是改变身处其中的每一个人。"

"兴州市电力机械制造厂亦是如此，我们都是这样的人，所以，你明白了吧，你是最适合做兴州市电力机械制造厂租赁承包责任人的，保持你的心不要变色，保持这个厂的性质不要变色，利用你所有能用上的东西，力所能及地维持这个厂尽可能更好地运转吧。"

胡新泉重重点点头："我知道了，赵书记，我愿意做这个租赁承包责任人。"

"好！好！"赵明诚重重地拍拍胡新泉的肩膀。

答应下赵明诚后，胡新泉心里却不轻松，对于兴州市电力机械制造厂，他觉得自己能做的决定只是对于他个人的，那就是留下来还是离开。

他做了留下来的决定。

哪怕是后面谈到租赁承包的方案，他给自己的定位，也是参与其中的一个技术员。

现在，情况完全不同了。

他成了兴州市电力机械制造厂的租赁承包责任人。

接下来该怎么办？兴州市电力机械制造厂该怎么走？

胡新泉脑子如一团乱麻。

从赵明诚家出来的时候，天已经黑下来，一股子的冷风可劲吹，从裤腿往身上灌，很冷。

兴州整个城市几乎是环绕兴州市电力机械制造厂而建，胡新泉也不辨认路，直接往前走。

在这边有一句话："兴州千条路，条条到厂里。"

埋着头往前走好一会，却没有到厂里，胡新泉冷得直哆嗦，看看前面有一堆碎石，他小心地爬上去，四下一看，才发现，自己刚才是背对着兴州市电力机械制造厂走的，难怪这么久都没有走到。

于是转头，是一条下坡路，胡新泉觉得有些不对。

兴州市电力机械制造厂所在的位置，在他记忆里是一处坡地，不仅位于兴州市的核心区域，还应该是最高的地方，每一条去厂区的路，要么平坦，要么是上坡。

怎么会有下坡路。

难怪刚才自己凭感觉会走错。

顺着这一段下坡路一路向前，一路上，胡新泉都猜测着，直到兴州市电力机械制造厂的大门出现在面前，他才确定走的下坡路是对的。

果然，有的时候，凭主观的判断，是会犯错的。

同时，胡新泉也在脑子里形成这样一个意识：不管条条路都通往哪里，如果方向错误了，一定还是到不了的。

关于兴州市电力机械制造厂租赁承包的通知贴出一天后，天气出奇冷，以至于围在那儿看通知的工人们，好些都直打哆嗦。

在这则通知的旁边，是另一则通知，那是关于兴州市电力机械制造厂即将破产清算的通知。

贴出即将破产清算通知那天是个大晴天，天气很热，当时已经停工的工人们，围得里三层外三层，一个个都是冒着一身汗看完通知——一份租赁承包，一份破产清算。

两则通知，在工人们看来，并没有什么不同，因为上面都没有提到什么时候能够补发拖欠的工资，对于他们接下来会怎么安置。

从贴出来的租赁承包通知，可以看出厂办的急切程度，关于租赁承包的民意表决，放在三天后举行。

胡新泉从通知旁边走过，一个浑身颤抖的工人哆嗦着说："一会破产清算，一会租赁承包，这么折腾，到底什么时候能发工资，就不能给一个痛快话。"

很多工人都纷纷附和。

胡新泉没有上去解释什么，这个时候，说什么，都是没有用的。

任何冒着热气的说辞，跟工人们被冻得乌青的嘴唇、茫然恼火的眼珠子和毫无血色的苍白脸庞比起来，都是没有任何说服力的。

早上的时候，张八一带话给胡新泉，让他下午去董师傅家一趟。

买上一斤散装杆儿酒、一把面条和一包白糖，再加上赵明诚给的一瓶麦乳精，胡新泉去了董青金家。

走进巷子，路上积了一摊污水，天气太冷，都结冰了，胡新泉没注意，踩上去差点滑倒。这里是董师傅出门的必经之路，胡新泉习惯性地四下看一眼，看到墙角有一块碎砖头，随即捡起砖头，准备把污水结成的冰砸裂开，再撒些沙子，让人经过的时候踩上不会被摔倒。

刚砸没两下，就听到一个声音喊："泉子！来了，进屋。"

胡新泉抖了抖手上的冰碴儿和砖屑，走进董青金的屋子。

一股又浓又热的烟气迎面涌来。

没想到，小小屋里坐满了人。

胡新泉被那一股子烟气呛得猝不及防地咳嗽了几声。

屋里坐的都是兴州市电力机械制造厂老一辈的工人，手里都捧着一个烟管子。

烟管子，是兴州市电力机械制造厂抽烟的老师傅才会用的东西。

它多是用产线上废弃的空心铜管做成，一头焊接上一个螺丝帽，用来装烟叶子，另一头弄得弯曲，镶嵌上一段瓷套子用来抽吸。

各人烟瘾的大小就体现在螺丝帽的大小上，胡新泉见过最大的，和个小酒杯子一样。

抽烟工人们的经济情况，则通过加的烟叶子可以轻易判断出来，条件好的时候，都是金黄的烟丝，条件不好的时候，则是粗叶子。

现在看过去，很多师傅的螺丝帽里塞的不仅是粗叶子，还有好些甚至夹带着放一些干茄子叶。

茄子叶抽起来和烟叶子是最接近的，就是烟重，劲头不大。

董青金半倚靠着床坐着，其他的老工人们，则在屋里能跻身的地方，找上一处，也不管是桌子还是板凳，都坐着。有好几个实在找不到坐处，扒拉一块砖竖起来，只有半边屁股放上面，勉强坐着。

在这些人中间，摆着一个大海碗，里面是满当当的一碗石瓜子。

石瓜子，是兴州这边混嘴的吃食。

因为嗦的时候会发出声音，所以又叫吧唧瓜子或口水瓜子。

董青金屋里摆的这碗石瓜子又有些不同，没有炒，甚至都没有用最基本的盐和辣椒面，就拿酱醋水泡着。

胡新泉进门，门口坐着的张八一，侧着身子，示意他往里面进，说道："新泉，进吧，里面给你留着座。"

胡新泉侧着身子进屋，看到董青金的身旁有一张椅子，虽然屋里下脚都困难，但那张椅子却空着。

"泉子，坐下，我们有些事情和你说。"董青金有气无力地招呼道。

胡新泉有些担心地问道："师父，你没事吧？"

董青金摆摆手，把他拉了坐下，开口问："你留下来，是因为他赵明诚吗？"

胡新泉摇摇头："不是，这是我自己的决定。"

张八一一拍大腿说："看吧，董班长，我就说你多想了，新泉这孩子，我是了解的，他有自己的主意。"

董青金追问："你真的是自己决定留下来？不是他赵明诚给你许了什么诺，答应了你什么？"

提到赵明诚，董青金一口一个他，显得很不满。

胡新泉知道，董师傅还在误会赵明诚，他想要解释几句，但要是在这种情况下解释，反倒显得欲盖弥彰，于是他只好实事求是地回答董青金的问话："没有，就是我自己的决定。"

"那就好，"董青金又问，"是不是租赁承包这个方案只要通过民意表决，厂子就不用破产清算了？"

胡新泉点点头："是的。"

回答后，胡新泉还把关于苏省大型国企江南衬衫总厂通过租赁承包的方式起死回生的报道，也简单说了一下。

对于租赁承包，胡新泉是很有信心的。

说完，胡新泉还叹一口气看向董青金，感慨地说："这种方式是完全和破产清算对立的,是能够救厂子的,所以像王厂长那些人,才会想方设法阻止,甚至把赵书记办公室的门锁都用东西塞上。"

胡新泉知道董青金这些老工人们对王世才不认可,甚至是敌视的,他这么说,是想先把赵明诚放到王世才的对立面,让董青金这些老工人们先明白一点:不管怎么误会赵书记,在和王世才对立这件事上,赵明诚和老工人们是一条战线的。

"不对。"董青金摆摆手。

胡新泉一愣。

"赵明诚的门锁,是我们塞上的。"旁边的张八一接口说。

"什么,赵书记的门锁是你们塞上的……"胡新泉不禁愕然,他一直认为那是王世才让人干的,怎么也没想到,是这些老工人所为。

张八一说出那天的情况。

董青金看到赵明诚和王世才握手后,一颗心彻底死了,本来以为赵明诚是这些老工人心目中唯一能够救这个厂的人,但没想到他还是和王世才走到了一起。

这些老工人看一件事,往往不会考虑整个事情怎样,他们看的是做这件事的人怎样。

当赵明诚的手和王世才的手握在一起的那一刻,都不重要,也不再有区别。

"一代人有一代人的事,一代人的事一代人了,这个厂该是我们这一代人的事,就到此为止吧。"董青金从碗里拿起一颗石瓜子,放在嘴里嗦几口,突然发一个狠,咯嘣一声脆响,他嘴角很快渗出血来,董青金含嘴一会,噗一口吐在地上,是一口血和几块碎开的牙齿。

胡新泉赶紧从旁边取下一块毛巾,半跪在董青金面前,递给他:"师父!"

董青金一把推开他,用手背擦嘴边的血渍:"不管是破产清算,还是租赁承包,胡新泉,我跟你讲,只要和他赵明诚、王世才有关联的事,我们这些人就不会参与的。"

"什么民意表决,任由他们折腾去吧!"董青金无比痛惜地说,"当年建厂的时候,口口声声说我们工人是这个厂的主人,到头来,哪里是什么主人！"

其他老工人都呜咽抽泣起来。

胡新泉也感到心里发酸。

他身旁的张八一举起右手，一个手掌上就剩下一根小拇指，他说："董班长，还记得我的手吧，厂里测试机床，谁也不懂操作，都是靠摸索，放板子上去压模，都不知道要用垫板，只能上笨办法，我用双手死死按住板子推进去，模板压出来，我这四根手指也被压碎了。"

"记得，"董青金眼中带些钦佩，"还记得车间当时要给你报补偿，你一口回绝了，说这都是自家厂子的事，只要模板弄出来，就算是一条手都没了，也不怨厂里。那时候，你是真的把这厂当成自家了。"

"谁说不是。"埋头坐在董青金左侧的是老工人林建国，他的半边脑袋没有头发，却不是那种没有头发的正常秃，而是遍布灼烧的褶皱，说话的时候，半边身体还不住抽抽。

对于发生在他身上的事，胡新泉是知道的。

林建国是负责变压器检修调试的一线工，一张脸生得帅气，是厂里公认的大帅哥，每次派到变电站去检修调试，都能引得一些小姑娘们变着法套近乎。

直到那次厂里新上一台10kV的油浸式变压器，通电后出现故障，要是不及时断电，整台变压器都要被烧掉。

厂里的技术员们都无计可施，林建国急得不行，戴上绝缘手套就上去，生生把电断开，形成的电弧直接把他击飞出去一米多。后来经过抢救，一条命是捡回来，但半边脑袋和身体都严重受创，整个人也成现在这副模样。

厂里的技术员后来对他是既钦佩又觉得不值，一台变压器，烧掉就烧掉，林建国怎么那么傻，竟然直接上去断电。

林建国告诉他们，这个厂就是一个阵地，厂里的每一台设备机器，都是一个火力点，身为一个工人，就是豁出命，也不会让一个火力点陷落。

在当时，林建国说这话是发自肺腑的自豪，听着也是那样铿锵有力，现在他再回想，却觉得真是不值。

胡新泉环顾着屋里的老工人们，这些都是为兴州市电力机械制造厂付出一生的人，他们每一个人身上，都有着不计代价为这个厂付出的经历。这些人，曾经都毫无例外认为自己就是这个厂的主人,用主人翁般的奉献精神,把这个厂从无到有地建设起来。他们曾经不计个人得失,和这座厂荣辱与共。但现在,这些老工人一个个都绝望茫然,哪怕是对接下来关乎兴州市电力机械制造厂存亡的民意表决也不愿意参与。

这些人心死了,对兴州市电力机械制造厂的心死了。

如果说他们之前还会去反对王世才,还会去塞上赵明诚办公室的门锁,是寒心。那现在,他们那一颗和兴州市电力机械制造厂息息相关的火热的心,已经冷了,熄了,死了。

哀莫大于心死。

胡新泉听到是他们塞上赵明诚的门锁,本来还想说些什么,现在却一个字也说不出来,他只觉得痛心。他决定留下来的时候,是带着怜悯的,觉得董师傅这些老工人不应该沦落到这般田地,为了这些老工人,他不能一走了之。

此时此刻,他为自己曾经的那种怜悯感到可耻,眼前这些穷困潦倒的工人,他们将自己的青春,将自己的一生都奉献给这座厂,用血肉之躯和钢铁意志,创造了多少奇迹,都是让人佩服和愧叹的。自己因为怜悯他们而留下来时,没想过这些人在自己这个年纪时,完成了多少开天辟地的壮举。

胡新泉更加理解赵明诚让他当租赁承包人时说的那些话,这是一种责任,更是一种义务。

他,胡新泉,当仁不让。

董青金取过胡新泉带来的酒,给屋里坐的人都倒了一碗,摇了摇头:"不说了,不说了!这些事情,都过去了,还有什么说的,又有谁会在乎,又有谁会记得这些?"

胡新泉忍住心中的郁愤,站起来,端起一碗,骨碌碌全喝了,趁着酒劲说:"我在乎,我会记得这些,这个厂也不会遗忘。"

董青金一愣,他熟悉胡新泉的性格,一向做事说话都四平八稳,还从来没见他这样过。

"新泉,你在乎,你记得,我们谢谢你。但又有什么用?"张八一晃了晃脑袋,"你只是一个技术员,我听董班长说了,你有调去西京化肥厂的大好机会,但是你没去留下来了,你是好样的,也是一个好人。我劝你,还是再去找西京化肥厂的领导说说,能走就走吧,我们记得你的好的。"

"说到这个,也是我害了泉子,"董青金愧疚地叹气,"我原来只想,厂子变成现在这样,是因为年轻人都走了,不再有人干活做事。后来发现不对,是因为有王世才这样的蛀虫,再后来发现还是不对。现在是明白了,这个厂子是彻底没救的,根子上的原因,在于那些我们寄希望的人和我们憎恨的人,蛇鼠一窝!"

董青金虽然没有指名道姓地说,屋里的人,却都清楚他说的人是赵明诚。

胡新泉这时心里透亮,理解了那天赵书记为什么没有直接撞门进去,他肯定明白塞上他锁的人是厂里的工人。

王世才那些人等在医护室,就等着赵明诚撞门进去,激化赵明诚和工人的矛盾,然后他们再站出来阻止,当和事佬。

这样,既让赵明诚和老工人们变得对立,也让赵书记对这个厂寒心。

当时胡新泉和陈苍建都没明白其中的道道。

还好赵明诚顾全大局,直接不进门,带着胡新泉和陈苍建去吃地龙面,喝兑水酒,没有让王世才他们意料的事情发生。

后来,赵明诚的办公室换上插了钥匙的新锁,那肯定是王世才他们换上的,赵明诚进去的时候,却没用钥匙,而是直接撞开。

一把被塞上东西的锁,赵明诚没有撞开;一把插上钥匙的新锁,赵明诚却撞开。那是赵明诚两种截然不同的态度。

对于老工人们,赵明诚是理解和包容的;对于王世才他们,赵明诚是愤慨和厌恶。

面对这些误解,素来了解赵明诚秉性的胡新泉,简直难以想象他会有多痛苦。胡新泉解释:"师父,你真的错怪了赵书记。你知道吗?就在你们塞上赵书记办公室门锁的当天,他连夜和我们调整出最新的租赁承包方案报上去,他是真的为这个厂……"

董青金一摆手,直接打断胡新泉的话:"我错怪他?租赁承包方案,得了吧,泉子。我问你,你知道那租赁承包方案是怎么送去机电工业局的吗?"

胡新泉不清楚董青金为什么会这么问,那个租赁承包方案是怎么送去机电工业局的,他不关心。他关心,并觉得对这个厂最有利的则是:租赁承包方案已经获准通过。

虽然在执行方案中,王世才颇有心计地往执行方案里加入了一条:增加租赁承包人保证金资质。但这些跟租赁承包方案是怎么送去机电工业局的,没有多大关系。

胡新泉回答:"我不知道租赁承包方案是怎么送去的,但那个方案已经获准通过。"

"当然获准通过,"董青金厉声说,"因为那租赁承包方案,就是王世才亲自开车送赵明诚交上去的!"

胡新泉有些不敢相信,但他知道董青金这些人是不会说谎的。

"泉子,我知道,你是真的为了这个厂,"董青金叹着气,"但是有的人,真的还是那样一如既往地为这个厂吗?有可能,我们目光短浅了,现在还看不到,但以目前的情形,只要这个厂子一天不确定能够开工生产,我们这些人,就不会去表决什么租赁承包或者其他什么东西。"

在讨论租赁承包方案的时候,胡新泉他们都没有想到这些老工人会是这样的态度。

他们按照曾经对这些老工人的了解,他们是不会眼睁睁看着兴州市电力机械制造厂破产清算的,对于任何一种能够保住这个厂的方法,这些人都应该是积极参与其中,甚至肯定是支持的。

现在,胡新泉没有这个信心了。他一直觉得对于租赁承包,阻力会来自王世才和厂里那些希望进行破产清算的头头脑脑,会来自那些对这个厂没有什么归属感的年轻工人,会来自那十万块担保金。但从未想过,还会来自这些老工人。

胡新泉再一次感到,从做出留下来这个抉择后,他似乎变成一颗过了界河的兵卒象棋子,想要往前,一个个关隘,都冒了出来。

"那个民意表决的通知,我们都看了,"张八一凑过来说,"其他先不说,就说其中那一条,要搞这个租赁承包,需要十万块的担保金。十万!现在在董班长这个屋里的,都是厂里资格最老的,我就问一句:你们有没有十万?"

屋里的老工人们都摇摇头。

张八一很愤慨："就连我们这些在厂里干了快一辈子的人，都拿不出这个保证金，我想再问一句：那么这个租赁承包方案，到底是为什么人而定？"

"什么人，还不是王世才那些人……"

"什么破产清算，什么租赁承包，没有一件是为我们工人考虑的。"

"十万，那是多么大的一笔钱，能够拿出来的，不是资本家还是什么？"

"这句话我今天摆在这，能够做这个租赁承包人的，肯定是王世才那一伙的人！"

老工人们七嘴八舌议论起来。

胡新泉说："我是租赁承包人。"

屋里一时安静下来。

董青金吃惊地看向胡新泉："泉子，你有那么多钱？"

"我没有。"胡新泉摇摇头，接着，他把赵明诚将房子抵押给银行，贷出款来作为担保金的事情说了，没有说他自己也拿出钱的事。

他现在还不想把自己也出钱的事情说出来，但看老工人们对赵明诚已经存在这样的误解，所以必须把这个事情讲清楚。

听到竟然是赵明诚拿出担保金，并且还是抵押了自己的房子。老工人们都不发一言，默默抽烟，嗑石瓜子。

作为胡新泉的师父，董青金更是不知道该说什么。

民意表决还没开始，因为这些老工人们表示不会参与，让胡新泉感到本来露出一些曙光的前景，又黑暗下来。把赵明诚拿出担保金的事说出后，胡新泉看着屋里的沉默，也不好再多言，于是起身朝屋里鞠了一个躬，然后离开。

无论这些老工人做出怎样的抉择，他们都是问心无愧的，都是值得敬佩的。他们会在事关兴州市电力机械制造厂存亡的时候选择放弃，原因并不在他们，也不在这个厂，那么，在哪？

胡新泉走上回厂里的路，步子很重，风刮在他耳边，生冷。

走出好远，都没有到，胡新泉有些怀疑自己是不是走错路了，最近不知道怎么搞的，他总有这种感觉，一向引以为傲的方向感，好像一下退化了。

第5章　推荐信，感谢信，举报信

模糊中，看到一点黯淡的亮光在远处闪烁，胡新泉走了过去，经过一片低矮的林子，再走，就能听到流水的声音。

果然走错路了，胡新泉看着两边的芦苇丛，已经知道自己到了什么地方。

兴州市电力机械制造厂是整个兴州市的中心，这里是兴州市最东边的沪河，这条河原来流经厂区所在的地方。经过几丛芦苇，到了河滩，刚才看到的亮光却彻底消失了。

这让胡新泉心里有些打战。

胡新泉寻找着刚才的亮光，很是毛骨悚然。他正准备退回去，从这里离开，身前啪嗒一声脆响，一道刺目的亮光就迎面照射过来。

这么陡然从一片漆黑中照射出来的光，让胡新泉双眼都睁不开。

"怎么是你？"响起一个熟悉的声音。

射过来的光线变暗，胡新泉勉强睁开眼，往前一看，就见一个人影走过来。

使劲揉揉眼睛，看清来人，是裹着一件厚厚军大衣的罗白桦。

他一手提着汽灯，一手拖着一条湿漉漉的东西。

胡新泉诧异地问："罗师傅，你大晚上的在这干什么？"

"还能干嘛，找点生计。"罗师傅举起他另一只手的东西，胡新泉看清，是一条渔网。

说完，罗白桦示意胡新泉跟着他走。

胡新泉迟疑一下，还是跟了上去，他走在后面，专门看了一眼罗白桦的身后，还好，有影子。

浐河边冷风嗖嗖的，让胡新泉不由自主哆嗦不止。

两人一前一后地走进一个芦苇荡子，冷风被阻隔在外面，身体的哆嗦才稍微止住。

在荡子里，立着两个木桶，中间避风的一处滩地上，用石头围着一个火坑，里面燃烧着些芦苇根和芦苇秆。

罗白桦用一根棍子捅了几下，火燃腾起来，胡新泉坐过去烤火。

四周一圈的芦苇被风吹得晃晃悠悠的，好像很多身形高瘦的人站在那，把两人围在其中。

罗白桦朝木桶里一伸手，摸出一条巴掌大的鲫鱼出来，那鱼不住地挣扎，鱼尾巴拍在他的手上，发出啪啪的声音。

"看到了吧，多肥，都是晚上在河里下网捞的，还弄了些王八、青壳虾，螺丝和蚌壳也多得很，"罗白桦把鱼扔回桶里，朝胡新泉打趣，"有厂吃厂，没厂，咱干这打鱼也不赖，明天一早往菜市场一摆，两桶，就说是旁边村塘里进的，要不了半天就能卖光，随便也是十几块到手，这可真是一本万利的好买卖。"

"罗师傅，你还真是有办法。"对于罗白桦这种能够自救的工人，胡新泉不知道该说什么，只能赞许，但他的心里是有些难过的。

到浐河里捞这些东西去卖，就是兴州附近的农民，也不会干的，这并不是一个很光彩的活计。

兴州市大部分地区是农田，主要种小麦、玉米和高粱，因为浐河的水量足，少有灾害，即便是最困难的三年时期，基本的温饱都能保证。

这些年来，更是年年丰收，到河里捞鱼捞虾，除了一些小孩玩耍，是没人干的。所以这边将一些游手好闲的成年人和懒汉，称为"捞河食的"。

哎，罗白桦只能趁夜弄这事，也是怕被人看见。

兴州市电力机械制造厂的工人沦为捞河食的，这一旦传出去，也是很颠覆的。

罗白桦看着胡新泉脸上的神情，知道他在想什么，不以为意地笑笑："新泉，我可不像董师傅那样，一天顾忌什么工人的脸面，你知道吧，有些电机厂，想找那些老师傅去指导指导，还给辛苦费，他们就是不去，宁愿吃糠咽菜。依我说，不至于，人得先活着，再说脸不脸的事，你说，对吧？"

罗白桦的话没错，但胡新泉却没有点头，他听起来有些刺耳。

"新泉，你是要回厂里，还是刚从厂里出来，这么大晚上的？"罗白桦一边解着他手里打结的渔网，一边问。

胡新泉就把刚才的感觉说了出来，他是要回厂，但不知道怎么，自己却一点方向感都没有。

罗白桦听他说完，不由自主地看一下身后和四周，这才凑到胡新泉身边说："新泉，你怕是遇上鬼打墙了吧，我觉得你今晚别走了，就在这和我捞鱼，明天我送你几尾大的，你带回去改善伙食，怎么样？"

本来对来这儿捞鱼，罗白桦心里还是有些恐惧的，这时再听胡新泉这么一说，他更加害怕，就打定主意，让胡新泉留下来陪他。

"鬼打墙？"胡新泉不信这个，他回想了一下刚才的情形，却又说不出哪里不对。

罗白桦眼珠子一转，把手里的网放下，叫着胡新泉走出芦苇荡，到河边，扯起一条白乎乎的东西，提到河滩边一抖，上面簌簌地落下很多东西。

他拉着胡新泉手忙脚乱地捡，竟是满地的小龙虾。

"这大晚上的，你再赶回厂里，保不齐栽到哪个坑里，"罗白桦折下一根芦苇，一边穿捡起虾，一边说，"咱们一边吃这烤虾子，一边喝点，我带了苞谷烧。对了，我还有些关于我家罗维卡的事情要和你说。"

这大冷天，胡新泉不是很想留下来。

罗白桦穿好几串虾子后，插到火边，往火坑再加一些芦苇秆，很快就蹿出一股干腥的味道。他预先在火边放一个装水的铝皮缸子，这时水沸腾开，水里泡煮着的一个陶瓶子里，就冒出勾人的酒香。

他更关心的是和罗维卡相关的事，胡新泉心里猜测：会不会和那个水壶里的纸条有关。

胡新泉也不再多说，走过去，坐到火堆边，一股热气扑面而来，彻底让他不再感到寒冷，身体一温暖，肠胃蠕动开，就发出饥饿的叫声。听到那叽里咕噜的声音，罗白桦刨开火坑里的灰，挖出一个热乎乎的番薯递给胡新泉："你先吃这个垫垫，虾子不彻底烤熟，可不能吃，会拉肚子。"

胡新泉不客气地接过来，有些烫手，双手不断交替拿着，闻着一股浑厚的土香，不管三七二十一，先朝顶部咬一口，落到嘴里，相当灼嘴，大口大口吸几口凉气，在口腔里拌个几回，尝到一点回甜后，囫囵个吞下去，从喉咙到肠子到胃都热烘烘的。

"你也不怕把肠子烫熟了。"罗白桦有些担心地打趣着，递过来一个水瓢，里面盛着凉水。

胡新泉也觉得肚子里热，整个人抓耳挠腮地难受，接过水瓢，咕噜噜不换气，一口就喝下大半。瓢里的水非常凉，但喝下去后，胡新泉往外吐一口气，就觉得全身的毛孔一下都打开了，胃部不再受那块番薯的灼烫，一种获得食物后的充实感，让他觉得前所未有的舒服。接着一口烫番薯，一口凉水。

瓢里的水喝光，那番薯也全部下肚，胡新泉浑身一下都缓和起来，再看身处的芦苇荡，也不再觉得像一开始那么瘆人了。

"新泉，我也不弯弯绕绕的，我问你：你是不是因为我闺女，才要留下来的？"罗白桦把插在火边的几串虾子翻一翻，回头就冲胡新泉问道。

胡新泉刚因为饥饿缓解放松下来的心又一下绷紧，抓耳挠腮不知道该怎么回答，罗白桦这问得也太直接了点。

"罗维卡是我女儿，但是有些话，我该讲的，还是要和你讲。"罗白桦递一串烤好的虾子给胡新泉，又捞出陶瓶子，往一个搪瓷缸子里倒半缸子酒，胡新泉赶紧伸手接过。

"有的时候，女人是动力，但这种动力一定要控制好，不然就是最大的阻力，"罗白桦怅然若失地看着火苗问，"我的事，你知道吧？"

兴州市电力机械制造厂有太多的各种传闻，关于罗白桦的，绝对是其中最经久不衰的一个。和罗白桦相关的传闻，最早的来自建厂那一批人，他的母亲是援建的乌克兰女专家，这个传闻从一开始，就非常符合茶余饭后八卦的兴致。然后承接着罗白桦和女学生，最后则落到罗维卡这么一个相当有知名度的混血厂花上，导致这个传闻完全没有消停的趋势，还愈演愈烈，话题性不断增强。

所以，对于罗白桦的事，胡新泉就算想不知道都很难。

"当年要不是因为我闺女维卡，我现在应该是在苏联生活的，"罗白桦叹一口气，"那时候，像我们这样在厂区里长大的人，只有一个心思，就是进厂，是根本不想上山下乡的，你知道我为什么那么主动要求去吗？"

胡新泉还是首次听到这样的话，即便现在改革大潮已经开始十年，但对于去苏联这种话题，还是存在禁忌的，他很震惊。

但对于厂区长大的人，在那个时期不愿意上山下乡，他还是知道的，毕竟在那个时候，工人阶级是非常让人羡慕和尊敬的。

"我的父亲其实不是被折磨死的，他是受不了那个罪，自己用一根电缆上吊走的。"罗白桦喝下一口热苞谷烧，被呛得咳嗽几声，提及他的父亲，罗白桦的脸上并没有太多悲伤，似乎是在说一个跟他没什么关系的陌生人。

接下来，罗白桦说了一些胡新泉从未听过的事。

关于罗白桦，厂里的工人们说和他相关的传闻时，都会添加一些猛料，甚至连他父母在什么地方弄事，用什么姿势，等等，事无巨细。这些无稽之谈，听起来十分猎奇，并且满足了人们的低级趣味的想象，只是胡新泉听过几次后，发现其中似乎缺少一些关键性的东西。因为那些传闻里说的很多事情，都只跟两性的野兽繁衍行为相关，听起来，缺少了一些人的因素在其中。

罗白桦的父亲叫罗文成，并不是传闻里纯粹靠身体吸引住乌克兰女专家的一线工人，而是有过苏联短期培训学习经历的派遣干部，因此精通俄语，在建厂的时候，担任着联络员。他的母亲叫妮涅莉，是研究电气方向的专家，因为常年扑在国家电气领域搞建设，对于个人情感生活比较忽略，被派遣来中国支援建设后，才有了一些闲暇时间，一来二去就和担任联络员的罗文成产生了感情。本来两人已经有成家打算，但因为后来两国关系的变化，派遣专家要求全部撤回，在那种严苛的政治情况下，只能暂时分开。没想到的是，后来这种形势没有任何好转，反而越来越恶化。罗文成绝望上吊后，给罗白桦留下好几封信，并告诉罗白桦，妮涅莉回国后，两人也还始终保持着联系，之后要有机会，罗白桦就可以按照信上的地址，去找他的母亲。正是这种联系，成为把罗文成打成苏修的证据，使他不堪重负，绝望地走上绝路。而也是因为这种联系，成为罗白桦心中的一个希望。后来在个人生活极为悲苦时，罗白桦听说兴州市上山下乡要去的地方是东北，那里紧邻苏联，于是他积极想要参加，打定主意到地方后，想方设法去寻他母亲。

听罗白桦说到这里，胡新泉不禁对他有些刮目相看，在很多谈及罗白桦的工人嘴里，他是一个混血杂种，一个满脑子投机取巧的异类，一个好吃懒做走大运靠一箱图纸进厂的混子。

胡新泉佩服地赞许："罗师傅，你很有想法。"

"是啊，当时要是去了，现在，该是另一种生活吧，不管怎样，也肯定比现在要好，"罗白桦叹着气，"所以，新泉，你要记住我说的，一定不要因为女人而改变本来很有前途的决定。"

从罗白桦的语气里，不难看出他对自己和父亲罗文成所做选择的悔恨。

胡新泉劝慰他："罗师傅，你有没有想过，可能留下来，是最好的选择。"

"拉倒吧，"罗白桦摇摇头，"任何一种，也比因为女人而做出的选择要好。"

如果当年他的父亲罗文华，不是因为妮涅莉，后面肯定不会被打成苏修，以罗文华那样扎实的技术，要奔向更好的前程，完全是轻而易举。因为一个女人，做出让自己命运跌到谷底的抉择，以至于最后被斗后自杀，这是最好的抉择？而他罗白桦更甚，因为父亲的关系，个人的前途已经是漆黑一片，本来的转机，就是上山下乡，然后找机会到苏联去，只要找到他的母亲，哪怕是按照最坏的结果再坏百倍想，也肯定比他现在的生活要好。但他却因为女儿罗维卡，而不得不留下来，继续在这种黯淡的生活泥潭里扑腾，甚至现在赖以为生的厂子都要完了，这是最好的抉择？

说完这些，罗白桦猛地灌下一口酒，看向胡新泉说："我现在是时刻准备着，只要一有机会，我就离开这里，希望我那远在苏联的老娘长命百岁吧，我一定要去找她，那是能带我从现在的悲惨命运中逃离的唯一希望。"

对此，胡新泉不是很赞同："你认为苏联就那么好？"

"肯定好啊，不管怎样，也比我们现在好。肯定还会一直好下去，"罗白桦非常肯定地点点头，然后拍拍胡新泉的肩膀，"新泉，我也坦白和你说吧，你要是真的看上我女儿，你去西京化肥厂，会比你留下来更有可能。"

罗白桦的话非常直接，胡新泉听着，有些发窘，一张脸也发烫起来，他只轻轻地回应一句："我留下来，不是为了罗维卡。"

胡新泉脑袋突然一下变得清晰，想起还水壶那天，罗维卡也直接问过："那你现在实诚地告诉我，你真的就不是为了什么留下来？"

难道说，罗维卡问的也是罗白桦现在说这话的意思。天哪，胡新泉脑子有些发蒙，一颗心剧烈地跳起来，一个大胆念头翻腾起来——罗维卡认为自己留下来，是因为她！

这真是一个误会，但胡新泉打从心底不想解释，甚至口干舌燥说不出话来，只是脸变得格外烫热。

"好，不是为了我女儿就好。"罗白桦取过一串烤得焦熟的虾子吃起来。

浐河里的这种小虾，壳泛青色并且薄，烤得焦脆后，可以直接连壳带肉嚼着吃，感觉就和吃脆骨包肉一样，并不涩口。

胡新泉脑海里不断闪现还水壶那一天的情形，在这种闪现里，他甚至都能看到那棵夹竹桃树。

那棵胳膊粗的夹竹桃树，上面剩下的叶子不多，落雨后，每一片叶子上都积攒着水，那些水都汇聚到叶尖上。罗维卡挨靠着夹竹桃树站着。他一脚狠狠踢向那棵树，整棵树就剧烈一颤，每一片叶尖上汇聚的水滴，猛然都脱离叶片。颗颗晶莹剔透，如同满天的圆润珠子，一下就都落下来。

到这个时候，胡新泉才明白当天罗维卡问那些话的意思，他懊悔起来，真该看看水壶里装的那张纸写的是什么。

他取过一串烤虾子，自怨自艾地咀嚼起来，这种河虾的味道很鲜，但胡新泉满脑子都想着罗维卡的事，嘴里一点味道都没有。因为那一股子懊恼劲，咀嚼虾子不由自主地发狠。

"哎！"罗白桦拍他几下，胡新泉这才转过意识，嘴里机械地咀嚼着，含含糊糊地问："怎么？"

"虾头不能吃！"罗白桦摇头晃脑一笑，"你这家伙，肯定是饿坏了，吃相恶狠狠的。"

胡新泉这才觉得嘴里发腥发苦，赶紧把已经咀嚼大半的虾头吐出来。罗白桦往搪瓷缸里倒进满满的酒，然后和胡新泉一碰："听人劝，吃饱饭。老哥我是用亲身经历，真真切切地给你教训，来，干了！"

两人都是一杯到底。

兴州苞谷烧，和别的酒不同，没有后劲那一说，从喝下去起，就能醉人。

为什么有这么猛的效果，首先一个原因，就是酿酒用的苞谷不同，别看这酒非常廉价，对于酿造的原料很有讲究。要用经过霜打的挂秆老苞谷，这种老苞谷上搓下来的玉米粒，干透后比石头还要硬，要用专门的铁轱辘来磨，打出的料，下完酒曲子，翻第一次的时候，那个冲劲，除了酿酒几十年的老匠，但凡资历浅点的酒师傅，当场就能醉昏过去。另外一个原因，喝这种苞谷烧，冬天要用水烫热，夏天要放水里浸凉，要让酒温和喝酒时节的气候截然相反，这种颠倒的作用，冬天喝起来暖肺暖身，夏天喝起来凉胃凉心，只要酒进肚子，马上就让人感到醉。所以兴州苞谷烧，在陕省还有一些诸如"颠倒颠""入口倒"之类的名称。

胡新泉整整一缸子热腾腾的苞谷烧下肚，再看四周，和刚才大不一样。

此时的芦苇荡里没有风，倒是有些月光和星光洒下来，照在河滩上，就和降下霜来一般。

面前火坑里的芦苇秆都烧透，不再腾起火焰，红得发白的芦苇火炭，看起来像是裹上糖的山楂果。

罗白桦搂住胡新泉，口齿不清地含糊着说："你说的不为我女儿留厂里，我信了，其实我对你这个人还是很有好感的，懂技术……说到这个懂技术，其实我也懂，只是平时不显露。"

"你懂技术？"胡新泉不相信，罗白桦靠家里翻出一皮箱子电力机械设备的图纸，才进厂里当的工人，这个是事实，胡新泉甚至看到过那些图纸，都是俄语标注，是一些早期的变压器和电容器的。在那个时候，是非常有价值的材料，对于后面的电力机械设备设计是非常有启发性的。

"当然了，"罗白桦此时酒意已经完全上头，他有些得意地说，"你也认为那些图纸是我从家翻出来的，对吧？翻它个什么鬼啊！我家被抄了十多次，别说那么一箱子图纸，就是一张纸，他们也没给留下。"

胡新泉很是好奇，对啊，那么大一箱图纸，抄家怎么可能留下。

罗白桦咧嘴一笑，拍拍脑袋："那一箱东西当时全藏在这里，后来为进厂，我想方设法弄到一些纸，然后花三个多月，才全部从脑子里把它们誊到纸上。你还觉得我不懂技术？"

胡新泉目瞪口呆，就如他父亲胡厚云交给他天文数字的存折，以及看到陈苍建床底下那藏满钱和东西的箱子一样。

胡新泉打从心底感慨，从来没有想过，这些他非常熟悉的人，都有着那么让他惊呆的另一面。

罗白桦叽里咕噜地哼唱起来，胡新泉听不懂他唱的是什么，但那个调子一出来，他就知道那是一首俄语歌。

胡新泉心里不禁想，每个人都有别人不为人知的一面，那么，自己在他们眼中，藏着的另一面是什么样的。

在河滩上响起的歌调停止时，罗白桦凑过来，直勾勾地看着胡新泉说："新泉，我和你结成兄弟，怎么样？"

"结成兄弟？"胡新泉有些慌张无措，"罗师傅，这不太合适吧。"

"有什么不合适的，"罗白桦瞪大眼睛，"你不愿意，看，暴露了吧，就说你是为我女儿。"

"这个真不是，"胡新泉很无奈，只能叹一口气，"好吧，罗师傅，那听你的。"

"好！"罗白桦神情缓和，咧嘴一笑，抓起胡新泉的双手一握，"那从今天起，我和你就是兄弟了。"

陈苍建走进兴州老孙家泡馍馆，心情十分忐忑。

赵明诚坐在靠近门东边的一张桌子边，正在仔细掰馍。

"赵书记……"陈苍建喊一声，还没来得及说什么话，赵明诚递过两个热乎的馍饼，推了一个装馍的蓝花纹白瓷碗到他面前，打断陈苍建想要继续说的话，干净利落地招呼："掰馍。"

"哎。"陈苍建只得答应一声，坐在赵明诚对面，低头开始掰馍。

兴州老孙家泡馍，在兴州这一地区很有名气。

卖吃食的里面有这样的讲法，一素二荤三咸四辣五麻六甜。

以往，卖素食的多和寺庙有关，地位很高，占一个权字，因此首排第一；

买荤食的经手的银钱比其他的吃食行当要多，占一个财字，因此居第二；至于三咸指的是有楼舍的酒楼，调剂百味，但一咸必备；四辣五麻多指一些支锅下菜、麻油热汤的小摊点，而最末的一个甜是那些走街串巷，卖鸡毛糖、串糖葫芦、吹糖人等的游食商贩。

兴州老孙家泡馍，因为兴州市里没有卖素食的，他家于是就归属于卖荤食的头一波。老孙家泡馍，还有一个特别的地方，就是老板并不姓孙，而是姓郑。至于为什么取这么一个牌子，说法很多。有的说是为了沾一沾省会西京市里卖泡馍老孙家的名气，对此，兴州老孙家泡馍的郑老板是嗤之以鼻的。有的说郑老板是入赘孙家接手的馆子，所以保持原名。当然，最有鼻子有眼的，是说这家泡馍馆和兴州市电力机械制造厂已经故去的厂长孙明伦有关。

孙明伦是黔省人，西南的主食是米饭，由他带到陕省来搞建设的人，也多出自黔、滇两地，这些人远离故土几千里到这里搞建设，无亲无故，再加上陕省以面食为主，大部分人都习惯不了。时间一长，水土不服，又苦闷无聊，造成人心浮动。为了解决这个问题，孙明伦征询很多意见和办法，都没取得什么效果。到了后来，甚至出现一些同志，通过自残的方式想要回去。看到这些在战场上冲杀不含糊、连死都不怕的军人们，被日复一日的建设生活打倒，孙明伦非常郁闷，组织很多次思想开导谈话，问题依然没有解决。枯燥的生产建设生活，有的时候是比生死搏杀的战场岁月更加让人崩溃的。

直到有一次，孙明伦到西京开会，中途被一个本地的战友带去吃羊肉泡馍，他发现在吃这种食物之前，食客需要掰馍，这是一个浓缩的食物生产方式。要消解水土不服，让人能够最快适应一种新的饮食习惯，最好的办法就是让吃的人和所吃的食物产生一种生产关系。

孙明伦不可能让兴州市电力机械制造厂的建设工人们去种一遍小麦，让他们接受面食，但泡馍的这种食用方式，他自己试了一下，是可以达到效果的。

于是，回到兴州市电力机械制造厂后，孙明伦先从厂建设食堂里，抽调几个年轻人，到西京的一家泡馍馆学习一个月，然后面向全厂举办了第一届掰馍比赛。

通过兴州市电力机械制造厂，泡馍这种食物成功被推广出去，也被厂里的建设工人们普遍接受。

兴州市原本也有卖泡馍的,但这些建设工人并不是很认可,其中一个姓郑的心思活泛,直接找到孙明伦,主动要求为之后的每一届掰馍比赛提供馍和牛羊肉,只希望能挂上老孙家泡馍这个牌子,孙明伦到这家泡馍馆吃了几顿,确认品质可以,就答应这家泡馍馆可以挂老孙家泡馍的牌子。

兴州的老孙家泡馍馆,间接等同于老孙厂长最认可的泡馍馆。

在兴州市电力机械制造厂效益好的那几年,厂里的员工只要吃泡馍,必到老孙家,相互之间还会这样招呼:走,到厂长泡馍馆吃泡馍去!

那时候,别的人想要在老孙家吃一碗泡馍,还得提前一天定。

兴州市电力机械制造厂的工人则是随到随坐,导致下班后,这里几乎成为兴州市电力机械制造厂的厂外食堂。

放眼看去,都是兴州市电力机械制造厂的工人在整齐划一地掰馍,聊厂里的事情。只是后来厂里效益直线下滑,工人们的温饱都不能保证,老孙家泡馍馆也就罕见兴州市电力机械制造厂的工人,由此开始,其他人才能够不用预约就到这里吃上一碗。

陈苍建坐在赵明诚对面,手里掰着馍,心里却惴惴不安。

赵明诚取过一个馍饼,横向撕开一手,纵向再撕开一手,一块馍变成四块,然后再用大拇指和食指从饼上掐下玉米粒那么一小块,顺着指底落到碗里。

"怎么不愿意做租赁承包人了?"赵明诚嘴上问话,手上不停,一块块几乎一样大小的馍粒持续堆积碗中。

"我……我觉得我不是很适合。"陈苍建手微微有些抖,掰出来的馍粒大小不一,他手上的馍饼也没有一分为四,而是整个一块,就那么握在手中掰。

赵明诚轻轻回应一声:"嗯。"

陈苍建放下馍饼,一脸愧疚地看向赵明诚:"赵书记,我对不起您,我辜负了您的信任。但这是我深思熟虑后的决定。我知道,在这种时候,我不该又横生枝节,但我不得不这么做。第一个原因,我之前的一些偏向市场经济的做事方法,厂里的老工人们是很不赞成我那么做的,我也不瞒您,我是咱们厂第一个到外面做星期天工的人,我作为租赁承包人,在民意表决上,老工人们是不会支持的;第二个原因,我必须坦白,对于租赁承包,即便是最终民意表决通过,我也信心不足。不过,赵书记您放心,虽然我不做这个租赁承包人,之后不管您这边决定谁来做，我都全力以赴支持。一旦民意表决通过，我会豁出命去做的。"

陈苍建一鼓作气，把想说的话都说了，手里掰馍的速度也随着他说话加快，他话说完，一碗大小不一的馍粒也掰好。

"你的馍掰得不行啊，听说你还是最近一届掰馍比赛的冠军，这可有点名不副实。"赵明诚评价一下陈苍建掰的馍粒，然后继续耐心地掰着馍。

"赵书记，这个……"陈苍建挠挠头，"实话实说，看到您，我有点紧张了。"说完，他又拿过一个馍饼，仔细地掰起来。

"我说过，我了解过你，"赵明诚看向陈苍建，"我尊重你的决定，其实吧，我对租赁承包是不是真的能改变厂子现在的状况，也不是有十足把握的，但现在厂子已经是这样一个状况，总要做一些什么改变，对吧？"

陈苍建连连点头，听到赵明诚对于租赁承包似乎也不是那么有信心，陈苍建有一种押对宝的侥幸，这时他手上掰出来的馍粒，一颗颗不但大小一致，每一颗还都是小圆弧边的方块，看起来很是悦目。

兴州老孙家泡馍馆，用的馍很地道，具备优质馍该有的品相：铁圈虎纹菊花心，鼓腔内软裂三层。铁圈是说揉面的馍体匀称，烤出来后，自然有一黑圈箍定饼外围，然后往馍心一圈圈地虎纹涟漪般推进，到了馍心，则是黄白交织的菊花瓣又往外反向扩出去。馍饼的内里不能实，要空有小腔，按起来是软的，撕开口会发现馍并不是一体，而是分为三层。这样的馍，掰起来，必须顺着馍层和纹路，自然发力掐下，才会均匀。均匀的馍粒，颗颗都带点馍烤制时候形成的焦黄纹，往碗里堆叠起来，是颇具美感的。

这样掰馍，需要人心静，切忌急躁虚浮。否则，掰出来的馍粒，肯定是大小不一，乱糟糟的。

陈苍建没想到赵明诚会这样轻易就同意自己的决定，心情从一开始的担忧和不知道该怎么开口，慢慢轻松下来。

"你也是参与租赁承包方案的讨论人之一，现在，你不做租赁承包人了，"赵明诚掰完馍，平静地问，"那你准备怎样全力以赴地支持？"

"在确定租赁承包方案时，我已经说过想法，"陈苍建一改进来时候的状态，有些意气飞扬地说，"咱们厂要尽快恢复生产，不过不是所有的产线，而是优先恢复组装产线,其实现在咱们厂的东西是不愁销路的,只是现在任何一条生产产线都会对我们的最终产量造成制约,我们完全可以大量外购各种配件,然后扩充组装产线,迅速提升产量后放开供应……"

陈苍建说得激动,赵明诚摆摆手:"这些都是租赁承包通过民意表决之后的事情,那在民意表决这关键一步上,你准备怎样全力以赴支持?"

"民意表决这关键一步……"陈苍建一愣,他有些意外赵明诚会问这个,民意表决这一步上,有什么是自己能做的?

脑海里迅速把租赁承包方案,厂里关于民意表决的通知等都过一遍。

租赁承包方案已经确定,民意表决的时间已经定下……对了,这些本来都已经完成,是没有什么需要自己做的。

但现在,因为自己放弃做租赁承包人,那么,摆在面前的一个问题显而易见,那就是谁来做这个租赁承包人。

一定是!看来赵明诚是希望自己能够推荐一个租赁承包人。

"赵书记,关于租赁承包人,不管您这边想要谁来做,我都支持,"陈苍建停一下,故作思考后说,"要是您这边暂时还没有好的人选,我可以全力以赴地帮您找……"

赵明诚摆摆手:"不用,租赁承包人,我有人选。"

两人的馍都掰好,泡馍馆的煮馍师傅过来夹上碗牌子,端下去煮。

泡馍,是吃的人和煮馍师傅共同成就的一道吃食。

吃的人掰出的馍粒,体现了吃泡馍人的用心程度,也能看出吃的人是否挑剔。

煮馍师傅是看馍粒用功夫,馍粒掰得越好,煮馍下的功夫就越地道。

陈苍建把盛满馍粒的碗递给煮馍师傅,听到赵明诚说已经有了人选,心里竟有些失落,随即却又想:那自己在民意表决上,还能出什么力?

反复想了几番,陈苍建陡然心中一明,心情一下紧张起来,他竭力保持着平静,问道:"赵书记,我冒昧问一下,这个人选是谁?"

赵明诚没有隐瞒,没有任何迟缓地回答:"胡新泉。"

陈苍建心里有些不是滋味,赵书记几乎是在他问话的同时说出来,说明他知道自己要问什么,显然这个答案在自己问前,也已经存在脑海里。得到赵明诚的回答，陈苍建再结合厂里的民意承包通知，他知道自己能够做什么了。

"赵书记，我这些年也攒下一些钱，民意表决需要十万担保金，我知道新泉肯定拿不出，"陈苍建顿了一下，"我这边愿意把我所有积攒的钱都拿出来支持新泉，有一万块。只是……"

赵明诚问："只是什么？"

陈苍建犹豫好一会，才小心翼翼地说："赵书记，我知道这些话不该讲的，但我也不和您藏着掖着，要是有不妥当不合适的，您指点我。我把钱交给新泉后，会让他写一个借条，这个钱，算是我借他的。当然，要是最终筹不够十万块，我也真是付出全力了，他退我就行；要是拿出十万，最终民意表决也通过，我这个钱全当借给他的。后面厂子不管搞好搞不好，他原数还我就行。"

泡馍端上来，按照陈苍建一贯的掰馍水准，都是"干刨"，但今天，赵明诚的是"口汤"，陈苍建的是"水围城"。

赵明诚沿着碗边，用筷子划拉吃了一口，平静地看向陈苍建："这个借条，我来给你写，你看怎么样？"

陈苍建目瞪口呆，他嘴里刚刨进一些泡馍，来不及咽下去，直接吐到碗里，然后连连摆手说："不可以，不可以，借条怎么能要您写。"

随泡馍端上来的，还有三个小碟子，一碟子腌制的糖蒜，一碟子糟辣椒酱，一碟子香菜。

赵明诚吃下一口泡馍后，夹一点香菜放在嘴里咀嚼吞下，看向陈苍建，微微皱眉说："你能拿出这么一大笔钱来支持租赁承包，已经非常不错，你不用多说了，这个借条我来写就是。"

"肯定不能让您写借条，"陈苍建沉吟片刻，朝赵明诚笑着，故作一副开玩笑的轻松语气说，"赵书记，您要是可以写，还不如给我写一封推荐信，哈哈，玩笑，玩笑。这些钱我会和新泉商量的，不用劳烦您。"

赵明诚眉头皱得更甚，他用筷子夹起一块糖蒜，连皮一起吃下，糖蒜的皮比较坚韧，他咀嚼得费劲，半天都没有嚼烂，干脆直接打囫囵个吞下去。

陈苍建停住筷子，等一会没见赵书记回话，有些无措，想了想，就低头吃了几口泡馍，顿时被烫得轻叫一声。

像陈苍建这碗"水围城"的泡馍，不要看那泡馍的汤没烟没气的，似乎不热，实际上是滚烫的。用牛羊肉熬煮出来的汤水，表面都有一层油覆盖，把热量都封存其中，只要不拨开表面的汤油皮，可以长时间保持刚出锅时的滚烫。

陈苍建虽然经常吃泡馍，但他常吃"口汤"和"干刨"，不怎么吃"水围城"。再加上心里又在揣度赵明诚，疏忽之下，就被烫到嘴，不住倒吸凉气，手里的筷子发狠一般不断搅动泡馍，散热的同时也发泄一下心里没来由腾起的一股火气。

"吃泡馍，不要搅拌。"赵明诚轻轻敲了一下碗边说道。

陈苍建停了搅动，连连答应："是，是！"

吃泡馍切忌搅拌，正确吃泡馍的方式，是用筷子沿着碗边，从外向内，一圈圈地拨到口中，滋味由淡逐渐加重，这么吃嘴自然就会往前微伸轻吸，吃了食，也吸了味，即便有些汤汁也都尽收口中，不外溅出来。

赵明诚接着不再说话，陈苍建头不敢抬，只默默吃泡馍。

等两人都吃完，赵明诚一抹嘴说："这样，借条我给你写，推荐信我也给你写，西京纺织三厂在搞电气自动化，正缺人。"

陈苍建激动得双眼发光，声音都有些颤抖地说："谢谢赵书记！感激！感谢！"

回厂里后，陈苍建到宿舍取了钱，直接送到赵明诚的办公室，赵明诚用一个信封装好，同时给陈苍建打一张借条。

然后，赵明诚取出一封推荐信递给陈苍建。

陈苍建小心翼翼地捧在手中一字一句地仔细看，心里非常激动。

西京纺织三厂是陕省前几号的国有企业，待遇相当不错，他一开始预期赵明诚推荐他到那些省级国企在兴州的分厂就不错了，没想到，直接就推荐他去西京纺织三厂。

"赵书记，时间只填上年，您忘记写月日了。"陈苍建把信从头看到尾，发现时间没填全。

赵明诚看向陈苍建："这封推荐信一年都有效，具体日期你自己可以填的。现在我希望你先把它放好，像你说的那样，全力以赴地支持租赁承包的民意表决，支持胡新泉。"

"好！"陈苍建更加激动。

赵明诚眉头微皱地说："目前关于租赁承包的民意表决，你看还有哪些问题？"

陈苍建叹一口气道："我觉得最大的问题，就是租赁承包人的资质，十万担保金，这样一个天文数字，短时间内不好弄的，现在就是有了我的这一笔，也还差很多。"

"担保金的事情，你不用考虑，还缺的部分，我来想办法，"赵明诚继续问，"还有哪些？"

赵明诚来解决担保金的问题，这个陈苍建在心里早已经猜到，他知道胡新泉是肯定拿不出什么钱的。

这时听赵明诚这么肯定地说出来，陈苍建心里是有些嫉妒的，自己要是和赵明诚也有那么一层同校之谊该有多好。

陈苍建想了一下说："还有就是怎么让工人们参加这个民意表决，厂里停工这么长时间，除了一些年纪大的老工人，还本着对厂子的情谊，会关注和参与厂里的活动；年轻的工人们本来就有怨气，除了厂里复工或者发工资，其他的活动我觉得他们都不会参加。"

赵明诚沉吟着："难道他们就不关心厂子接下来会怎么样？不关心厂子的下一步发展会给他们造成怎样的影响吗？"

陈苍建摇头苦笑："兴州市电力机械制造厂停工这么长时间，已经把年轻工人们对厂子存在的信任都耗尽了。赵书记，您知道的，工人是靠工资生活的，如果说鱼是工人，鱼缸是厂，那么水就是工资，拖欠这么长时间的工资不发，就好比把水放光，让鱼困在没水的鱼缸里。这种时候，鱼还会关心接下来鱼缸会怎样吗？当然，和这些年轻的工人不来参与民意表决相比，我更担心他们来参与。以现在的情况，他们只想尽快拿到钱，而之前厂里发的通知已经告诉他们，厂子破产清算后，欠的工资会补发，还会有安置金。要是民意表决，这些年轻的工人真的来，我觉得他们会投反对票。"

陈苍建所说的这些，胡新泉在和赵明诚谈及民意表决时，也说过，不过因为突然增加十万元担保金这一项，让赵明诚无暇顾及。后来又是陈苍建放弃作为租赁承包人，一件件事情冒出来，让租赁承包方案最终能不能走到民意表决这一步都说不准。现在改换胡新泉为租赁承包人，胡新泉出乎意料地拿出那么一笔巨款，加上赵明诚从银行贷到的钱，一下顺利解决了担保金的问题。

租赁承包人、担保金都确定，民意表决可以顺利进行，年轻工人们有可能不参与，若参与进来，按照目前厂里的情况，大概率还是赞成破产清算，这也是陈苍建放弃成为租赁承包人的原因。他把租赁承包这件事，看成拉近和赵明诚关系的一个投入，最终就算事情不成，他的目的也可以达到。因此他衡量，投入他这个人可以，但还要投入他的钱，那可万万不行。从陈苍建的内心来说，他希望租赁承包这件事，直接就在担保金这一步打住。但现在赵明诚已经说会解决担保金，让他只能骑虎难下地继续往前走。

陈苍建继续说："厂里的好些年轻工人，我都认识，因为我最早出去做星期天工，他们要么跟着我出去过，要么找我打听过经验。咱们厂的这些年轻工人，遇上厂子变成这种情况，他们是非常痛心和失望的，但这些人和老工人们也还有区别，他们比较现实，更相信凭自己的能力找一份活计。兴州市电力机械制造厂对于他们只是靠自己能力找生计的一个厂，以厂子眼下的情况，并不能引起他们的共情。他们对于兴州市电力机械制造厂的前景是不看好的。所以，要让他们投赞成票很难。这个困难还有一个先决困难，甚至让他们参与民意表决都难。"

陈苍建唉声叹气，这些都是实情，他现在一摊子都铺出来，其实想让赵明诚知难而退，早做安排。毕竟，他现在推荐信已经到手，民意表决后要还是破产清算，自己借出去的那一万块，就能最快收回来。虽然说以赵明诚的信誉，完全不用担心那些钱收回的问题，但一张薄薄的借条，始终不如那么厚厚的钱让人踏实。让陈苍建感到意外的是，赵明诚似乎没有听出这里面的困难，平静地说："就这些问题了吗？"

"就这些。"陈苍建回答，心里想，这些问题已经够棘手的，他反正是想不出什么解决办法。

"好，"赵明诚回一声后，就趴在那儿迅速地书写一页东西，然后递给陈苍建，"苍建，现在有一件紧急的事要你去做。"

"只要是我力所能及的，我义不容辞。"陈苍建接过那页纸，仔细看一遍后，顿时面露难色。

那是一页募捐感谢信。

赵明诚说："这两天，你辛苦点，带上这个感谢信，去找那些年轻的工人，让他们根据自己的情况，捐一些钱支持一下。"

这些话，要不是赵明诚说出来，陈苍建肯定不敢相信，厂里停产，工资已经那么久没发，现在还去找工人们募捐？另外，他甚至怀疑赵明诚刚才就没听他说的那些困难。要让工人们参加几天后的民意表决都很难，让他们投赞成票更难。面对这样难的局面，赵书记不想怎么能让工人们去参加民意表决，怎么让工人们投赞成票，竟然在这种时候，还去找工人募捐……

陈苍建真想伸手摸摸赵明诚的额头，看看他是不是病了，这种时候难道不应该给工人们发钱发物，让他们积极参加民意表决，然后用好处让他们投赞成票吗？

"赵书记，这个……"陈苍建尽可能委婉地说，"现在要是再找工人们募捐，我担心对租赁承包方案的民意表决会有非常不利的影响啊。"

"没事，你去做吧，"赵明诚肯定地说，"记住，不管能够募捐多少，都带回来。"

"好吧。"陈苍建只能答应。

此时的陈苍建，感到自己放弃做租赁承包人的决定，简直太正确了。在听赵明诚说担保金已经不用他考虑的时候，是有些后悔的，在听到确定胡新泉作为租赁承包人后，他是羡慕得甚至有些嫉妒的。现在，他完全不后悔了，更加不羡慕胡新泉。因为现在看来，赵明诚是准备通过募捐的方式凑担保金。看来赵书记还是对厂里现在的情况不够了解，厂里停工这么长时间，工资不发，很多工人的基本生活都保证不了。他还知道好几个厂里的女工人，现在去黑舞厅里干陪舞的工作，很多工人现在的境况比要饭的还不如。这种时候，给他们资助还差不多，找他们募捐，当场很可能被骂、被吐口水，甚至完全可能被打，只要那些饥肠辘辘的工人们还稍微有点力气。但这个时候，陈苍建不能把这些和赵明诚说，他刚刚才和赵明诚表态要全力以赴支持，现在就说这些实际情况，倒像是他专门找借口一样。又转念一想，不管是挨骂、挨口水，那都表示自己真的是全力以赴了，要是真挨一顿打，那才好呢，证明这件事是真的办不了。

反正现在陈苍建手里有借条和推荐信，目的已经达到，厂里的事情赶紧黄，他好第一时间给纺织三厂送过去，然后等调令一下，自己就可以离开这个地方。

陈苍建回到宿舍，就见胡新泉半倚在床上，鞋子也没脱，衣服也没换，左手垂在床边，指间挂着一提鲜鱼和一网兜螺丝、河蚌。就那么睡着，长一声短一声扯起的呼噜里，涌出一股酒味。这倒是有些奇怪，难道胡新泉一晚上没回来，是到河里捞这些吃的了？陈苍建心里疑惑，走过去帮胡新泉脱了鞋袜，把他的脚放到床上盖好被子。再把那一提鲜鱼放到搪瓷盆里，一网兜的螺蛳、河蚌则倒进铁皮桶里，想着胡新泉要是醒来，肯定就要吃的，于是，还往铁皮桶里撒一把盐。做完这些后，陈苍建取出赵明诚写的推荐信，仔细反复又看好几遍，然后才用一个信封装上，准备放到床下的箱子里，又想到箱子胡新泉已经看过。左思右想一番，就把褥子掀开，小心翼翼地放到下面，往上再盖上一块枕巾，把褥子铺好。接着，陈苍建躺到床上，嘴里用戏腔哼着李白的《将进酒》：君不见，黄河之水天上来……手里把借条叠好，放到胸口的衣兜里。最后把那封募捐感谢信托在手里，看着，唉声叹气一会，扭头看一眼睡在床上醉睡的胡新泉。现在，胡新泉是租赁承包人，自己去找工人们募捐的时候，可得说清楚，他陈苍建可不能背这个锅，不过想到胡新泉接下来要面对的情况，陈苍建也很是惋惜："新泉啊，新泉啊，你说你去西京化肥厂了多好！"

胡新泉是被饿醒的，他梦到自己正在吃一块汁水很足的烤肉，使劲嚼使劲嚼，就是嚼不烂，想要打圇囵个吞到肚里，干咽好几下，硬是吞不下去，实在想要吃，猛一挣，就口水滴答地醒过来，发现自己嘴里咀嚼的是枕巾。真不知道自己嘴巴这么大，生生把那块破了几个洞的枕巾，吞下一大半去，费劲从嘴里连吐带挖弄出来，就觉得腮帮子酸疼。他坐起身，宿舍只他一个人。一道阳光从窗外射进来，落到他身上，一点不暖和，反而显得有些冷。

昨天和罗白桦在河滩待一宿，天刚一亮，罗白桦要去市场卖他的两桶河货，给胡新泉捡了一网兜螺蛳蚌壳，又挑几条个头不大不小的鱼让他提走。他昏昏沉沉地回到宿舍，直接就睡着。醒来后发现自己的鞋袜已脱，带回来的河货都收拾在床边的搪瓷盆和铁桶里，胡新泉就知道陈苍建肯定回来过。

他起来洗一把脸，彻底清醒后，就觉得更饿。计划着先煮点螺蛳吃，但心里又想，以现在自己饿成这样的状态，要是一个个嗦螺丝，没准嘴巴会失控，直接连壳吞下去，至于那几条鱼，是这一堆河货里面最主要的，要是自己吃独食，也太对不起陈苍建，于是只能对那几个河蚌下手。好在陈苍建已经往放河蚌的铁桶里撒下一些盐，那些河蚌都打开了蚌壳，露出里面白嫩的肉，泥沙都吐得差不多了。胡新泉把河蚌都捞出来，数一下，有五个，最大的比海碗大，小的也有一巴掌。宿舍旁边的楼道里，有一个铁炉子，在厂里开工的时候，一些工人下晚班回来，会在上面热些饭菜吃。停工后，没怎么用，积好多灰，好在旁边还堆着好些木柴，只是那一堆本用来添炉子的块煤，都被人扫干净带走了。他生起火，从铁炉子左边的柜子里翻找，就有一个笨重的铁锅，半边提耳已经掉了；把铁锅洗涮干净，接上半锅水放炉子上，再往锅里铺一层木柴。

河蚌最好的吃法，就是蒸，还要是慢火蒸。如果直接放到锅里煮，或者用急火蒸，就会有土腥味。胡新泉请教过厂里食堂的老厨子，老厨子告诉他，河蚌好吃，两样东西最难处理，河蚌吞下的泥沙和河蚌的屎尿。一般人只知道河蚌吃之前，要用盐水喂一段时间，让它吐泥沙，却不知道，用这种方法河蚌只吐了泥沙，却将屎尿都憋在肉里了。如果直接放到锅里用急火蒸，河蚌死得太快，一部分屎尿就化到河蚌肉里，任凭你之后怎么处理，都有土腥味。胡新泉当时打岔问，那为什么一定是慢火蒸，不能是慢火煮？老厨子当时就瞪他一眼，吃河蚌一定不能煮，河蚌肉偏嫩还非常吸味，煮的时候，屎尿都排在锅里，还是化到肉里，不但有土腥味，肉还会变老。因此，一定要用慢火蒸，并且在蒸的过程，一开始不能盖盖子，要一直在锅边闻，只要闻到土腥味，就换锅里的水，如此几次，直到热气上来都再闻不到那股土腥味，这时才能盖上盖子蒸。时间不用长，两三分钟就可以出锅。然后趁热，往张开的河蚌肉里挤点柠檬汁就可以吃了。

胡新泉强压着肚里的饿火，接连换好几次水，这才不再闻到土腥味，他盖上盖子蒸，口水就沿着嘴边流。他不住吞咽，却是越吞越多。胡新泉揭开盖子，就见锅里的河蚌都只半张开，鲜嫩雪白的蚌肉，已经被蒸得中间鼓起来，像一个个饺子一样。

胡新泉拿出一个河蚌，烫得他来回换手，接连吹好几口凉气，河蚌的温度才降下来,他没有柠檬,用找到的一小瓶白醋,往蚌肉上浇些。酸而鲜的味道,仿佛变成一个钩子,一下把他嘴巴钩过去。他伸出舌头朝着饺子般的那一块河蚌肉靠过去,刚挨上,都不等胡新泉有反应,他本能地就让舌头往后一缩,猛地吸一口。那一块河蚌肉,就被吸到嘴里,甚至都来不及在舌头上停留一下,就迅速通过喉咙,没有丝毫停留,直接落到胃里。简直见了鬼,要不是肠子还有些烫热的感觉传来,要不是手里举着河蚌蚌壳,胡新泉真不敢相信,自己的确吃下了一块河蚌肉。这时,胡新泉不由得苦笑起来,接连又吃下三个,还是没尝出什么味,甚至其中两个,他都没浇上白醋。不行,这样吃,可真是太对不起刚才等那么大一会,以及倒掉的那几锅水。胡新泉把缸子拿过来,从锅里倒出一缸子蒸河蚌的水。他一边吹着,一边喝,大半缸子下去,总算感到齿舌间是有那么一丝土腥味。尝出来味道后,胡新泉颇为满足,他取出那个最大的河蚌,里面嫩白嫩白的肉,中间鼓起来,相当饱满。他小心地倒上醋,正要往嘴里放,肩膀突然就被人拍了一下。

紧接着响起一个清脆的声音:"好嘛!吃独食舌头要被吞掉!"

胡新泉被惊得退后一步,闻到一股淡淡的香味,扭头,就看见一个身影站在那儿,是罗维卡。

她穿一身洗得发白的工装,一头黑直的头发扎两个对称的辫子,从她的左右两肩跨过,垂在身前。

"没想到是你。"胡新泉轻说一声,才想起自己手上还托着最大的一个河蚌,往手上一看,却不禁一愣。

双手上只两片河蚌蚌壳,其中的肉竟然不见了,低头一看,发现那块圆鼓鼓的河蚌肉,不知道什么时候滚落在地,上面沾满灰尘。

"什么叫没想到是我?那你想到的是谁?"罗维卡站在那儿,上上下下地打量胡新泉,倒好像从来没见过他一样。

看着放在铁炉子上的河蚌壳,罗维卡皱眉问道:"怎么你也吃这个?这段时间,我家天天都吃。"说着话,她凑到胡新泉身前闻一下说道:"土腥土腥的,倒和我爸身上一个味。"

胡新泉没想到罗维卡会突然过来,来不及退让,只能那么僵僵地站在原地,就觉得那一股淡淡的香味,一下涌过来,然后把他裹住。他有些手足无措，心里却想到昨晚的事，现在自己和罗白桦可是兄弟，兄弟身上能不是一个味。这么一想，不禁乐起来，轻轻一笑。

"你这人，是笑话我么？"罗维卡没好气地退回去，瞪胡新泉一眼。

"不是，不是……"胡新泉赶紧摆手否认，但又不知道说什么话往下接，只能岔开问，"你怎么到厂里来了？"

罗维卡没有直接回答，眼神有些怪地和他眨巴："我刚从赵书记的办公室出来，然后就来这里了。"

胡新泉点点头，还是不知道该说什么，他目光有些闪烁，也不知道该看哪儿，就瞟向地上那块河蚌肉，嘴里顺着罗维卡的话往下接："哦，你是找赵书记。"

"不，我现在是找你。"罗维卡一边说，一边摆了摆手，见到胡新泉目光看向自己的脚下，她疑惑着，一低头，看到那块河蚌肉，就蹲下去，捡起来，然后往嘴里塞。

胡新泉赶紧制止："哎呀，很脏，全是灰。"

罗维卡咯咯地笑起来："我看你是舍不得吧。"

胡新泉从她手里夺过那块河蚌肉，用水冲洗干净，再放到铁锅上蒸热，最后放到一个碗里，浇上醋，递上一双筷子给她："现在可以吃了。"

罗维卡也不客气，用筷子夹起，几口吃掉大半，然后把碗往胡新泉面前一推："看你馋巴巴的样子，这段时间，我家天天吃这个，我才不稀罕呢，只是尝一下，没想到这样吃，味道还可以。"

胡新泉端起碗，看着被吃得就剩下差不多一口的河蚌肉，吃也不是，不吃也不是，犹豫一会，举起碗，就要往嘴里倒。

罗维卡却一伸手，把碗夺过去，倒进自己嘴里，故意咀嚼吧唧几下。

胡新泉愕然地站在那儿。

罗维卡一边端起锅朝水房走，一边问："你就不问问我来找你干什么？"

看她准备去洗锅，胡新泉赶紧跟上："你找我干什么？哎，那个，你把锅放下，我来洗……"

"我来给你当丫鬟。"罗维卡说着，一晃胳膊，把胡新泉想要夺锅的手撞开。

胡新泉一愣："这话怎么说？"

罗维卡一边洗锅，一边说："还瞒我呢，赵书记已经和我说了，担保金里面，有你拿出的很多钱，没想到，我们工人阶级里面进了地主……"

胡新泉惊慌失措，赶紧过去捂住她的嘴："这话可不能乱讲！"说完，他还警惕地看一眼周围，小时候因为父亲被说成投机倒把，他被扔泥块石头的经历，让他对这些感到害怕。

陡然被胡新泉这么从后紧挨着捂住嘴，罗维卡整个身体变得直挺挺的，一动不动。

那口锅放在水龙头下，水流着，水龙头的西侧有一扇破开一道缝的窗户，窗户很长时间没人擦，灰尘和污渍覆盖，一道光就从那道缝隙挤进来，照在两人身上，一下都变得安静下来。直到那水从锅里漫出来，似乎一切才从静态中动起来。

胡新泉意识到自己的不妥，赶紧松开手，退到一边。

罗维卡僵站在那，过了好一会，才把锅涮了，拧紧水龙头。又过了好一会，罗维卡才转过头，她挡着窗缝照进来的那道光，一根辫子直直垂下，上面一些挣脱束缚的黑发，在这光照中清晰可见。

"你放心，我不会乱说的。"罗维卡轻笑着，"你不用紧张的，我原来可是常被叫作苏修，要真说起成分来，可比地主要更反动的。"

"对不起……"胡新泉并不是一个不会说话的人，在说起电气技术的时候，他可以说得有理有据；在说起家常时，他也能讲一些小时候从老人们嘴里听来的离奇故事；甚至在和陈苍建交谈时，要让他谈一些文化的东西，两人也能相谈甚欢。就是面对罗维卡，这个同样是董青金带过的女徒弟，他平时也能调侃上几句。但自从上次发现水壶里的纸条后，胡新泉再面对罗维卡时，就发现自己语塞了。那张没看的纸条，让他在面对这个女工人的时候，都会一下方寸大乱。

罗维卡拍他肩膀一下："哎，你这个对不起，是因为什么事情？是最近的一次开工，你到车间来时，踩了我的脚；还是那一次，我到技术部去拿图纸，你突然开门撞了我的鼻子；又是上一回，你喝多了酒，我送你回宿舍你吐我一鞋；对了，还是你把我的手绢用来擦机床上的油污……这桩桩件件，胡新泉同志，你都该跟我道歉吧，你现在说的对不起，是其中的哪一次。"

胡新泉又一次愣住，不是罗维卡说错了什么，而是这些事情她竟然都记着。

"是刚才捂住你嘴的这一次，我唐突了，对不起。"胡新泉补充道，然后再一次向她道歉。

罗维卡一手握住那条垂下来的辫子，瞪圆一双大眼睛，盯着胡新泉看一会说："我说的每一次，你都应该给我道歉，但刚才这个不用。你这个人，该道歉的不道歉，不该道歉的反而道歉两次。"

"这个……"胡新泉感觉自己口拙得厉害。

"捂一个女人的嘴，道歉可不行的，"罗维卡接着又说，"这件事以后再和你算，我今天来找你，是有事情问你。"

胡新泉现在有点乱，也不再对刚才的事情多说明什么，一听罗维卡是有事情要问，赶紧顺着接话："什么事，你问。"

罗维卡问："你为什么舍得把那么多钱拿出来做担保金？"

"提交的租赁承包方案已经通过，其中加了租赁承包人的资质条件，需要十万担保金，"胡新泉老实回答，"赵书记承担了很多，我也就出一部分。"

"这个我知道啊，我还知道一开始确定的租赁承包人是陈苍建，他放弃后，才是你。"罗维卡显然已经从赵明诚那里了解很多，她继续说，"你觉得租赁承包的方式一定可以让咱们厂情况变好吗？"

胡新泉摇摇头："我不知道，也不确定。但我知道，咱们厂已经要破产清算，我现在只有一个想法，就是不让咱们厂破产清算，什么方法都行，一定要尽快复工复产，不然厂子真的就完了。"

"嗯，"罗维卡点点头，两只眼睛忽闪忽闪，问，"你先是放弃调去西京的前途，现在又拿出这么一大笔钱，你觉得值吗？"

胡新泉摇摇头，叹一口气："我不知道，不过，我尽力了。"

"除了不想让厂子破产清算……"罗维卡咬咬嘴唇，"除了这个，你做这些，还为别的什么吗？"

"别的什么？"胡新泉有些疑惑，停顿一下后肯定地说，"我真的不为别的什么，你是不是以为我为了当租赁承包人之类的，我真的不为别的，现在就为厂子不破产清算……"

"好了！好了！"罗维卡直接打断胡新泉的话，有些恼火地说，"我已经知道这个,你就不用一遍遍再说。"

在胡新泉的印象里,罗维卡的性格是和善直爽的,还从没见过她这样。

"我要问的已经问完了,我也不希望厂子破产清算,谢谢你留下来。"罗维卡转身离开,走出几步,又回头对胡新泉说,"我再次和你说,捂一个女人的嘴,道歉可不行的,我一定会找你算账的,你记好。"

说完,罗维卡径直走了,把胡新泉留在那里愣神。

回到宿舍,坐在床边,胡新泉心里还不住回想刚才的事,心绪乱得不行,就从桌下掏出一本电气机械图纸研究起来。

胡新泉让自己冷静的方法有两种,首选摆弄蛋壳画,然后就是看图纸,只是现在手边没有蛋壳,只能看图纸冷静冷静。

但翻了好几张,完全看不进去,脑海里全都是罗维卡的样子。

干脆一倒头,躺在床上闭目养神。

"啪!"门一下被推开,接着就是一连串长吁短叹的声音传进来。

胡新泉都不用睁眼,就知道是陈苍建回来了。

"哎,哎……难办啊,难搞喽……"陈苍建一屁股坐到胡新泉床边,伸手拍了拍他,"睁开眼,睁开眼,别闭眼做白日梦了。"

胡新泉睁开眼,有些稀奇地问:"苍建,你怎么不念诗了,这种时候,不应该念上几句'蜀道之难,难于上青天'?"

"不念了,不念了,要念,也该念'士不可以不弘毅,任重而道远'才对。"陈苍建说着,伸手扶住额头又叹几口气,"我常念诗,就和钓鱼一样,是下饵;也和煎药一样,是引子。现在鱼已经钓到,药已经煎好,还念什么念。得,得,得,你也别说这些,我现在可是真的难哪。"

"你怎么难了?"胡新泉不禁问,"是为担保金的事?"

陈苍建一听这个,更是长吁短叹,凑到胡新泉面前:"我的那些钱,已经交给赵书记了。"

胡新泉疑惑地问:"你怎么又愿意把那些钱拿出来了?"

"什么叫我愿意,我是借给赵书记的。"陈苍建愁眉苦脸地说,"新泉,赵书记还说确定你做租赁承包人。不过我劝你还是和赵书记好好说说,咱们要不就放弃租赁承包这件事吧,十万块,那么多担保金,现在除了像我这样的人，谁还有钱拿出来做担保金？"

胡新泉一听陈苍建是把钱借给赵明诚，更加搞不懂，赵书记把房子抵押出去，再加上自己的五万块，是完全够担保金了，为什么还要借陈苍建的。

陈苍建接着就把借钱给赵明诚的前后情形大致说了一遍。

胡新泉一听赵明诚还给陈苍建写借条、写推荐信，再听赵明诚还让陈苍建去找工人们募捐，心里不禁一愣：难道赵明诚并没有把房子抵出去？

陈苍建躺到床上，取出那页募捐感谢信放到胸前，又把一个信封扔给胡新泉："我找了很多工人，说了情况，很多工人根本就不理会，要么就是骂骂咧咧，还是一些和我关系不错的人，象征性地给了一分几分，一圈走下来，就得到几十块钱。赵书记要想用这种方式凑到担保金剩下的钱，我看是绝无可能的。"

是啊，现在工人们的情况，怎么还可能拿得出钱来。

陈苍建起身，把那一页募捐感谢信在胡新泉面前挥了挥："新泉，你看，我够仗义的吧，现在可是你做租赁承包人，我不仅拿出我全部的钱，还为你跑断腿地找工人们募捐。"

"很仗义，当得起'故交如真金，百炼色不回'。"胡新泉点点头。

"何止。我真是一片丹心图报你，两行清泪为书记。"陈苍建说完，揉了揉肚子，"新泉，你可得好好犒劳犒劳我，你昨天弄回来那些河货，弄点吃吃？"

胡新泉点点头："就等着你回来一起开火。"

"哈哈，这个好！"陈苍建顿时一扫刚才的苦闷，看看盆里的鲜鱼，又看看桶里的螺蛳，一拍脑袋说，"新泉，我们今天开个大荤，我教你一种新鲜的吃法，打边炉。"

"打边炉？"胡新泉很是陌生。

陈苍建就有些得意地和胡新泉讲："这是我之前到粤东那边跑市场时候发现的一种吃鱼的方法，简单方便，味道还好。"

接着，陈苍建一边讲，一边叫上胡新泉，把外面的炉子搬到宿舍来，生好火，铁锅支起来。"打边炉，其实就是清汤火锅。锅底只是清水里放一些老姜和压碎的蒜瓣、葱段。然后把鱼肉剔下来，片成薄片，这个是主料，其他的则看有什么,就都取来,简单洗干净,往里面涮了吃就行。至于蘸料,宿舍里有酱油膏、辣椒面、盐和醋,这些就足矣。"陈苍建说着话,就开始动手处理鱼。

胡新泉想到赵明诚应该还在厂里,就决定去叫他过来一起吃,陈苍建同意,还有些暗示地提醒胡新泉,让他把募捐的难度向赵书记反馈反馈。

临出门的时候,陈苍建给胡新泉找了一个布袋子,让他来回留意路边,要是有什么嫩的,哪怕是草芽子、嫩树叶都给弄些回来,当配菜涮着吃。

到赵明诚办公室,经过楼道的时候,看到一群年轻的工人刚离开。

走过去,敲敲门。"新泉,你进来吧。"里面传来赵明诚有些疲惫的声音。

胡新泉有些疑惑,自己也没出声,怎么赵书记就知道是他。走进去后,就见赵明诚正坐在办公桌边,整理桌上散乱堆着的很多信件。

胡新泉问:"赵书记,你怎么知道是我?"

"我肯定知道是你,"赵明诚挥动手上的一叠信件,"今天来我这儿的人,都是来送这些举报信的,他们可不会敲门,幸好我办公室门没关,不然我敢肯定,他们会直接把门撞坏后进来。"

"我听苍建说了,这个时候去找工人们募捐,他们肯定会找您的。"对于这种情况,胡新泉倒是理解,也在他的意料之中,只是没想到,这些工人会这么迅速地反馈到赵明诚这里。

"这对接下来的民意表决是好事,"赵明诚继续整理那些信件,"对于这种情况,我是有预判的,只是没想到,工人们的反应会这样剧烈。"

"赵书记,我们的担保金,不是已经完全够了吗?"胡新泉说出自己的不理解,"为什么现在还要找这些生活已经困难的工人们募捐?"

赵明诚把桌上的信件都拢到一起,整理为一沓后放到桌上,他用手指轻轻敲击桌面片刻,看向胡新泉,开口反问:"新泉,你是不是怀疑我没有从银行拿到钱?"

这正是胡新泉的想法,自己的钱已经拿出来,如果赵明诚真的把房子抵押给银行拿到钱,担保金是完全够的。

胡新泉不隐瞒自己的想法,但还是留有余地地说:"是不是银行那边出了什么问题？他们没有及时把钱给您？"

"没有出任何问题，"赵明诚摇摇头，"新泉，你应该想不到，陈苍建竟然是一个隐藏的万元户，我还从他那借了一万，加上你的，还有我的，我们现在手上有十二万。你放心，我会在民意表决前，最后的租赁承包人资质审查前一刻，把担保金交上。"

赵明诚看出胡新泉的不解，从办公桌那边转过来，一只手握着那一叠整理好的信，一只手拍拍胡新泉的肩膀说："民意表决可是一锅烧滚的油，现在看起来平静没有什么，只要掉入几滴水，就要炸得飞溅起来，我们要先让这油炸够，后面民意表决才会顺利。厂里不想我们搞租赁承包，那些想破产清算的人，是给我们准备了几杯冰凉冰凉的水啊，这第一杯，是十万担保金，我们现在已经把它打翻了。第二杯，以目前厂子的情况，民意表决那天，我看工人们是不会到现场的。想想看，一个没有工人或者寥寥无几的几个工人来表态的民意表决，是肯定不行的，这样的民意，一下就可以彻底否定掉租赁承包这个方式，让这个厂只能彻底破产清算。"

确实，胡新泉通过去董青金家，知道了最可能支持民意表决的老工人们的态度，就连那些一辈子为这个厂的老工人，都已经死心，更不要提对这个厂没有太强烈认同感的年轻工人们了。民意表决当天，很可能没有一个工人来参加。

赵明诚接着说："这些人还准备了第三杯水，即便有工人来参加，也完全有可能是来投反对票的。"

是的，可能赞成这件事的工人不会来，希望破产清算的工人反而最可能来。

"这些人肯定还准备了第四杯水、第五杯水……很多杯水来保证破产清算的施行。"赵明诚拍拍手中那叠信，"我让陈苍建去找工人们募捐，就是给这些人机会，让他们把水都端出来，看看，这些都是。"

说着，赵明诚晃动那些信："这些工人们交给我的举报信，个个都指明是直接交给咱们厂的主管单位机电工业局的。为什么不直接寄到机电工业局的举报信箱，而是反馈到我这里让我交？这就是那些人要让我看看不支持这件事的民意有多强烈啊。"

看着那一沓厚厚的举报信，胡新泉感到心情沉重。

赵明诚把那些信都装进一个档案袋里，贴上封条，神情却并不担忧地和胡新泉说:"这些举报信,我等下就会送到机电工业局去,这是好事。"

"这是好事?"胡新泉又有些不明白了。

"那些人肯定认为我们交不上担保金,或者是他们在担保金上面也准备了什么阴谋诡计的水,准备倒到油锅里。所以才会先把这些举报信送来,这是想在民意表决前,就让我们知难而退啊。"赵明诚说,"这不算什么,比这更大的场面,我早见识过。当年在战场上,多少个国家的盟军,不就是把他们那些先进的军事装备都耀武扬威地在战前排开,要吓退我们。但是我们退了吗?没有,我们变得更有斗志,直接把他们摆出来的那些东西,一样样都砸碎碾烂,全都回敬给他们。新泉,你要记住,真正咬人的狗是不亮牙齿的,老是狂吠龇牙叫的狗,是咬不了人的。我原来并不知道这个厂有多少人会反对我们,现在,看看这些东西,我大致知道了。其实现在他们比我们还担忧。"

赵明诚抖抖手里的档案袋:"就这些人嘛,终究还是少数。我让陈苍建去找工人们募捐,除了让这些人能够找一个由头跳出来举报,还有一个重要原因。现在这种情况下,要是愿意捐钱的,无论他捐多少,我都知道一件事,那就是他是支持民意表决的,他是不想厂子破产清算的。我要通过募捐知道他们的想法,这样和你说吧,愿意捐的工人,肯定会参与民意表决,并且肯定是赞成的人。"

赵明诚这么一说,胡新泉顿时明白过来。

是呀,厂里已经停工这么长时间,工人们的生活都不好过。这个时候,还愿意捐的工人,当然会参与民意表决和赞成,不然他们要么置身事外,要么也会反对这件事,直接表达他们的不满。募捐到多少钱并不重要,能够通过募捐看出工人们对这件事的态度,才是关键的。

"不管面对多难办成的事情,只要最快找到那些支持你的人,就能办成。"赵明诚叮嘱胡新泉,"我现在要去机电工业局交这些东西,你有什么事?"

胡新泉是想找赵明诚问清募捐和担保金的事,现在赵明诚说这么透,他深深佩服的同时,也牢牢记住,回答说:"没什么事,哦,对了,我从厂里的罗师傅那里得到一些河货,陈苍建说吃什么打边炉,我就来叫您,先去尝尝再去局里吧。"

"打边炉?倒是有口福。"赵明诚称赞一声,转身拉开办公桌下的一个柜子，从里面拿出一袋子红褐色的东西递给胡新泉，"这是我儿子从经济特区寄来的一些红苕粉条子，你拿去用开水泡一下，然后涮着吃。我就不和你们一起吃了，这段时间要去找工人们募捐，你们还有的是辛苦。"

带着红苕粉条和赵明诚分开，胡新泉一路看着周围，这个季节，厂里显得干冷萧肃，满地的落叶枯草，根本找不到什么草芽嫩叶。

经过厂里一处用来卸钢材的平地时，想起之前他有一段时间积食，厂里一个老师傅，就让他来这里挖了一些折耳根回去熬水喝。后来，夏天的时候，他都会到这里采挖一些回去和辣椒酱凉拌了吃，味道很是独特。

实在也找不到别的什么回去，胡新泉于是从旁边找一根树枝，在那平地里刨挖起来，没想到还真挖出一些折耳根来。让他意外的是，这些折耳根似乎比夏天的还要粗实，一根根嫩白鼓起，倒和缩小版的莲藕很相似。

胡新泉刨挖上半袋子折耳根后，才挟着红苕粉条子回到宿舍。

陈苍建已经把鱼片好，一层层地叠放在一个搪瓷盆里，见到胡新泉后，他探身朝胡新泉身后看了看，有些失望地问："赵书记不来？"

"嗯，赵书记不来了。"胡新泉说，"有些工人给赵书记交了很多举报信，他要及时送到机电工业局去。"

"看看，看看，我就说募捐会起到反作用，"陈苍建担忧地说，"这下我看局里没准会取消民意表决。"

"不会的。"胡新泉回一句后，把那袋红苕粉条子拿出来，"赵书记人虽然不来，却给我们拿了这个，用开水泡一下，就能涮着吃。"

"你看起来倒是一点不担心啊。"陈苍建一把把红苕粉条子拿过去，焦急地问，"那找工人募捐的事，是不是先不弄了？"

"不，要弄，我也和你一起弄。"胡新泉指了指红苕粉条子，"就是因为接下来去找工人们募捐，赵书记知道我们要跑得辛苦，所以给了这些红苕粉条子给咱们补充补充。"

"哎，这红苕粉条子可真不是好吃的。"陈苍建唉声叹气。

胡新泉晃了晃挖到的半袋子折耳根："苍建，那你泡红苕粉条子，我去洗这个。"

陈苍建探头过来，拉开袋子一看，更是无可奈何："哎，这鱼腥草和腥鱼肉一起涮,这打边炉可够腥的。"

"腥不腥,锅已经支起来,水也煮开,咱们都得吃。"胡新泉心里想着在董青金家时,那些老工人的态度,他同样担心焦虑,但现在,箭在弦上,他听赵明诚一席话后,已经明白,现在已经是双方摆定车马炮就等一将军的时候。

此时的情况,胡新泉和赵明诚执棋的这边,临阵换帅,各种不利;要让厂子破产清算的一边,率先过河,不但埋下担保金的绝杀,还占尽先机,优势明显。

接下来的民意表决,可真不好办。

胡新泉洗干净半袋子折耳根,切成短截,装了满满一盆。

陈苍建还是一脸的烦恼,胡新泉想清楚后,却不像他一开始那么犹豫纠结,放下鱼肉开涮开吃,胡新泉把象棋盘搬过来,和陈苍建说:"你别再这一副苦瓜脸了,来,一边下棋,一边吃。"

陈苍建涮一片鱼肉吹着吃下,对于胡新泉的这个提议,觉得有些意外:"你倒好兴致!"

民意表决的前一天,兴州市电力机械制造厂难得有了一些活力。只是天气不是很好,阴沉沉的。

厂里的大礼堂进行了清扫整理,门口扎上些红色彩花,也挂上了布幔。

王世才坐在礼堂的一个角落,看着那些人在中间摆放桌椅,他面前摆着一个保温杯,盖子打开着,冒出丝丝缕缕的热气。

厂生产部主任郑东阳有些不解地问:"厂长,局里都说不派领导来,让我们自己搞这个关于租赁承包的民意表决,还用这么大张旗鼓么?"

"你问出这样的话,很不合适,不管是租赁承包,还是破产清算,都是局里通过的,我们就要落实好。"王世才端起保温杯,抿一口,"你不要因为欢迎会上赵明诚书记的态度,就对他有什么看法。赵书记是我很佩服的一个人,他现在提出租赁承包方案,也是对这个厂负责,并不是针对你我或其他人。当然,我们提议的破产清算,也是站在市场趋势的角度考虑,这都是解决厂子目前困难的角度问题,都是为了厂子好,这个前提下,我们是应该好好支持的。"

"厂长说得对,这句话尤其对,不管怎样,都是为了厂子好。"郑东阳点头赞同后,又接着说,"我对赵书记也没有什么看法,只是觉得一些老同志,不了解现在的市场形势,看问题还是老一套,厂里上上下下,火烧眉毛一样都想着早点破产清算,给工人们早点安排完,不要再这么拖着。说实话,我们还耽搁得起,那些都揭不开锅的工人们,可怎么办?"

"你说的这些情况确实是,"王世才放下保温杯,看向布置的大礼堂说,"但这个大礼堂怎么也要弄的,难道说民意表决可以用,破产清算就不需要这么一个地方吗?"

"是啊!"郑东阳顿时明白,一脸佩服地看向王世才,"还是厂长想得周全,这里用来和工人们处理破产清算,也非常合适。"

再往前看去,似乎那拉起来的横幅上的字,也由"租赁承包民意表决大会"变成了"破产清算工作进行大会"。

王世才问:"租赁承包人的担保金交上来了吗?"

"老吴去确认了,一会就过来。"郑东阳语气轻松地说,"听说胡新泉和陈苍建拿着赵书记的一封感谢信,找遍厂里的工人们募捐,工人们现在大部分生活都困难,就盼着早点破产清算拿钱,哪有什么钱可捐的。倒是陈苍建比较意外,没想到那家伙竟然是个万元户,他募捐的时候,和工人们说起他对租赁承包的支持,什么好处也没要,大公无私地直接把他这么多年攒下的全部身家,整整一万块都借给赵明诚了。"

"没想到还有陈苍建这样的工人,"王世才伸手抚弄着身前的保温杯,说道,"是个人才。"

随着一阵急促的脚步声,厂综合办公室主任吴向军快步走到他身旁,不知道是因为刚从外面进来,被格外冷的劲风刮到,还是其他什么原因,他的声音有些发颤:"赵书记已经交上担保金了,确定的租赁承包人是胡新泉。"

王世才一下站起来,撞得面前的桌子剧烈摇晃,保温杯一下倾倒,里面泡着的枸杞、红枣都顺水流到地上。旁边的郑东阳赶紧扶起杯子,从兜里掏出一块精致手绢擦拭那些倒出来的水。

王世才抬手一下把刚扶正的保温杯推摔到地上,伸手按压几颗留在桌子上被泡得发胀的枸杞,盯着郑东阳语气平稳地说:"看来这些工人里面藏着的万元户不少啊。"

"不是的,不是的!"吴向军连连摆手,"胡新泉和陈苍建总共从工人们手里募得不到一百块钱。"

"那他们哪来的担保金？难道是赵明诚拿出来的……"王世才沉吟一下，看向郑东阳，"东阳，你可是还兼着厂里的纪检组组长，能拿出这样一大笔钱，肯定有问题，我觉得你很有必要向局里反映一下。"

郑东阳点点头："以赵明诚的正当收入，一定拿不出来这么多钱的！涉嫌腐败问题的资金，是肯定不能作为担保金的，我现在就去处理，然后马上去机电局找一下霍处长。"

"别，不用去，"吴向军又摆摆手，"我已经查清楚了，担保金没有任何问题。"

"没有任何问题？怎么可能？"郑东阳困惑地看着吴向军。

"是的，没有任何问题。"吴向军掏出一叠文件递给王世才，指着其中一块用笔圈起来的文字说，"在王厂长提出应该在租赁承包方案里补充上担保金这个完善意见后，我专门研究了，不仅仅是加入担保金这一项，这个方案还多了两点很关键的注解，这个担保金的来源不能采用大于十个出资人的众募方式。如果担保金来源于小于十个出资人时，作为租赁承包人指定的候选人，个人提交担保金数额必须多于其他任何一个出资人。"

"什么！"王世才使劲按碎一颗枸杞，在他的指尖上，爆开一团鲜红，他的声音有些愠怒，"你是说，胡新泉拿出担保金了？"

"是的。"吴向军苦着脸说，"赵书记交担保金时，还同时提交了一份担保金来源，其中胡新泉个人出资五万，赵明诚出资四万，陈苍建出资一万。"

"五万！"王世才低沉地喝吼一声，"他一个技术员，哪来的五万？"

"我看了胡新泉出资的存折，是兴昌那边信用社的折子，应该是他家给的钱。"吴向军伸手擦一下额头渗出来的细汗，"怎么也没想到，胡新泉一个农民家庭，能拿出来这么一笔钱！赵书记拿出来的钱，也没问题，是他把自家院子抵押给银行后贷得的六万元。"

"贷出六万，算的时候只算四万，还从陈苍建那拿一万……"王世才脸色沉下去，"赵书记，真不简单呐。"

"接下来怎么办？我看，把这会场撤了！"郑东阳看向身前布置好的会场，恼火地一脚踢翻一把摆放得整整齐齐的椅子，结果让他疼得龇牙咧嘴地在那不断蹦跳。

"不。"王世才看向身前，手指又把桌上的几颗枸杞都捏碎，然后拍了拍手说,"好好的会场,撤它干什么?东阳,你去一趟兴昌,搞清楚胡新泉家为什么能拿出这一笔钱。"

"好的。"郑东阳忍住脚疼,点点头,一瘸一拐地走出会场。

王世才沉吟一会,又跟吴向军说:"你还要辛苦一下,和那些看清形势的工人说一下情况,之前是建议他们民意表决时别来,现在看来不行了。你让他们民意表决的当天还是来,不过不要进会场,紧挨着会场的是套管库房,你安排他们在那喝茶吃东西,要是会场这边不是我们意料的那样,就让他们马上都到会场来,都投反对票。"

"王厂长,这样不好办呐……"吴向军有点犹豫,"那些工人本身就愿意来参与民意表决,所以一开始给他们补发一个月工资,让他们不来,他们是答应了。现在要他们来,我看除非给他们补发全部工资,不然我觉得他们会借机闹。"

"那就给他们补发全部工资。"王世才看着桌子上捏碎的那些枸杞,就像一个个血点子落在桌子上。

"好的,我马上去办!"吴向军答应后,并没有马上走,而是叹一口气说,"给这些工人发全部工资,也不能保证他们会投反对票的,希望民意表决的时候,还是像我们一开始研究的那样,不会有什么人来吧。不然,可不好弄,这些工人都刁得很!"

听到吴向军说出最后那句话,王世才的脸色变得非常难看。他朝吴向军看去,心里非常厌恶,工人们只是拿他们应该得的,怎么能说是刁?不过,现在不正是自己主导着这一切吗?

他很想一脚把吴向军踢翻在地,踩着他的脸问:难道你吴向军不是工人?

王世才把那种厌恶压下去,保持平静地朝吴向军说:"去办吧。"

注视着吴向军离开后,王世才看了看会场,走到无人的一挂厚重的幕布后面,抬起手,狠狠地抽了自己一个耳光。

第6章 表决

从窗外看出去,有些人在打扫地上的落叶。

"看着吧,我觉得租赁承包的民意表决,肯定不会是咱们想要的结果,"陈苍建指着那些打扫的人说,"那些人可都是厂里安排的,新泉,你想想看,厂长那些人可是希望破产清算的,要不是有十拿九稳的把握,他们会安排人清理卫生,还布置会场?"

胡新泉在一边往水壶里灌水,一边说:"对租赁承包的民意表决,是局里审批同意的,他们这是配合局里工作,民意表决的结果如何,我们个人的猜测没有意义,我们还是按计划去找工人们募捐吧。"

"哎,新泉,你估计还不知道,"陈苍建警惕地压低声音,"其实咱们去找工人募捐,才是没什么意义了,我刚才出去可是找一个跟我关系死铁的伙计打听到,咱们这担保金是肯定交不上的。"

"担保金交不交得上,明天民意表决前都会公布,在公布前,这些都是猜测。"胡新泉平静地回复,同时把一个灌满水的水壶挂到陈苍建身上,"咱们可得快一点去,今天下午三点前,不管募到多少,都得回来交给赵书记。"

陈苍建一扯水壶背带:"新泉,我那伙计可是在厂综合办公室,他可跟我说了,即便是咱们募到担保金所需要的那么多钱,这个钱也是不能用的。"

胡新泉摇摇头:"募到多少,募到的钱怎么安排,我相信赵书记会处理,明天民意表决前就会公布,我们快去做好自己的事情才是,时间可是很紧的。"

"你还是不信,"陈苍建看向胡新泉,"咱们做的这些都是无用功,要不这样,我和你打个赌。"

"不赌。这没什么好赌的。走吧,咱们去做事要紧。"胡新泉摆摆手,就要出门。

"新泉,怎么,不敢赌么?"陈苍建眼珠子转得飞快,"要是我赢了,你把赵书记给我的推荐信拿去换一换,给我换成你之前的那个,西京化肥厂的。"

一听这话,正迈步往外走的胡新泉停下脚步,回头打量着陈苍建,这家伙,还真是得陇望蜀,赵书记已经给他推荐信,他还不知足,还要更好的。

胡新泉想了想,问陈苍建:"那要是你输了,怎么办?"

"输不了,"陈苍建一听胡新泉有答应要赌的意思,信心满满地说,"我要输了,新泉,你说咋办就咋办,我这一辈子给你当牛做马如何?"

"一辈子当牛做马这个赌注太虚了,"胡新泉指着陈苍建床下的箱子,"这样,你把你箱子里的茶叶、酒啊,还有那个巧克力,都拿去供销社换成瓜子、花生、糖什么的,肯定能换不少,我们等下去和工人们募捐时,不管他们捐不捐,捐多少,无论大人小孩,每人都给上一把,你看如何?"

"为什么,我们为什么要这么做?"陈苍建瞪直眼睛,"哦,你的意思是,这个就是我的赌注?"

"是的。"胡新泉点点头。

"好吧,那就是用我箱子里的东西当赌注了,这个我很愿意。"陈苍建一摊手,"只是,现在就这么干,岂不是说我已经输了?"

"是的,你肯定是输了,那你还赌不赌?"胡新泉问。

"赌,干嘛不赌,"陈苍建一摊手,"那这我先拿出当赌注了,要是你输了,怎么办?"

"我要是输了,不仅让你拿到去西京化肥厂的推荐信,还把你现在拿的东西再原封不动地拿回来。"胡新泉说完,又强调,"我再次提醒你,这个赌我百分之百稳赢,咱们还是别赌。"

"别!"陈苍建一抬手,"新泉,你别这么说,我不知道你哪来的信心,这个赌就这么说好了。来,击掌无悔!"

胡新泉有些不忍,摇了摇头:"苍建,你那些东西到手也不容易,算了,我们还是快去做事吧,这个赌作罢,到此为止。"

"不行!"陈苍建快步走过来,拉起胡新泉的手,击掌三下,"新泉,咱们可不能这么耍赖的,再说了,我都等于先认输,你还怕什么。"

胡新泉无可奈何。

陈苍建发一个狠,拖出床底下的箱子,招呼胡新泉:"来,搭把手,咱们搬去供销社,这些可都是稀罕东西,换瓜子花生还不得乐疯他们。"

兴州市百货大楼,就在兴州市电力机械制造厂旁一个三岔路路口,在兴州市电力机械制造厂厂区开始建设时,这里只是兴州市地方上派驻的一个免费茶水摊,后来随着入驻工人变多,逐渐开始卖一些商品,等到厂区建成,简易摊点也扩成三间大瓦房的兴州市供销社。再往后,地方上见缝插针地和厂里争取建设、人工各方面的支持,盖起来一幢五层小楼,直接挂牌兴州市百货大楼。

在兴州市电力机械制造厂情况好的那些年,对兴州市地方上就在紧挨厂的地方建这么一幢百货大楼,几任厂长都是有意见的。他们都提出过,要么把这个百货大楼并购进厂里,要么就关闭距离百货大楼最近的西门。但地方上可舍不得,于是跟厂里又是说尽好话,又是拖延时间,直到改革大潮汹涌而至,厂里情况变差,到这个时候,地方上想方设法地要把百货大楼扔给厂里,兴州市电力机械制造厂已经自顾不暇。

时代的变革,就如同一条静静流淌的大河,河面上波澜不惊,河面下已是浪涛汹涌。出了厂子西门,就能看见显眼的一块牌子"兴州市百货大楼","百货"两个字中,"百"字少了上面的一横,"货"字少了下面的"贝"。

不注意牌子上的印记,十分容易看成"兴州市白化大楼"。兴州市电力机械制造厂的工人,则还是把这里叫"供销社"。

胡新泉和陈苍建抬着箱子走进百货大楼,和几年前熙熙攘攘人挤人的情形不同,现在整个大楼冷冷清清,几乎见不到人走动。大楼里的灯很多不亮,不知道是坏了还是为了省电关了,很昏暗。一走进大门,就能看见一块立牌"为人民服务",墙上则贴着一些已经变色的标语。百货大楼里面暖气很足,有些热闷,能闻到一股发霉味。整齐的货架和售货柜井字形摆着,大多数井字的中间都没有人,少数几个有人的,要么是在打瞌睡,要么是在翻看杂志报纸。

两人直接来到副食品柜台,一个中年女人笔直地站在那,她穿着一身洗得发白的工作服，戴着一顶发黄的帽子，胸口别着一块铮亮的售货员卡牌：副食038，张淑贞。

女售货员眼睛瞪得大大的，一眨不眨。

胡新泉此时听到一阵微微的鼾声，左右环顾却没见什么人在睡觉。

"哎！张大姐！"陈苍建朝女售货员喊了几声，她却就那么笔直地站着，没什么反应。

这是个什么情况，陈苍建又拍了拍玻璃柜，喊几声，还是没反应。

旁边一个中年人经过，见到后，马上制止陈苍建："同志！同志！可不敢这么拍！"

中年人穿着一身灰色中山装，戴着一副茶色眼镜，他制止住陈苍建后，走进柜台里，拍了拍女售货员张淑贞的肩膀："张淑贞同志，醒醒！"

胡新泉和陈苍建对看一眼，这女售货员也够厉害的，不仅睡着了能睁开眼，还能站得这样笔直。

陈苍建顿时乐了，他的手还挨在柜台上，不由得又轻拍几下柜台。

那轻微的鼾声顿时停住，张淑贞眼珠子转动一圈，眨巴几下，先看到身前的胡新泉和陈苍建，顿时不耐烦地喊道："你干什么！拍坏柜台，你赔不起！"

"好了，"旁边的中年人取出一支钢笔往一个小本上记，"张淑贞，上班时间睡觉，记过一次。"

张淑贞转头，看见身边的中年人，顿时有些着慌，结结巴巴地解释："齐经理，我没睡觉啊……"

"好了，"中年人收起笔和小本子，"问问这两位同志需要什么吧。"

张淑贞不好再狡辩，只能转头唉声叹气地看向陈苍建。

陈苍建不等她开口，直接就说："我们不是来买东西的，是准备交换东西的。"

"这可倒有些新鲜，"张淑贞冷笑着，"同志，这里是百货大楼，不是什么乡下的集市，只买卖，不交换的。"

"我这些可都是稀罕物……"

张淑贞直接打断陈苍建的话，从鼻子里发音哼了一声："再和您说一下，同志，这里可是百货大楼，什么稀罕物没有？"她上下打量一遍陈苍建后，轻轻一笑,"哦,看你的模样,是旁边兴州市电力机械制造厂的吧,是不是想拿厂里的什么东西来换东西。同志,我们不收的。"

说完,张淑贞也不在意胡新泉和陈苍建两人,扭头向中年男人说明:"齐经理,这段时间经常有兴州市电力机械制造厂的工人,因为长时间没发工资,就拿什么瓷管、铜管、铁片之类的,想到咱们这换些吃的。"

"厂里的情况,还真是不好啊,"齐经理叹一口气,同情地走到柜台前,和胡新泉两人解释,"你们二位,要买什么,尽管挑选。厂里的那些东西我们不收的,无能为力啊,抱歉。"

"我们是兴州市电力机械制造厂的工人,但我们带来的东西,不是什么瓷管、铜管、铁片,真的是一些稀罕的好东西……"陈苍建没好气地解释,"要不是我们打赌,我才不舍得来你们这里换些瓜子花生什么的。"

"还不舍得?"张淑贞冲陈苍建翻一下白眼,"是饿坏了吧,是前面米面粮油都不给你们换吧,就你们现在这模样,还想瓜子花生?想屁呢!……"

"好了,"齐经理叫停张淑贞,友善地看着陈苍建说,"实在是抱歉,我们这里是不能换东西的……"

"这些也不行?"陈苍建有些恼火,打开箱子,从里面先拿出一包茶叶放到柜台上,齐经理顿时一愣。

张淑贞满不在乎地说:"这不就茶叶吗,往前走,左手第三个柜台,我们各种品类齐全!"

"那这也不行?"陈苍建又提出两瓶酒放在柜台上。

张淑贞不禁轻蔑一笑:"这不就酒吗,再往前,右手第一个柜台,哪个地方的酒我们没有?"

"好了,"齐经理一抬手,"张淑贞同志,你住嘴吧。"然后齐经理客气地看向陈苍建和胡新泉:"两位工人师傅,麻烦你们把这些东西先收好,然后到我办公室去谈。"

这是什么情况?张淑贞疑惑地张大嘴巴。

跟着齐经理进到他办公室,两人刚坐下,齐经理就感慨:"厂里还真是有好东西啊。"

胡新泉从齐经理的反应,才意识到陈苍建箱子里的这些确实是好东西,同时心里更强烈地意识到，兴州市电力机械制造厂的工人，在外面是非常受到重视的。他有一种感觉，兴州市电力机械制造厂是很有希望的，这个希望不是来源于厂子里的设备和现在看起来已经亏损严重的资产，而是来源于人。当然，不是厂里一心想着破产清算的那些人，而是这些在外面会被重视的工人们。

齐经理清理出屋子里的一张茶几，示意陈苍建把东西摆到上面，陈苍建把东西一件件从箱子里拿出来。

"这是专供外贸的普洱茶饼，这是专供外贸的铁盖茅台，哟，这个难得，是阿伦卡巧克力！"齐经理一件件翻看，嘴里不住赞叹，"这些东西，要么是咱们专供给老大哥的，要么就是从老大哥那里来的，确实是稀罕物。"

箱子里的东西都取出来放到桌上后，陈苍建非常自得地说："那是，需要我出马解决的问题，可都是核心问题。你看看，这些东西能换些瓜子花生糖什么的吗？"

"能换，能换！"齐经理连连答应，"一点问题没有，都是稀罕的好东西，就是量少一点，我估计了一下，可以给你们换熟花生、五香瓜子各三十斤，再加十斤一级的硬糖，怎么样？"

齐经理说完，又补充道："其实按照原则上，咱们百货大楼是不以物易物的，但这些东西我个人需要，也明明白白地告诉你们，我会这样转一下，那就是这些东西先算我们采购的，入一下账，然后以账目抵销的形式，从柜上给你们支取你们需要的。这样其实就是内购内销，你们也划算，我们也方便。"

"你怎么走你们的流程，我不管的，"陈苍建一笑，"我们要瓜子花生各五十斤，硬糖二十斤。"

齐经理有些犹豫："这个……"

"不换就算了，说实话，我也还真有些舍不得，"陈苍建作势要收起东西，"这些可都是我帮其他的一些厂解决大问题后，那些厂长才愿意出的血呢。"

"换，换，"齐经理拉住陈苍建的手，"这些东西，我是真有用。"

"那是。用这些东西的人，往往不愁这些东西，"陈苍建退坐回椅子上，熟络地看向齐经理，"对了，这一百多斤东西，我们可费劲，你得再借我们两辆自行车拉回去，我们明天就给你送回来。"

"这个没问题。"齐经理坐回桌边,一边写着条子,一边看向胡新泉和陈苍建两人说,"市场化了,这些难得的东西,那些私人机械制造厂,可很有渠道弄到,你们以后要是还有这些,都送到我这来。"

说着,齐经理自言自语般感慨:"看看,这都是什么事,这兴州市电力机械制造厂破产清算了,那些私人的电力机械制造厂反而越来越滋润。我们这百货大楼,前景也不好,金饭碗要砸了,倒是那些私人的小店小摊,都兴旺得很呐……"

胡新泉和陈苍建拿着齐经理批的条子,在女售货员张淑贞的注视下,取走两大包东西。

骑着自行车拉着东西去找工人募捐的路上,胡新泉回想百货大楼的情况,心里有这样的感触,让兴州市电力机械制造厂走到破产清算这一步,让百货大楼这种本应属于市场的地方没落,批条子肯定是其中的一个重要原因。

天更加阴沉了,时不时地落下几个雨点子,打在脸上特别凉。

陈苍建之前已经找过和他关系不错的一些工人募捐,现在,胡新泉两人来是找其他并不那么熟悉的工人。出发前,两人商量出一个大致的方向,先找那些积极的年轻工人试试,从拿过厂里表彰的先进分子开始。

先去的是曾经连续多年拿过厂里模范标兵和市级劳模的周卫国家。

周卫国不算厂里的老工人,是改革大潮后,厂里为提升生产目标而扩招进厂里的一批新工人,年龄比胡新泉大四五岁。这一批工人的干劲非常足,因为多是原来向往工人生活,却没有机会成为工人的人,进厂分配到车间一线后,都是玩命地干,生产任务从来都是超额完成,拿到各种荣誉。

他们的住处,一开始被安排在厂里,成家后,就搬到厂外这一片地方居住。不到二十平的一间砖房,准确说是窝棚里堆满了各种杂物,靠房间西侧,一张大木床被分为三层。四个床脚用四块空心砖垫高,床底往下挖出一个浅坑就是一层,床上是一层,然后是四根半人高的木棍撑起来,搭着充当床帐的满是补丁的布片,顶上是第三层。

屋里没有一丝热气,左边角落有一个用砖头围着的土坑,里面有些灰烬,没有火星,只有从土坑上架着的一个山字形立体架子,才能看出一丝工业的气息。胡新泉认得那个山字形立体架子,正是周卫国拿到厂里模范标兵时,厂里附送给他的一件成品。那是用在变压器上的一个绕组线圈架，对于焊接的要求很高，周卫国的电焊技能独一份，整个焊接下来，每一个焊接接口，都如水波涟漪一样，一圈接一圈，磨砂纸打亮后，非常平整光滑，水波焊，是他的拿手绝活。只是此时的水波焊成品，充当着最为粗鄙的铁架子，上面放着一口黑漆漆的大锅。

屋里堆的杂物太多，门只能朝外打开。胡新泉和陈苍建，根本进不了满当当的屋子，只能站在外面。

开门后，黑乎乎的屋里似乎才一下有了光明。从床底下那一层，探出来两张苍老的面孔，一张顶着凌乱白发，满脸皱皮，那是周卫国的老母亲；另一张脸上有严重烫伤，两个眼眶瘪陷下去，那是周卫国的老父亲。他们是兴州市电力机械制造厂的第一代工人，现在，人还活着，却已经待在等于半截入土的地方，住在儿子的床底下。床顶上探出两张菜色小脸，是周卫国的两个孩子，都有着一双大大的眼睛和一副一眼就能看出营养不良的饿瘦神情。

陈苍建打趣地问："老周，这么早就在家睡大头觉？"

周卫国有气无力地说："不是睡觉，是家里吃的没剩多少，只能躺着不动节省节省。"

"好吧……"陈苍建探头往屋里看一看问，"嫂子呢？"

周卫国面有难色地说："在火龙鸟舞厅那边赚钱，就打扫打扫卫生，没陪人跳砂舞，天冷了家里也没地方洗衣服，就每周回来给家送一回钱。"

砂舞，也叫黑灯舞，就是一些舞厅里变相做的生意。开灯跳亮舞，男男女女们挑人谈好条件；关灯跳黑舞，进行一曲皮肉的深度交易。

周卫国嘴上刻意强调"没有跳砂舞"，其实有些此地无银三百两。

随即，周卫国满眼希望地问："苍建，是不是有活了，我马上收拾一下和你去。"

陈苍建叹一口气："没活，是有些厂里的事情找你。"

看到胡新泉，周卫国眼中的希望不减："新泉，听人讲你不走，赵书记也回来了，是要补发工资了吗？"

胡新泉和周卫国说了一下厂里明天民意表决的事。

周卫国明显失望："哎，什么破产清算，什么租赁承包，什么民意表决，我现在都麻木了。原来吧，天天盼着厂子能好起来，自己就拼命干；后来吧，发现自己再拼命也没用。新泉，你说我是不是一个好工人？"

胡新泉肯定地回答："这还用问，你是最好的工人。"

"那你说，怎么厂子就要这么对我啊！"周卫国伸手抓着头发，"我上工的时候，没一天偷懒；做工的时候，没有任何一次是不仔细的；我更没有拿过厂里的哪怕一颗螺丝钉。你说，怎么就这样对我啊。"

胡新泉不知道该怎么回答。

周卫国却尽量压制住自己的情绪，强撑着和胡新泉说："厂里的活动，我肯定会去参加的，你们放心，只要厂子一天没有彻底消失，我还是这个厂的工人。"

看着周卫国这样的境况，胡新泉不知道该怎么说募捐的事，只能取出赵书记的感谢信，再把募捐的事说了。周卫国看着那一页感谢信，身体颤抖着。

"周师傅，这个是纯属自愿的，我只是告知你一声。"胡新泉解释一下。

屋里床底下却传来声音："卫国，你过来。"

周卫国回屋，过了好一会，他拿着厚厚的一叠东西出来，那是几块破旧的手帕，一层层地打开，里面包着几张一分的纸币。

"实在也帮不上什么，这八分钱，还是我妈的。既然是厂里的事，是赵书记写了信的，可不能让你们空手出这个门。"周卫国把钱递给胡新泉，挺直身体一笑，"其实我也从厂里往家拿过东西，还不少，就是厂里颁给我的奖状。"

"谢谢，周师傅，谢谢。"胡新泉的声音也打战了，他回身走到外面停着的自行车旁，用衣服兜了几把瓜子花生和糖回来，一股脑地都倒给周卫国。

周卫国连连摆手："这个可要不得。"

"这是我们自己买的，和这些事情都无关，"胡新泉说，"无论去不去参加厂里的民意表决，募捐不募捐，这些都是要给你的。"

"好，"周卫国点点头，"那我就收着。"

接下来，胡新泉和陈苍建一家家去看兴州市电力机械制造厂的这些工人，长时间的停产停工，对工人们生活的摧毁是非常彻底的。没有一个工人家的情况不让人感伤，这些曾经是兴州市最让人羡慕的人，现在一个个只能潦倒至极地挣扎在生死线。他们这已经不再是生活，而只能勉强算是活着。

胡新泉带着募到的一百来块钱回到赵明诚办公室，把钱交上，他觉得自己浑身散架一般，疲惫不堪，这种疲惫不仅仅是身体上的，更多的是来自于内心。

每见到一个工人的潦倒现况，胡新泉就仿佛遭受了一顿暴击。

赵明诚听说这些情况后，过好一会，用格外郑重的语气叮嘱："辛苦了，你要记住今天你看到的，一定要牢牢记住。"

然后，他取出两张澡票递给胡新泉，让他和陈苍建去泡一泡、洗一洗，然后好好休息，养精蓄锐，应对明天的民意表决。

兴州市电力机械制造厂厂区的正东方向，是一座小山，那是兴州市海拔最高的地方，山不算大，也不险峻，但山腰有一处温泉，因为含硫量比较高，水质偏暗黄色。

两人去的时候，冷雨夹带一些细碎的雪粒下起来。

进到澡堂，人并不多，为了保暖，窗户只开了两扇，整个澡堂子里面雾气弥漫，都看不清对面的人。

胡新泉摸到池子边，刚要下去，就听身旁的陈苍建入水后又一下蹿出来："太烫了，太烫了！这下去，怕是得煮熟，这可怎么泡？"

旁边一个身影轻笑一声："没经验了吧？这才好泡呢，证明这池子还没被太多人泡，热水轻，都在上面盖着，凉水重，都在下面沉着。"

那人说完，把宽大的浴巾往身上一裹，一步跨进池子，马上潜到水里，然后不住地扑腾，顿时水花四溅。

那人在池子里扑腾一圈后，在一片浓浓的水雾中喊："冷热中和一起，现在温度正好，可以下来了。"

胡新泉和陈苍建，这才下到水里，果然，不像刚才那么热了。

对于把这一池子水搅和得冷热均匀的那人，胡新泉有些佩服，但在这么重的水雾里，看不清人，就只能朝浓浓的水雾里道谢："要不是你，都不敢下来泡了，谢谢啊。"

"不客气，"那人在旁边回应一声，"今天得下雪，这个天气很适合泡一泡。兴州汤谷这温泉，是我泡过所有温泉里最舒服的。"

胡新泉泡在温泉里，被热暖滑腻的感觉一裹，非常舒服放松，就问那人："看来你经常泡啊。"

那人也不谦虚，说道："从东到西，从南到北，都泡过。兴州的温泉水温高，含硫重，一开始，皮肤会有轻微灼烧的辣疼，后面身体适应后，就非常舒服，从外到内，从皮肤到骨头。这么说，就跟吃麻辣火锅一样过瘾。"

胡新泉赞许："这个形容很贴切，只是吃麻辣火锅，就舌头过瘾，泡在这里面，那可是全身过瘾。"

"对，全身过瘾。"那人又在池子里游动一圈，听水声，是停在胡新泉的旁边。

眼睛渐渐适应浓浓的水雾，胡新泉侧头看清那人，顿时愣住。

那人把湿透的毛巾挂在脖子上，正仰躺在那休息，正是兴州市电力机械制造厂厂长王世才。

胡新泉怎么也没想到，在民意表决前，会在这种情况下见到他。

王世才的身体壮实，被温泉水一泡，有些泛红，他抹一把脸上的水，睁开眼，看到胡新泉，也是一愣。

两人就那么互相直直地盯着，不发一言。

"游一游，更舒服。"陈苍建扑腾着水花游过来，水溅到胡新泉和王世才脸上，两人却都没有闪避。

过一会，王世才转头过去，一抹脸上的水，把一块毛巾盖到脸上，嘴里自言自语一般地说："我们还是有达成一致看法的时候。"

从温泉出来，雪已经纷纷扬扬地下起来，天色昏沉沉的。

胡新泉和陈苍建拖着被泡得发软的身体回到宿舍，雪已经积了一层。

躺在床上，胡新泉回想着今天见到的那些工人，这样大的雪天，该如何度过。

陈苍建在那有一句没一句地吟诗："……窗外炉烟自动，开瓶试、一品香泉。轻涛起，香生玉乳，雪溅紫瓯圆。……频相顾，余欢未尽，欲去且留连。"

一首吟完，陈苍建从床上翻坐起来："新泉，不行了，不行了，饿得厉害。你去弄点开水，我去外面找点干净的树叶子，咱们泡点叶子水喝一喝，消解消解饥火。"

"你这家伙，真是想一出是一出。"胡新泉肚子咕噜噜地叫唤，也是饿得很，嘴里一边说，一边还是站起来，提上暖瓶去打开水。

再回来，天是彻底黑了，外面的雪鹅毛般大，放眼看去，能看到厂区的地方，都是白乎乎一片。

胡新泉心里不禁有些担心，这样大的雪，明天那些工人即便是想来民意表决，也不是一件轻易的事情。

陈苍建捡回来一些干树叶，都放到一个杯里揉碎，胡新泉提着暖瓶刚一进门，就急不可耐地把热水倒到杯里，不一会儿，就飘起一股不是那么好闻的味道。水倒是泡得发黄，看起来和茶水相似，胡新泉端起喝一口，又苦又涩，其中还夹杂一些泛酸的味道，就和中药一样。好在是有味道了，有味道，就能顶一顶，胡新泉试着往里面放些盐，再喝就容易下口得多。

接连喝下两杯叶子水后，陈苍建有些懊悔地说："我该留下一包茶叶，或者几条巧克力，现在吃一吃，那感觉得多好。换来的瓜子花生糖，留上一把，也不错……"

胡新泉听他吧唧嘴说这些，嘴里的口水不受控地也从喉咙往外冒，他又喝下一大口叶子水，才稍稍消解。

陈苍建又在那念："寻吃万里无寸草，肚饥生火何处讨。把手蘸雪吃冬瓜，填嘴谁知滋味好。"

"有了。"胡新泉突发奇想，起身拉开柜子，翻找出一袋子盐、一块酱油膏、一点辣椒面、一瓶墨水。

"苍建，你也别这么念叨了，我们来吃点好的吧。"

陈苍建以为胡新泉从柜子里翻出什么好东西，一撑身从床上坐起来，紧盯着胡新泉，吞咽几下口水问："找到什么好吃的啦？"

"应有尽有。"胡新泉说完，提着桶朝外走去。

陈苍建看着摆在桌上的盐、酱油膏、辣椒面、墨水，有些不明所以。

过不多大一会，胡新泉从外面提进来满满的一桶雪。

接着，胡新泉问陈苍建："想想，你最想吃什么？"

"那还用想，肯定是肘子，还得是那种蒸得酥酥烂烂、入口即化的大肘子，狠狠地接连啃它十来口，把嘴巴塞得满满的，再猛地一下全咽下去，那感觉，想起来我舌头都差不多得吞掉。"

"好，"胡新泉抓起一把雪放在手里轻轻地揉捏，"那咱们就先吃一个酱肘子。"

胡新泉接着说:"我选的是前腿肘子肉,皮厚胶重,肉嫩,筋多。先放到火上烧外皮,这不仅仅是除毛,要把火集中,只烧透外皮,一直烧到焦黑,然后用瓦片将外层刮掉,这时的肘子就呈焦黄色。"

陈苍建不由自主地吞咽一口口水,催促胡新泉:"继续继续!"

胡新泉一摆手:"心急可吃不了好肘子。"然后自己也有些忍不住,打一碗叶子水喝下去后,才又接着说:"用刀在肘子表面,横划三刀,竖划三刀,放到锅里把血沫子都煮出来,趁着肉还有些温温热时,把骨头从肉里取出来,放到滚油里炸酥。往肉里揉进酱油、白糖、料酒、花椒和豆粉,让肉吃透味,再把过油酥骨头塞回去。这时候洗一遍锅,放进新底油,放进葱姜蒜爆香,再加老抽、酱油、红糖、料酒、花椒、大料,起旺火翻炒后倒出备用。"

胡新泉一边说,一边往那些雪里撒些盐,放点酱油膏。

"翻炒配料的锅不要洗,立即再加入油,把肘子炸得金黄捞出,放进陶罐中,加水和刚才备用的配料,盖好盖子用小火焖煮两个时辰,用筷子轻轻一插,就透肉穿过,便是大功告成。"

说着,胡新泉把一盘加了各种调料的雪肘摆出来。

陈苍建吞着满口的口水,一把托起那团"雪肘",狂啃几口,冻得嘴里热气直喷,使劲咽下去后,眼睛都挣出泪来,口里赞叹不已:"舒服,舒服!这肉细嫩得从喉咙一下就到肚里啦。"

"哈哈,"胡新泉也是眼中含泪一笑,捧起一捧雪啃上几口,"苍建,明天的民意表决无论结果如何,咱们吃了这顿肘子,也值得很了。"

"虽然我并不看好明天民意表决的结果,"陈苍建看向胡新泉,郑重地说,"但你请我吃了这顿肘子,以后但凡遇到什么重大事情的前夜,我都要请你吃肘子。真的,你这顿肘子,我记下来了。"

胡新泉点点头:"这可得说话算话,到时别赖账。"

透过窗户往外看去,雪愈加大了,胡新泉不经意地把目光投向一片白茫茫延伸而去的深邃黑暗里,那里似乎有一点亮光,似乎晃动着,扩散着。也不知道是这样的天际里艰难漏下的星光,还是有人走夜路弄出的灯光。

雪,纷纷扬扬的,就如一个个大大小小的白点子在窗外落下。

渐渐地,一切就都变得朦胧起来,就都看不清了。

胡新泉不记得自己夜里是什么时候睡着的,也记不得第二天是怎么醒来的。合眼睁眼的工夫,就到了第二天。只是当他看窗外时,那密集的雪已经停了。

起来后,他去打水洗脸,拧开水龙头没有水,应该是管道的什么地方被冻住了,只好端着盆走出去找水。整个厂区白茫茫一片,积雪都到脚肚子。他干脆不找水了,直接从雪地里挖上冒冒的一盆雪回来,直接就用雪搓擦了一回脸,倒是也洗得干净,一开始脸冻得木木的还没什么感觉,后面就有些微微辣疼,不过一张脸都变得红扑扑的,看起来格外精神。

先去办公室见赵明诚,看着办公室椅子上还没来得及收起的被子,赵书记应该是在这里睡了一晚,见到胡新泉后,赵明诚拍着他的肩膀:"可以啊,红光满面的。"

胡新泉说出他的担心,本来那些工人对民意表决的参与积极性就不强,现在又这样大的雪,路变得格外难走,可能不会有什么人来。

赵明诚整理好一个文件包,夹在胳膊下,拍了拍胡新泉说:"新泉,民意表决这样的事情,真会参与的,哪怕天上下刀子,也会来;不愿意参与的,就是八抬大轿去接,也不会来。在我看,下这么大的雪,是好事,瑞雪兆丰年嘛,你看着,该来的人都会来,反而是一些本不该来的,现在是寸步难行了。"

两人说着话,朝布置好的会场走,快要到的时候,就见王世才正从另外一个方向过来。

胡新泉走过来的时候,觉得有什么地方不对,看到王世才一步一挪地从齐小腿深的雪地走过来,他才明白过来:整个厂区其他地方的雪都打扫干净了,但从厂区大门到会场的这段路,还是白茫茫一片,不仅没有打扫,甚至将其他地方的雪,都归拢到这里了。

王世才愠怒地指着被厚厚积雪覆盖住的来路说:"这些人,真不知道是怎么搞的!一个个都和没脑子一样,特别和他们说了,雪要清理干净,要清理干净!竟然还有这么多没清扫!"

搞这种伎俩,把雪都弄来堆在这里,不是摆明不想让工人们来民意表决吗?

对于王世才这种欲盖弥彰的说辞,胡新泉一点也不认同,他心中一股火腾腾燃起,有一种弯下腰弄团雪砸到王世才脸上的冲动。

赵明诚摆摆手,安抚般地拍拍胡新泉的肩膀,干干地一笑:"我看这也挺好的,听说有一些地区,在搞什么活动的时候,要铺上地毯让参加的人走一走,亮一亮相。咱们没那个条件,弄这么一条白白的雪地毯,很是不错。这多好,来参加的人,不仅走了雪地毯,不仅亮了相,还肯定会留下一串足迹。"

"哈哈,还是赵书记会想。"王世才打个哈哈,回头看一眼茫茫一片白色的雪路说,"现在就快要到民意表决的时间了,这上面可没什么足迹。哎,也不知道接下来会不会有。"

王世才的话,有意无意地是在说工人们不会来。

胡新泉迈步从雪地一直跑到厂门口,没见到一个人影,他又跑回来,指着地上他来回留下的两串足迹说:"谁说没有?"

"哈哈,有,有,有,"王世才指着自己来时踩下的脚印说,"也有我的。新泉,我没有别的意思,我也非常希望工人们能积极参加厂里的这些活动,在这件事上,你和我看法也是一致的。"

三人走进会场,王世才在一旁和赵明诚介绍:"为了搞好这个民意表决,我们不仅对会场提前进行安排,还提前把关于租赁承包的材料,发到各个部门,还连夜开了几场讨论会。首先我要明确一下我个人的态度,不管局里面什么工作,只要布置下来,我都贯彻执行。"

空空荡荡的会场里,除了几个服务人员,还坐了一些人。王世才和赵明诚出现,那些人都迎上来,王世才就开口介绍:"赵书记,这些是咱们市里电视台、广播站、报社的记者同志们。"

那些人纷纷过来和赵明诚握手,个个口里都是称赞。

王世才又指着胡新泉介绍:"这位就是租赁承包人胡新泉。"

那些人又纷纷过来和胡新泉握手。

胡新泉有些疑惑地问:"为什么刚才我们进来的路上,没有这些记者同志的脚印?难道他们昨晚就住在会场里?还真是很辛苦!"

记者们都笑起来。

王世才也笑着解释:"这些媒体同志,都是用专车接到会场后面,他们是从后门进来的,叫什么?对了,这就是一些地方说的,叫媒体通道。"

整个会场一片其乐融融,气氛倒有些热烈起来。

胡新泉却觉得有些不对劲,他仔细地又看一遍眼前的情形。

布置一新的会场，前面是一排椅子，都擦拭干净，没有一点灰尘，往后则是很长的条凳，这种凳子能坐的人数比较灵活，一个可以坐，十个也可以坐，是开大会的后排必备。椅子、凳子摆得整齐。地面清扫干净，在会场的左侧还弄了一个很大的热水桶，为来参加的人提供开水。一切看起来都井井有条，但胡新泉就是觉得别扭，心里仔细想一番后，终于搞明白哪里不对劲，是会场里整整齐齐、空空荡荡的那些椅子、凳子。就快要到民意表决的时间了，但整个会场却缺少这次民意表决不可或缺的一部分，那就是兴州市电力机械制造厂的工人们。

王世才的意图也变得明显起来，他找这些记者来，就是要把这么一次民意表决，最大范围地报道出去。一次没有多少工人参加的民意表决，这样的情况，反馈到局里，是对租赁承包最彻底的否定。

胡新泉看向会场外，只白乎乎的一片雪地，没有一个工人身影。

王世才站到胡新泉身边，脸上微笑着，也朝胡新泉看的方向看去，嘴里用很低的声音说："胡新泉技术员，看什么？哦，是雪景吗？兴州这场雪确实不错。哎呀，你看我这记性，今天是民意表决，这么冷冷清清的可不好，这样，来点音乐吧！"

王世才说完，伸手拉过来旁边一个服务人员，轻声责问："怎么搞的？厂里开大会，就这么冷清？平时开会前要放的入场音乐怎么不放？给我放，用最大的音量！"

服务人员赶紧到后台去。

厂区的喇叭长时间不开，先是发出刺刺啦啦的一阵杂音，半天后，陡然就放出热烈的入场音乐。这突然而起、没什么铺垫的声音，让会场里的那些记者们都不由得一惊，胡新泉注意到，好几个正夹着烟卷的人，手都那么一抖，掉下一串烟灰。那音乐，在会场听起来，很响亮，甚至有些喧闹，但让会场内外都没人的冷清，更加凸显出来。

赵明诚听到这音乐，直接坐到一张椅子上，看着身前的桌子上摆着一盘瓜子，他抓起一把，剥起来，剥出来的瓜子仁，却没有放到嘴边，眼睛刻意地不朝会场的入口处看。在他的记忆里，原来每当厂里放这个音乐，熙熙攘攘、吵吵闹闹的工人们，就会从外面拥进来。只是现在，除了呼呼作响的寒风，那些饱含热情的人，已经不会再有了。

就要到通知的民意表决的时间，胡新泉很难过，但已经了解工人们艰苦现状的他，也知道，工人们不来，是理所当然的。

"哎，胡技术员，看来，今天不会有什么人来了，"王世才平静地说，"不过你放心，不管你什么时候走，我都会亲自送你。"

王世才充满善意的话，听在耳中，却很让胡新泉感到刺疼。

就在这时，却听到一阵密集的脚步声和喧闹人声从外面传来。

看来，还是有人的。

胡新泉本来熄灭的心底，燃起一点火苗般的希望。

赵明诚站起来，也扭脸看向进口处。

"雪都没人打扫了，就这，还有什么指望！"

"折腾来，折腾去，也不知道要搞什么！"

外面走进来很多人，嘴里都骂骂咧咧的，看清进来的人后，胡新泉更加绝望地闭上眼。

赵明诚叹一口气，又坐回去，抓起剥好的瓜子仁就塞进嘴里狠狠地咀嚼，却一下被疼得叫出声来。这个老书记竟没发现，他抓的不是瓜子仁，而是瓜子壳，塞那么一把到嘴里咀嚼，一下把嘴和舌头都弄破几条口子。张口把嘴里的瓜子壳吐了，好些都是带血的。

王世才看着进来的人，面露难色，但眼中迅速地闪过一丝冷笑。

进来的人，很多都挟着包，即便没有挟包的，手里也提着一些袋子，这些人都是兴州市电力机械制造厂的债权人。

"王厂长，我不管你们是搞什么租赁承包，还是破产清算，欠我的那些款子，真不能拖了，我货车都拉来了，要是今天不给个说法，我就把厂里的设备拉走去做评估抵债！"

"前段时间说破产清算后，折债百分之七十清偿，现在怎么又变卦！"

"来来回回拖！变着花样拖！"

那些人一进来，就把王世才团团围住，个个情绪激愤。在会场里坐着没事的记者们都围上去，兴州市电力机械制造厂是什么情况，这些人是知道的，眼前的这种情况，也出现过很多次。围住王世才的债权人，很多都去兴州市的主管部门上访过，扯过横幅，堵过大门。兴州市电力机械制造厂债权人要债，在兴州不是什么新鲜事，新闻也早已经报道过很多次。

这些人在民意表决当天到厂里来，很明显是在施压。

王世才把那些人安抚住，让他们坐到一边，然后才走到胡新泉和赵明诚面前说："赵书记，新泉，看到了吧，厂里的事情，就和一团乱麻一样。我知道，在这个时候讲破产清算，很不合适，但你们看看吧，这些情况，我除了用破产清算来快刀斩乱麻，是真的一点办法也没有了。"

赵明诚没有说话，只是又抓过一把瓜子剥起来。

王世才接着说："赵书记，实际情况你也看到了，局里的任何安排我都是百分之百支持的，但我看租赁承包，是没法搞的。"

说完，王世才又转头看向胡新泉："新泉啊，现在你知道了吧，不当家不知道事情难，别的先不说，就说眼前这些债，都是白纸黑字，厂里和他们签的合同，好些已经几年没给结过钱，这于理于情都说不过去，确定走破产清算流程后，我们好说歹说，一家家几乎是磕头一样说过去，才争取到折债百分之七十清偿。即便是今天民意表决通过租赁承包，跟这些债权人，你怎么说？"

胡新泉心里一下明白了，这些债权人今天出现在这里，不是偶然，这是王世才向他展示的一种困难。这种困难展示，就和之前的担保金一样，是王世才作为一个负责人，应该做的。担保金是对租赁承包的风险控制，欠债是租赁承包后也要承担的包袱。即便是站在胡新泉现在的角度，他对王世才也谈不上敌对，反而有一些感激，王世才能够把这些潜在的可能危险，都像暗礁退潮一样摆出来，虽然是出于想要让胡新泉退却的目的，但他并没有什么错。只是，胡新泉很不甘心。

会场外，又响起脚步声，应该又是债权人，胡新泉这样想着，头都没有抬。来人气喘吁吁地冲到胡新泉身旁，按住他的肩膀。胡新泉感到气息很熟悉，抬头一看，是陈苍建。

"董师傅……"陈苍建上气不接下气地说出这几个字，看着旁边的桌上摆了一杯水，端起来就灌下去。

"董师傅？"胡新泉疑惑，心里一颤，有些激动，难道是那些老师傅们想通了，来参加民意表决？

王世才听到这个名字，脸色一沉，难道那些老工人要来参加民意表决？他迅速退后几步，问正焦急不安站在那儿的吴向军："你去和那些安排在套管库房的工人们说一下，让他们等下过来投反对票。"

吴向军凑到王世才耳边小声说："今天雪太大，我们把握住的那些工人，现在才到了十来个……"

王世才冷眼瞪着吴向军，搞得这个厂综合办公室主任更加不安，口里无力地辩解："工资都全部发了，那些人还是不积极参与，这些家伙，真是刁得很……"

王世才非常小声，但语气格外有力地说："不管来了多少，只要那些老工人进会场，就让他们马上过来！"

"好！"吴向军声音有些发颤地答应后，朝侧门快步离开。

赵明诚在旁边关切地拍了拍陈苍建的背，问："董师傅怎么了？"

陈苍建显然是跑得太急，几乎要背个气，喝下一杯水后，过了片刻，才稍微缓过来，他刚要开口，水下得太猛，又猛烈地咳嗽起来。

胡新泉有些着急，直接迈步朝会场门口走去。好几个记者，也快步跟上，几个正在和那些债权人交流挖素材的，也跟过来。胡新泉朝外看去，还是那条白乎乎的雪路，并没有人。他想迈步走出去，满怀希望地准备到厂门口看看。身后的陈苍建已经停止咳嗽，狠揉几把胸口，才有些慌乱地说："董师傅被送去医院抢救了！"

赵明诚担心地问："怎么回事？"

本来神情发生些许改变的王世才，这时又恢复如常，已经走到侧门边上的吴向军，也停下脚步。

"我起了个大早，想着今天民意表决，就弄一些油条给几个老师傅送过去，刚进到兴西巷，就见张八一师傅在那喊人，我赶紧过去帮忙。"陈苍建深吸几口气，接着说，"是董师傅，不知道是之前的伤感染了复发，还是原来的老病根，竟然吐血了，被子上，褥子上，全都是，听到喊声来的老工人们，赶紧弄几床被子把他裹了，然后一起抬送去市医院抢救了！"

胡新泉本来是期盼那些老工人能在这个时候来民意表决的，一听这话，他身体猛晃一下，差点没当场跌倒。再顾不得什么民意表决，再顾不得什么租赁承包，他扶墙站住后，踉跄就跑出去。

一个身影紧追上来，一把拉住胡新泉，是赵明诚。

先是落一些稀稀落落的雨，然后，雪又下起来。

"站住。"赵明诚喊他。

胡新泉挣一下，拉得赵明诚差点栽一跟头，陈苍建也跑过来，拉住胡新泉。

"赵书记，我得去看看董师傅啊！那是和我父亲一样的人呀……"胡新泉挣几下，没挣脱，泪珠子已经蹿出来，声音发哑，"苍建，你松开我！"

本来焦急不安的吴向军，这时彻底舒一口气。作为最可能来参加民意表决的老工人们，去送董师傅抢救了，现在是肯定不可能再到会场了。

王世才对于突然发生这样的事情，脸上波澜不惊，心中却感到一种天助我也的庆幸，他走上前去，关切地询问："赵书记，你看，要不把民意表决延后怎么样？"

赵明诚慢慢松开拉住胡新泉的手，长叹一口气："不用延后，租赁承包不是一个人两个人就能做好的事情。如果租赁承包通过，后面遇到的事情会比现在遇到的难上千倍万倍，要是连民意表决这个门槛都跨不过去，之后也是肯定不行的。"

"新泉，你要去，就去吧。"赵明诚转头看向胡新泉，冲他点点头。

雪这时下大了，风从会场往外涌，吹得那些落下来的雪花到处乱飞。

胡新泉却停住往前迈出去的脚步，抽泣着，瘫软下去，就要坐下的时候，他挣起一股劲，猛地一下跪在雪路上，朝着来路的方向，重重地磕了一个头。

王世才看得有些不忍，过去想把胡新泉扶起来，对他说："胡技术员，其实今天的民意表决，我看工人们大多数也不会来参与，你去看看董师傅……"

胡新泉站直身，朝王世才说一声谢谢，然后往脸上擦一把，走回会场。赵明诚把手中剥好的一把瓜子仁塞他手里，胡新泉一下都揉塞进嘴里，用力地咀嚼，发出稀里嚓啦的声音，就像他嘴里藏着一台碎石机，把那些瓜子仁像石子一样磨碎。

王世才微叹一口气，走过去再劝："新泉，今天民意表决的情况，虽然还没开始，但看现在的情况，参与的人都很少，你这样，其实没有必要。"

"有必要，"胡新泉坐到一个位置上，把自己的手在桌上竖立举起，"我这一票，是赞成。"

"哎，也是，"王世才摇头，打趣一般地说："要都没人来，还有一票。"

"一票，也是票。"就听会场外响起一个声音。

王世才顿时脸色大变，坐着的赵明诚也站起来。几个耳朵尖的记者，更是一下迎到门边。两个人从外面走进来，前面那个人身材高大，声音洪亮地说："进兴州市电力机械制造厂的路，可不好走啊！"

赵明诚远远地打招呼："老乔，你怎么来了！"

来人是机电工业局的乔子龙局长。

吴向军很是担心地走到王世才身边，小声地说："局里没有通知，也没说会来人！"

"来得好，"王世才摆摆手，很轻地回应吴向军，"这种时候，局里来人到现场看一下效果最好，现在还是乔局长亲自来，看到这个没多少人参与的民意表决，比你我再和他汇报几十次还要有用。"

"刚才赵书记那样说，我还有些担心，他要是继续坚持租赁承包，或者其他别的什么方式，我们还是只能配合，"王世才长舒一口气，"现在乔局长亲自来看到，以后就是赵书记，也不好再和局里提了。"

吴向军连连点头附和："就是，都已经确定破产清算，这些枝节没必要横生出来，乔局长来得好！"

乔子龙和赵明诚握过手，寒暄几句后，很快地扫看一眼会场情况，眉头微皱。这个机电工业局的一把手，看向胡新泉："你就是租赁承包人胡新泉吧？"

"是的，乔局长。"胡新泉点点头回应，他心里忐忑，局里并没有说来人，现在却是乔局长亲自来。

"很年轻，"乔子龙打量着胡新泉，"老赵和我可没少谈起你，是个有技术的人才，懂技术好，科学技术是第一生产力嘛。"

面对眼前这种没什么工人来参加的民意表决局面，胡新泉和赵明诚其实都不希望被局里直接看到，但又希望让局里有所了解。

胡新泉故作不经意地察看几眼乔子龙，这个急先锋、实干匠，在改革的前十年，不仅仅是在兴州地区有名，甚至在整个陕省都叫得上号。这时他到兴州市电力机械制造厂，应该是要对这座垂死的厂子做最后诊断，胡新泉虽然没有从乔子龙那里看出什么，但空荡荡的民意表决会场，已经给出很清晰的答案。兴州市电力机械制造厂，就要沦为这个地区的一个历史性名词。王世才，那些债权人，在胡新泉看来，就和一群秃鹫一样，守在那儿，已经做好接下来把这个厂彻底消解掉的准备。本来胡新泉心里还有那么一丝光亮，现在也彻底熄灭。

旁边的吴向军看一下时间说："离民意表决还有十来分钟，各位领导，各位记者朋友，各位到场的债权人，就座吧。"说着，他走过来，要把会场的门关上。

外面，大片大片雪花密集地落下。

门刚拉一半，吴向军停住，他揉了揉眼睛，再往外仔细看一眼后，立即转身快步走到王世才身边说："有人来了！"

"大惊小怪，"王世才抿一口茶水，"是那几个套管债权人吧，他们从来都是拖拖拉拉的，反正今天讨论的也不是怎么处理债权，他们晚到就晚到……"

"不是。"吴向军的神情有些慌张。

会场的风本来是往外涌的，这时，却逆转过来，似乎有什么猛兽在靠近，把风逼得从外往里灌，一些雪就被吹进会场。会场里已经坐着的人，都朝外看去。密集的声音响起，好像是雪落在地上的声音被扩大了，伴随着那声音，有些微微的回震。

一个穿着蓝色棉大衣的人走进会场，他头上戴的火车头棉帽，都落满了雪。

他应该是没想到会被这么多人注视，有些腼腆地就近在后排一张条凳上坐下，拢着手，没有拍打衣服和帽子上的雪，咧着一口白牙的嘴笑一下，就埋下头。

很快，又是一个人走进来，她穿着一件蓝布棉袄子，围着厚实的围巾，可以明显看到她的膝盖上有几处雪渍，那肯定是在雪地里摔倒后留下的痕迹。她有些一瘸一拐地到会场后，没有坐在后排，而是大大咧咧地迎着众人的目光，直接走到一张椅子上坐下。

接着，一个又一个人走进来，他们的穿着不同，表现也不一样，但有一点是相同的，都是兴州市电力机械制造厂的工人。

王世才的脸沉下去，身旁的吴向军很不安地赶紧从侧门出去。

等到十几个工人跟在吴向军身后,从侧门再进会场时,整个会场已经全是人,椅子、凳子都坐满了。

工人们还在从外面进到会场里,没有座位的,就那么站着,和吴向军带进来的十几个工人不同,他们身上都落满了雪,后面再进来的,一个个就好像是雪人一样。

赵明诚、胡新泉以及乔局长,一开始都是坐着的,随着这些人进到会场,他们都感到一股力量弥漫开来,他们都不由得慢慢站起来。

这种力量来自哪儿?或许来自工人们进来时候带来的腾腾热气,或许来自工人们刻意压低声音的交谈,或许来自工人们那时不时瞟向会场后朝三人看的目光……

胡新泉一直认为自己放弃去西京化肥厂留下来,是自己做出了牺牲挽救兴州市电力机械制造厂。就在刚才,他还认为这些工人已经彻底对厂子死心,不会再参与跟厂子相关的事情中来。现在,他知道自己错了,也知道之前自己为什么会感到孤立无助,更加知道自己为什么会绝望,一直以为,这些事情,只是他、赵明诚、陈苍建三个人在奋争。

看着一个个走进会场的工人,他们披风戴雪,尽管已经为了生存,被搞得困苦不堪,但他们只要洪流般走在一起,就算不发声,也会宣告,他们才是这个厂子真正的主人。

原先王世才安排布置会场时,墙来不及刷,就用一些纸板贴了一圈,几个靠墙边站的工人,挤来蹭去,就把一块纸板弄掉半边。那几个工人干脆扯下纸板放到地上垫着坐,其他一些没座的人也都动起手来,扯墙上的纸板。很快,纸板被扯落好大一块,露出原来刷在会场的一句标语:全世界无产者联合起来!

随着进到会场的工人越来越多,整个会场变得热腾腾的。甚至那些本来准备报道一场无人参与的民意表决的记者们,都有些不知所措。有几个经验丰富的记者,则热情地走上前去,找工人们了解情况。

乔子龙抬手重重地拍拍赵明诚的肩膀,语气平稳地说:"老赵,工人阶级从来只会让敌人失望。"

看到这情况,着急得像无头苍蝇的吴向军把王世才拉到一边:"王厂长,你看，现在可怎么办？"

王世才叹一口气说："还能怎么办，别忘了，你，我，也是工人。"

"这个……"吴向军脸上一阵青一阵白。

王世才摆摆手："时间到了，你去主持民意表决吧。"

吴向军不安地坐回去，在这之前，就在这个会场，他组织工人们开过很多次会，有促进生产的，有表彰先进的，还有最近宣布破产清算方案的，宣布停产停工的，对于在这种场合，该说什么话，作为厂综合办公室主任的他是完全能够游刃有余应对的。但今天也不知道怎么了，他拿起话筒，结结巴巴，支支吾吾，却不知道该说什么。最后还是赵明诚一把拿起话筒，直接开始讲租赁承包方案。他没有介绍在场的领导。因为工人们对于在场的人，包括乔子龙局长，都不陌生，工人们陌生的是那些债权人，在这种情况下，也没有必要介绍。

赵明诚一口气把租赁承包方案讲完，然后朝坐在身旁的胡新泉一指："确定的租赁承包候选人是胡新泉技术员，半小时后进行民意表决。"

吴向军直到这个时候，才回过神，赶紧提醒赵明诚："赵书记，还没让领导们讲话……"

乔子龙大手一挥："讲什么话，我冒雪赶来，不是为了讲话的，就是为了看这个事情！我不讲！今天，让工人们做主。"

乔子龙强硬地表态不讲，王世才只好也笑着说："乔局长说得对，今天，让工人们做主。我也没什么要说的。"

民意表决开始时，雪下得正大。

会场里热气腾腾，正对着胡新泉前方的，有一个离地很高的通风口，外面的雪花被裹挟着从那吹进来，只是还不等落地，就都融化成水，然后汇成一股细流沿着墙面淌下，不知道从哪射出的一道亮光，刚好照到那细流，看上去就是亮晶晶的一道。那一道亮晶晶的水流汇聚成水珠后，掉落而下，刚好砸到墙下放着的一块钢条上，顿时水花四溅。会场里闹哄哄的，没有一个人注意到那水珠。在这一片嘈杂的声音里，胡新泉却似乎听到那水珠砸到钢条上发出的清脆的声音。他如此专注地去观察那水珠，去听那声音，就觉得身边的人和声音都好像变模糊了。

王世才再一次把租赁承包的相关事项强调了一遍，然后清了清嗓子说："请大家举手表决，同意的请举手。"

胡新泉要举手，赵明诚拉住他："先看看工人们是什么态度。"

"这些工人冒着这样的大雪赶来，肯定是支持这件事的。"王世才说出这句的时候，目光有意无意地朝吴向军看过去。

吴向军诚惶诚恐地点点头，赶来的这些工人，他管不了，但是那些提前由他接触过的工人，是肯定不会举手同意的。

不过两人很快就不那么担心工人们举手了。

会场里没有一个工人举手，王世才以为工人们没听见，就加大音量说："请大家举手表决，同意的请举手。"

没有一个人举手。

胡新泉也觉得有些不同寻常，他不再想着举手，而是看向赵明诚，发现老书记的眉头紧皱。

王世才眼中迅速地闪过一丝惊讶，很快恢复平静后，朝乔局长看过去。

乔子龙似乎没注意到王世才看向他，一扭头，目光却看向赵明诚。

赵明诚咳嗽一声，然后说："请大家举手表决，不同意的举手。"

会场里还是没有一个工人举手。

吴向军不住地给那些他带进来的工人示意，让他们举手，那些工人左顾右盼，面露难色，也都没举。王世才没想到会出现这样的情况，他脸色变得铁青。记者们都窃窃私语起来，安排坐在另一边的债权人们，则是一副看好戏的神情。

同意不举手，不同意也不举手。工人们到底是什么意见？

"呼！"会场关上的门被推开，外面的雪更大，这么一开门，风雪全都往会场里涌。

一群完全被雪包裹的人从外面走进来，就和一个个雪堆移进会场里，伴着冷气，胡新泉不由得打一个哆嗦。

那群人走进来后，跺着脚，抖掉身上的雪。胡新泉看清楚，来的人是罗维卡和张八一以及很多老工人，他赶紧起来，迎过去问："董师傅怎么样了？"

张八一抖着衣服上的雪，应该是太冷，声音有些发颤："董班长他……"

"董师傅没事，"罗维卡过来插口回答，"就是董师傅让我们赶过来的。"

胡新泉朝进来的那些老工人走过去的时候，会场里的很多工人都盯着他。

乔子龙注意到这一点，他想了想，把王世才和赵明诚叫过去，简单说了几句。

过了一会儿，胡新泉回来了。

王世才又开口说："今天的民意表决，我们分为两个部分。第一部分，请大家对是否同意厂里接下来实施租赁承包进行表决，同意的请举手。"

胡新泉举手，赵明诚举手，陈苍建举手。

工人们依旧没有一个人举手，但所有人的目光都看向举起手的三人。

等了一会，确实不再有人举手，乔子龙朝三人点点头，胡新泉三人收回举起的手。

接着，王世才又开口说："第二部分，请大家对胡新泉同志作为租赁承包人进行表态，支持的请举手。"

罗维卡第一个举手，接着，张八一，老工人们，年轻的工人，会场里除了吴向军带进来的工人，几乎都举手表示支持。

因为之前的几次表决都没人举手，在王世才说出第二部分是表决对自己的支持时，胡新泉心里很没有底。民意表决本来只有一项，那就是工人们是否同意租赁承包。

因为无人表决的情况，乔子龙提议分成两个部分来表决，胡新泉更加觉得不会有什么人举手。想想也是，既然工人们都不对租赁承包进行表决，又怎么会对谁是租赁承包人表态？

但王世才的话音刚落下，罗维卡的手就举起来，胡新泉很感激，罗维卡能支持他，这个在他的预期之中。再看到张八一举手，胡新泉更是感动，在兴州市电力机械制造厂的老工人里，这是除了董青金以外，他最熟悉的一个人，在这种时候举手，张八一不仅仅是代表他个人，还代表着在医院不能来的师父董青金。等到那些老工人纷纷举手，胡新泉有些惶恐了，这些人在董师傅的家里，都已经心如死灰，是不愿意再参加民意表决的，他们能够来，已经非常难得，怎么也没料到，会在表决支持自己作为租赁承包人时举手。这是一种让胡新泉感到惊喜的支持，而到那些年轻工人也举手表示支持的时候，就完全在胡新泉意料之外了。随着一只只手举起来，胡新泉竭力保持平静，但一股子的热劲不断在身体里蹿,他的双拳不由自主就紧握起来。

这种情况,让王世才和吴向军也感到意外,为什么工人们不愿意对租赁承包表决,而对租赁承包人表态的时候却又都纷纷支持。

乔子龙叫起一个年轻的工人问:"为什么对租赁承包表态时,不管同意还是反对,你都不举手,是因为你不了解租赁承包是怎么一回事,还是其他什么原因?"

被叫起来的工人岁数和胡新泉相近,他身上的穿着有些奇怪,外面是一件有些破的军大衣,里面的棉花从破口里露出来,但领子很干净,显然是刚刚洗过。会场里这时已经热烘烘的,工人军大衣的扣子解开,露出里面的衣服,是一件花花绿绿的衣服。仔细看,那是一件女式的袄子。工人显然没想到会被乔局长叫起来,有些尴尬地赶紧拉上军大衣,旁边的工人们显然都看到了他的袄子,有人就嬉笑起来。

"厂里这段时间,已经把租赁承包的材料下发,大家私下聚一起也会议论,我是了解租赁承包的,这听起来是一个能够让厂子变好的法子,"工人脸涨得通红,接着说,"但厂里这些年拿出来的好法子太多了,前些年的扩权让利、经济责任制……听起来都是好法子,但搞下来是什么结果?"

工人拉紧军大衣后,脸热得涨红,说到这里,干脆一把拉开,露出里面的花袄子,他说:"看看我吧,冬天出趟门,只能找老丈人借一件大衣,里面是我媳妇的袄子,不说我的生活现在有多困难,就说我来参加这一次民意表决,我老丈人和媳妇,今天就出不了门。这就是厂里这些年实行那些好办法后,落到我身上的结果。"

工人们本来看他拉开衣服,还都哄笑,听他说了这些话后,一个个都沉默下来。

"之前不管哪一种好办法实行,我都是支持的,"工人拍着胸膛在会场环顾,"今天来的,有很多是和我周自卫一个车间、一条线上的,大家都可以说说,这些年,那些办法实施后,拆解成生产任务,我哪一次不是超额完成,但厂子却一天天变坏,甚至后面都不开工了。我有时候就想,是我做错了什么吗?经过这么几次,再有这些好办法提出来,不管它多好,我也不会再表态的。"

周自卫的话,引得工人们很多都点头不已。

乔子龙局长面色凝重，他又问："那为什么对胡新泉同志作为租赁承包人进行表态时，你举手了？"

周自卫说："说实话，我跟胡新泉并不熟，甚至没有和他讲过话，但在大家谈租赁承包的时候，提到过这个技术员，他放弃调去西京化肥厂的大好机会而留下，我很佩服他，这要是换成我，上午调令下来，我下午就卷铺盖走人。西京化肥厂，多好啊，和谁说起是西京化肥厂的工人，人家不得高看你一眼。要说是兴州市电力机械制造厂的工人，脸都得丢地上踩着走，别人都当成乞丐要饭的看。他是从我们工人中出来的人，不是那些只会夸夸其谈、从什么地方调过来的干部，所以我支持他。"

这话让王世才脸色变得非常难看，旁边的吴向军更是直接埋下头。

"我们现在不信什么好办法，只信人。"周自卫说到这里，朝胡新泉问，"胡新泉技术员，你说租赁承包会不会让厂子好起来？"

胡新泉站起来，回答他："我不会讲一些弯弯绕绕的话，租赁承包，我不敢说百分之百能让厂子变得多好，但我知道这是厂里目前情况下最好的办法，我敢保证，我会全力以赴和大家一起搞，厂子一定会比现在好。"

回答完，胡新泉还补充一句："你以后一定不用穿上一家人的衣服出门！"

这话一出，顿时引得沉默的工人们一阵起哄，周自卫挠着头，憨笑着坐下去。

吴向军冲一个工人使眼色，那个工人站起来，问："厂里通知上说，租赁承包候选人的资格，需要交十万块的担保金，我问一下，你怎么能交上这么多钱？"

不等胡新泉回答，赵明诚把一张单据递给乔子龙，乔子龙仔细看过后，递给王世才。

王世才看过单据后，在乔子龙的注视下回答那个工人："关于胡新泉同志作为租赁承包人，需上交的十万元担保金来源说明，陈苍建同志协交一万元……"

台下那些认识陈苍建的工人们，都惊讶起来，有些人已经大声打趣，都知道陈苍建生了一双捞钱手，没想到，还是个万元户。

陈苍建连连摆手，同时回应："我支持胡新泉，对于租赁承包，我也是非常看好的。"

工人们的反应太热烈，把王世才的话都打断，过了一会，才恢复平静。

王世才又接着念："赵明诚同志交四万元，胡新泉同志交五万元。"

虽然都知道十万块担保金的事，但没想到胡新泉自己就拿出五万元，很多工人都觉得不可思议，就连坐在一旁的陈苍建都很惊讶。

那个工人又说："一下能拿出五万元这么多，看来胡技术员不仅是技术好，还肯定不是一般人，我可不可以问一下，这么一笔巨款是从哪来的？"

"我家里支持的。"胡新泉回答。

那个工人轻轻一笑："看不出来，胡技术员家还是大财主！"

"不是。"胡新泉摇摇头，接着把父亲怎么偷偷养猪，然后盖房子，以及把房子抵押给信用社的事说了，这五万块钱，不是一两年就能攒下的。

会场里，最知道这件事有多难的是那些债权人，一个个简直都是瞪大了眼睛听胡新泉说。

好几个记者，都明白这些事有着巨大的新闻价值。

改革开放政策十年，大多数人的眼光，都是放在企业、工厂、商贸上，对于农村在这一波大潮下的反应，很多人理解为外出打工，很少有人了解过基于乡村种植和养殖的市场经济，同样在这一波市场开放的前提下，迸发活力，潜力无限。当然，这也和农村经济取得天翻地覆变化后，农民本身对财富拥有会有恐惧心很有关，在过去的几十年里，因为成分，受苦受罪很常见，就是丢掉性命，也不是什么稀罕事。因此，在胡新泉的父亲用长时间积累得到这样天文数字一般的财富后，第一个想到的事情，就是到城市去。知道胡新泉把改变整个家庭接下来命运走向的钱，都用来做担保金后，工人们更是觉得不可思议。

这一点，让乔子龙都感到非常难得。放弃去西京化肥厂，选择留下来，胡新泉放弃了大多数人都一致看好的远大前程；把这样一笔钱拿出来投入看似无底洞一样的租赁承包上，胡新泉放弃的是他整个家庭"农转非"的命运改变机会。

乔子龙看向王世才说："王厂长，我觉得今天的民意表决结果已经出来，你觉得呢？"

"乔局长，这个……"王世才愣了一下，才放轻声音说，"按照局里下达的文件，今天是对租赁承包进行民意表决，至于租赁承包人，是不需要表决的，只要符合租赁承包方案的规定，及时缴纳担保金，就可以。"

"那你的意思是？"乔子龙微皱眉头。

王世才声音有些不安地说："我觉得还是按照文件的规定来，刚才进行两次关于租赁承包的民意表决，工人们都没有表态，这个情况我觉得应该如实反馈到局里……"

"这个情况是应该反馈到局里，"乔子龙语气郑重地说，"但工人们对胡新泉同志是非常支持的。这里面也直接反映出一个问题，那就是现在厂里的一些负责同志，工作是做得不够的。"

王世才额头渗出汗来，他迟疑一下，说："是的，我们之前的工作有很多地方做得不到位，让工人们不信任，但今天的民意表决，我觉得，还是得按照局里的文件来，乔局长，您看……"

"按照局里的文件来吧，"乔子龙平静地说完，让跟他一起来的秘书取出一个文件袋放到桌上，"本来是要等民意表决结果出来后，再把这个局里的意见决定拿出来的，我现在就先拿出来放在这，王厂长，赵书记，你们开始民意表决吧。"

明显看出乔子龙已经恼火，但王世才还是硬着头皮说："乔局长，刚才已经民意表决过了，对于租赁承包，无论是同意还是反对，工人们都没有表态。"

"没有表态，也算结果？"乔子龙伸手一把扯开衣领上扣着的扣子。

赵明诚伸手轻轻拉了乔子龙一下，然后看向王世才："王厂长，刚才有一些工人因为风雪，没有及时赶到，我觉得现在，可以来一次正式的民意表决。"

"好的。"王世才答应下来，随即又按照最开始的流程，把租赁承包的相关事项再次进行强调，许是一口气读的东西太多，又或是其他什么原因，王世才的声音发哑，旁边脸色苍白的吴向军把水杯递过给他，王世才却一把推开，就用那有些发哑的声音说，"请大家举手表决，同意的请举手。"

罗维卡第一个举手，接着陈苍建举手，然后张八一和那些老工人也举手。问话的工人周自卫也举起手，他还同时举了双手，他把军大衣的一条袖子褪下来，那样一只手是套着军大衣的，一只手则是套着花袄子的。

周自卫看向王世才，使劲地晃动着双手："我这是两个人举手，我和我媳妇。"

其他工人也陆陆续续举起手来。

很快，会场里就剩下吴向军带进来的那些工人没有举手，其中几个犹犹豫豫一会，终于也举起手。吴向军看得牙痒，另外那些没举手的，也埋头下去，不再看向吴向军和王世才。

乔子龙提醒："可以统计了。"

赵明诚于是让会场坐在第一排的人都起立，几个处在第二第三排被统计完的工人，已经主动从会场出去，很快，他们抬着上面落了些雪的计票黑板过来，摆在会场正前方。这让吴向军这个厂综合办公室主任感到一种失控和无力，工人们已经不用他再安排，就开始做事。

王世才保持着微笑走到黑板边，勉励那些抬黑板来的工人。工人们并没有和他说一句话，只是递给他一支粉笔。很快，统计完的工人过来，把统计好的纸递给王世才，上面只有两个数值：举手同意的，没举手表态的。让一个现任的兴州市电力机械制造厂厂长来汇总，其实不是很合适，但这时的王世才，从每一个工人手中接过那张纸时，都感觉重于千钧，同时他也有和吴向军一样的感觉，失控，无力。他放眼看去，就觉得再没有一个工人会听他这个厂长的，包括吴向军提前沟通过的那些工人。看着纸上的数字，他用粉笔一个个写到黑板上，好几次，粉笔都断掉。等王世才写完，回到座位上，赵明诚把两张纸递给他："王厂长，这是我、乔局长根据你汇到黑板上的数据做的总计，你看一下对不对。"

两张纸上，是字迹完全不同的两列数字，最后都计为一个相同的结果：远超半数，百分之九十八，通过。

王世才于是也将刚才亲手写到黑板上的数字，再写一遍到纸上，吴向军递过来一个计算器，他默不作声地一把推开，在另一张纸上合了一遍，然后写上结果：远超半数，百分之九十八，通过。最后，签上他自己的姓名和日期。

"关于租赁承包的民意表决，百分之九十八的人举手同意，远超半数，"王世才平静地说，"本次民意表决结果：通过。"

王世才宣布完，会场里一片寂静，有一个工人天凉受寒，有些咳嗽，他都竭力地忍着。

乔子龙从放在桌上的那个文件袋里面取出两个没有封上的信封，仔细地看一下后，把其中一个递给王世才，另外一个几下撕碎。

"机电工业局充分尊重工人们的意愿，在来之前开了一个会，"乔子龙说，"会上确定了两种对兴州市电力机械制造厂后续工作如何开展的重要决定，是两个截然相反的决定，我今天亲自带来了，根据民意结果，已经将确定的决定交由王世才同志进行宣布，同时另一种决定，已经不存在了。"

赵明诚打趣一般轻轻说一句："老乔，局里有点火急火燎啊。"

乔子龙伸手拍一下赵明诚的肩膀："关于兴州市电力机械制造厂的去留，从你报上租赁承包后，就不是画一个句号的事，局里何止是火急火燎，应该是火烧眉毛。"

王世才不用打开信封，已经知道里面是什么，但他知道，事已不可为，从里面抽出一张信纸，看清上面写的内容后，忍不住长叹一口气。

"王厂长！我回来了！"会场的门被推开，一个人跌跌撞撞地进来，外面的风雪已经变小，但他头上身上，还是布满一层白雪。

第7章　厂长和奇景

王世才抬头看过去，是生产部主任郑东阳。

会场里的人，都在等着王世才念信上的内容，非常安静，郑东阳拉开门这么一喊，声音本来并不大，但听起来格外响亮。不过现在民意表决的结果已经出来，甚至乔子龙还带来局里已经决定的信，郑东阳就算回来，又有什么用。王世才只能示意郑东阳到一边坐，然后举起那页信纸，要读出上面的决定。郑东阳不知道到底发生了什么，但他看吴向军垂头丧气靠坐在那，再看到会场里满满当当的工人，明白事情并没有和他们预想的一样。

他随即朝会场里喊一声，不是向王世才，而是向胡新泉："胡新泉技术员，你看看谁来了。"

说着，郑东阳转身跑出几步，引着两个人走进会场。

这两人身上落的雪比郑东阳厚实得多，就跟之前风雪最大时进来的工人一样，好似两个雪人，但胡新泉还是一眼认出来的人。

"爸，妈，你们怎么来了？"胡新泉起身迎出去，很是诧异。

来的两人正是胡厚云和唐彩凤。

他们抖落身上的雪，唐彩凤看清会场里那么多人后，侧身退站到胡厚云身后。胡厚云看清眼前的情况，也是有些惶恐，声音有些微微发颤地问郑东阳："郑主任，这……这是弄啥呢，开批斗大会么？"

"不是，"郑东阳安抚胡厚云，"这就是我和你说过的民意表决。"

会场里的很多人，都扭头看向三人，胡厚云很是窘迫，只能硬着头皮又问："来的路上，你不是说没什么人参加民意表决么？"

"这个……这个……现在还是有些人来的。"郑东阳吞吞吐吐地不知道该怎么回答，只能提醒胡厚云，"胡大叔，这些你不用管，胡新泉现在就在那儿，你自己去问问他吧，那些钱他都交了。"

胡新泉这时已经走到几人面前，胡厚云一听郑东阳的话，一股火气就冒出来，这个在兴昌十里八乡都小有名气的大胆能人，这时双眼通红地问："泉子，你把那些钱交什么担保金了？西京化肥厂不去了？"

郑东阳走到王世才身边，小声说："王厂长，胡新泉用来交担保金的那些钱，都是他父亲胡厚云的，这老东西偷偷在山洞养猪，挖社会主义墙脚弄了不少钱，又把他自己的房子抵了，就有这么一笔巨款。不仅胆子大，耳朵还灵，不知道从哪知道西京市里刚有的什么商品房落户政策，竟然异想天开，想借着他儿子调去西京工作的东风，钻国家空子，去西京买房，想做城里人。"

听了郑东阳的话，王世才不由得对胡厚云这个老农刮目相看，对于西京刚实行的商品房落户政策，他是知道的。也正是因为知道这个政策，他才觉得在兴州市搞商品房经济是可行的。

为此，他专门悄悄做过一个调查。在改革的第一波浪潮中，改变最大的是乡镇村组的农民，那是这个国家基数最大的一群人，他们每时每刻都在为最基础的生存而挖空心思、豁出性命，当他们遇上这样的时代大机遇时，是最能够把握的。这个庞大的群体，已经拥有相当的财富，但骨子里对于农转非的期待还是一如既往很强烈。完全可以预见，他们肯定可以支撑起以房子作为商品的一个巨大经济市场。

胡新泉不知道该怎样回答父亲，对于这个儿子，胡厚云是熟悉的，他要是不回答就是默认，看来那个郑主任告诉自己的都是真的。

"你这个……"胡厚云抬起手就给胡新泉一耳光。

唐彩凤活几十年，还是第一次处在这么多人的场合里，非常不适应，就一直跟在胡厚云身后，正小心翼翼地观察四周，不承想胡厚云会突然打胡新泉。

也不知道从哪涌出来的一股劲，她一下挡到儿子面前，把胡厚云往后推出一步："有啥不能好好说的！咋能在这个时候打娃……"说到一半，那股子劲就泄了，声音发颤，不能继续，就回头抱住胡新泉的脑袋，一边查看他脸有没有被打青打肿，一边眼泪就流出来。

会场里的人在等着王世才念乔子龙递过来的信，本来就很安静，眼见突然发生这样一件事，都小声议论起来。

胡厚云抽了胡新泉一耳光后，那一股子火也熄掉，手颤抖着，从小到大，他都没对这个儿子动过半根手指。

赵明诚平静地起身，走过来。看到赵明诚，胡厚云声音发颤地说："领导，那交担保金的钱能退不？"

"爸，这个等下我再和你说，可以吗？"胡新泉拉住胡厚云。

"那可是咱们家全部的钱，"胡厚云说，"我就说你来这些天没个音信，你怎么能这么瞒我们？我不信你，不想听你讲！"

胡厚云说完，朝赵明诚走过去一步："领导，能不能退啊，那可是我半辈子攒下的，是让这小子拿去成家立业的，他都拿去交什么担保金了……"

王世才见到这种情况，沉吟片刻后，把从信封里抽出来的那一页信纸又塞回去，然后看向乔子龙："乔局长，这是我们工作的失误，一开始没有彻底搞清楚担保金的来源。"

乔子龙看向王世才，微微皱眉。

眼前的情况很棘手，赵明诚也不知道该怎么回答胡厚云。民意表决已经表决完，但确定的租赁承包人担保金有问题，还是在这样众目睽睽之下，当前的唯一办法，只能是取消胡新泉的租赁承包人资格。

胡厚云见赵明诚不回话，以为那些钱是拿不回来了，更加着急，一咬牙："领导，不能全部退，退我一半也成啊。"

说完，就要跪到赵明诚面前，赵明诚赶紧一把扶住。

乔子龙也忙起身过来，将胡厚云扶站起来，安抚他："你不要担心，关于担保金的问题，我们会处理好的，要退，肯定就是全部退。"

王世才也快步走过来，还示意郑东阳跟上，然后一脸歉意地说："都是我们工作失误，没有把好资质审查的关。"

他嘴上这么说，心里却是大大舒一口气，本来以为事情已经没有回转的余地，没想到来这么一个杀招，一步直接就让租赁承包变成死棋。

"爸，你听我解释行不行？"胡新泉走过去，握住胡厚云的手。

胡厚云一把摆开他的手："你还解释什么？你知道这些钱是怎么来的吗？"

说着，胡厚云一把拉开自己的裤脚，他的左腿小脚肚子那里凹进去一大块："两年前，我晚上到山洞里守那些猪，窜出来一条毒蛇，咬了这一口，我赶紧用镰刀直接把这一块肉全部剜掉，命都丢半条！"

"还有这！"胡厚云掀开衣服，胸前有一片白红的点子，"这是趁晚上端煮猪食去喂那些猪，脚没踩好，一盆猪食全部淋下来，整个前胸都被烫得脱皮！那些钱，都是用命换来的呀，是我和你妈下半辈子的指望，你怎么能这么糟践？"

"我没糟践……"胡新泉说着，拉好父亲的衣裤，他本来还想着说几句硬气话，或者先直接把胡厚云拖到会场外，见到这些他之前都没见过的伤疤，就不想再说什么了。

"东阳，你尽快安排办理，把那些钱给这位老同志退了，"王世才叹一口气，拍拍胡新泉的肩膀，"可怜天下父母心呐。"

事情变成这样，胡新泉真是不知道该如何是好，要和父母解释租赁承包，不是一句两句能说清楚的，何况现在就算说了，父母肯定也不听。想了无数种变故和所有的应对方式，唯一没有想过会发生这种情况。

胡厚云听到可以退钱，情绪稍微稳定一些，看向王世才说："领导，你是好人，那些钱，是用来给这个败家子安家的，人都给他找好了，没想到他不去西京了，也不说一声，我们都不好做人了。"

"放宽心，放宽心。"王世才一边点头，一边把手里刚才准备念的信，直接塞回衣兜里。

尽管这样的一个民意表决，被这么一件事情给影响，实在是不好，但现在情势完全逆转，这不是他能意料到的，却是他希望的。

"你爸也是为了你好啊！"唐彩凤抹着眼泪。

胡新泉愧疚地看向赵明诚，赵明诚冲他摆摆手，长叹一口气，朝身边的乔子龙说："乔局长，既然胡新泉同志的担保金有问题，这次民意表决的结果，我建议作废，后续我会写情况说明上交局里。"

乔子龙点点头："也只能这样。老赵，你要做好思想准备，兴州市电力机械制造厂停工停产的时间不短了，一些工人已经把情况反馈到市里。局里应该是不会再有时间给其他方案了，只能尽快执行破产清算。"

"我尊重局里接下来的决定，"赵明诚点点头，"乔局长，那我把今天民意表决结果作废的决定宣布一下。"

赵明诚走过去抓起话筒，王世才暗暗地把手伸进兜里，把那一封信使劲捏成一团。

一个身影快步走过来，一下站到胡新泉面前："新泉，咱爸妈来了，你怎么也不叫我过来。"

听到声音很熟悉，闻着并不陌生的一股淡淡香味，不用看，胡新泉就知道是罗维卡。只是她说出来的话，让胡新泉有些惊讶。

就见脸微微泛红的罗维卡，走到胡厚云和唐彩凤的面前说："爸，妈，你们给的那些彩礼，新泉是和我商量过，才拿来交担保金的。"

"彩礼？"胡厚云和唐彩凤都愣住。

这是怎么回事，两人都疑惑地看向胡新泉。

会场离得近的那些工人，已经轻声起哄，后面的一些正在议论的工人，问清楚前面发生的事情后，也嬉笑起来。

胡新泉看向罗维卡，一张脸涨得通红，支支吾吾地说："对，彩礼，对……"他深吸一口气，知道罗维卡是要帮他渡过眼前的难关，迅速整理思绪。

罗维卡大大方方地一把将他拉过去，站在胡厚云夫妇面前。

感受着罗维卡拉着自己的手也微微颤抖，胡新泉强自镇定下来，说："她是罗维卡……"

胡厚云眼睛瞪得大大的："这个……这个到底是怎么回事？"

罗维卡回答："本来是想在民意表决后，再和新泉回去看你们二老的，没想到你们会来，我先简单说一下，我叫罗维卡，是这个厂的工人，也是新泉的对象，他前段时间拿出那些钱作为彩礼，我们已经准备结婚了。"

整个会场哄的一声，好像一滴水掉进滚油锅里。

站在一旁的陈苍建，轻轻踢了胡新泉一脚，坏笑着："没想到你还隐藏那么深。"

罗维卡看向胡厚云夫妇问："难道你们不同意我们吗？"

胡厚云看着眼前这个比他还高上一头、高鼻深目的漂亮女子，一时反而不知道该怎么回应了。

唐彩凤搓着手，脸涨得更红，有些尴尬地说："哎呀，怎么会不同意，怎么会不同意。"说着，用胳膊捅了捅胡厚云，"你倒是回个话啊！让你不听泉子解释，一天就是驴脾气！"

"这个，我们当然同意，"胡厚云有些愧意地转头看胡新泉，"泉子，怎么之前也不见你说一声？"

胡新泉这时已经完全冷静下来，他随即回答："爸，我可以用那些钱吗？"

"怎么不可以，"胡厚云点头，"那些钱本来就是给你用来安家的，你只要不糟践，就是你的，你肯定可以用。"

"好吧，那这个事情，等下我再详细和你们说。"胡新泉感激地看罗维卡一眼，走到乔子龙面前说，"乔局长，刚才是我没和我父母说清楚，你也看到听到，我是可以自由支配那些钱的，用那些钱交担保金，可以吗？"

"哈哈，恭喜你啊，"乔子龙一笑，"这肯定可以啊。"

赵明诚放下话筒，也是一笑："新泉，没想到你连我也瞒。"

王世才和郑东阳面面相觑，"那个钱，肯定不是什么彩礼！"郑东阳大声喊。

陈苍建嬉笑着："是不是彩礼，两个当事人还没有你郑主任清楚？"

郑东阳急得抓耳挠腮，几步走到胡厚云面前，诚恳地说："胡大叔，你别被他们骗了……"

"郑主任，怎么能这样说？"胡厚云有些不满，"感谢你专门送我们过来，但这个是我家的事情，我儿子我还不清楚，他从来不会骗人，更不敢骗我！"

"爸，妈，我带你们到旁边把事情先说一说，让新泉在这里把会开完，你们看，好吗？"罗维卡轻轻地朝胡厚云夫妇说。

"好，好，"唐彩凤拉着胡厚云就走，一路朝会场那些看过来的工人作揖鞠躬致歉，"对不起啊，影响你们开会。"

等三人都走出会场后，整个会场愈加沸腾起来，没想到民意表决后，还能看到这样的情形，好几个胆大的年轻工人都朝胡新泉吹口哨。

乔子龙朝王世才说："既然租赁承包人的担保金没有问题，今天民意表决的结果就有效，王世才同志，你宣布一下吧。"

"好的，乔局长。"王世才不得已从兜里又取出那封已经被他单手揉成一团的信，他只好双手把皱巴巴的信封展开，取出里面的一页同样皱巴巴的信纸，拉平，开口念上面的内容。

看到乔局长亲自赶来，并拿出两封信，胡新泉认为那应该是用于应对民意表决两种截然不同的结果的。陈苍建甚至偷个空到胡新泉耳边小声恭喜他：作为租赁承包人，在民意表决支持的情况下，机电工业局肯定会出表扬文件的。但是，当王世才念完，胡新泉感到很不能理解。信上的内容和民意表决的结果没有关系，和租赁承包也没有关系，和他胡新泉更没有关系。那是关于撤去王世才厂长职务的决定。工人们和胡新泉一样不理解，为什么在这个关于民意表决的会上，最后会念一封撤厂长职务的决定。乔子龙显然是看出这种疑惑，于是开口做了解释："工人同志们，不管你们对王世才同志的工作有怎样的认识，是支持，是反对，那都是之前的事情了。兴州市电力机械制造厂从一个旗舰一样的厂子，走到今天这种情况，我相信是每一任厂长都不希望看到的，这其中，肯定也包括王世才厂长。相信大家也都知道，他结合厂子的情况，提交了破产清算的方案。一些工人同志，会把这看成是毁厂砸饭碗的行为，其实不是的，我们机电工业局坚决不会允许砸工人饭碗的事情发生，对于王世才厂长的方案，我们局里经过很多次的研究，才最终同意通过，那对于兴州市电力机械制造厂是一个解决方案，我现在，也还保留支持的态度。那么，为什么会在今天这个关于租赁承包的民意表决会后，宣布撤掉王世才厂长职务的这样一个决定，是我们朝令夕改了吗？我很明确地告诉大家，不是。改革开放，对于这个国家，对于陕省，对于兴州市，都是一个亘古未有的机遇，也是一个前所未有的考验。兴州市电力机械制造厂这些年的各种救厂方式，作为主管单位，我们机电工业局除了严格判断审查外，所做的最大一件事就是信任，绝对信任。只要是合理的方案，只要是为厂子发展，为工人能够过上更好生活，为国家建设多出成果，我们都是全力支持的。

"我们发现，兴州市电力机械制造厂在每一种制度改革的前期，都能取得较好的效果，但是都没能持续。我们也在反思，也在研究，更在检讨，这里面到底是什么原因造成这种情况。难道是我们信任错了吗？我想不是，没有人一上来就是奔着毁厂砸工人饭碗来的。既然信任没错,那为什么厂子又会走到破产清算这一步?"

"这里面的原因是非常多的,最关键的一点,还是人的原因。各人看各道,要搞好一个厂子,就像驾驶一艘船航行在汪洋之上,船能够走多远,是和船上的每一个人都相关的。机电工业局就兴州市电力机械制造厂接下来该怎么办,进行了多次研究,得出两种截然相反的决定,我今天都带来了。

"这两种决定,看起来,都和今天的民意表决关联性不是太大,实际却非常相关。对于这个厂,我要看到的,不仅仅是掌舵人的意见,而且是这艘船上每一个人的意见。我来之前做了最坏的打算,但今天你们给了我最愿意看到的结果。

"兴州市电力机械制造厂这艘船,还要继续开下去。你们这些工人做出了选择,我对于接下来兴州市电力机械制造厂会变成什么样子不做任何预判,我只想说,机电工业局对此已经立信,希望你们还会做好接下来的抉择,让这艘船走得更远,走得更好。"

乔子龙说完,径直走出会场,他说到做到,把接下来的任何抉择都交给工人们。

王世才坐到一旁,不再说话。

赵明诚坐到了刚才乔子龙的位置,平静地说:"租赁承包的民意表决通过,王世才同志的厂长职务已经被撤,接下来,我提议租赁承包人胡新泉,在租赁承包期间,担任兴州市电力机械制造厂的厂长,同意的请举手。"

会场的工人们都举手,甚至包括之前吴向军带进来的那些工人。

作为当事人的胡新泉,是最震惊的,他没想到赵明诚会有这样的提议,更没有想过工人们都会同意。

赵明诚让最前排的工人起立,统计同意人数后宣布:"根据大家的表决结果,胡新泉同志以远超半数的赞成人数,从今天开始,直到租赁承包到期之日为止,担任兴州市电力机械制造厂厂长。"

说完,赵明诚走过来,把还处在懵懂中的胡新泉从座位上拉起来,告诉他:"机电工业局给批下的租赁承包时限是三年,但我坚持五年,因为我知道像我们这样的厂子,要恢复元气见到成效,三年时间是不够的,五年甚至都不够，但以目前的情况，这是局里能够允许的限期。在这样紧迫的时间下，要杜绝任何可能浪费时间的内部分歧，所以我提出租赁承包人要同时进行民选，只要通过，无论之前是什么职位、层级，都直接担任厂长，局里同意了。"

赵明诚和胡新泉握手，道："胡新泉同志，现在你是兴州市电力机械制造厂厂长了。"

随后，王世才也走过来，一脸笑意地和胡新泉握手，道："恭喜你，胡厂长。"然后这个前任厂长，朝那些坐着的债权人看一眼，拿起桌子上他的一双棉手套，使劲地拍了拍，手套上本来有雪，这时已经融化，王世才这么一拍，顿时溅开几点水花，激起一蓬水雾，他朝着那些工人们看一眼，迈开大步，走出会场。

胡新泉从没想过自己会成为厂长。

他只是一个技术员，即便是在商量租赁承包方案时，即便是在陈苍建放弃当租赁承包人时，胡新泉最多也想过，他会成为接下这一摊事情的一个项目负责人，就和他之前在厂里负责过的大多数项目一样。他只是一个一心想冲锋陷阵去拼搏、去战斗的战士，现在却成了统帅。这种刹那间天翻地覆的变化，让他很手足无措。

陈苍建则一脸惨白靠坐在那，他心里悔恨莫名，他没想过租赁承包的民意表决会通过，更没想过租赁承包人会直接成为厂长。

"胡新泉厂长，请你和大家讲几句吧。"赵明诚拍拍胡新泉的肩膀，胡新泉这才回过神来。

赵明诚先鼓掌，工人们三两个跟着鼓掌，慢慢地整个会场的工人们都鼓起掌来。

王世才出去后没有拉合上门，有风雪和冷气从外面涌进来，这一刻，却都被热烈的掌声激起的声浪拍打出去。一波波的掌声，就那样在会场里回荡，涌动。

胡新泉是兴州市电力机械制造厂第一个由工人们表决选出来的厂长，他站在那儿，看着工人们一张张发红的面孔，不由得鼻子发酸，这些都是多好的工人啊。他走过去，握住话筒，想要说话，喉咙却好像被堵住一样，使劲地咳了一声，才感觉自己能够发音。随着这一声咳嗽，工人们的掌声停止了，但后排有一个工人显然是想看清楚胡新泉为什么这么响亮地咳嗽,他站起来。于是,停止鼓掌的工人们都站起来。胡新泉抬手示意工人们坐下,但是,没有一个坐下,工人们的目光都紧盯着他,胡新泉紧张得手心直冒汗,他想咳嗽。旁边赵明诚递过来一杯已经放得有些凉的茶水,胡新泉端起来,一口喝干,甚至连茶叶都生生咀嚼三两口,就狠咽下去。

胡新泉俯身握住话筒,目光看向工人们,不闪躲,也不看向某一个人,也没有什么稿子,就把他心里的一些话掏出来:"我是兴州市电力机械制造厂的电气技术员,大家有的人对我很熟悉,有的人今天可能是第一次和我面对面这么相见,说实话,要是你们问我关于咱们厂的电气技术的东西,我非常熟悉,但说到这个做厂长,我真的一点都不懂,甚至从来都没想过。就在刚才赵书记说出来的时候,我完全是震惊的,是不知道该怎么应对的,甚至想当着大家的面,直接推掉。但现在,我知道我不能那么做,厂子长时间停产停工,大家生活上有多困难,我知道的;这样的情况下,你们还能来参加这个民意表决,是在多么痛心绝望下,还对这个厂子抱有最后一丝希望,我更知道的。能够选我为厂长,是你们金子般的良心最深处的信任,这是我不能亵渎的,不能轻视的。我答应大家,也向大家保证,一定不会辜负你们的信任。但首先,我要做的第一件事,就是和你们说一声抱歉,对不起。"

说着,胡新泉重重朝工人们鞠了一个躬,他接着说:"厂子变成这样,和咱们厂的每一个勤勤恳恳的工人无关,也和每一个工人相关。咱们厂接下来走租赁承包路子,这不是一条让大家安稳待着就走过去的安逸路,而是一条要大家都动起来,一起做出改变的艰辛的崎岖险路,天上不会掉馅饼,也没有什么神仙皇帝会保佑庇护我们,更指望不了什么救世主,一切都只能靠我们自己,都只能靠我们的双手。唯有我们自己自救,才能恢复生产,才有一线生机……"

"胡厂长,厂里欠我们的钱,该怎么办?你也说说吧!"一个债权人打断胡新泉的话,站起来质问,"我给厂里供铜线,已经一年多没给我结算货款了,你们停产停工后,在咱们兴州法院的主持下,已经协商好,在执行破产清算后,按照百分之七十给我们结算,现在却又横插进来这什么租赁承包,我不管,今天要是不给我结算,我就拉设备去第三方做估值抵债。"

其他的债权人也纷纷开口，有几个还站起身，作势就要去厂房拉东西。记者们本来都是王世才邀请来的，这时见王世才厂长已经离开，乐于看到这种具有新闻性的事情发生，都掏出笔开始记，同时举起相机拍照。厂里欠债权人的钱，情况是比较复杂的，之前用了两年的时间，在主管单位和法院都参与的情况下，才勉强协调好。

赵明诚清楚其中的复杂性，他走过来，想要说一说，胡新泉感激地看他一眼，轻声说："赵书记，这个事，我来。"

"好。"赵明诚点点头，本来这突发情况，让他感到很紧张，但现在他感到放松，一种如释重负的感觉由心而生。

胡新泉走过去，挡在几个想要走出会场的债权人身前，平静地说："厂里的设备都是国有资产，你们不能动，那是违法的。"

一个债权人梗着脖子，唾沫星子都喷到胡新泉的脸上："你还好意思说违法！杀人偿命，欠债还钱，这是天经地义的，说破天了，也得还！厂里欠的钱，都是白纸黑字写合同的，怎么，这一换厂长，就想赖账？"

"就是！还跟我说违法！"另一个债权人拿出一沓文件拍到胡新泉脸上："看看吧！合同，盖有厂里红章子的条子，法院的协调文书，样样都齐全的，你还好意思说违法？"

"胡厂长，大家都不容易，我是给厂里供瓷套管的，我们厂里也大几百号人等着钱发工资啊！"

债权人们都拥过来，围住胡新泉。

会场里的工人们也都朝这儿走过来，一个个眼中都有恨意，都有怒气，他们在这段时间里积压的怨气，很可能就会朝这些债权人释放。眼下关于厂里和这些债权人的事情，要是稍微处理不好，很可能会爆发群体事件。

胡新泉赶紧先朝那些工人摆手，然后保持平静地和债权人们说："我和你们保证，关于厂里和你们的债权，我们一定不会赖账，并且肯定会遵照之前已经协定好的来进行偿还……"

"还怎么偿还？"一个债权人挥动手里的文件，"认定按照百分之七十清偿，是在执行破产清算后就开始，现在都不执行破产清算了，执行租赁承包，这是两码事了！"

债权人挥动文件的动作剧烈，一下拍到一个工人的脸上，那个工人脖子上的青筋暴起，抬手就要抽向债权人。

胡新泉眼看着，连忙分开身前的人，一步跨过去，挡在债权人面前，工人抽出的手，重重地就拍到胡新泉的脑袋上。这一下非常用力，胡新泉只觉得耳朵嗡嗡作响。那个工人没想到会打到胡新泉，趁身过来扶住胡新泉，口里一个劲在道歉。胡新泉强撑着，微笑着冲他摆手，示意没事。

会场一下变得闹哄哄的，胡新泉扶住身后的桌子站稳，稍微缓一下，思维清晰一点后，他干脆直接一下站到身后的桌子上。

"各位债权人，你们听我说。"胡新泉说完，跺一脚身下的桌子，发出咣当一声，围挤过来的人，一下都安静下来。

"我和你们保证，不管是破产清算，还是租赁承包，都是局里认可的方案，这些都不会对厂里欠你们的债务造成任何影响。"胡新泉一字一顿地说，"现在厂里执行租赁承包，对你们来讲，其实是好事，租赁承包后，厂子就可能活下来，这个厂活下来，欠你们的款项都会清偿。一头奶牛，是一下宰掉拿肉还你们债划算，还是让这头奶牛活下来，挤奶卖钱还你们划算？你们好好想一想吧！"

债权人们都沉默了。

胡新泉接着说："今天，你们也看到了，租赁承包，不是某一个人的选择，而是我们这个厂所有工人的选择。请相信我们。接下来我们这些工人会好好搞好这个厂的。厂里欠你们的那些款项，我从来没想过要赖账，那都是你们实实在在供货给我们，我们应该支付给你们的。我非常理解你们，那每一笔款项的背后，很可能也关系着几十个几百个工人的生存。

"你们都是给这个厂供货的债权人，拿出的都是原材料和产品，那都不是天上掉下来的，都是你们的工人们付出辛劳流下血汗生产出来的。现在厂里确实拿不出钱来还这些债务，但厂里的设备现在真的不能拉走，我们还要靠那些设备生产，还要靠生产出来的产品来救这个厂子。请你们再给我们一些时间，现在先让我们恢复生产，好吗？"

那个给厂里供套管的债权人叹一口气："胡厂长，你说的这些，我认可，实话实说，兴州市电力机械制造厂一直以来，都是我们套管公司最主要的客户，我们也不想这样。但你也要理解我，厂里已经一年多没有给我们结钱，我们现在资金运转都成问题，工人都是领基本保障，就等着从这儿拿钱回去啊！"

其他的债权人也纷纷长吁短叹，看着周围的工人们剑拔弩张，一个个都诉说起他们的难处，其中大多数都来自于随着改革大潮而起的乡镇企业。胡新泉之前对于厂里的供应是完全不清楚的，通过这些债权人的讲述，他才一点点搞清楚，在改革开放前，给兴州市电力机械制造厂供应原材料和配件以及其他产品的，都是国营企业，多是通过走账的形式执行。改革开放后，这些乡镇企业兴起，他们以更优惠的价格，甚至是给回扣的形式，逐渐取代之前国企之间相互供应的体系。

兴州市电力机械制造厂直接养活和促进了这些乡镇企业的发展，当然，基于自身的体量，兴州市电力机械制造厂选择这些企业取代之前的国企供货，不仅仅是价格上优惠，还在结算周期上，有非常大的主动权。这在兴州电力机械制造厂经营状况好的时候，都不是问题，但在后来经营状况不好后，就开始出现问题，经常是上一届的管理层，盲目追求计划产量，只考虑好看地完成指标，大量地生产，再往主管部门交上一份光鲜亮丽的生产业绩后，就能升职调岗离开，却留下来大量的库存。下一届管理层来后，依旧有样学样。

兴州市电力机械制造厂是从计划经济中走出来的，考核绩效，还是计划经济那一套，只看产量和任务完成情况，没有从市场情况出发，对生产出来的设备销量是没有考虑过的。大量囤积后，根本没有正常的现金流，对于这些供货的企业，只能是拆东墙补西墙，寅吃卯粮。兴州市电力机械制造厂的大体量，是这些供货商看重的地方，现在也变成了关乎他们企业生死的地方。今天来的这些债权人，他们的企业给兴州市电力机械制造厂的供货，往往要占他们对外供货的一半以上。

胡新泉搞清楚这个后，和那些愁眉苦脸的债权人说："厂里现在选择租赁承包，是真想搞好这个厂，你们都是厂里重要的供货方，兴州市电力机械制造厂也是你们最重要的合作对象。你们这样想一想，要是厂子活下来了，不仅之前欠你们的都能还上，以后厂里在选择合作的时候，肯定还会优先选择你们。我再说一句难听的，厂里欠的债务，你们这些债权人的，都是小数目，欠银行以及几家给我们主要供货的国企，那才是大头，就算要拉厂里的设备去变卖，要把这个厂都卖了还债,也还轮不上你们。说这些,只是想告诉你们,作为债权人,现在你们应该为我们的决定感到高兴。走租赁承包,我们是要让这个厂活下去,不仅要活下去,还要变得更好。这个厂变得更好了,我们工人收益,你们同样收益。你们和我们,是一荣俱荣、一损俱损的。"

胡新泉郑重地说:"我再次恳求你们,请相信我,请相信你们现在看到的这些工人们,不要拉我们的设备,让我们恢复生产。"

一些债权人已经明显动摇了。

其中有几个私底下得到王世才承诺的,则还是很不甘心,一个个依旧叫嚣:"不行,别听他的,说得好听,要么给钱,要么我就拉走设备!"

"对!他的话里面虚虚飘飘的,一个字都没说什么时候解决我们的债务。"

"说得比唱得好听,什么租赁承包,我看就是拖延时间!"

"他刚才自己也说了,这个厂还欠着银行和国企的,咱们今天要是不拉设备,我看改天再过来,怕是一颗螺丝钉都不会给我们剩下!"

"走!走!去拉设备!"

随着几个债权人的鼓动,那些本来已经有些退步的债权人,又再次被鼓动起来。

胡新泉焦头烂额,他从来没有想过,会遇上这样棘手的问题。

"轰隆!"一声震响,会场的地都微微颤动。

所有人都很惊愕,不知道发生了什么。

一个靠近门边的工人跑出去,过不大一会,他大喊着跑回来:"塌了,塌了!"

胡新泉迎过去,问:"什么塌了?"

工人气喘吁吁说道:"绕线、总装厂房塌了!"

胡新泉神情紧张了一下,随即恢复平静,这种时候,他一定不能慌,胡新泉本想扭头向赵明诚征询一下该怎么办。身后,赵明诚低声对他说:"新泉,你怎么想的,就怎么去干吧。"

胡新泉点点头,迈步朝会场外走去,会场里的工人、债权人都紧随其后。

外面的风雪已经停了,空气湿冷,光线非常透亮。会场外的一段路,因为积雪没有清扫,这时又积上厚厚一层。

他们将要到绕线、总装厂房的时候,可以听到时不时响起的细微坍塌声,经过几棵雪松,就看到那彻底坍塌的一大片厂房。

绕线、总装厂房是兴州市电力机械制造厂的主要厂区,变压器、电容器、高压开关一系列设备都在这里组装完成。

胡新泉带着几个工人上前检查,从会场里跟出来的工人和债权人们,则围站在坍塌厂房的各处,看着、议论着。

陈苍建赶过来,凑到胡新泉的耳边问:"新泉,要不要报警,世上有这么赶巧的事情?王厂长一走,这厂房就塌了?"

胡新泉想了想,摆摆手:"不用,他肯定不会那样做的。"

"为什么?"陈苍建不是很理解胡新泉为什么这样信任王世才。

胡新泉平静地回答:"因为他是一个工人。"

不一会,检查的结果出来,是房顶的一个下水口堵了,水结成冰积在屋顶,再加上今天的大雪,彻底将屋顶压塌了。

"哎哟,快来看!"远处有工人呼喊一声。

胡新泉和陈苍建赶过去,就见到这样的情景:那是前段时间厂里被水淹没的凹地车间,就是师父董青金冒险想要清理积水,却滑倒摔伤的那个凹地车间。积水没有清理,现在全都结成了透明的冰。把坍塌后落在上面的碎砖头、瓦屑清理开,就看到冰里的情形——三辆"嘎斯"汽车整齐排列,其中两辆汽车上面装载着还没组装完的10kV级S9变压器。站在冰面上往下看,被冻封在冰里的汽车、变压器,清清楚楚。

赵明诚,工人们,债权人都围过来。这情景,让每一个人都忍不住赞叹。

雪停后,有阳光照下来,这一块冻着三辆卡车和两台变压器的冰块,就那么镶嵌在一堆厂房坍塌后的一片废墟间。有一种难于言表的感觉让处在其中的每一个人都受到触动。

那些本来叫嚷着要拉走设备的债权人,围在边上,看着这一幕,胡新泉指着问:"你们现在还想要拉走吗?"

债权人们没有回答,有一个人从旁边废墟里翻出来一把铁锤,朝着冰面上狠狠一砸,铁锤都被弹起来,坚硬的冰面只被砸出一个白印子。冰里面封住的东西,纹丝不动。

"胡厂长,恭喜你,"一个债权人走过来,握一下胡新泉的手,先是一只，然后是双手握住，"要搞好这个厂，不容易的，我祝你一切顺利，也希望能够尽早把我们的款项结了。"

胡新泉重重地点点头："一定。"

"这是一个好厂啊。"那个债权人环顾一圈后，迈步离开。

其他的债权人，也都一一上前和胡新泉握手。那些记者们，个个啧啧称奇地过来，朝着这冰封奇景，不住拍照。

债权人和记者们都走后，胡新泉找一根木棍提在手里，小心翼翼地走过去，站在一台被冰封住的变压器上方，和工人们说："兴州市电力机械制造厂从明天起复工复产，我们就从把厂房再建起来开始，就从把这两台冰封着的变压器弄出来开始，我们是真正从头开始，都靠大家了，明天来上班的时候，把你们能带的东西都带上吧，哪怕是一把锄头、一块抹布，厂里都需要啊！"

赵明诚站在冰块边，看着站在冰块上的胡新泉，不知道从哪飘来的碎粉末，蹿到他眼睛里，于是，他流下泪来。

陈苍建脸被冻得铁青，他心里衡量着今天发生的事情，知道自己错过了什么。

工人们都点头散去，但还激动地彼此交谈着，话语里都是关于"复工复产"的话。

老工人张八一走到胡新泉身边，小声地问："泉子，厂里的事情，这样算是搞成了吧？"

胡新泉点点头："是的，还得多谢谢你们及时赶到，都搞成了，走，我请你们去吃一顿吧。"

"先不吃了，"张八一老泪一下从眼眶里呛出来，他拉着胡新泉就往外走，"咱们得赶紧，应该还赶得上！"

"怎么回事？"胡新泉感到很不对劲。

张八一抹着眼泪："董班长的伤感染了，还引出他之前的一些毛病……在我们来的时候，医院已经下了病危通知……他一直催我们来，还让我们在厂里的事情没搞成前，不要和你说……"

"什么！"胡新泉声音都颤抖了，迈步就朝外跑，脚下一滑，他狠狠地摔倒，嘴巴被磕破，脸也被冰凌子划烂，流了一脸的血。那些血流在冰面上，很惹眼，在下方的冰里，似乎也凝冻着一道发黄的血痕，可能是之前董师傅摔倒时候留下的。胡新泉顾不得什么，扑腾着在冰面上往前扒着，到边上后，他站起来，就马上朝外跑去。张八一赶紧跟过来。赵明诚和陈苍建本想拉住胡新泉，却没赶上，就拉住张八一询问。知道事情的原委后，赵明诚和陈苍建立即朝胡新泉离开的方向追上去。

兴州市医院里，胡新泉看到一个正坐在大厅抹泪抽泣的老工人，认出是在董师傅屋里见过的兴州市电力机械制造厂绕线车间的老工人刘建国。

"刘师傅……"胡新泉赶紧过去问他。

刚一开口，同样认出胡新泉的刘建国就一把拉住他往里走："泉子，我正要去厂里寻你！"

刘建国带着胡新泉，快步上楼，走进一间病房。推门进去，董青金躺在一张病床上，床边坐着一个人，是罗维卡的父亲罗白桦。

"新泉兄弟，你来了！快过来，快过来！"罗白桦连声招呼胡新泉过去，长长地舒一口气，"董师傅可一直念着你。"

胡新泉过去握住董青金的手，记忆中强壮有力的手，这时是干瘦的，一层皱皮下面，能够看见鼓起的青色血管。

董青金躺在那儿，双眼紧闭着，感受到手传来的热度，一下牢牢握紧，双眼睁开问："泉子，厂里的事成了吗？"

"成了。"胡新泉点点头。

"厂子不用破产清算了？"董青金接着又问。

胡新泉又重重地点点头："不用，民意表决已经通过。"

"那就好啊……"紧握着的手不再那么有力，董青金睁开的眼，慢慢微合上一些，嘴里呢喃着："多好的厂子呀。"

赵明诚、陈苍建、张八一等一众知道情况的工人都赶过来，见到胡新泉坐在床边，握着躺在床上的董青金的手，有些工人不住抽泣着。

气息微弱的董青金，意识不再那么清楚，他嘴里慢悠悠地吹起口哨来，不是那么清晰，但无论是站在病房里的人，还是站在病房外的人，都听出他吹的是什么，是《东方红》。

病床上，董青金抬起手，摸着胡新泉的手，摸着他的胳膊，摸一下他的脸，然后手停在他胸脯上，慢悠悠地说："泉子，还记得我和你说过的话吗，那电,就是人身上流的血,咱们厂……"

"我记得,"胡新泉回应,"咱们厂生产的设备,就是输送那个血的心脏,只有心脏强了,才能将血送到更远的地方。"

"是啊,心脏强了,才能把血送得远。"董青金气息微弱,眼睛却发亮,很有精神头地问,"泉子,你说咱们厂生产的设备,能不能强到可以把电送天安门去啊……"

"能的。"胡新泉点头肯定。

"我还没去过天安门,没去见过毛主席,就让咱们的设备,把电送过去吧。"董青金眼睛睁得大大的,"报告毛主席!照亮天安门的电,是由兴州市电力机械制造厂生产的设备输送!冲压三车间工人董青金向您报告!"

医生们走进来,他们都小声地交谈着,说出一些"没有血压""心跳很慢"的话。

赵明诚着急地朝那些医生说:"你们快安排抢救啊!"

医生叹一口气,拉赵明诚到一边,轻声地说:"同志,你们有什么要说的话,就快去和里面那个老同志说吧,他撑不了太久。"

赵明诚错愕,尽量收起悲戚的情绪,走进去,就听董青金言语已经有些模糊:"我闻着味了,食堂开饭了,去给我盛一碗臊子面来,多加点醋……"

赵明诚赶紧让陈苍建去买一碗臊子面端过来。面端到床边,躺在那儿已经气息微弱的董青金,一下振奋起来,胡新泉喂他吃几口,董青金似乎觉得不过瘾,竟要坐起来,自己拿筷子吃。

"这臊子面,美得很……"董青金满意地吃下几口,大声地赞一句后,软软地靠躺下去。

胡新泉看着面碗里,先是几滴鲜红,然后是一片,他捧着红彤彤的一碗面,就顺着床边滑下去,跪在了那里。

赵明诚格外落寞,他知道这个老工人对他是有误解的,他之前没有解释,是想用接下来的实际行动做出点成效来,到那个时候,什么误解,都会在事实面前,烟消云散。但现在,这种误解已再不可能解开,将长久地变成他心里的一个结。

兴州市电力机械制造厂复工的新闻,通过多张报纸刊登出来,伴随着的是这样的一个副标题：陕省首家实行租赁承包制工厂，租赁承包人由技术员一跃成厂长。

王世才把刚送过来的报纸，反复看了几遍，目光落在那张很有冲击力的照片上，三辆卡车和两台变压器被封在冰里。记者应该是趴在地上拍的，选择的角度很好，自然光充满整个画面，让冰里的卡车和变压器都非常清晰，似乎像一块埋在土里的巨大琥珀，而里面冰封的东西，就像是亘古存在的什么奇特异兽。

郑东阳把手里的报纸一拍，朝几个正坐在那儿喝茶的记者吼起来："怎么就写这么一个不痛不痒的东西出来？你们应该曝光那个厂的债务问题，以及复工复产的难度，实在不会写，把那些工人的惨状报道一下，也是可以的嘛！"

记者们都放下茶杯，低头不语。

"东阳，什么叫那个厂，我告诉你，你现在还是兴州市电力机械制造厂生产部主任。即便是后面你调过来，也不要忘记你曾经是兴州市电力机械制造厂的工人，我也不会忘。"王世才朝惶恐不安的记者们摆摆手，"你们不要管他，这个报道写得很好，很客观。"说着，他取出几个信封，递给那些记者们。

记者们走过来，感激地道着谢想要接过去，王世才却又缩回去，他一个个打开那些信封，取出里面本来放进去的一叠钱，都抽出一半，然后再给那些记者。

"客观报道，有客观报道的酬劳。我这个人是最讲公平的，"王世才微笑着，"我喜欢你们这样的报道，但这不是我想要的。"

记者们只能又一个劲地道歉，然后把信封接过去。

王世才指着报纸问："这张照片是谁拍的？"

一个记者怯生生地举手："是我。"

"这张照片拍得很好，你把底片给我。"王世才说着，把从刚才那些信封里抽出来的钱，拢成一叠，都递给这个拍照的记者。

记者一时惊喜不已。

目送记者们离开后，王世才仰躺回椅子上，手放到桌边的一叠文件上，四根手指轻轻地敲击，发出马蹄和地面撞击一般的声音，那叠文件的最上面，是一张最新的任命：兴岗住宅开发公司董事长。

看着报纸上的报道，胡新泉、赵明诚和陈苍建三人，都是愁眉不展。兴州市电力机械制造厂复工是好事,但问题也随之而来。目前厂里的账上根本没什么钱,工人们复工后,之前拖欠的工资和接下来要付的工资该怎么办?

赵明诚取出一叠材料放到桌上说:"复工后,首先要解决的头一个要紧事,就是把工人们的工资想办法发上。我之前已经清点过库存,咱们积压了大量10kV和10kV以下的变压器,这些都是下面一些企业要开展生产需要的设备,要是能够尽快卖出一些,回一些资金就好办了。"

陈苍建补充道:"虽然说是企业需要的,但是能够生产这些设备的,在咱们兴州,就有不下十家,据我了解的市场情况,现在是35kV以下输变电设备,几乎家家都能生产,虽然品质不一,但都能用;110kV以上的,却又家家都不能生产,这就造成35kV以下的输变电设备并不紧缺,要想尽快卖出去有难度。"

"不管怎样难,咱们也得先卖出去一些,哪怕是在厂里允许的范围内,给一些优惠都行。"赵明诚叹一口气说,"停工停产这么长时间,很多工人的基本生活都保证不了,这种情况,新泉、苍建,你们两个应该比我还清楚。目前无论怎样,发上工人们的工资,都要放在最前面解决。"

陈苍建点点头:"我同意,不管接下来怎么搞,工人们的工资得先发上。我会好好想一想,看看怎么能够尽快卖出一些积压的设备。"

胡新泉仔细翻看赵明诚拿出来的那些材料,又把租赁承包方案翻一遍,仔细想了一会后说:"我想先不发工人们的工资。"

赵明诚和陈苍建都错愕地看向胡新泉,依照之前三人协商事情的习惯,胡新泉是很少会在两个人都同意后,还提出相反意见的。

胡新泉解释道:"我是这样想的,现在厂房塌了要重建需要钱;停工这么长时间,很多生产设备维护也需要钱;我们要恢复生产,很多原材料和配件还需要钱;这些都是恢复生产必须的,先把生产搞起来……"

赵明诚打断胡新泉的话:"新泉,我不否认你刚才提到的那些要用钱的地方,但工人们怎么办?他们不生活了?没有人,就是厂房建起来了,设备运转起来了,原材料和配件都买到了,谁来生产?"

看到赵书记已经有些急,胡新泉赶紧说明:"不是说不生活,我是这样想的,在厂里的资金还远远不充裕的时候,包括我们,都先不领工资。"

陈苍建也不能理解:"不领工资,那我们怎么生活?"

"我准备这样做，"胡新泉没想到自己的话，会引起赵明诚和陈苍建两人都反对，他赶紧进行说明，"我想在刚恢复生产的这一段时间，先不发工资，先发这个。"

胡新泉说着，扯过一张纸，在上面写下"伙食券"三个字。

赵明诚和陈苍建还是一脸疑惑。

胡新泉继续说明："我们在恢复生产的同时，把食堂也马上恢复起来，给工人们先发这个伙食券，他们凭券可以在食堂吃东西，这些伙食券我们给它定一个合理的价格，等到厂子的资金情况好了，给工人们发工资后，再按照工人们实际领到手的伙食券数量扣除。"

赵明诚稍微一想，顿时笑着点头："这个办法可以！"

"可行，"陈苍建也点点头赞同，他还补充道，"不过也得尽快给工人们发工资，咱们的伙食券只能够在厂里吃东西，可换不了衣服，交不了学费。"

"是的。这也是没办法的办法，最多只能撑两三个月。"胡新泉见赵明诚和陈苍建态度好转，就把剩下的话也说了，"要从根上解决问题，还是得尽快让厂里有资金流转，接下来，要辛苦赵书记在厂里和工人们一起着手建厂房、恢复生产，我准备去银行申请贷款，还要劳累苍建用上他的市场经验，把厂里的库存设备出一出。"

听了胡新泉的安排，赵明诚和陈苍建都觉得合理，爽快答应了。同时，对胡新泉能够这么快想出"伙食券"的方法，感到佩服。

"新泉，思路很清晰啊。我怎么觉得你好像变了一个人一样，之前一门心思的技术脑袋，现在怎么能想出这些来？"陈苍建直接问他。

胡新泉起身走到窗边，一下把窗帘拉开。

赵明诚和陈苍建走过去，就见窗外的一片雪地上，密密麻麻都是脚印，还有一些树枝画过的痕迹。

"昨天晚上，我一直睡不着，在那绕圈子走到快天亮，才想到这些，"胡新泉挠挠头，"其中肯定还存在很多有问题的地方，还得麻烦赵书记和苍建，给我指正完善。"

赵明诚拍拍胡新泉的肩膀："很好，我对你能不能弄好，本来还是有些担心的。刚才你说先不发工人工资，我以为你要走到什么岔路子上去，现在看来,反而是我这种担心多余了。新泉,不,胡厂长,以后都要这样来。"

"去找贷款,出厂里积压设备的库存,带着大家恢复生产。"赵明诚轻轻叹一口气,"三件事里,其中最难的就是去银行找贷款,我本来想着这件最难的事,该我去做,没想到新泉你会主动接下来。反而把在厂里带着大家恢复生产这件最容易的事情交给我,看来,我是真的老了。"

"您才没有老,您是我能够做这件事的主心骨。"胡新泉是知道事情难易程度的,但听赵明诚这么说,有些不是滋味,就特别说明一下,"现在厂里要钱没钱,恢复生产就是巧媳妇做无米之炊,这天大的难事,我做不了,苍建也做不了的,只能是您这个老将出马,才坐得好厂里的中军帐的镇。"

赵明诚哈哈一笑:"新泉,你不用和我解释的,我心里明镜似的。我只一句话,你和苍建在外面放心干吧,厂里这一摊子事,我不会给你们拖一点后腿。你说我是主心骨,我就给你们挺起这条主心骨!"

三人商量完毕,就立即着手干。

兴州市电力机械制造厂复工后的第一项工作,就是把食堂先开放。食堂供应什么?结合复工后就要重建厂房这样颇费劳力的重活,赵明诚在跟工人们讲清楚"伙食券"并广泛征集意见后,决定化繁就简,只供应三样东西:油泼面、馒头和油辣子。说白了就是两样东西:面和辣椒。

陕省这个地方吃起辣来,虽然名气上不如蜀渝湘黔,却有自己的硬货,那就是辣椒单独是一道菜,这是别处没有的。在兴州这个地方,所吃的油辣子和陕省别地又有不同。兴州油辣子,选用的是当地的小米辣椒,这种辣椒籽多,要放在别地,多要去籽再加工,但兴州人不这么做。而是做油辣子时,把选好的干小米辣椒先放到明火里面烘烤,直烤得外皮微微焦黑,这才趁热放到石磨上碾成辣椒面。小米辣椒外面的焦皮和里面的白籽都被碾碎混合,成了红中泛白的独特的兴州辣椒面。然后在石磨旁边就架起锅,把油烧得滚热。辣椒面碾好本身带着热,放到铁盆里,不等凉就浇盖上这油,刺啦一响,辣椒籽近乎芝麻的干香,辣椒本来的辣香,再加上热油的油香,这三种香味在两层热气的加持下,要多香有多香。

做的过程中,在烘烤辣椒、碾磨辣椒、给辣椒浇油这三个步骤中,人往往都会被熏得忍不住流泪,但人们不说是流泪,而说是馋得眼睛流口水。所以兴州味道好的油辣子，又叫口水油辣子。制好的油辣子，不仅仅可以是宴席上的一道菜，还可以是老农在田间地头直接往馍里一夹就吃的调料。甚至对有些人来说没什么下酒菜的情况下，就一口油辣子一口酒。

油泼面，可以说是基于这百搭的油辣子而生的一道主食。从油泼面这个主食，也能看出在吃上，陕省是非常有效率的。最简单的油泼面，就是把面揉好，直接压成宽宽的一条，放到锅里煮熟捞起，上面撒盐浇醋加酱油，再用厚厚的一层干辣椒面盖住，最后一勺滚油浇上去，齐活儿。再没有比这更简单更省事的吃食，虽简单省事，但油足面厚，非常顶饿，在味道口感上，也一点不差，再加上两瓣辛辣的蒜，就是再不想吃饭的人，也能囫囵着吞下去一碗。

在这样的天气里，重建厂房，清理打扫各个车间，都是下重力的活儿，供应这三样，非常合适。

雪后的天气，很湿冷。

兴州市电力机械制造厂却不像停工停产时候那样冷清，整个厂区弥漫一股浓郁的油辣子味道，还有到处忙碌的工人。

赵明诚到坍塌的厂房废墟去看该怎么重建，见到眼前的工人们正奋力搬动坍塌后的柱子栏杆，一片热火朝天的景象，他也按捺不住，一开始只是在边上跟着喊号子，后来则干脆直接上手，和工人们一起搬起来。

跟厂里一片油泼辣子的火热情形截然相反，带着材料去银行跑贷款的胡新泉是真真切切感受着什么叫数九寒冬。

"什么？兴州市电力机械制造厂还想贷款？你知道你们现在还欠着银行多少贷款吗？"银行的经理，一听是兴州市电力机械制造厂的人后，当即就和胡新泉一笔笔算起来，核出一个数字后甩给他一句："违期那么多没有还，还想贷款，我跟你说，我们已经和法院申请，要是你们再不能按时还上，我们就去封厂拉设备！"

银行经理甚至黑着脸，众目睽睽之下，把胡新泉从营业厅直接推到外面。

来银行前，胡新泉就想过在这种情况下要贷款很难，但是没想到会这么难。这也怪不得银行，兴州市电力机械制造厂之前欠下的烂账，已经把在银行的信誉度都消耗殆尽。他坐在银行旁边的一处台阶上，一筹莫展。从厂里出来到现在，还一口水都没喝过，身上穿的军大衣捂出一股子燥热，心里又焦，内外交攻，就觉得口渴得不行。再进银行去要杯水喝，是肯定不行的。往前看去就见路边有好几堆积雪，是清扫路面留下的，胡新泉管不得太多，走过去，挑了顶上几块看起来干净的就往嘴里塞。刚吞几口冷凉的雪水下肚，就听到"啊！啊！"的声音响起。他朝声音响起的地方看过去。路上有一段斜坡，积雪清理干净，但路面上还有一层薄冰。一个穿着一件很洋气棕色呢子大衣的女生，从斜坡上滑下来，她双手乱挥，一叠文件材料，就那么抛得到处都是。胡新泉跑出几步，一个匍匐趴在路上，直挺挺地滑过去，那个女生一下扑倒在他背上，他身上厚实的军大衣和垫子一样。女生趴在他背上，哇哇乱叫一会，发现自己毫发无伤，撑身站起来，看清楚身下充当垫子的胡新泉，感激不已，赶紧伸手把胡新泉从地上拉起来。

"同志，谢谢你！"女生喘着气，不住道谢。

"不用客气，人没摔着就行，"胡新泉看着满地的材料，赶紧过去捡，同时提醒女生，"还是快捡你的东西吧，等下来阵风，还不知道吹到哪里去。"

"是！是！"女生才从惊慌中缓过神来，也赶紧过去捡。

好不容易把材料捡好，胡新泉这么一折腾，更是口干舌燥，他又抓起一团雪往嘴里塞。

女生伸手过来一把夺掉："同志？这路上扫下来的雪，怎么能吃？你别看着这雪干净，里面都是细菌，会拉肚子的。"

胡新泉赶紧停住，有些不好意思地讪讪退到一边。

"你在这等着，"女生冲他又喊一声，然后径直走进银行，很快就端着一杯冒着热气的白开水出来，递给胡新泉，"喝吧。"

"谢谢！"胡新泉感激地道谢，接过来捧在手里，喝一口，舌头被烫得辣疼。

刚才吃雪，把嘴巴冻得木住，嘴唇没能准确感觉出水温，喝到嘴里才觉得烫，那一口水，一直从舌头滚过喉咙，直烫到肠子里。那种从内到外的灼烧，让胡新泉忍不住翻着白眼，狂呼着气，在地上狠狠地跺脚。

女生看得乐起来："你这个人，还挺有意思，喝着水还要跳一跳踢踏舞。"

胡新泉也不好解释自己喝水太猛被烫了，稍微一想后，笑着回她："喝着水跳踢踏舞算什么，有的人走路还溜冰呢。"

女生顿时不好意思,诚恳地再次向胡新泉道谢:"刚才,谢谢你。我叫陈婷,同志,你叫什么?"

"我叫胡新泉,你已经谢两次了,真不用客气的。"胡新泉喝完水,把杯子递还给陈婷:"谢谢你的水。"

陈婷一边接过杯子,一边问:"你是到银行来办事的吧?"

"是的,来办贷款,但是被赶出来了。"胡新泉拍着手里的申请贷款材料,一脸无奈。

陈婷是从外面回来,没有看到刚才胡新泉被赶出来的情形,她有些好奇地说:"胡新泉同志,可以把你的申请材料让我看看吗?"

"可以啊。"陈婷看起来年纪轻轻的,应该是这个银行的普通办事员,让她看看也没什么。

胡新泉刚把申请材料递到陈婷手中。"好小子!我可算找到你了!"一个炸雷一样的声音响起,一抬头,就见罗白桦手里提着一根扁担恶狠狠地冲过来。

"哎呀!"胡新泉叫一声,赶紧跑。

罗白桦双手举起扁担,狠狠往下一砸,把刚才胡新泉面前的一堆雪砸得飞溅,惊得正在看材料的陈婷都不由得往后退出几步。

胡新泉一路狂奔,就听到身后的罗白桦不住大喊大叫:"胡新泉!你这个该死的!你口口声声说不是为我女儿,我信你了,和你结拜成兄弟,没想到啊,没想到!你个浓眉大眼的也睁眼说瞎话,什么彩礼!我跟你讲,我可没答应!"

两人一追一赶,一直跑到河滩边。

胡新泉又累又饿,就觉得双眼直冒金星,一头栽在沙地上,大口大口地喘气。

"呼!"听到一股劲风从脑后涌来,胡新泉赶紧就地翻一个身,一条扁担就砸在自己身旁的沙地上。

胡新泉不等扁担再抽回去,赶紧一个侧滚,整个人手脚齐上,把扁担抱住。

罗白桦真不是做样子,都是全力地砸,这要落到自己身上,骨头都得被打断。

罗白桦也累得上气不接下气,使劲拽几下扁担,没拽动,口里一边喘气,一边断断续续地骂:"胡新泉,你小子还是个人吗?我拿你当兄弟,你图我闺女!我就说嘛,放着好好的西京化肥厂你不去,你要留在厂里搞什么租赁承包！说到底，还是为了我家罗维卡！"

"真不是，"胡新泉稍微缓过气来后，紧紧抱住扁担解释，"罗师傅，你听我说……"

"你别叫我罗师傅！我是你罗大哥！"罗白桦怒气不消，"惦记你兄弟的女儿，你不道德！这事情你今天要是不说清楚，这根扁担我都要打断！"

胡新泉于是就把民意表决时关于自己父母和担保金那一部分说了，罗维卡是为了帮自己，才谎称那些钱是彩礼。

"我不管你什么担保金还是别的，你也别和我扯什么我家维卡是为了帮你什么忙！这可是关系我闺女的名誉！"罗白桦斩钉截铁地说，"你胡新泉听好，也要给我死死记住，你和我是兄弟，这无论如何都改变不了！你别想打我闺女主意，她算起来是你的侄女！哪怕是天塌下来，我也不会允许这种不道德的事情发生！就算我死，也不会答应的！"

"我知道，这完全是我的责任，"胡新泉点点头，"都是我拿的那五万块担保金闹的，我会找机会和所有人说清楚情况的。"

"多少？你说你拿了多少担保金？"罗白桦瞪大眼睛问。

胡新泉回答："五万啊……"

"五万！"罗白桦有些不敢相信，"你是说你家拿了五万？"

"是啊。"胡新泉点点头。

罗白桦俯身下来，一把将胡新泉从沙地上拉起来，口里说："这个事情，我觉得我必须和你父母谈一谈。"

"是的，你能去和我父母讲清楚最好了，"胡新泉松一口气，"我先谢谢你，罗大哥……"

"什么罗大哥，没大没小的！"罗白桦一瞪眼，"和你结拜什么的都是喝醉后的糊涂事，你还是叫我罗师傅。"

胡新泉还有些没转过弯，但被罗白桦注视着，也只能回应："好的，罗师傅。"

罗白桦放下扁担，拍拍胡新泉的肩膀："我家维卡，从小就没妈，我一个糙老爷们儿带大，她受的苦不小，你可得对她好点。"

看着旁边放的扁担，再想起刚才罗白桦恶狠狠的样子，胡新泉也没再说什么，只能是顺应地点点头。

"新泉，有些话，我得给你先说好。"罗白桦眯眼带着笑，"你们一开始把那五万块彩礼拿去交担保金，没跟我商量，那是为了让厂子能够不破产清算，我认可，也理解，现在补一个同意。但那些彩礼之后退回来，要怎么用，可得我说了算。"

"那不是……"胡新泉开口要辩解。

罗白桦抬手止住："新泉，你不用再多说什么，年轻人嘛，思想开放，是对的，我也年轻过，要论起我年轻时候，你们这算什么，哈哈。"

常听人说起罗白桦当年的事情，胡新泉也很好奇。

罗白桦察觉出胡新泉的想法，哈哈一笑，颇为有些炫耀地说："那些事情，和你说说也没什么。"

"新泉，我告诉你，要让一个女人对你死心塌地，最好和最快的办法，就是搞定她的嘴。"

"嘴？"胡新泉更加好奇。

"你小子可别想歪了，"罗白桦敲一下他的头，"我说的意思是，就要会做好吃的，女人只要离不开你做的吃的，那么，她就离不开你了。"

"其实我老爹那个老混蛋，就是用这种法子搞定我那个从苏联来的妈。不是我自夸，要说弄吃的，整个兴州我肯定属第一。"罗白桦说着，来了兴致，就招呼着胡新泉往河边走。

兴州所在的地方，是两条河交汇后形成的一处山谷平滩。两条河是浐河和灞河。兴州市除了兴州市电力机械制造厂以外，大多数人，包括当地的机关单位，都临近灞河，在这个地方，老百姓挂在嘴边的就是两个区，一个是兴州市城区，一个是厂区。城区最临近河的一条街道，也是最早住人的地方，叫作铁匠街。兴州市电力机械制造厂还没有建起来前，兴州这个地方是彻底的农业区域，连个铁匠作坊都没有，于是就定下每年的三月赶大集，这个集要持续半个月的时间。大集就是围绕铁匠街进行，十里八乡的铁匠，在这半个月，都会集中到这里，修理旧农具，售卖新农具。直到兴州市电力机械制造厂建起来，在这常住的人大大增加，机关单位、邮局银行才都沿着铁匠街的两边建起来，成了兴州市城区。

胡新泉和罗白桦这会儿到的是灞河边。

灞河的水势比较平缓，不像浐河边那么遍生芦苇，沿着河岸两边，多种柳树，并且因为毗邻的兴岭阻挡，没有像浐河那样常年刮冷风，所以温度就要高一些。因此在兴州常有人讲，冬待灞河睡热炕，夏住浐河躺冰箱。

罗白桦带着胡新泉沿着灞河走出好一段，到一处河湾，这里更加背风，日照还很好。

"哈哈，果然找见了！"罗白桦扯起地上一蓬完全干枯的东西，兴高采烈地朝胡新泉扬一扬。

仔细看清后，那是一簇野萝卜，也就是野芥菜，胡新泉心想，看来罗师傅真是被饿慌了，野萝卜确实是人们经常食用的野菜，但那是春天采的嫩叶，夏天刨出来下面拇指大小的块根。野萝卜在秋天开花结籽后，无论是叶子还是根都没法吃。更何况现在，野萝卜完全干萎，只能当柴火。就见罗白桦把野萝卜缨子上结的籽摘下来，放在手中揉搓，很快就得到一把野萝卜籽，他到河边又找两块干净的鹅卵石，把那些野萝卜籽用两块石头夹住，用劲磨成细粉。胡新泉不知道他要干什么，但到银行办贷款，这么长时间没吃东西，他也饿得前胸贴后背，想着去买点什么吃的，一摸兜里，却连一个硬币都没有。

"新泉，饿了吧，身上没钱吧。"罗白桦把那些野萝卜籽都磨成粉后，取出一个牛皮纸包，里面装着些盐粒，罗白桦把萝卜籽粉倒进去和盐粒搅和一起，然后颇为满意地一笑，"哈哈，我今天就给你露一手，让你见识见识我弄吃的，省得你以为我是吹牛。"

接着就见罗白桦手里握着一截枯树枝，趴到河边一个小沙坡上，仔细地寻找，胡新泉靠过去问："罗师傅，你在找什么？"

"肉果子，等下让你开开鲜。"罗白桦说着，就停在一处，他抄起手里的枯树枝，就往下掏挖，不一会就露出下面的一个小洞。

"肉果子？"胡新泉有些好奇。

很快，罗白桦就从洞里掏出一只鸡蛋大小黑乎乎的东西，放到水里洗干净，是一只河蛙。

胡新泉问："这不是河蛙么？"

"现在这个时节，它叫肉果子，只是一般人不知道该怎么吃。"罗白桦晃了晃手里的河蛙，河蛙一动不动，紧闭着眼。

　　罗白桦从河边找了一块锋利的碎冰块，沿着河蛙肚皮划拉开一道，把蛙皮剥去，他说道："这肉果子，只能冬天吃，它冬天在冬眠，身体里没什么脏东西。并且吃肉果子只能用冰剥皮，用别的都不成，会非常腥。"

　　那只河蛙被剥皮后，再看不出一点黑乎乎的感觉，全是白皙的蛙肉，从一些肉薄的地方看，近乎半透明。

　　"我给你打个样。"罗白桦把牛皮纸袋里搅拌好的萝卜籽盐撒一些到剥皮的蛙肉上，直接放到口里，就那么吃下去。

　　胡新泉看得眼睛都直了："还能这样吃？"

　　罗白桦呼几口热气："味道美得很。"

　　他回头又从沙坡上挖出一只，剥皮撒上萝卜籽盐后递给胡新泉，胡新泉连连摆手拒绝，罗白桦直接塞到他手里："试试！你要觉得有一点不好吃，吐了就是，又没毒。"

第8章 咱们工人有力量

胡新泉只好接在手里，他看着这雪白的蛙肉，真不知道该从哪里下口。上下左右看一遍，手里的河蛙本来紧闭的眼睛，逐渐睁开，他手都有些哆嗦："罗师傅，蛙……肉果子眼睛，眼睛睁开了！"

"哎呀，赶紧吃，这肉果子要是睁开眼，那味道就坏了！"罗白桦拉住他的手，一下把那河蛙整个塞到他嘴里。

嘴里进了东西，胡新泉还没察觉过来，就咀嚼了几下。

首先是觉得很凉，然后舌头接触到蛙肉上的萝卜籽盐，就觉得又辣又咸，被这味道一冲，只能不停咀嚼，同时眼泪鼻涕都流出来。胡新泉擦拭几把，嘴里的味道就缓过来。辣咸之后，就是非常鲜嫩的肉味，比自己吃过的最嫩的羊肉还要嫩，肉咀嚼开后，里面有一些骨头，滋味和软骨一样，瓷实很有嚼劲。

一只河蛙吃下肚，嘴里热辣辣的，又有那种嫩滑的鲜味缓和，回味相当好。

"这肉果子的味道怎么样？"罗白桦有些明知故问。

胡新泉被辣得额头都在冒细汗，但刚才的滋味真是让他感到爽口，他点点头："这味道可以啊，罗师傅，你怎么知道还有这好吃的？"

"牛刀小试。"罗白桦有些怅然地说，"我老爹曾告诉我，这是他根据我母亲的口味研究出来的吃食，只是从小到大他对我说了不少假话，这个也不知道他有没有说谎，但味道真是没得说。"

河边这片沙坡处在背风的位置，相对温暖，下面冬眠的河蛙不少，胡新泉跟罗白桦学着找并加工。几只下来，他已经能够娴熟地处理肉果子，两人直到把那一袋子萝卜籽盐都用完，才停下来。

胡新泉吃得非常过瘾，辛辣咸鲜，满头大汗，饱嗝连连。

找一棵不当风的柳树，两人挺着吃得鼓鼓的肚子靠坐着，没什么温度的冬日阳光洒在身上，非常舒服。

"新泉，那些担保金退回来后，我要拿来弄一家饭店。"罗白桦憧憬着，用手比画，"我开的饭店，不卖面不卖饭，就卖老毛子们的吃的，你知道吧，在咱们的首都，有一家很出名的饭店叫莫斯科餐厅，里面卖鹅肝、奶油蘑菇汤、焖牛肉……我母亲原来每月都要花一星期的时间，从兴州坐几天的火车，和我老爹去那吃一次。"

从上次听罗白桦说出关于那一皮箱图纸的真相，胡新泉对罗白桦就刮目相看，在他身上沉淀着一段特殊的时光。

人这一生如同一条奔流不止的长河，往往能够在记忆里闪现的，就是那么几朵激起的浪花。

"新泉，我之后要多教你做一些吃的，你别看现在条件不好，我家维卡那张嘴可是被我养刁了的。"罗白桦又一想，"不过等饭店开起来，你们随时都可以过来吃，倒也不用。"

胡新泉张口想要解释一下。"这些都是后面的事了。"罗白桦却兴致勃勃地问他，"新泉，你知道我和我老爹为什么都这么会做吃的吗？"

"为什么？"胡新泉顺着问。

"我跟你讲，你能找上我家维卡，真是你八辈子修来的。"罗白桦得意地说，"我家可不简单，也是有传承的。你自己想想，在我老爹那个时候，会俄语的能是简单的人？"

"往上溯几代，我家可是专门给皇帝老儿做饭的。到我老爹这，皇帝没有了，手艺却也没断，只是他放着好好的当家少爷不做，和封建家庭划清界限，跑到当时的陕省。在这没几年，就跟着部队一路去了首都。咱们胜利后，苏联援建我们，他有俄语的底子，又对这边熟悉，于是就被孙厂长选上，又带了回来。

"他常说，孙明伦看上他的，除了一口流利的俄语，还烧得一手好菜。孙明伦厂长是一个对吃食有些研究的人，他和我老爹在吃上的话题很多。在建厂的艰苦的时候,孙明伦会拉着我老爹摆吃。"

"摆吃？"胡新泉有些不理解,吃还能用摆的？

罗白桦饶有兴致地给胡新泉解释："摆吃,就是两人面前什么也没有,然后一人说一样另外那人没吃过的东西,还有一个叫法是'口水饱',就是两人在说的过程中,都会吞口水,一番摆吃下来,是能顶饿的。厂里老一辈的人都知道孙明伦是摆吃高手,却不知道私底下孙厂长可是我老爹的手下败将。"

"我小时候饿得凶的时候,我老爹就常和我摆吃。"罗白桦吞一口口水,"我记得最清晰的一个,就是他遇到我母亲时的摆吃。当时,咱们厂的毛坯已经建完,有一天晚上,孙明伦就和我老爹在现在的绕线车间里摆吃。当时我父亲住的地方,是一个农家院子,他到院子里找一圈,发现几条被虫蛀得很厉害的椅子腿,看着上面密密麻麻的孔洞,他就有了主意。先把那椅子腿洗干净,再用盐水浸透,接着放到火上灼烤得微焦,然后用刀切成一片一片的,因为被虫蛀出密密麻麻的小孔,切下来后,就得到一堆薄薄的木头片子。往锅里放一点油,把这些木头片子放进去翻炒透,就得到一碟子喷香的东西,因为上面有虫蛀的小洞,翻炒后,味道都入到木头里,吃起来酥香可口,还有些微微焦香。那味道,是相当可以的。"

胡新泉听得不由得流口水,啧啧称赞："被虫蛀的椅子腿,听你这样说,我都觉得香,我回去得找来试试。"

"是吧,"罗白桦有些神秘地一笑,"我老爹讲起这段事的时候,还有些吹牛地加上一个后续,他把那碟子木头片子吃了一小半,就听见有人敲门,一开门,把他吓得一激灵,你猜猜,是谁闻着香味来了？"

"是谁？"胡新泉问。

"就是他。"罗白桦指了指他别在胸口上的一枚像章。

胡新泉愕然,随即摇头表示不相信。

"你还别不信,"罗白桦一副料到胡新泉会表示不相信的神情,进一步说明,"当时他是闻着香味而来,尝过几片,赞许不已,就向我父亲问这是什么,我父亲和他汇报说还没名字,是用虫蛀木头做的。他知道竟是用虫蛀的木头做成,很惊喜,要是用什么食材做成,那不能充分体现做吃的功夫,能把虫蛀木头都做得这样好吃,是真的厨艺高超。最后还说:'战地黄花分外香,能把木头也做成这样,倒是可以叫作木香酥。'这道吃的可都是他命名的,知道不假了吧。"

"假不假,罗师傅你做一次我尝尝,才能下结论。"胡新泉回应。

罗白桦哈哈一笑:"那天夜里,我老爹和孙明伦摆吃后,孙明伦也是这么说的。谁知道他一说完,从外面就走进来一个人,用生硬的汉语也说了和这意思差不多的话。"

"那是罗师傅你的母亲吧?"胡新泉问。

"是的。"罗白桦点点头,"我母亲来咱们这后,虽然食物都是优先供给,但因为水土不服,饮食上非常不习惯。她晚上肚子正难受,就出来走走,没想到就听到我老爹和孙厂长摆吃,她有些汉语基础,听得断断续续,却也馋了,后来就和厂里提要求,让我父亲给她做'木香酥'。对于这些苏联专家,厂里非常重视,并且我母亲还是其中占少数的女专家,于是除了常规的工作,就给我老爹特别安排一项工作,那就是全权负责起我母亲一人的饮食。两人就这样交流颇多,感情也日益增进。要想走进一个女人的心,有很多办法,而食物是其中最有效的一种。厂里看出这种趋势,也支持我老爹。我母亲这样一个技术人才,要是能安家留下来,在当时的国情下,是求之不得的。于是,出于厂里的任务安排,也出于我老爹确实和我母亲处出了感情,在那年冬天,他一心想着以新奇让我母亲感动,就找到了很多食材来研究,其中这灞河边鲜嫩的河蛙,蘸上辣咸的调料后,滋味最好。在我母亲生日那天,下着雪,我老爹将她带到冰封的灞河上,给她做了一次最新鲜的肉果子,并向她求婚,两人就成了。"

罗白桦说完,叮嘱一般地和胡新泉说:"新泉,所以我才和你说,要让一个女人对你死心塌地,最好和最快的办法,就是搞定她的嘴。"

说完,罗白桦拍拍胡新泉的肩膀:"也不瞒你,我后来也是用这种方法搞定我老婆的。记住我的话。"

"这个,罗师傅,事情其实……"胡新泉还想解释。

罗白桦没让他继续往下说,直接打断,然后强调:"尤其是这一句,那些彩礼退回来后,我要拿去开饭店。"

胡新泉问:"那你不上班了?"

"上，肯定上。你都是厂长了，我弄着饭店，你还不能让我在厂里挂着班，你不也得给我发工资。"罗白桦哈哈一笑，迈步离开。

哎，这误会大了，必须尽快说清楚。但现在首要解决的，还是贷款问题，刚才跑得急，材料还在陈婷那儿，必须去取回来。胡新泉回到银行，陈婷正坐在那儿翻看自己申请贷款的材料。

胡新泉有些尴尬地说："刚才，是有点误会。"

陈婷微微一笑道："是什么误会，能让人用扁担追打，我看，是你拐骗了人家的女儿吧。"

"怎么可能。"胡新泉连连摆手，大致把事情说了一遍。

陈婷又是一笑道："那你可得好好珍惜这个叫罗维卡的女同志，能在那样的场合，用那种方式帮你解围，是非常不容易的。"

听陈婷这么说，胡新泉才意识到，确实，罗维卡那可是当着整个厂的工人说出来的，那么多的人，后面要怎么才能解释清楚。再进一步想，难道罗维卡是真的准备和自己在一起。

想到这一点，胡新泉的脸烫热起来。

"你的这些材料，我仔细看过。"陈婷翻动那些材料，指着几页说："你要申请贷款，其实不难的，目前你们厂子和银行的债权归属，作为抵押的是现有的设备和已有库存设备。只要新增抵押资产，再找到市一级经贸委的部门给出生产证明，就能合法合规地申请下贷款了。"

胡新泉听得不是很明白，想让陈婷详细说一下，她往银行看一眼，嘴角弯起一丝笑："在这里，可不能详细说。"

为了贷款，胡新泉一咬牙："陈婷同志，你要是方便的话，我请你吃个饭，可以吗？"

"还是我请你吧。"陈婷大大方方地拿起那叠材料，"刚才要不是你这个及时的肉垫子，我现在很可能在医院呢，不过我是刚来兴州，对这边不是很熟，还得请你充当一下向导。"

胡新泉也并不怎么在厂食堂外面吃东西，不过事情到这份儿上，他只能硬着头皮充内行，记得原来陈苍建说过一家蒸菜不错。

兴州蒸菜，是把一些菜肴做成半成品，然后放到蒸笼里靠水汽蒸制到熟，这样做出来的菜肴，能够很好地体现菜肴里面各种原材料的层次感，不像炒菜那么激烈，不像煮菜那么混沌，鲜、香、嫩、滑的滋味，是其他任何做法都没有的。黄焖鸡、小酥肉、条子肉、粉蒸肉等是比较常见的菜。

进到蒸菜馆，胡新泉一看菜单上的价格，就心里发慌，对于现在身无分文的他，就是吃个馍，也没什么底气。陈婷大大方方地点了两样：八宝甜饭和粉蒸肉。然后让胡新泉点，事已至此，他也不好再推辞，只能反复强调自己不饿，就点了一个蒸豆腐。

"这顿饭我请你，不过要我给你详细说申请贷款的事，你是得付顾问咨询费的。"陈婷微笑着强调，"我来兴州，有两个目的，其中一个，就是为兴州百货文化用品批发站做财务顾问。"

一听这个，胡新泉不由得眼睛一亮，他知道兴州百货文化用品批发站，那是和兴州市电力机械制造厂一样面临破产清算的一家国企。

不过他对陈婷提到的顾问费，是真的没办法，只能尴尬地一摊手："实话和你说吧，别说顾问费了，我现在身上一分钱都没有。"

"还真没有见过你这样的厂长。"陈婷想了想说，"我到兴州还有第二个目的，就是要找一个人。这样，你帮我找到这个人，就抵了给我的咨询顾问费，你看怎么样？"

"这个我非常愿意答应。"胡新泉问，"不过，你要找的是一个什么人？麻烦你说说，我看看有没有把握。"

"我没有这个人的太多信息，"陈婷回想一下说，"准确说起来，他应该算是我母亲的前恋人，两人并没有结婚。我母亲原来只简单提到这个人，他就是兴州这个地方的，他的父亲就在你的兴州市电力机械制造厂工作，会做一些比较特别的吃的。"

这个条件可太含糊，胡新泉问："还有别的吗？"

陈婷摇摇头："没有了，这个人也只是多年前和我母亲短暂地在一起过。"

胡新泉问："为什么要找这个人？"

"我母亲前段时间，出了一次事故，现在人还昏迷在医院，"陈婷有些无奈地说，"目前除了维持她的生命，还没有什么稳妥的医疗办法让她醒过来。医生建议说，可以找一些对于患者重要的人来试着唤醒，同样的病例，是有患者被成功唤醒的。我想找到这个人去试试。"

"我真的非常想答应你，不过必须说，就你给出的这些信息，我真的不是很有把握，"胡新泉说，"但我可以保证，我会把目前能找到的在兴州市电力机械制造厂有过工作经验的人，都问一遍。"

"好，成交。"陈婷伸出手来。

胡新泉停顿片刻才反应过来，赶紧伸出手，和陈婷握在一起。

蒸菜上来，两人都不急于吃，陈婷把胡新泉的那些申请贷款的材料翻开，说："以兴州市电力机械制造厂现在的情况，要想拿到新的贷款，有两种办法：一是偿还之前的银行债务，但看你们现在的经济情况，是肯定不可能的；二是新增抵押资产，目前厂里能够抵押的东西，有厂的占地和恢复生产后新增的设备。要想申请贷款，眼下只有第二种办法。"

胡新泉眉头紧皱："厂里的占地，肯定不能抵押，要是把地抵押出去，那和工人们可没法解释。至于恢复生产后新增的设备，现在厂房都还没重建起来，哪来的新增设备？就算厂房重建好，生产原材料和配件都是需要先付钱的。"

陈婷摆摆手："你这是常规的思路，重建厂房、购置生产原材料和配件后，才能生产出设备。先有鸡才有蛋，这思路很正确，但你们目前的情况是比较特殊的，所以我才说，需要找到市一级经贸委的部门给出生产证明。我看过你们的租赁承包方案，既然主管单位能够批准同意，你们是可以通过这种方式申请生产贷款的。既然是走租赁承包，就需要让厂子尽快复工复产，而重建厂房、购置生产原材料和配件，甚至为工人提供正常的工资，都完全可以评估为你们厂的预生产能力，以这些是完全可以计算出后续的新增设备的。只要这个新增设备量，市一级经贸委能够认可，银行可以根据评估情况，酌情给具备恢复生产能力的企业放专项生产贷款的。"

听了陈婷的解释，胡新泉大致搞明白一些，就是可以用厂里接下来能够生产出来的设备量作为抵押，申请贷款。

"胡厂长，你只要配合我，我能给你申请下来这个贷款。"陈婷拍了拍桌上的那叠材料，"其实兴州市电力机械制造厂的情况，还不算特别差，我有这个把握。"

"谢谢。"胡新泉郑重地再一次向陈婷道谢。在这种时候,他对于贷款是一筹莫展的,陈婷要是能够为兴州市电力机械制造厂申请来贷款,真是等于救命。

贷款有眉目,胡新泉也马上着手帮陈婷找人,他往厂里赶,经过一个陡坡时,就听到一阵响亮的喊声。远远就看到,很多人正在用板车拉东西,走过去看,竟然都是兴州市电力机械制造厂的工人。看到胡新泉,几个年轻的工人赶紧过来围住他:"胡厂长,你快去劝劝赵书记吧!这活儿太危险,让我们来干就行。"

走到陡坡前,就见有人正吃力地往上拉板车,板车上拉着两截铁轨,这样冷的天气,拉车位置的人,用绳子把自己绑得结结实实,这样如果人一下脱力,车要往后滑的时候,拉车的人就成了人肉刹车,这是豁出命的拉车法子。胡新泉跑到车前,那个拉车的人正是赵明诚,胡新泉正要开口制止他,但见他鼓着一股劲,挣得脖子上的青筋根根突起,胡新泉就只能先闭嘴,扶着车把使劲往坡上拉。好不容易把车拉到坡上,推车的工人们都瘫在地上,大口大口喘气,胡新泉赶忙去把赵明诚解下来,心疼地问:"赵书记,怎么不找个货车拉?"

"不找……不找……"赵明诚大口大口呼几口气,扶着他的胡新泉明显感受到他的身体在哆嗦。

稍微缓过来后,赵明诚有些欣慰地擦掉额头的汗:"重建厂房,需要一些横梁和柱子,现在我们可拿不出资金来买,我就想到,市里钢铁厂有回收过一批之前从老车站拆下来的铁轨,这东西拿来做横梁和柱子,不是最结实的吗?我赶紧找到马厂长,果然还没投进炉子炼,我赶紧和他赊下来!哈哈,这下重建起来的厂房,可不再担心什么大雪压了。"

看着疲劳不已却满脸得意笑容的老书记,胡新泉只觉得心里一阵酸楚,他心疼地说:"老书记,这些苦活重活,让我来做就行了,这样把自己绑着当人肉刹车,多危险啊!"

赵明诚不以为意地朝自己的胸口捶几拳:"怎么?胡厂长,你这是看不起老同志,瞧瞧,我可比你,比他们要结实得多。再说我拉车的经验可比他们丰富,你看,都拉上来七八车,都顺顺当当的,他们弄,我不放心。"

"这怎么要得!这怎么要得!"胡新泉强烈反对,"老书记,您是老革命，在兴州可是体面的人，这要让别人看到，可怎么好！"

"什么体面不体面的！"赵明诚梗着脖子说道，"新泉，我跟你讲，这不是什么丢脸的事，我们不偷不抢！谁看到了，我也不会觉得不好意思！咱们把厂房赶紧建起来，赶紧复工复产，让厂里的工人们生活都过得让别人羡慕，那才是体面！要继续让工人们过成现在这样，我这个厂里出去又回来的书记，才真是抬不起头啊！不对，不仅仅是抬不起头，就是死了也闭不上眼！"

胡新泉和那些围过来的工人，听了赵明诚的话，一个个都紧咬着牙。

"赵书记，您这样说，我汗颜了！我胡新泉在这里和您保证，一定要把厂子搞好，要让大家都有饭吃，要让咱们兴州市电力机械制造厂的工人们都能昂首挺胸地走在兴州的大街上，要让所有人都对这厂里的工人们高看几眼！"胡新泉说着，走到旁边一辆板车前，取了绳子，也把自己五花大绑在车前，然后拖着去拉铁轨。

那些本来还担心惧怕的工人，一个个都把自己绑到板车上。十几辆板车就那么一字排开，拉着报废的铁轨，沿着兴州市那条被冻硬的路，缓慢地朝兴州市电力机械制造厂而去。有人看到这个情形，就吃惊地站在路边看。

也不知道是谁起了一个头，也不知道是从哪一个难爬的坡前开始，有人吼唱起来："咱们工人有力量，嘿，咱们工人有力量！每天每日工作忙，嘿，每天每日工作忙！盖起了高楼大厦，修起了铁路煤矿，改造得世界变呀么，变了样！"

胡新泉也跟着吼："嘿，发动了机器轰隆隆响，举起了铁锤响叮当，造成了犁锄好生产，造成了枪炮送前方！"

拉车的、推车的工人们都吼起来："哎嘿哎嘿，嘿呀！咱们的脸上发红光，咱们的汗珠往下淌！……"

吼出来的歌声，就那么撕开冷冻的空气，变得灼热滚烫。

"咱们工人有力量，嘿，咱们工人有力量！"

胡新泉找银行贷款碰壁，是有些受挫，是有些心灰意冷的，但把铁轨拉回兴州市电力机械制造厂后，他看着那些大汗淋漓的工人们，胸口积抑的一股子气，都散开了。不知道怎么，他突然想到有一次去一家钢铁厂考察，那些挖出来的矿石，一车车地被倒进高炉子里，经过高温炼成一股股滚烫通红的铁水，流出来凝成铁，再被冲锤一遍遍地锻打，最终炼成钢铁。

即便在兴州市电力机械制造厂工作这么长时间，胡新泉在心里并没有将自己划为一个纯粹的工人阶级。因为他从来没搞明白，工人阶级到底是什么。现在从赵明诚的身上，他懂了。

赵明诚原来也和他一样，是农家出身，投军参加革命，转业后回来成了工人，分配到厂里工作。

自己缺少什么，缺少的就是锻造。

赵明诚是经过战斗生与死淬炼锻造的。

工人阶级是什么？工人阶级是普通人经过锻造后的钢铁。

这些天去银行跑贷款，胡新泉接连吃闭门羹，遭遇黑脸，以他心高气傲的秉性，是受挫有怨气的。他想着，自己放弃了大好前程来做兴州市电力机械制造厂这些事情，不应该是所有人都支持和佩服自己吗？到头来却是举步维艰，每想往前推进一步，都是困难重重。所以拼尽全力拉车，放开嗓子跟着工人们嘶吼，胡新泉积郁在胸中的那一股子气，就充分宣泄出来，感到前所未有的舒服。

他不经常干这样高强度的体力活，就觉得肩膀先是发酸，然后是辣疼，狠狠勒进大衣的拉车绳子压下的力，已经把肩膀磨破。

旁边帮着推车的张八一，看到他不住流泪，赶紧问："胡厂长，怎么了？换我吧！"

胡新泉伸手一擦额头的汗，带着把满脸的泪水也都抹掉，笑着回应："我没事，心里畅快着呢！"

铁轨都拉回厂里，就卸在坍塌的厂房旁。

工人们一个个都累得坐在那儿气喘吁吁，赵明诚坐到胡新泉身边，与他商量："前几天，我的一个老战友来看我，给我带来几十斤羊肉。今天工人们都出了大力，我想让食堂煮一锅热腾腾的羊肉汤，再去采购一些牛舌饼，让工人们好好吃一顿，你看怎么样？"

"这怎么行，"胡新泉摆手反对，"赵书记，不行，不行，怎么能用你自己的羊肉来犒劳大家。"

赵明诚瞪大眼："怎么不行，我家就两个人，正愁吃不了要坏掉呢，就这么说定了。"

胡新泉继续反对，赵明诚一再坚持，最后胡新泉只好强调："用你的羊肉也可以，必须作为食堂采购的肉食，不过现在食堂应该也拿不出来钱给你，那就打条子。"

"你这家伙，真是当上厂长翅膀硬了，还反对上我这个书记了。"赵明诚作势拍了胡新泉一把，刚好拍在他肩膀上被磨破的地方，疼得胡新泉一咧嘴。

"咦……"胡新泉倒抽一口凉气后斩钉截铁地说，"赵书记，要么让食堂打条子给你，要么我就坚决反对。"

赵明诚翻开胡新泉身上的大衣，看到他肩膀那一块，已经被磨破后渗出的血浸透，心疼不已，嘴里连连答应："好的，都依你，打条子就打条子吧，你这肩膀可得抹点红花油，我回去取羊肉，给你带上。"

坍塌的厂房废墟里清理出好些没法回收再利用的木料，食堂的人干脆就在坍塌厂房边支起一口大铁锅，把羊肉都清洗干净后，直接煮上，给工人们做了一顿兴州水盆。

水盆羊肉，是陕省万千种羊肉做法中的一种，兴州水盆则又有自己的特色。

陕省水盆的做法，多是先把羊肉加料煮好，然后放置一边，再熬一锅热汤，吃的时候，碗里加粉丝，切入肉片，浇上热汤淋一下即可就着热饼子吃，是非常便捷的一种羊肉吃法。

兴州水盆，则又有自己的特色，它不是这样分开的，更加便捷。把羊肉清理干净后，先用水焯一下，滤干净血沫，然后把羊肉进行熬煮，直熬到皮烂肉酥后，再加入黄萝卜和粉丝，入碗时根据各人口味选择性加香菜、蒜叶、葱段。与一般水盆不同是，兴州水盆羊肉一直都在汤里熬煮，相比陕省水盆汤汁会更浓郁，肉更加酥烂，入口即化。吃兴州水盆，必搭配兴州牛舌饼。牛舌饼烘烤而成，表面撒些许芝麻，形状接近大号牛舌，可以从顶部撕开。因为兴州水盆的羊肉都熬煮得酥烂，吃的时候，可以用勺子直接把羊肉和黄萝卜捞起，撕开牛舌饼塞入其中，这样羊肉、黄萝卜和酥香的饼子相融一体，吃起来相当好味。

坍塌的厂房废墟旁架起来一口烹煮着冒着浓郁羊肉香味的大锅。工人们三三两两坐在四处，眼睛却都汇聚到中间的这口大锅和旁边放着的几大筐还冒着热气的牛舌饼上。

赵明诚用棉签给胡新泉擦肩膀上被磨破的地方，他疼得直咧嘴，透过火焰的倒映，就看到自己龇牙咧嘴的样子。

一些工人就过来打趣胡新泉，说他肉嫩皮薄，其中几个甚至还扒开衣服，把肩膀露出来，火光的映照下，一条条都粗壮结实，蕴含无穷力量。

胡新泉在厂里工作了很长时间，从这一刻起，他发现，这些工人才真正地和他成了一类人。

盛水盆的时候，口水直流的工人们都有序地排在大锅前，胡新泉和赵明诚并没有排在前面的位置。但最先盛出来的水盆，经过一个又一个工人的手，传递到胡新泉手里。整个过程，工人们没有人说话，也没有谁做什么表示，更没有人提议。

胡新泉在一片寂静中，接到这碗兴州水盆，他端着，递给赵明诚，赵明诚没有接，推回给他。

端着手里这碗热气腾腾冒着浓郁肉香味的兴州水盆，胡新泉感到非常沉重，他的双手都有些哆嗦。

碗里冒出的热气熏得他眼睛发酸，胡新泉虽然做出抉择留下来，但他并不是那么坚定，可这碗端在手里的兴州水盆，让他变得不再有任何犹豫。

稀里呼噜的吃喝声音，在兴州市电力机械制造厂坍塌的厂房废墟边上响起来，胡新泉却似乎看到，一座厂房已经被建立起来。

陈婷知道兴州市电力机械制造厂对银行贷款的需求非常急迫，把申请材料重新整理后再次提交，银行再反复核实情况后，稍微松口：只要市经贸办愿意下文件，银行就愿意重新研究给兴州市电力机械制造厂专项贷款。

现在兴州市电力机械制造厂完全就是等着贷款去救命，一听有这个希望，陈婷当即就到兴州市经贸办去申请贷款文件，还没进门，就遇到市经贸办的宋显林局长。

"接到银行的电话，我就知道你会来。"宋显林和陈婷的父亲陈福聚是老相识，有些疑惑地问，"小婷，你来兴州不是专门为兴州百货文化用品批发站破产重组的事吗？怎么又插手管起兴州市电力机械制造厂的事来？"

"路见不平，拔刀相助。"陈婷笑着过去拉宋显林的胳膊，"宋叔叔，再说了，兴州市电力机械制造厂可是你们兴州的地标性产业，我这也是为你们经济建设做贡献。"

"不要贫嘴，兴州市电力机械制造厂的情况可比你想象的还要复杂。"宋显林皱着眉头说，"兴州市电力机械制造厂已经向银行贷款五次，五次已经逾期，现在就是把那个厂都拆了，连砖头带瓦片都拉银行去，也不够抵还的！还想贷款，你觉得可能吗？"

"这些我知道，"陈婷没有直接回答，而是讲一些她知道的情况，"我看过兴州市电力机械制造厂的材料，他们是欠银行贷款，逾期也属实。其实到这一步，很多厂子都会直接走破产清算，这个厂却没有。他们的主管单位机电工业局也批准搞租赁承包，看来都是想让这个厂继续存在下去，不要就这么没了。"

"为什么会这样？"陈婷自问自答，"我想肯定是有人准备把这个厂子搞好，是想要还上之前欠下的那些债务，想要让这个厂子活下来。现在银行只要再贷一次款给他们，兴州市电力机械制造厂就有希望。"

"兴州市电力机械制造厂前几次的贷款，也都说的是要用来复工复产，但每次贷款后，都是先拿来抵还债务，然后在工人们闹得凶的时候发一些，缓一缓。"宋显林摇摇头，"这次那个厂停工停产的时间是最长的，要是再批给他们贷款，也肯定一分钱都不会用到生产上。"

陈婷回想一下她见过的胡新泉，有些肯定地说："我相信，兴州市电力机械制造厂这一次贷的款，是用来复工复产的，每一分钱，都会用在生产上。"

"我不信，"宋显林再次摇摇头，"我看过他们厂之前的报告，里面每一次主要反映的都是工人问题，而不是生产问题。"

"工人问题，"陈婷重复一下这四个字，然后郑重地说，"宋叔叔，我愿意帮他们申请贷款，也还是工人问题。从兴州市电力机械制造厂申请贷款的材料里，我知道，那个厂的第一代工人，大多都是从战场上下来的军转工人，那是一些曾经不惜付出生命为这个国家战斗的人，那是一座秉承这种意志的厂啊，难道你认为这种精神就真的会彻底泯灭吗？"

宋显林一愣，片刻后才说："其实我们也非常希望那座厂能够搞好，只是那个厂子的情况，真是一言难尽，上一任厂长主动提出破产清算，当时我们经贸局也是赞同的。这样吧，我带你去那个厂看看，你就明白了。"

宋显林安排一下，就带着陈婷前往兴州市电力机械制造厂。

虽然答应帮胡新泉申请银行贷款，但她对于兴州市电力机械制造厂的情况了解，都来自于那些材料，和宋显林说的那些，也都是基于她对胡新泉的信任。

两人经过一段路的时候，听到一阵激昂的喊唱歌声。车上过一个陡坡，就见到那十几辆拉着沉重铁轨的板车。

"是兴州市电力机械制造厂的工人。"宋显林有些惊讶地轻声说了一句，然后就让司机放慢车速。缓缓经过每一辆板车，这些工人一改以往他见到时的萎靡不振，一个个脖子上的青筋暴起，奋力向前。将要到这个工人车队前列时，宋显林看到了一个熟悉的身影，那是原来机电工业局的党委副书记赵明诚。对于这个老书记以及兴州市电力机械制造厂已故首任厂长孙明伦的事迹，宋显林是非常清楚的。他之前听到赵明诚主动从安逸的二线降级调一线，他只是佩服，现在看到这老书记竟然身体力行拉这么重的车，宋显林心里泛起一种他自己都不知道该从何说起的不安。宋显林想停车下去，但他忍住了。

车继续往前，整个车队的第一辆板车，被一个看起来不是那么高大强壮且有些偏向文雅的年轻人拉着。这个人一看平时就没怎么干重活，但他此时已经完全豁出去，头发散乱着，渗出的汗遍布他的脸上，他的脖子直直地往前挺着，整个身体往前倾斜快有四十五度，一步一步踩下，前进得非常吃力，也相当踏实。路上有一些碎冰块被他踩住，嘎吱嘎吱就碎成一摊白色亮晶晶的碎屑。

宋显林是一个平时喜欢读一些诗歌的人，他这时心里不知道怎么就冒出来一句：额头有汗落下，奋起着，踏碎一地星光而行。

"咦，是胡新泉，"旁边响起陈婷有些诧异的声音，"他就是兴州市电力机械制造厂现在的租赁承包人，胡厂长。"

对于兴州市电力机械制造厂实施租赁承包，宋显林是持反对意见的，原来的厂长王世才，正是市经贸局推荐而来，那样经验丰富的一个工人出身的厂长，都没能搞好这个厂子，而是主动提出破产清算，他是不会相信一个不知道从什么地方冒出来的技术员，能够用租赁承包的方式搞好这个厂子的。现在，看到这个拉车的年轻人，宋显林并没有改观，他只是替胡新泉有些惋惜。改革以来，最缺乏的就是人才，技术性人才更是前途无量，把自己的青春耗费在兴州市电力机械制造厂这样一个泥沼里，真是枉费了。当然，眼前的情形，也的确触动宋显林，从这些工人身上看到了之前他没有看到过的东西，这些工人似乎被点燃了，从里到外，都迸发出一股强大的生命力。

两人先抵达兴州市电力机械制造厂，车停在一个僻静的地方，宋显林和陈婷步行走进厂里。

兴州市电力机械制造厂整座厂区建成已有近半个世纪，历经岁月更迭，后来并没有太大改变。一色的红砖的苏式建筑，所经过道路的两边，都种着松柏，从上面时不时掉下一些积雪。进到厂区后，在离地三四米高度架起来的粗大铁管子，冒着白雾。

陈婷走在这个厂区，仿佛就跌进一段她耳熟能详却又陌生的历史里。

有些斑驳的墙上，都写着一些已经看不清字迹的标语，红色的油漆有那么一些片段仍旧鲜亮。即便是雪后，放眼看去，也能感觉到一股陈旧破败感。

"小婷，你自己看吧，这厂子，看起来还有继续的必要吗？"宋显林领着陈婷在厂区一边走看着，一边问她。

陈婷不久前刚到南方改革的最前沿考察过，和那些蓬勃发展的新工厂一比较，兴州市电力机械制造厂，宛如一个行将就木的老人，病态尽显。

厂区很大，宋显林带着陈婷一处处看过，陈婷心里本来支持胡新泉的想法，一点点被消解掉。

最后，两人来到那一片坍塌的厂房废墟前。

"这是厂里的绕线、总装厂房，是兴州市电力制造厂的主要厂区，"宋显林眼中流露惋惜，补充说，"已经抵押给银行。"

陈婷微微叹一口气："银行确实不应该再贷款给这个厂。"

站在那片废墟前，往后看去，是被一层迷蒙雾气笼罩的厂区，整个地方都呈现出强烈的谢幕感觉，就好像再看一眼，这座厂就会消失不见。

这时，听到一阵喧哗声从外面传来。

宋显林带着陈婷离开,在一条鹅卵石铺就的小道上走出不远,看到一座水塔,两人沿着满是铁锈的台阶上去。

水塔正处在那片坍塌的厂房废墟对面,站在上面,居高临下,能够一览无遗地看清下面。

不一会,那些拉铁轨的工人们就陆续回来。

接下来,两人就注视着胡新泉他们手抬肩扛地卸下铁轨,然后就在废墟旁架起铁锅炖肉,再然后工人们把第一碗传递给胡新泉。

"知道他们吃的什么吗?"宋显林问。

陈婷已经闻到飘来的浓郁羊肉鲜香,就回答:"羊肉汤?"

"不是,"宋显林肯定地说,"我虽然不能看清,也听不见他们说什么,但那肯定是兴州水盆。"

"兴州水盆?"陈婷看着那些工人们,她想了想,用和宋显林差不多的肯定语气说:"现在,我觉得银行应该贷款给他们,不过我不收回刚才的话,以这个厂现在的情况,银行确实不应该再贷款;但这些人,是一定可以再建起来一座新厂房的。"

宋显林点点头:"是的,关于银行贷款给兴州市电力机械制造厂的事,一回去我马上就安排上会研究,你尽快让这个胡新泉同志亲自到局里来一趟,有一些事情会和他确定,一旦确定好,局里就会给银行下文件,支持他拿到贷款。"

陈婷问:"什么事?"

宋显林一笑:"他不是技术员吗?问他一些技术的事。"

"那我现在去告诉他一声。"陈婷说着,就往下走。

宋显林制止她:"不行。"

"为什么?"陈婷有些疑惑。

"现在我要先带你去吃一顿地道的兴州水盆。"宋显林深深吸一下从那口铁锅里飘来的羊肉鲜香,不由自主地咽了口水。

去见陈婷的时候,胡新泉把厂里的工人周成带了过去。他打听到周成这个老工人,虽然从来没在厂食堂待过,但在转业到厂里当工人前,在部队是炊事班班长,会做一些特别的吃食。

229

陈婷显然对她母亲在兴州这个曾经的男友了解并不多,只能通过一样她知道的方式验证,于是她专门安排一个地方让周成做他认为最特别的一道吃的。这道菜叫"屈头菜",又叫"鸡蛋里挑骨头"。整道菜做法不复杂,用到的食材比较特别。

主料用的是孵化一段时间但是没有彻底孵出的鸡蛋,里面的小鸡已经具备雏形,长出骨头,生出绒毛。把这种蛋放到水里煮熟,然后开壳,放到锅里简单翻炒,再撒上生姜丝就可以直接蘸上椒盐开吃。虽然看起来很难以下咽,但味道是非常独特的。

听周成说起这道菜,胡新泉就觉得很特别,并且以周成的年纪推断,也在年龄上吻合。为了做出这道菜,在来见陈婷前,胡新泉还专门去养鸡场找了几个主料。

端上菜的时候,胡新泉先介绍:"这道'屈头蛋'口味有些重,需要蘸椒盐才能下口。"

陈婷不由得眼前一亮:"我要找的那个人,要做的特别的吃的,必须蘸东西才能吃,虽然我还不能肯定是不是椒盐。"

煎炒过的屈头蛋,兼具了蛋和肉的味道。

陈婷看到后,却有些失望:"从这道菜判断,周师傅并不是我要找的人。"

找出这个周成师傅,胡新泉费了不少功夫,看来陈婷要找的人比想象的要难。

"胡厂长,没关系,接下来你多费心。"陈婷轻轻一笑,"我这里倒是有好消息,市经贸局可以给银行下文件,不过需要你去一趟局里,和他们确定一些事情。"

拿到市经贸局下的文件,几乎就等于拿到银行贷款,胡新泉顿感振奋。

两人刚来到市经贸局,就被宋显林叫进一间会客室。

一进门,胡新泉就发现一个人早已经坐在那里,看清楚后,他感到非常吃惊,那人竟然是兴州市主管工业的副市长李岷山。

胡新泉参加过一次市里举办的培训班,对李岷山的雷厉风行亲身感受过,此时他正凝神仔细看着桌上摆的一张图纸。

宋显林敲了敲门。

李岷山抬头,见到胡新泉走进来,李岷山首先起身,朝他伸出手:"胡厂长,你好,我是李岷山。"

胡新泉快走几步，过去握住他的手，声音有些发颤："你好，我……我是胡新泉。"

李岷山又伸出另外一只手，亲和地拍拍胡新泉握住的手："胡新泉同志，不用紧张。"然后他和陈婷也握过手，最后才朝宋显林看一眼说："宋局长，开始吧。"

宋显林指着桌上的图纸说："这是一张设备图纸。胡厂长，我对你做过调查，你是兴州市电力机械制造厂数一数二的技术员，你看一下，判断判断是个什么设备。"

"好。"胡新泉走到桌边，他心想，自己到经贸局来，是为了拿贷款文件，不仅主管工业的副市长早就在这里，宋显林局长也绝口不提文件的事，而是让自己看图纸。看来是想通过这个图纸，考验一下自己的技术能力。

胡新泉仔细看向桌上的图纸，上面的设备图形并不复杂，有进出两个口，管径都不大，还弯曲出两道光滑的弧形，上面有一个好像舵盘样式的装置，不过不是圆形，是方形的……判断出图纸上画的东西后，胡新泉有些不敢相信，难道说李副市长和宋局长是跟自己开玩笑？他抬头看一眼李副市长和宋局长，两人的神情凝重。胡新泉只好慎重而又仔细地再确认一遍，他心里万分肯定后，退站到一边。

"知道是什么设备了吗？"宋显林问。

"这其实算不上设备，"胡新泉轻声回答，"这是一个水龙头，只是它上面的阀门旋把，没有做成常见的圆形或条形，而是方形。"

"水龙头？"李岷山和宋显林异口同声，神情都有些激动。

没想到两人是这种反应，胡新泉担心自己误判，就又一次仔细查看一遍图纸，确定无疑地说："对，就是水龙头。"

"这些混蛋！"宋显林有些恼火，他让人给胡新泉和陈婷端来茶水，告诉两人稍等后，就和李岷山拿着那张图纸离开了。

"胡厂长，你不会判断错吧？他们怎么会拿一张水龙头的图纸让你判断？"陈婷很不理解地问。

"我敢百分百肯定，那就是一个水龙头。"胡新泉非常肯定地回答。

过了没多久，宋显林过来时头发微微有些凌乱，带上胡新泉和陈婷上到楼上的一个会议室。会议室里烟雾缭绕,一张宽大的会议桌摆在中间。李岷山和好几个人正围在桌边,看桌上展开的几张图纸。

进到会议室,陈婷被呛得不住咳嗽。宋显林快步走过去打开窗户,一股冷风立时涌进来。接着,宋显林介绍了一下会议室里除了李岷山以外的其他人,三个是来自机电工业局的专家,一个是财政局的局长,一个是兴州市供电局局长,还有两个是从兴州市高压变电所派来的电气技术员。这些人的神情都很憔悴,双眼布满血丝,看来他们在这个会议室待的时间不短。

其中一个专家也不和胡新泉客套,急冲冲地开口说:"你就是认为那张设备图只是一个水龙头的技术员?"

胡新泉点点头。

专家不敢相信地摇摇头:"不可能,那个配套设备在报价单里的价格,买一头牛都绰绰有余,怎么可能是一个水龙头,年轻人,这里面可有大责任,话可不能乱讲!"

宋显林进一步和胡新泉说明情况,他指着桌上的图纸说:"这些是兴西直流±500kV输电工程的设备图纸,除了其中一部分35kV断路器是盛阳电力机械制造厂设计制造外,其他的设备分别从十五个国家引进。大多数的设备,我们已经确定,但其中两台三相自耦变压器的配套设备,让专家们几经分析,都摸不着头脑,甚至都不能判断提供的是什么。给你看的那张,就是这些没有弄明白的设备中的一样。"

胡新泉听后眼睛都睁大了,作为一个电气技术员,他知道这意味着什么。±500kV那已经是超高压的范畴,是目前国内的技术能力不能自主开展的项目,不禁也对自己刚才的判断产生了怀疑。

于是他再一次走到桌边,扒着那张图纸,仔仔细细又反复看了几遍,他按在图纸上的手指都渗出汗来。终于,他抬起头来,斩钉截铁地说:"这就是一个水龙头,我敢用我所有能够拿出来的东西保证,包括我的这条命!"

他这话一出口,正在沉思苦想的几个人,脸上都呈现出不可思议的表情。

其中两个技术员当即就反对:"不可能!"

会议室的情形有些剑拔弩张,宋显林和李岷山都沉默着,一根接一根地抽烟。

陈婷用一块精致的手绢捂住口鼻走过来,轻声地问:"咱们现在能不能按照这张图纸，把这个设备大致做一个出来。"

兴州市高压变电所派来的一个电气技术员回答："这个设备图并没有内部构造，并且看起来比较简单，这个配套设备的尺寸也不大，肯定可以用单开模的方式弄出来。"

"陆师傅，你确定能搞？"宋显林问。

那个电气技术员也很慎重，他再看一遍图纸后点点头："没问题。"

宋显林随即向李岷山请示，得到同意后，他马上联系了一个具备制作能力的厂配合工作，让这个技术员带着图纸去，制作样品回来。

在等结果的过程中，整个会议室非常安静，都能听到抽烟的声音。

那几个不认可胡新泉把设备说成是水龙头的专家，更是恼火得图纸也不看了，就坐在远离胡新泉的地方，一言不发，很敌视地打量着他。

李岷山抽光一包后，把烟盒一揉："大家这几天都辛苦了，心里都憋闷得很，这样，显林，你去让食堂给咱们安排一顿臊子面。"

宋显林答应后走出会议室，不一会，就带着几个人回来。有两个抬着一个汤桶，里面是熬煮好的臊子汤，另外一个端着一个大盆，里面是煮熟沥好、热气腾腾的面条，最后的一个人，端着一个托盘，里面是些生蒜头、油辣子和醋等调料。

"都不用客气了，自己盛，自己吃。"李岷山说完，自己取一个碗，捞面条浇臊子，还取一两瓣生蒜，就坐到一旁吃起来。

其他人见了，也过来盛面，一起过来，却并不乱，排成一个短队。

胡新泉和陈婷跟过去，排在那些人的后面。

前面的几个人一见胡新泉，都沉着脸，退到一边，竟然把他让到了头一个，这倒让胡新泉有些不知所措。陈婷则毫不客气地直接一步跨到胡新泉身前，拿碗盛面，口里轻声笑着说："真好，都君子风度，那我这个小女子就不客气啦。"

她盛面后，胡新泉跟在她身后，顺理成章就不那么尴尬，对于陈婷这样的处事，在这种情形下，胡新泉心里生出一丝感激。

李岷山正是看会议室的众人，因为胡新泉一个颠覆性的判断，都窝了火，于是让宋显林安排这臊子面来调节大家的情绪。

吃臊子面的时候，地道的吃法肯定得就上生蒜，然后加醋和油辣子。蒜的辛辣和醋的酸溜，以及油辣的干香，能将整碗臊子面的层次再提升不少。

一顿臊子面吃完，会议室的气氛不再像刚才那样紧张。

实在被烟味闷得受不了的陈婷，趁着透气，把几扇窗户都打开，外面清冷的空气灌进来，把之前的憋闷气息也都冲散了。

"胡厂长，对于那个配套设备，你认为是水龙头，只是基于它的形状进行判断，"一个专家语气不那么生硬地和胡新泉说，"那是很片面肤浅的，看图纸应该要立体化来看的。"

"是，"胡新泉点点头，"不过以那张图纸，不管怎么立体化，我确定就是一个水龙头。"

"你……"专家叹一口气，"听宋局长介绍，你本身是一个技术员，现在看来，你对于电力机械设备的理解，还停留在很表面的阶段。"

另外一个稍微年轻一点的专家，这时又拿过来一张图纸："胡厂长既然认为那张图纸上的设备是水龙头，那么这张图纸上的设备，你又认为是什么？"

胡新泉接过那张图纸，上面描画的面积很大，有一个离地不高的台子，下面就是很大一片设计区域，他反复看几遍，没看出是什么。

陈婷站在图纸的对面，看一会后，突然转过来，凑到胡新泉耳边轻声说："我说一句话，你可别笑我，我怎么觉得这张设计图上画的是一片草皮。"

为了不让会议室里的其他人听见，陈婷凑得很近，一侧身体完全贴到胡新泉身上，他闻着一股形容不出来的香味，挨着他的那半边肩膀，泛起一阵过电般的酥麻感觉，格外舒服。不知道怎么，胡新泉竟然出神，离得那么近，他竟然没有听清陈婷说什么。陈婷说完后，见胡新泉木呆呆的，竟然没什么反应，不禁一窘，看来胡新泉也觉得她说的话比较离谱。

她轻轻一笑："哈哈，那肯定不对，你就当我什么也没说。"

"嗯，你说什么？"胡新泉这才反应过来，不禁脸涨得通红，追问一句。

陈婷有些疑惑，刚才都贴到他耳朵上了，怎么他都没听清？不过她还是又一次凑到胡新泉耳边，这次离得更近一些，小声地说："我觉得这张设计图上画的是一片草皮。"

"草皮？"胡新泉觉得陈婷的"觉得"比自己说上一张图是"水龙头"还要异想天开，他转动图纸，又看一遍。

陈婷没说，胡新泉还不觉得，但她那么一说，现在再将图纸转一个方向，他仔细计算了一下中间那个台子的尺寸，果然和主变压器的安装尺寸吻合，这时再以那个台子作为安装台，看四下设计的那些块状，还真的就是草皮。怎么可能，这样一个国家级的超高压项目，国外的设备供应商，会把一些草皮都当成配套设备卖吗？这也太荒谬了，完全就是匪夷所思。不过就和一开始判断那张设备图是水龙头一样，胡新泉又反复看几次，仔细计算图纸上出现的数据。最后，他得出一个自己都不敢相信的结果：这张图纸上，真的列出的就是一个简单的设备安装台和预定的铺草皮规划。

当胡新泉硬着头皮把这个结果说出来，会议室里的几个专家顿时都哭笑不得地恼火起来。如果把刚才的设备从外形上判断为水龙头，还只说明胡新泉只是肤浅和不会立体看设计图。那么将这一张涉及面积这么大的设计图说成是草皮规划图，只能说这个叫胡新泉的厂长是愚蠢和无知了。

"草皮？"其中一个专家连连摇头，"胡厂长，我不是有意要冒犯你，不过能说出这样一个判断，我真是没有办法想象，你是怎样成为一个厂的电气技术员的。"

"难怪听说兴州市电力机械制造厂差点就破产清算，作为一个号称技术出身的厂长，你对设计图的判断这样离谱，我甚至都不猜测，而是可以肯定，你们生产出来的电力设备会是怎样一种可怕的情况。"

专家们对胡新泉都很无语。

陈婷轻轻地拉了胡新泉的衣服一下，示意他到外面去。

会议室外走廊的最右侧，打开一扇木门，外面是一个临街的露台。

和室内的温暖相比，这里很冷，露台的石栏上甚至都结了一层冰。

陈婷拢了拢衣服，有些轻微埋怨地朝胡新泉说："我根本就不懂，只是觉得像，就和你说着玩的，你怎么真的说了。"

胡新泉连连摆手："我说那张图纸不是什么设备，就是一张铺草皮的规划，不是因为你说，也是因为你说……"他被冻得都有些语无伦次，深呼吸一口气，打一个喷嚏后解释："我是从那张图纸的实际情况来判断的，从图上给出的数据，我都可以把整个安装场地的布置面积算出来。"

"你还真是笨得可以，"陈婷叹一口气，"我的胡厂长，你难道没有看出来，宋局长带你来帮着看图纸，就是为了考你的技术能力，这种时候，你只要顺着里面那些人，和他们说些相同的话，就能过关，然后局里就能给银行下文件，你就可以拿到贷款。现在你这样让他们反感，我判断，你的贷款应该是没戏了。"

"哎……"胡新泉叹一口气，"这个我知道的，但我不能睁眼说瞎话啊。"

"胡厂长啊胡厂长，你还真是耿直得可以。"陈婷一笑，摇了摇头，"这种情况下，宋局长并不需要你真的确定出那些图纸上的设备是什么，他只是让你来这里走一个过场，让那些专家判断一下你的技术能力。你到这里的目的，是贷款，而不是那些图纸。只要那些专家不明确反对，依我看，宋局长就会下技术专项贷款的文件。"

胡新泉还真没想到这一层，他不由得叹气，看来贷款是没戏了。

"胡厂长，你也不用一下就变得这样垂头丧气。"陈婷轻松一笑，"在兴州这里没法贷款，可以去西京贷，我会给你想办法的，你放心，我肯定能在一个月之内，给你拿到一笔贷款。"

"我们厂的那些材料，在兴州都贷不到，为什么在西京就能贷到？"胡新泉有些疑惑地问。

陈婷伸出双手重重地在胡新泉的肩膀上按了一下，歪着脑袋看着他说："在兴州这里贷款，你有一份材料没用上，那就是你租赁承包的协议。这份协议原则上是不能作为担保的，但现在我认为可以把它作为担保，从西京给你贷款。"

胡新泉还是不理解："为什么现在可以？"

"因为我看好你这个人，"陈婷眨眨眼睛回答，"这个担保是给我的担保，至于给银行的担保，我会有办法解决的。"

胡新泉不知道该说什么好，只能诚恳地对她说："谢谢你。"

"砰！"木门一下被狠狠推开，宋显林双眼发亮地看向胡新泉，招呼一声，"走，回会议室！"

搞不清楚是个什么情况，胡新泉赶紧跟上，隐约听到身后有一个声音似乎在喊他，扭头往楼下很快地看去，就见到一辆大解放卡车呼啸驶过。

见胡新泉停下脚步，宋显林催促地示意一下，陈婷一把抓住他的手，扯着他快步朝会议室走去。

在兴州有这样一种说法，管姻缘的月老手下有两个童子神仙，女仙童叫秦豆。

第9章　专属感谢茶缸

这时的胡新泉和罗维卡的关系，即便是在厂里见到，就算没有旁人，两人都会下意识地迅速躲开对方，要是有旁人，多半会起哄两人，胡新泉和罗维卡都会格外尴尬。

尽管工人们会打趣地叫罗维卡"厂长夫人"，追问着什么时候能喝上喜酒，也会一本正经地往胡新泉手里塞些花生什么的，祝他早生贵子。但对于接下来该怎么办，两人都是不知道的；两人之间似乎更加生疏，民意表决会过去已经好几天，两人不仅没有再单独相处过片刻，就是话甚至都没再说上一句。

罗白桦带着扁担去打胡新泉那天，罗维卡专门在家梳洗打扮一番，她以为胡新泉会去找他，结果没有。

兴州市电力机械制造厂复工复产后，身强力壮的工人们，集中去做的是重建坍塌的主厂房，像罗维卡这样的女同志，则做一些相对不那么需要体力的工作，如清理车间厂房的卫生、检修设备、通电测试。和之前冷冷清清相比，整个厂区都人气腾腾，但罗维卡却总是觉得安静，听不到她想听的那个人的声音，看不到她想看的那个人，但大家遇到她，都会喜笑颜开地跟她说与胡新泉相关的话，这让她心里发慌。

后勤的梁大姐要去买一些五金用品，罗维卡二话不说，就主动帮忙。

坐上梁大姐骑的三轮车从厂里出来，罗维卡竟然有种松一口气的感觉，兴州市电力机械制造厂这个她工作好几年的地方，竟然让她感到憋闷，厂里工人们那些善意的话，让她感到难以应对。

三轮车一路走着，风从前面呼呼吹来，梁大姐穿着一件大号的褪色军大衣，戴着一顶翻耳狗皮帽子，下一段坡时，车速变快，她就好心招呼罗维卡："小罗，你坐到我后面，这风和刀子一样，脸会被吹裂的。"

罗维卡坐过去，背靠着梁大姐，这厂里的老后勤又带着些笑音："我可得把你照顾好，不然胡厂长得给我处分。"

这个梁大姐是兴州市电力机械制造厂的老后勤，论起年纪其实比罗白桦还要大上一轮，但她是一个比较开朗的人，厂里的工人只要比她小的，都一律叫她梁大姐。

罗白桦带着罗维卡进厂的时候，罗维卡路都还不会走，很多时候，都是梁大姐帮忙照顾，因此罗维卡和她关系不是一般的熟悉。

这段时间，听到别人在罗维卡面前提及胡新泉打趣，她都暗暗忍着，听梁大姐这么一说，她顿时就发起脾气："梁大姐，他是他，我是我，你要再这么说，我就跳车下去了！"

"哟，哟，真的是长大了，还不能说啦。"梁大姐放慢车速，同时爱惜地说，"可不敢！可不敢！现在车速挺快的，这跳下去，肯定会摔伤的。"

"摔伤就摔伤，也比听这些话要好！"罗维卡赌气地说。

"好了，我不说！我不说！"梁大姐安抚女儿一般说，"维卡，都怪我嘴碎，你就当梁大姐刚才是放了个屁，噗……"

说着话，梁大姐还用嘴，模拟出悠长的声音，这是她照顾小时候的罗维卡常用来哄她的手段。

罗维卡不禁笑出声，用劲地靠一下梁大姐："还当我是小孩子哄呢……"

"哟，真是长大了，"梁大姐说，"在我这，哪怕你以后白发苍苍，只要我梁大姐还没埋土里，你罗维卡都还是小不点的娃娃，我可是给你把屎把尿的……"

听着梁大姐的话，罗维卡想到很多事情，她小时候第一次去泡澡，是跟梁大姐去的；第一次月例来时，罗白桦惊慌失措，也是梁大姐教她该怎么办的；更别提罗白桦通宵加班时，她都是和梁大姐睡的。

这是一个几乎等同于母亲一样的女人。

罗维卡也不止一次地想过，希望梁大姐就是她的母亲。

但不知道为什么，即便梁大姐和罗维卡这样亲，在工人们都习惯于用男女之事打趣逗乐的兴州市电力机械制造厂，竟然没有人借着罗维卡来拿梁大姐开玩笑。甚至包括罗白桦，提及梁大姐都是很敬重。

雪后的天气湿冷，一路上没什么人。

下过那一段坡后，梁大姐的注意力不用那么紧张，她轻声地说："维卡，我知道你是在为胡新泉厂长的事烦恼呢，民意表决那天，你做得很有勇气，我当年要是有你这样的勇气，该多好……"

罗维卡正把辫子在手指间摆弄，一听这话，回想起民意表决那天的事，她脸顿时烧得火热，赶紧晃晃脑袋，不再多想，就问："梁大姐，你当年有什么事？"

"这些都是过去的旧事，其实是不该再想的，看你这段时间一天天魂不守舍的，我就和你说说吧。"梁大姐叹一口气，"维卡，你比我有勇气，也比我要幸运，肯定会很幸福的。"

这是一段平整的路，两边有一人来高的白杨树，挡住风，也挡住涌来的冷气，梁大姐一边踩着三轮一边慢慢说："我是第一批考进兴州市电力机械制造厂的工人。我家就在离这不远的皇甫村，是地地道道的农民家庭。我的父亲很早就过世了，我和我娘相依为命，我娘是个要强的女人，她不顾亲戚反对，坚持不改嫁，一直把我当个小子来养。我父亲没过世的时候，就给我指了一门胎里亲。本来我这样的人，长得大一点，就会过门到胎里亲的夫家，成为一个农家妇，度过这一生。甚至我自己也一直那么认为。直到那一年，当兵的进我们村，号召大家进行土改，村里的人一开始是怕，家家闭户，我也怕，天天就和娘躲在家里，不敢出门，直到家里的水用完了，不得不出门。和娘商量后，我决定在天蒙蒙亮的时候，偷偷出去担水。那是个比现在还要冷的天气，在天刚有一点亮时，我起床，担上水桶出门，没想到刚一出门，就踩到一个人。"

"踩到一个人？"罗维卡更加好奇。

"是的，我当时吓了一跳，水桶都掉到地上，"梁大姐这时的语气有些愉悦，"那样冷的天气，他就睡在我家门口。"

"那是进村的解放军，我当时吓得就那么待在原地，连跑都忘记了。我家门口、墙边，都睡着人。被我踩到的人，赶紧起身，扶住我，安抚我。"

"我当时也不知道怎么搞的,哇的一声,就哭出来,那人赶紧把水桶捡回来,然后不住地朝我道歉,我反应过来后,赶紧跑回家,同时把院门关个严严实实。进屋和我娘说了,她也吓得厉害,两个人都不知道该怎么办,就抱头哭起来。天亮的时候,有人敲门。我娘把我藏在屋里,然后带上菜刀出去。过了好一会,我娘回来,把我从藏身的地方叫出来,就见一个当兵的和村长以及几个村里的长辈站在院子里。我认出那个当兵的,就是早上我踩到的人。

"心里正担心,没想到那个当兵的一见我,马上给我道歉,然后从院子外担进来两个桶,是我早上落下的,这时的两个桶里,已经装满水。

"村长把情况和我们娘俩说了一下,那些村里的长辈也不住劝解,话说得很多,我听进去一些,什么土改,什么穷人翻身……

"我和娘都没完全听懂,但也明白这些当兵的是不会害我们的,于是,我们娘俩也就大着胆子像平时那样生活。自从那天踩到那个当兵的后,他们就睡到离门远些的墙下。

"这些人没有像原来村里传言的那样害人、抢东西,只是往墙上写字,刷标语。一来二去,我胆子也大了,就和村里的一些年轻人去听他们组织的群众会,我就好像是失明多年的瞎子,突然重见光明。

"后来我成了村里的积极分子,学习认字,参与土改。我娘见我这样的改变是害怕和排斥的,于是她让我的夫家提前来迎我过门,但我当时已经知道那是包办婚姻,就死活不答应。村里的长辈们都来劝我,我被逼得走投无路。还好这个时候,原来被我踩到的那个当兵的帮我,给我胎里亲的夫家以及村里的人开了一场婚姻法的会,我成功解除这个婚约。因为这事,我还成为咱们这个地方女性解放的典型,被请到县上的万人大会上讲话。"

罗维卡听出其中关键,就说:"这个当兵的对你很好呀。"

梁大姐有些腼腆地轻轻一笑:"是呀!"随即又长长地叹一口气:"他真的是一个很好的人。只是村里的土改工作正常进行后,他就率队离开了,在那样的年月里,这样一别,几乎就再也不可能见到。后来我作为村里的先进分子,被推送去学习,本来是要分配去西京工作的,但我自己选择考进了咱们兴州市电力机械制造厂,成为一名工人。"

"去西京工作,那多好。你为什么要考进厂里?"罗维卡有些不能理解梁大姐，兴州市电力机械制造厂初创的时候，是非常辛苦的，她为什么会做出这样的选择。

还不等梁大姐回复，罗维卡突然明白，不由惊喜地说："难道说和那个当兵的有关？"

梁大姐点点头："是的，我怎么也没想到，他后来竟然又回到兴州，还成为一名工人。听到这个消息后，我当时就决定，一定也要进厂来。"

"哟，真是没想到，"罗维卡感受到梁大姐语气里的那种灼热，她称赞，"你不仅很有勇气，还非常有决心。"

"兴州市电力机械制造厂的工人"，罗维卡又笑着问："梁大姐，那后来你和那个当兵的怎么样？"

"还能怎么样？"梁大姐怅然地叹一口气，"有很多事情，所有人都知道，只是当事人不知道。进厂后，我努力工作，一直想要引起他的注意，甚至厂里其他人都看出来我对他的好感，但没有一个人说透。"

罗维卡不相信："这种事情，他真的会察觉不到吗？"

"维卡，我也一直这样想的，我对他那样好，和他那样亲密，他会察觉不到吗？"梁大姐郑重地说，"他确实察觉不到，你一定不要高估男人，男人能够察觉到喜欢，但是对于喜欢和爱，男人往往是分不清的。"

"我一直没有说透，但我对他所做的事，相信任何人都能看出，我是爱他的。"梁大姐肯定地说，"爱一个人和喜欢一个人，是不同的，这种不同，是那样明显，又是那样隐晦，明显到所有的人都能一眼看出，隐晦到两人甚至生疏得不如陌生人。"

"维卡，我的孩子，"梁大姐停下三轮车，转过身，伸手摸着靠着她的罗维卡的头，"咱们工人，那么扭扭捏捏干什么，你有话要和那个人说，就告诉他，这样沉在心里，他是一定不会知道的。有些时候，有些话不说，有些人一旦错过，就是永远错过。咱们这样因为男人察觉不到而自怨自艾，只会让自己别扭，真的没有必要，男人对于爱的感觉是那样迟钝。"

梁大姐说完，蹬车继续前行。

坐在车后的罗维卡，觉得眼前的天光似乎亮了一些，这段时间始终笼罩在心里的一团东西都消散开。

她不禁又好奇地问："梁大姐，那个当兵的是谁？你说他后来成了咱们厂的工人，我知道吗？"

"你肯定知道，每一个兴州市电力机械制造厂的工人应该都知道，"梁大姐有些自豪地说，"他叫孙明伦。"

"孙厂长！"罗维卡有些吃惊，同时也明白过来，为什么厂里没人会用男女之事和梁大姐打趣逗乐。

孙明伦，这个兴州市电力机械制造厂的首任厂长，留下了太多让人钦佩的传奇事迹，就连兴州市的很多人，对和孙厂长相关的事，也是耳熟能详的。

罗维卡怎么也不敢想，梁大姐这个从小把自己带大的女人，竟然和孙明伦有这样的联系。微微有些东西落到脸上，不知道是雨还是雪，罗维卡伸手接了，手上却什么也没有。就听前面骑车的梁大姐慢悠悠地哼唱起一首曲调特别的歌来：

"我们大家提着水桶，一同来到泉水边上，见到一位战士背着脸儿，怕羞似的在洗衣裳。我们偷眼朝他一望，哎呀洗得太不像样，虽然害羞也还是把话讲：快让我们帮你洗吧，快让我们替你帮忙。

"我们大家提着水桶，一同来到泉水边上，见到一位战士正在淘米，把泉水弄得哗哗地响。我们齐把水桶放下，上前顺手夺下他的竹筐，虽然害羞还是把话讲：快让我们帮你淘吧，快让我们替你帮忙。

"我们大家提着水桶，一同来到泉水边上，熟识的人们跑了过来，把我们围在泉水之旁。亲爱美丽的同志姑娘，请你们把歌儿来唱，虽然害羞还是高声唱，唱了一支春之歌哟，又唱了一支诺多尔江旁。

"我们大家提着水桶，一同来到泉水边上，亲爱的人们排好队伍，准备出发开往战场。人们跑来掐朵鲜花，争给亲人戴在衣襟旁，虽然害羞也还是把话讲：胜利之后千万回来，回到这里的新泉边上，来看我们唱歌的姑娘。"

罗维卡想着梁大姐刚才说的话，心里暗暗下定决心，要是再遇到胡新泉，她不会再一言不发，更不会扭头避开，一定要好好和他讲一讲。

经过兴州市经贸局时，一辆大卡车快速地开过来，路上有积雪，为了安全，梁大姐放慢车速，罗维卡仔细地打量四下，突然就看到经贸局一个临街的窗台上，站着两个身影，其中一个她非常熟悉：胡新泉。

罗维卡赶紧开口喊了一声，胡新泉并没有回应她，而是正听着另外一个人说什么，那是一个穿着时髦的女子。她是谁？这念头如同野火一般蔓延燃烧。罗维卡又喊，声音小了很多，胡新泉似乎听见，他好像转过身，就在这个时候，那辆大卡车疾驰而过，

"维卡，坐下！"梁大姐喊一声。

罗维卡迷迷糊糊地答应一声，她不知道什么时候，竟然在三轮车后站起身来。她感到脸上一丝凉意，大卡车开过，车轮带起地上黑黝黝的污雪，碾得碎碎的，成了一些黑雪尘，就那么扬到罗维卡的脸上。她伸手抹了一把，那雪融化后，黑色的雪水染得她一脸都是。

大卡车开过去，再看那个地方，胡新泉已经不见了。

跟着宋显林走进会议室，胡新泉感到气氛很奇怪，所有人都盯着他。

"真够混蛋的！"其中一个专家恨恨地骂一句。

那个带图纸去制作样品的技术员已经回来。

胡新泉看到桌上摆着一件东西。

"这简直是耻辱！真的是水龙头！"一个专家手颤抖着举起那个样品，声音充满了愤恨，"太欺负人了！竟然把水龙头当成配件打包卖给我们，还要那么高的价格！"

另一个专家，更是双眼发红盯着那些图纸："看来，这张图纸上的就是草皮，也八九不离十了！这些王八蛋啊，他们怎么能做出这样恶心人的事情来！技术交流的时候，那个外国专家，还不住地强调，每一个配件都是不可缺少的！水龙头、草皮，这也不可缺少吗！这是技术讹诈！这是掐我们的脖子！这是往我们的脸上撒……去他妈的！"

李岷山坐在那一根接一根地抽烟，领子上扣着的扣子已经解开，他狠狠地掐灭一根烟，用明显压着的语气说："这些情况，我会和负责这次采购项目的商务同志们说清楚，但兴西直流±500kV输电工程，是我们配合国家搞的超重点项目，无论是个什么情况，这些设备都是必须引进的。"

"这些外国佬，把水龙头和草皮都当成高级配件打包卖给我们，我们也要引进？"一个专家眼睛都能喷出火来，问道。

"是的，"李岷山无可奈何地回答，"目前咱们还没有超高压设备的自主研发生产能力。"

李岷山说完，走到胡新泉面前，和他握手："胡新泉同志，谢谢你。"

会议室里的专家和技术员们都非常难过。

其中一个技术员突然看向胡新泉开口："胡厂长，兴州市电力机械制造厂不就是咱们陕省最好的电力机械制造厂吗？你们能不能研发生产？"

胡新泉一下愣住，不知道该怎么回答他。

姑且不说兴州市电力机械制造厂经历连番变故，又长时间停工停产，厂里的研发和生产能力都受到非常大程度的破坏，就是在兴州市电力机械制造厂效益最好的那些年，也并没有考虑过生产超高压电力机械设备。

会议室的人，被技术员的话一带，目光顿时都汇聚到胡新泉身上。

这些人都没有说话，一种前所未有的感觉却在胡新泉心中升起，他觉得自己好像被一层层厚厚腻腻的东西结结实实地包裹起来，那是窘迫、尴尬、手足无措。

胡新泉在过去的时间里，从来没有过这种感觉，他几乎是一个字一个字往外挤："我们还不具备研发生产超高压设备的能力……"

"哎！"那个技术员重重地叹一口气，沮丧地说，"就连我们陕省最有实力的电力机械制造厂都不能研发制造，那些外国佬怎么能不掐我们的脖子！"

另一个年长的专家更是难过地感慨："以前条件多艰苦，多难啊，吃糠咽菜，吞沙喝风，我们搞出了原子弹。现在，条件可比那个时候好太多了，怎么就连这些超高压设备都弄不出来？"

这话让胡新泉更加无地自容。

会议室的专家、技术员都在长吁短叹，李岷山和宋显林对视一眼，宋显林于是把胡新泉拉出会议室，陈婷也紧随其后，几人又回到来时的那个会客室。

"胡新泉同志，你不要太受刚才那些同志的言语影响，他们不清楚兴州市电力机械制造厂的情况。"不等坐下，宋显林就开口安抚胡新泉，然后夸奖道，"你能确定下设计图上的配件，足以体现你的技术功底是很好的，很不错。"

"宋局长，那关于兴州市电力机械制造厂申请贷款的事情，还要您费心。"陈婷不失时机地在旁边开口，"科学技术是第一生产力，这可是您说过的哟……"

"你看，你看，开口闭口就是这件事，我又没说不办。"宋显林故作愠恼地说，"那句话可不是我说的，我只是转述，那是总设计师说的。还有，小婷，你才来我们兴州市几天啊，现在就这么胳膊肘往外拐？我可是看你从小长大的，你倒好，现在都是帮着胡新泉同志说话。我跟你讲，这事我要和你家说了，看你家不得翻天。"

陈婷搂住宋显林的胳膊摇晃不停："宋叔叔，关于这件事的前因后果，我可是都如实和您汇报了的，您可不能打小报告。"

"你呀！"宋显林无可奈何，走出门去。

看着宋显林的表现，及宋显林与陈婷的关系，胡新泉有些好奇。

陈婷看出胡新泉的想法，就和他说明："宋局长和我父亲是同学，在他没调来兴州前，和我家住在一个院里很多年。"

"原来如此。"胡新泉点点头，他还有一些疑问，但没问。

陈婷却好像能看穿他似的，又继续说："我父亲叫陈福聚，是燕大的经济学教授。"

胡新泉听到后眼睛都直了，因为这个名字，完全称得上是如雷贯耳。

有人把当代最著名的十八个经济学家，概括为一首顺口溜，每一句都含有这些把控国家经济命脉的人物姓名——三纲五常，谢蔡六郎，林海张杨，李白陈甫，国富国强。"李白陈甫"包含四个经济学家，其中的"陈"指的就是陈福聚。他师从顶级经济大师顾之准，对于当前政治体系经济制度和经济发展史有非常深入的研究，是定义这个国家商品经济属性的重要依据，甚至可以说是先行于改革的理论依据。

"眼睛瞪那么大干什么？要把我吃了？"陈婷故作惊讶地俏皮一笑。

"这个……"胡新泉不禁一窘。

宋显林带着一页红头文件回来，递给胡新泉："胡厂长，我已经打电话给银行说明情况了，这是我们市经贸局给你出的材料，你拿过去，就可以办专项贷款了。"

"谢谢！"胡新泉接过材料，激动地拿在手里。

"你不用谢我，"宋显林叹一口气说，"科学技术是第一生产力。你也看到了，要是没有技术，会多么被动。当我们不具备研发生产能力时，要想通过采购来解决，就需要付出难以想象的代价。这样的事情，我们经贸局经历很多，并且越来越多。今天你可能觉得水龙头、草皮被当成特种配套设备打包卖给我们，很过分，要是我们再不自己掌握技术，只通过买，以后他们完全可能把马桶、卫生纸，甚至是废弃垃圾都打包卖给我们。

"不仅如此，在通过外贸采购这些设备的时候，他们根本不认我们的货币，我们必须通过资源来置换外汇，然后任凭他们狮子大开口地漫天要价。我们这是求着和他们买东西，还是跪着求。

"在兴州市电力机械制造厂情况都已经这样糟糕的情况下，我们愿意出这个文件，让你们拿到贷款，一个原因是我们在充分研究你们提交上来的租赁承包方案后，觉得可行，并充分感受到赵明诚书记以及你胡新泉同志的决心；另一个重要原因，是我们也非常不希望看到兴州市电力机械制造厂就这么没有了。

"改革开放以来，我们已经发现，随着各地的各种生产活动开展，对于电力的依赖是非常大的。前段时间，省里组织了学习班，从首都来的专家，是一遍又一遍地和我们强调这个问题，我们也深以为然。在我主导的一些对外采购项目中，电力机械设备占的比重很大。

"尽管现在兴州市电力机械制造厂还不具备超高压设备的研发生产能力，但我对你们抱很大的希望。胡新泉厂长，你应该比我还了解。我相信，并且坚信，你们生产出的电力机械设备能够用到那样重大的项目上，接下来，也肯定可以用到当前每一个需要的项目上。"

宋显林向胡新泉伸出手，语重心长道："胡新泉厂长，为了我们接下来不用再这样被人卡脖子，为了接下来我们不再跪着进行外贸，我该谢谢你。"

"好！"胡新泉握住经贸局局长的手，感受着手心的热度，他重重地点头。

从市经贸局出来，胡新泉就想马上去银行办贷款。受到图纸的刺激，以及刚才宋局长的话，他心中触动非常大。

陈婷突然伸手一把拉住材料的另一头："难道不该谢谢我？"

胡新泉不敢使劲往回拉，生怕扯坏了材料，小心翼翼地说："也谢谢你。"

"只是嘴上说的谢谢可不行。"陈婷歪着头,一些头发披散下来,垂在她白皙的脸颊边,看起来非常明艳动人。

胡新泉有些着急:"我一定会好好帮你找人的。"

"找人那是你必须做的,"陈婷眼睛转了转,一笑,"今天我可是放下手里的事,专门和你来这的哦。"

胡新泉想了想,看到经贸局旁边的一家副食品店,他松开拿材料的手,有些不好意思地看向陈婷:"你身上有没有钱,借我五毛可以吗?"

这份经贸局的材料,关乎兴州市电力机械制造厂贷款的事,胡新泉一直非常要紧地握在手里,陈婷没想到他会松手,她稍微一愣,听到胡新泉的话后,有些诧异,但还是掏出钱来都递给胡新泉。胡新泉从中拿了五毛钱,径直走进副食品店。他很快走出来,手里多了一样热气腾腾的东西,是两块用竹签子串着的八宝玫瑰镜糕。

兴州的八宝玫瑰镜糕,很有历史渊源。柳荫槐下清昼长,镜糕担子亦生香。

相传是早年间清宫太后逃难,经过兴州地界,十分饥饿,好不容易找到一些糯米粉,却没办法下咽,随行人员里有一个老宫女,心思机敏,就把老太后盛放铜镜的檀木圆盒当作蒸笼,将糯米粉加水调和,放入能够找到的干果,简单一蒸,就供给老太后享用,老太后吃后赞叹不已,赐下一个吉祥的名字:八宝玫瑰镜糕。

制作镜糕,三分功夫在那一个个专门蒸制镜糕的小笼屉上。兴州的镜糕笼屉非常讲究,都是找手艺精湛的木匠,专门挑选好木料制成,内里的托底上,会雕上惟妙惟肖的花纹。雕花镜糕笼屉,一套是九个,上蒸的时候,一般是两列摆放,左五右四,取镜糕的时候,自左而右。最上乘的镜糕笼屉,是用一整块木料雕琢而成,完全一体,蒸起镜糕来,积味不散,香气不溢。

镜糕的另外三分功夫在糯米粉,兴州所处的关中地方,多以种麦为主,但独有在距离西京不过几十里的绝龙岭下,有那么一片叫神禾原的高地,产出谷米。这里出的谷米里,十分中有两三分是糯性的,不像别处的糯米粉那么细实,有点麦粉子的干松,可以说是兼具谷和麦的特点。将谷米磨成不那么细的粗米粉,用水调和,放到镜糕小笼屉里一蒸,出来的就是地道兴州镜糕。

这六分之余,还有三分是加宝的功夫,八宝玫瑰镜糕,加的八种辅料是葡萄干、芝麻、山楂片、干枣片、花生碎、葵花籽仁、核桃仁、果脯。如此多的辅料，要铺到不到一巴掌大小的镜糕上，是很考验做镜糕人手艺的。

最后这关键的一分，就是浇玫瑰糖酱。玫瑰糖酱，是用干玫瑰花瓣和蜂蜜、白糖熬制而成，显琥珀金黄色，味道非常滑甜，但一点不腻。

镜糕在小小笼屉里蒸好，八种辅料，用小勺一一盖到上面，启开镜糕笼屉上独特的木雕盖子，就在热气腾出的瞬间，镜糕师傅一手提着一根非常长的木筷子，伸到玫瑰糖酱罐里一拉，提溜出长长的一道琥珀金黄糖酱，落到镜糕上，把那些散乱撒到镜糕表面的八宝，就一下覆盖住。然后师傅放下木筷，取两根竹签子往镜糕上一穿拿出，这一面由玫瑰糖酱盖住的八宝，一面洁白如雪的镜糕，就完成了。

食客捏着两根竹签子，就可以一边逛街，一边品尝，极为方便，滋味顺应街景，一口下去，是山楂的酸，一口下去是葡萄干的甜，一口下去是芝麻的香……一口一滋味，都很好地被包容在这一块小小的镜糕上。

看关中街景，最适合的就是吃八宝玫瑰镜糕，一口一味，一步一景。

胡新泉把镜糕递到陈婷手里，她要双手拿吃的，那被她拿过去的材料，自然就交回到胡新泉手中。

"新泉同志，你还真是个会精打细算的人，"陈婷啧啧有声地说，"借我的钱请我吃东西，这样，就算是谢谢我了？"

胡新泉把买镜糕后剩下的三个硬币，一个五分的，一个二分的，一个一分的，摊在手里让陈婷看一下，然后塞进她衣兜里，和她说："之后，除了我已经答应过你的，会全力帮你找人以外，我肯定还会好好感谢你。只是我现在确实经济不允许，这三个硬币，是借你钱剩下的，作为物证，以后但凡我能做到的事情，你尽管和我提三件，只要不违法违德，我都一定办到。"

"这个好，"陈婷轻轻一笑，"等于是一下给我三颗许愿流星，很有诚意。"

胡新泉倒没想这么多，只是觉得陈婷真是帮了大忙，自己不能红口白牙地许诺，就想着给她留个凭据。这时候去找纸笔也不合适，干脆就拿那些剩下来的硬币作为凭证，他一开始还担心陈婷会嫌弃这样太草率没诚意，没想到她竟然赞同。

"肯定有诚意，这不是八分钱，是我说这些话的凭证。"胡新泉强调道。

"对，不过不是八分钱，而是五分钱、二分钱、一分钱。"陈婷说完，咬下一口镜糕吃着，朝胡新泉挥挥举着镜糕的双手，就像是挥动两面小旗帜一样。

注视着陈婷离开的背影，胡新泉有些疑惑：这五分钱、两分钱、一分钱，加起来不就是八分钱吗？还有什么不同？

胡新泉没时间细想，他赶到银行，把从经贸局拿到的材料交上去。那个一开始黑着脸把他推出去的经理，不情不愿地办理贷款。

拿到银行批下的那叠支票，虽然那个经理还黑着脸，胡新泉却非常诚恳地向他伸出手："谢谢。"

经理朝他翻一个白眼，从鼻腔里哼一声，用让人听着就不舒服的口气说："胡厂长，这个是我们应该做的，希望这些款子，你们不要又把它变成一笔烂账。"

"不会，"胡新泉没有缩回自己伸出去的手，他依旧诚恳地说，"不仅这一笔不会，就是之前那些严重影响我们信誉的，我们厂也会尽快还上。同志，我现在也不问你叫什么，但是我希望你相信我，真的，我们厂会好起来的，和我握个手，我们以后肯定会有大量银行业务，都会无条件支持你们。"

胡新泉的话，引得正在银行营业厅办事的人都看过来，那个银行经理只能强挤出一个笑容，和他握手，嘴里还是用那种人听起来很不舒服的语调说："那我谢谢您嘞，不过您以及您厂的人，只要少来我们这，就是对我们的最大支持！"

"好！"胡新泉重重答应。

无论是出于什么情况，在这种时候，还能给兴州市电力机械制造厂办贷款，胡新泉对于银行是感激的。

把那本支票贴身放了，胡新泉走回厂，在市区有人的时候，他保持着稳定的速度前行，尽量地控制着情绪。过了灞河桥后，没有什么人，胡新泉抑制不住地就跑起来。

办下贷款，厂子有救了。

他是一口气跑回厂里的，一直回到宿舍，鞋也不脱就躺在床上，他抚摸着支票本，那是一切皆有可能的希望。这些钱，不是给他的，却有一种如释重负的感觉。

躺在床上，他第一次注意到宿舍的天花板，上面遍布着一些斑驳的小黑点，还有些许蛛丝，胡新泉原来从不曾察觉的一些东西，现在都看得很清楚。

胡新泉急喘着的气慢慢平息下来，他觉得有些口干，坐起身，端起桌上的搪瓷水缸子，里面有他出门时倒进的半缸水。他没有像之前那样，往里面掺和些热水再喝，而是直接端起来一饮而尽。搪瓷水缸里的水非常冰，一口下去，透心凉。

胡新泉就觉得舒爽透了，他很疲惫，放下缸子，还是没收拾，又躺回床上。不知道为什么，他想起小时候和爷爷去田里担秸秆。

脱粒后的秸秆晒干后，扎成一个个的秸秆垛子，担回家，是重要的牲畜过冬料，也是最好的燃料。兴昌乡蓢蔴蒿村担秸秆，用的是两头都削尖的扁担，叫"千担牯"，意思是可以担很多次东西的壮牛。把一根扁担叫作一头牛，是农民最质朴的想象。家里的长辈常常会告诉小孩们，这世上美好的事很多，担秸秆就是其中之一。小孩们不明所以，却因为常听长辈这么说，就都很向往担秸秆。

胡新泉不到十岁时，软磨硬泡地和爷爷撒娇，总算可以跟着爷爷去担秸秆，他还记得，当时他用的是一根青色的小千担牯，是爷爷用一条大扁担改的。有这样的讲法，人用千担牯扁担，人有多高就用多长。秋后的季节，天气干爽，阳光透亮，不是那么热，也还不冷。

胡新泉担着属于他的千担牯小扁担，跟在爷爷身后，心情是非常好的。毕竟，能够干活，有自己的劳动工具，是他那个时候为数不多可以获得夸奖的机会。

走在路上的时候，也会遇到其他担秸秆的人，见到胡新泉后，都会称赞一声：不错啊，真长大了，已经可以担秸秆了。

听到这样的话，胡新泉更自豪。担秸秆，果然是一件美好的事。

直到两捆和他人差不多高的秸秆垛子插到胡新泉那根千担牯扁担的两边，他担起来走一段后，才发现这件事并没有那么美好。担到一半，他稚嫩的肩膀磨破皮，脚底打起水泡，累得腿肚子都打战，胡新泉一边走一边哭，他一度想要把秸秆和那根压得他喘不过气来的千担牯都扔掉，然后跑回家去。

这样痛苦的事，怎么会美好？长辈们平时说的那些话，看来都是为了诓骗小孩干活儿的谎话。爷爷却不发一言，带着哭泣不止的胡新泉继续赶路。走到中途时，才停在一口水井边休息。

哭得嗓子都哑，浑身骨头都散架一般的胡新泉，瘫躺在水井边的石板上，心里下定决心，无论如何，都不会再担那该死的秸秆。

爷爷摘一片芋头叶子，从水井里掬一叶子井水给他喝，胡新泉恨恨地敌视着骗他的爷爷，喝下那一叶子的水，觉得前所未有的甘甜好喝。

胡新泉爬起来，拿着叶子到井边掬水喝，一叶子又一叶子，从来没想过，井水会这么好喝。他认为是叶子的缘故，试着把叶子放下，直接用手捧了喝，还是从未有过的甘甜爽口。难道长辈们说担秸秆美好，就是因为能到这口井，喝上这样好喝的水？爷爷告诉胡新泉，这井水就是普普通通的井水，为什么好喝，只是因为他担了一路的秸秆。不要放下担起的秸秆，受过大苦之后，才会知道原来觉得平常的东西，是那样美好。年纪小小的胡新泉一下就记住那话。

他咬牙担秸秆，肩膀上磨破的地方成了老茧，脚下的水泡用荆棘刺挑开又愈合，结厚厚的脚苔。整个过程是那样痛苦，但挺过来后，就会发现原来从来意识不到的美好。

胡新泉这时躺在床上，也有同样的感觉。

他一下明白了，从做出抉择留下来时起，他就担上了秸秆，这个秸秆，是那些让他一开始下定决心留下的工人们，是这个厂，是在经贸局被那些技术员和专家盯着询问的眼神。

胡新泉现在躺在床上，就感到格外踏实，前所未有的舒服。他不禁想，要是自己不留下来，去西京化肥厂，肯定会轻松很多，但现在的这种踏实和舒服感，是一定不会有的。

胡新泉往上看着，在他正上方，一只蜘蛛正吃力地在蛛丝上爬行。

"砰！"宿舍门一下被撞开。

正聚精会神的胡新泉不由得张口发出"啊"一声轻叫。

陈苍建从外面风风火火地冲进来，他上衣的扣子都扯开了，满头大汗，把手里的提包扔到床上，扑到桌边，抱起搪瓷缸子就开始用几乎是灌的方式喝水。

胡新泉合上嘴时，感觉有什么东西掉进嘴里，他咕噜一声吞了下去，撑起身要和陈苍建打招呼，却一个音都冒不出来，只能挥手。

陈苍建灌下大半缸水后，才抹一把脸上的汗，冲胡新泉努努嘴："我的胡厂长同志,你倒好清闲,我腿都跑断了!"

说完,陈苍建拖过床上的提包,从里面取出一叠东西,重重地拍到桌上,然后哈哈一笑:"胡厂长,本先锋出师大捷,接下来就看你怎样犒赏三军啦!怎么还不得:汉家君臣欢宴终,高议云台论战功。天子临轩赐侯印,将军佩出明光宫!"

胡新泉往上一看,发现那只爬行的蜘蛛不见了,难道自己刚才吞下的是那只蜘蛛?他赶紧从床上翻起来,快步跑进卫生间,干呕几下,没东西,伸手掏嗓子眼,还是什么也没有。

兴高采烈的陈苍建觉得奇怪,跟过来问:"好嘛,成厂长了,就嫌弃我了,听我说话都恶心?"

胡新泉连连摆手:"不是,不是,我好像吞下了一只蜘蛛。"

"哦,吞下一只蜘蛛?"陈苍建愣一下问,"味道怎么样?哦,看你这个样子,应该也不好。哎呀,是不是有毒?"

这话让胡新泉不禁也有些担心。

陈苍建赶紧过来捶他的背,让他赶紧往外吐,但胆汁都吐出来了,也没见到蜘蛛。胡新泉觉得非常难受,眼冒金星,连喘几口气,稍稍缓过来后,他才开口,断断续续地把自己的感觉说出来。

看胡新泉话都说得不利索,陈苍建更加担心,仔细一想后连连顿足:"中毒后,可不能这么剧烈地动,不然毒素会扩散得很快,新泉,你别动。"

说着,陈苍建一把摁住胡新泉,将他平放在床上,就见他的嘴唇发白,脸色潮红,不由得吓了一跳,这情况看起来可不妙。

胡新泉躺到床上后,不再那么憋闷,长长地松一口气。

"你躺着尽量别动,我去医护室叫人!"陈苍建说着,就要出门。

"我没事了……"胡新泉撑起身叫住他,没想到起身猛了,一口气岔到嗓子里,顿时剧烈咳嗽起来。

"坏了,你这么咳,蜘蛛毒还不得扩散全身!"陈苍建非常着急,"必须尽快把蜘蛛毒弄出来才行。"

停工停产这段时间,陈苍建常去兴州市里的录像厅看电影,里面经常出现人被蛇咬后,其他人为了救人,马上抱住蛇咬的地方就往外吸毒血。

胡新泉是误吞蜘蛛中毒,看来必须得把蜘蛛吸出来。

陈苍建二话不说,翻身就到床上,把胡新泉往下一按,下定决心先把蜘蛛从他嘴里吸出来,然后再去医护室叫人。

刻不容缓,也就顾不得其他了。

"新泉,你挺住,我帮你把蜘蛛先吸出来!"陈苍建按住胡新泉,一下扑上去。

"陈苍建,你回来了!设备的销售情况怎么样?"

宿舍门推开,赵明诚、罗维卡和厂里一些工人走进来。

看到床上的两人,一个个都瞪大眼睛。

胡新泉同样睁圆了双眼,这时,他就看到一根蛛丝垂在床边,那只蜘蛛,不知道什么时候从屋顶掉下来,这时正慢悠悠地沿着蛛丝往上爬。

他赶紧挣扎着,推开陈苍建,然后指着那蜘蛛说:"在……在……"

"再?"陈苍建一听,难道胡新泉是说让他再吸一下,虽然他已经看到进到屋里的赵明诚等人,也觉得有些别扭,但为了救胡新泉的命,就一咬牙,又扑了上去。

"哎呀,你们干什么!"赵明诚忍不住呵斥一声。

罗维卡和一些厂里的女同志,更是纷纷转过头去。

胡新泉挣扎着,奋力一把将陈苍建推到一边,指着那蜘蛛大声地说:"在这呢!蜘蛛在这呢!我没吞!"

陈苍建侧头看到那只已经爬得有些高的蜘蛛,尴尬不已,抬手一把抓下来,狠狠地扔到地上,还踩了几脚。

胡新泉从床上起来,擦了擦嘴,赶紧把刚才的情况说了一下。

本来脸色铁青的赵明诚,一听这么一出,又好气又好笑。

"出师大捷……"陈苍建实在是不知道该怎么说,赶紧拿起桌上的那叠东西,递到赵明诚的手里,"赵书记,这是我到咱们兴州市周围那些生产牙膏、糖之类的乡镇厂家,全部走一圈后签回来的采购意向协议。"

一听这个,工人们都围上来,赵明诚把协议递给胡新泉:"胡厂长,你来看。"

胡新泉本想推辞一下,但赵明诚冲他眨巴几下眼睛示意,胡新泉于是接到手中,他翻看几页,目光落到采购意向协议的设备清单上,嘴里轻声念出来："……10kV三相油浸式配电变压器，五台……跌落式熔断器……配电柜……"接着他一页页地往下翻看，这些采购意向协议涉及十来家厂子，所需要采购的设备数量非常可观。

"这些乡镇厂子已经发展得这么好了？"赵明诚不禁感慨。

陈苍建颇为兴奋地说："赵书记，胡厂长，你们真应该和我一起去走这一趟，我跟你们讲，用遍地开花来形容，一点都不为过。就说兴阴骨粉厂吧，只是利用收回来的废杂骨磨成骨粉出口日本，还不到一年，已经发展成有二十多台骨磨机的大厂子。现有的输变电设备，经常因为电压不稳，跳闸，烧线路，严重影响生产，只这一家对于咱们厂设备的需求，就比原来的一个变电站还要多！"

胡新泉看着手里的协议，只觉得那不是一张张的纸，而是一团团的火，熊熊燃烧的火。

"干起来吧！"胡新泉看着屋里的工人们，工人们也看着他，每一个人的眼中都闪着光。

赵明诚点点头："对，干起来！我们一分一秒也不要再耽搁！就从生产出这些协议上的设备开始！"

"是！一分一秒都不要耽搁！"胡新泉目光热切，他坐下来，拿出本子，开始统计协议里的设备。

"新泉，我们现在就去盘点库存，以及清理各个生产车间，统计下现有的库存，还有能够马上供应的成品！"赵明诚说完，就安排起工人们。

胡新泉坐在那儿专注地统计着。

进到房间来的工人们陆陆续续离开，最后，胡新泉听到赵明诚响亮的咳嗽声。

然后陈苍建就说："新泉，哎呀，我才想起，还得去兴州纺织厂拿一份材料，我走了！"

正仔细统计设备的胡新泉有些疑惑，陈苍建怎么刚回来，就又离开，但他被手上统计的那些设备数量吸引住，也没有抬头，就回应他一声："苍建，辛苦你了。"

人都离开，屋里安静下来。

胡新泉仔细地一页一页统计，统计满满几页后，觉得嘴里发干，伸手拿过桌上的茶缸，本想着倒水喝，没想到端在手里沉甸甸的，里面还有水。放到嘴边一喝，有点出乎他意料，水竟然是温的，很舒服喝完，继续埋头统计。所有的设备都统计完，足足记了大半本，胡新泉郑重地拿起本子，这些设备只要都顺利交易出去，兴州市电力机械制造厂就可以起死回生。他把本子压在胸口，感受着其中渗透出来的滚烫希望。

胡新泉知道该怎样做好一个电气技术员，知道厂里所有设备的设计和维护，知道每一张设计图纸上的数据错误，知道每一条线路的搭接合理与否，知道每一处和电气相关的故障原因……但他不知道该怎么当好一个厂长。作为一个厂长，他应该像雪地里带头的狼一样，准确地找出那一条能够让所有狼都安然无恙的路径。

下一步该怎么办？

倒塌的厂房框架搭成，贷款申请下来，设备采购意向协议带回来，胡新泉刚松下来的一口气，又一下憋在胸口。

胡新泉只觉得闷得慌，他起身一把推开窗户，发出响亮的咣当一声。窗户的玻璃都差点被震碎，身后同时响起啪嗒一声。

他回头一看，竟然是罗维卡，她正手足无措地站在那，一个茶缸倒在地上，水流出来，正冒着热气。那是胡新泉的茶缸。

胡新泉走过去，蹲下，想捡起茶缸，罗维卡也蹲下，两人的手都碰到那个茶缸，人也撞到一起。胡新泉有些慌乱地缩回手，就那么蹲着往后退一步。没想到的是，罗维卡也缩回手，也那么蹲着退后一步。两人对视着，都看到彼此眼中的慌乱。

"你……你怎么来了？"胡新泉不知道该说什么，只能结结巴巴地问道。

罗维卡伸手拢一下几根垂到额前的头发，恢复平静后回答："我一直都在。"然后她伸手出去，捡起那个茶缸。

胡新泉稍微一想，才明白过来，刚才自己太专注了，没有注意到罗维卡其实一直都在房间里，自己伸手就拿到的那一杯刚刚好的水，就是罗维卡为他倒上的。同时，他还想明白陈苍建为什么会离开，还在离开的时候那么刻意地说上一句，显然是想给他和罗维卡留下一些相处的空间。心里搞明白这些，胡新泉更加手足无措了，起身挠了挠头说："真是抱歉，我刚才就顾着看材料了，不知道你在。"

"没事。"罗维卡平静地回应着，提起暖瓶往胡新泉的茶缸里倒水。

胡新泉想要制止，但他又不知道该怎么说，就只能任凭她倒了。

这个时候，该怎么办？该说些什么？

屋里变得静静的，这个氛围，让胡新泉只能时不时地朝门外看，还好，门没关。

自己怎么会突然关心门有没有关？他也搞不懂。

这种情况持续好一会，胡新泉深吸一口气说："都会好起来的，只要能及时供上这些电力设备，大家就能发上工资了。"

"嗯。"罗维卡应了一声，把重新倒好水的茶缸递给胡新泉。

"不用，不用……"又一下反应过来，那是他的茶缸，于是赶紧伸手接过来，脸皮涨得通红地连声说，"谢谢，谢谢！……"

接茶缸的时候，胡新泉匆忙慌乱，没想到接过来的不是把手，而是整个茶缸，他托在手里，只很快地说出两声谢谢，顿时被烫得叫一声。茶缸也再次掉落在地，胡新泉被烫得直跳脚。

"没事吧！"罗维卡一把拉过胡新泉的手，就吹起来，他双手的手心都被烫红，几根手指指肚部分皮肉薄的地方，已经泛起透明亮皮，看来是要起泡。

胡新泉被罗维卡这样一下拉住他手的举动，弄得愣在那里，不知道该如何是好，就觉得一张脸变得滚烫，额头上都渗出汗来。

罗维卡也感到胡新泉被她抓住的手在微微颤抖，顿时也反应过来，她立时就想要放开手，人本能地往后一退。

"啊呀！"她没注意到脚下，一下踩到那个落在地上的茶缸上，整个人往后仰倒，眼看就要摔下。

胡新泉赶紧伸手往前一捞，搂住她的后背，将她稳住。

两人就那么停在那，有些风从门外吹进来，将罗维卡黑黝黝的长发吹得微微飘动。闻着她身上洋溢的一股淡淡香味，胡新泉更加紧张了，他仓促地把罗维卡拉站起来，然后退出几步，被桌子抵住后，才停下来，无措地说："对不起。"

"为什么要说对不起？"罗维卡站稳后，盯着他，"我应该谢谢你才对，你要不扶住我，我可摔得狠了。"

说着话，罗维卡蹲下身，捡起茶缸。

茶缸经过两次掉落，又被她刚才那么一踩，已经瘪了，上面的一些搪瓷都掉到地上，罗维卡语气充满歉意地说："都怪我，笨手笨脚的，把你的缸子都弄坏了。"

"没有，没有，"胡新泉走过来，连连摆手，"谢谢你刚才给我加热水。"

"这样谢来谢去的，真是生分啊，"罗维卡掂量着手里的茶缸，想了一会说，"这个看来是不能用了，我去车间给你重新做一个。"

说着，罗维卡就往外走。

胡新泉跟了上去："我和你一起去。"

胡新泉的这个搪瓷茶缸，是从市场上八毛钱买回来的，即便现在有些涨价，也不会超过一块钱，虽然他现在兜里没什么钱，但一块钱还拿得出来。

胡新泉想说可以重新去买一个，只是话到嘴边，又咽了回去。

进厂后，他已经养成工人一些习惯，一件东西坏了，不是直接去重新买一个，而是尽可能修，甚至是重新做一个。

这种习惯，来自于工人最本质的内核，那就是创造力。什么是工人，能够利用工具和原材料创造东西的人。再复杂的东西，在工人眼中，都会分解为两部分：用什么工具创造，用什么原材料创造。在创造东西的过程中，工人阶级得到的不仅仅是一件产品，还有从这个劳动中获得的尊严。

两人一前一后地走进车间。

复工后，罗维卡已经带着工人们把每个车间都进行了卫生整理，虽然还没开始生产，但看上去井然有序，很整洁。

兴州市电力机械制造厂有比较完整的生产体系，对于一些简单的生产零部件，完全可以实现从初始原材料到成品的生产。

做一个搪瓷茶缸，并不复杂，用石膏制作茶缸模具，其中茶缸缸体开一个模，茶缸的把手开一个模。因为最后两个部分是要衔接为一体，所以茶缸缸体的模具是冲压模，需要放到机床上冲压出来；把手模具是注浆模，用手工注入铁浆工艺制作，然后将缸体和把手粘连在一起。带模成型的缸坯制作完成后，通过洗坯将缸坯上的粗糙部分洗得平整光滑。得到加工后的缸坯，就可以上釉，上釉完成后放到一千三百度的烧窑里烧制为陶瓷缸坯，经过这个步骤，就可以得到白烤瓷茶缸。要把白烤瓷茶缸制成搪瓷茶缸，还需要进行烤花，将用陶瓷颜料描好花纹的花纸贴到白瓷缸坯上，放进八百度左右的烧窑里烧制，白瓷釉跟花纸上的陶瓷颜料融化，陶瓷颜料渗入白瓷釉里，就完成缸坯烤花，得到成品搪瓷茶缸。

两人进到车间后，罗维卡就着手弄模具。

"我来做冲压模，这个我熟。"胡新泉自告奋勇上前。

罗维卡看了他一眼："我也熟。"

两人在厂里跟的都是一个师父董青金，虽然罗维卡没有像胡新泉那样，冲压出一副钢象棋，但强将手下无弱兵，要冲压一个搪瓷茶缸的缸坯，对她来说，算不了什么。

胡新泉只好问："那我干什么？"

"不用你干什么，踩坏你茶缸的人是我。"罗维卡说完，埋头开始用石膏制作茶缸缸体模具。

空荡荡的车间，就他们两个人，胡新泉还是第一次这样面对一个女同志，他紧张得手都不知道该往哪放，揣到兜里，又抽出来，背到背后，又抬到身前。

罗维卡头也不抬地说："我也没说要你来帮手，你跟着来，是监工？"

"不是，不是……"胡新泉连连否认，然后几乎是低声请求一般说，"那你安排我干点什么吧……"

"你是厂长，我怎么能安排你？"罗维卡回头瞟了他一眼。

这一眼看过来，胡新泉就觉得像被两发子弹打中一样，和之前她看自己的眼神截然不同。

自从民意表决后，胡新泉只要远远地看到罗维卡，都会下意识地避走一边，实在是躲不过，他也会假装忙忙碌碌赶紧走开。

胡新泉不知道自己在害怕什么，但他打从心底不知道该怎样面对。现在罗维卡这样的眼神，让他明白，这事情是避无可避了。

"那个……这个……维卡啊，上次民意表决的事，我还得多谢你，"胡新泉鼓着劲说，"要不是你，民意表决就不成的，谢谢。"

罗维卡低着头，默默地做着模具，没有回应他。

胡新泉以为她没听见，走出几步，到她身后说："维卡，民意表决时你帮我承下那笔钱的事，谢谢。"

"胡新泉，胡厂长，"罗维卡依旧低着头，她嘴里冷冷地说，"你自己算算，就这么一会，你对我说多少次谢谢了，我可担不起。另外，你如果要谢，我希望你叫我罗维卡同志。你那样叫，别人会误会的。"

"对不起，罗维卡同志。"胡新泉知道在那样的场合，用那种方式为自己解难，是肯定会给罗维卡造成很多麻烦的。

厂里传的那些闲言闲语，胡新泉也是听到的，于是向罗维卡说："罗维卡同志，我真的非常感谢你，另外，你放心，接下来，我会把事情的原委都给厂里的人说清楚，你那样说，完全就是为了帮我解围。"

"那我要不是为了帮你解围呢？"罗维卡猛一回头再一次看向胡新泉，她的双手上沾满石膏液，说出这话的时候，嘴唇都微微发颤。

胡新泉稍一沉吟后说："嗯，我知道了，你不是为了帮我解围，是为了厂里的民意表决能够顺利通过……"

"你别说了。"罗维卡直接打断他的话，抬起手往旁边一指，"你刚才不是让我安排你干点什么吗？去，描花纸！"

胡新泉对于描花纸很不熟悉，他想说明一下，但听到罗维卡的语气，他没敢再多说什么，就到旁边的工位上，笨手笨脚地描画花纸。

"啊呀！"刚描画没几笔，就听到罗维卡的叫声。

胡新泉起身过去看，就见罗维卡紧闭着眼，不住倒吸冷气，她的眼边，有一道石膏痕迹。看痕迹的走向，应该是她用手擦了眼睛。他从旁边找到一块毛巾，小心翼翼地给她擦干净，她眼睛骨碌碌地在眼皮下转，一些泪水就从下面涌出来。那是被石膏激的。

在用石膏做模具的过程中，双手都是石膏，是一定不能擦眼睛的，罗维卡也是有些工龄的工人，胡新泉有些不能理解，她怎么会有这样的失误。

罗维卡勉强睁开眼后，眼珠子都是红的，充斥着血丝。

胡新泉关切地问："你怎么样，要不，先去医护室清理……"

"怎么样，怎么样！我怎么样关你什么事？"罗维卡却突然一下喝喊起来，"我问你，我要不是为帮你解围，也不是为了厂里的民意表决呢？"

没想到她的情绪会一下变化得这么剧烈，胡新泉有些吃惊，同时对她的问话也有些疑惑，不是为帮自己解围，也不是为了厂里的民意表决，那还能是为了什么？

罗维卡说完，伸手抓过毛巾，擦了几下眼睛，又回去默不作声地做模具。

胡新泉还是不放心她，担心石膏弄到她眼睛里，就找一块干净的毛巾，过去给她。

"咣当！"罗维卡已经弄好缸体模具，胡新泉走过去，她发狠一般就一下冲压出缸坯。

这猛的一声响，震得胡新泉站在原地。

接着，罗维卡又去做把手。

胡新泉过去给她递毛巾，罗维卡没有接他的毛巾，只说："胡新泉同志，我那天的做法，没有考虑你个人的情况，给你造成麻烦，这个我应该道歉，我可以去向你的对象解释。"

"我没有对象。"胡新泉有些摸不着头脑。

"我已经看见你和她在经贸局了，"罗维卡平静地把浇到模具里的把手和缸坯衔接起来，口里继续保持着平静说，"是个不错的女孩，看穿着就是一个知识分子。"

一听这个，胡新泉顿时明白罗维卡说的是陈婷，于是他把怎么认识陈婷，以及怎么答应帮陈婷找人，然后陈婷帮他拿到贷款的事，前前后后都详细说了一遍。

"你为什么要和我说这些？"罗维卡听完后一边反问，一边开始洗坯。

胡新泉则紧随在她身边，罗维卡这么一问，他才反应过来，对啊，自己为什么要给罗维卡解释这些？

"这是一个误会，我肯定要说清楚。"胡新泉想不出原因，只能这样回答。

罗维卡去拿烤花的花纸，她拿起来在胡新泉眼前晃了晃："就说了，我是安排不了你的，胡厂长，让你描一个花纸，你就画了这么一点。"

"谁说的，你安排得了！"胡新泉一把夺过花纸，伏在桌子上就描画起来。

罗维卡就站在他身边看着。

这一次，胡新泉描画得很顺利，整体画完后，他一抬头，看到罗维卡出神看着花纸，几根头发飘在白皙的脸颊旁，眼睛大大黑黑的，很是好看。

一股情绪涌到他胸口，他就往描画好的花纸上加上了一串字：感谢罗维卡同志。

"呀！你怎么把这个也写上面了，"罗维卡轻叫一声，瞪着两颗玛瑙般的眼珠子说，"不行，这个花纸不能用了，你重新画！"

"制作任务你可以安排我，制作细节，要以技术员的为准。"胡新泉摇摇头。

罗维卡白皙的脸上泛红，从鼻子里哼出一声，然后拧起一股劲："好啊，那就用这个！就怕花纸敢写，缸子不敢用！"

"我有什么不敢的。"胡新泉说着，就把花纸小心地贴到白瓷缸坯上。

茶缸缸坯放进烧窑，温度调好后进行烧制。

火焰的红色透过烧制的观察口透出来，把等在烧窑外两人的脸都映照得通红。

火，不仅带来亮光，还带来热量。

胡新泉瞟看身旁的罗维卡，她神情专注，盯着烧窑的情况，鼻尖渗出一层细密的小汗珠，眼睫毛很长，往外呈喇叭状翘起。

也不知道是站在烧窑边上温度高，还是其他什么原因，胡新泉觉得有些口干舌燥，两股热息逐渐加强地从鼻腔冒出来。

他脑海里回想刚才罗维卡的表现以及说过的话，最后落定在那个塞了纸条的水壶上。

那纸条上，到底写了什么？

她说那些钱是彩礼，不是为帮自己解围，也不是为了厂里的民意表决……

胡新泉就觉得心麻乱麻乱的。

罗维卡突然开口问："你准备怎么谢我？"

胡新泉手微微发颤地伸出，将要放到她的肩上，口里回答："怎么谢，都可以。"

"滴！"一个尖利的提示音响起。

胡新泉吓一跳，把手缩回来。

烧窑好了。

罗维卡把茶缸取出来，冷却后一看，无论是缸体，还是上面的搪瓷，都做得非常好,尤其是茶缸边上的"感谢罗维卡同志"几个字,字迹清晰显眼。

"还你了,"罗维卡把茶缸递给胡新泉,然后扭头离开,走到车间门口,扭回头说,"你说的话,我记下了。"

回到住处,胡新泉就用新茶缸倒了一缸子水,他不渴,但咕噜噜一口气喝光,似乎这缸白开水都有了一点甜意。这让他这个技术员生出好奇的研究心理,又喝了好几缸子水,也没弄明白那甜意是从哪里来的。"难道说,新的搪瓷缸子倒白开水,就会甜?"有了这种想法,他躺在床上,睡一会,又爬起来喝水,把整整一壶水都喝光。水怎么会变甜,胡新泉没有弄清楚,倒是当天夜里,不得不一遍遍上厕所,这让他一整晚都没睡踏实。

他第二天去办公室的时候,脑袋都昏昏沉沉的。

不过当赵明诚把厂里统计好的库存递给他时,胡新泉真好比凉水浇头一样清醒了。

赵明诚笑着说:"胡厂长,我大致对比了一下咱们的库存,和苍建带回来的那些采购意向协议里所需要的设备,有差不多百分之八十是吻合的,这些库存的成品,保存得都不错,只要进行一些常规配件的更换,再整体进行一遍检测,就完全可以直接出厂供货!"

这可真是太好了!

胡新泉把自己统计的那本详单和赵明诚又一一进行了核对。

情况确实,这可解决了兴州市电力机械制造厂的燃眉之急。

接下来事情就变得简单,只要去采购一些常规配件更换,马上加班加点进行检测,就可以供货!

胡新泉大感振奋,当即就和赵明诚前往一直以来给兴州市电力机械制造厂供应配件的厂子。

兴州市阀门厂位于兴州市的北边,建立之初,主要就是给兴州市电力机械制造厂供应各种阀门,其中蝶阀是专供。为此,甚至修了一条专用铁路直连两厂。

铁轨向北,穿过北边偏僻的林地,两边一开始是用铁丝网隔出来一条仅供一辆火车单向行驶的通道,后来生产量扩大,又加了一条铁轨,可供两辆货运火车对开。

铁道两边密密地种植着两排常青树，一些紫荆花和三角梅也杂种其间，这些林木生得很密，火车来往时，就把伸出来的枝丫挂掉，长时间下来，林木在顶上交接一起，结为绿叶顶子，这就形成一条林木构成的林木隧道。

兴州市电力机械制造厂开工时，这里火车来往穿行，昼夜不停，会整日整夜地发出低沉的轰鸣声，就好像一条巨大的绿蟒盘卧在那。

虽然已经复工，但厂里还没钱买燃料，火车就没法启动，胡新泉和赵明诚是坐着一辆检修轨道车去阀门厂的。

为了尽快开工，两人在轨道车的后面还拖上一节车厢，想着到阀门厂付钱后，就先拉一车蝶阀回来。

"咣当！咣当！"胡新泉摇动着轨道车的摇手，沿着铁路一路前行，雪已经完全融化，两侧林木还剩有叶子的，都被洗得发绿青翠。

停工这么长时间没有火车经过，两侧的一些藤条已经延伸到铁路上来，顶上结成的绿顶子，也垂下不少根须状的细细枝丫。

行驶在这条道上，胡新泉感到格外放松。

赵明诚从一根伸来的藤条上，摘了一片叶子放在嘴边吹起来，是胡新泉熟悉的调子——《莫斯科郊外的晚上》。

吹完一曲，赵明诚问胡新泉："新泉哪，民意表决也过了，你现在是兴州市电力机械制造厂的厂长，接下来，你要怎么执行租赁承包啊？"

这个问题是胡新泉在民意表决后，无时无刻不在想的问题。

兴州市电力机械制造厂为什么会被市场远远抛下，这其中到底是什么原因，让本身就具备实力的厂子甚至都竞争不过那些冒出来的乡镇小厂、小企业。

胡新泉虽然对上一任厂长王世才的一些做法不赞同，但对于厂子面临的问题，王世才给出的原因，是正确的。

之前是计划经济，生产任务下达后，只要完成，这个企业的考核就是达标的。改革开放初期，兴州市电力机械制造厂，哪怕是不再走计划经济的那些考核，也还是只顾生产端一头，抓生产，这样得到的设备数据，确实比以往光鲜好看。但这么做却没有一个人考虑销售端，因为这原本也不是兴州市电力机械制造厂考虑过的问题：生产出来的设备销往哪里？利润多少？这些问题，从上到下,都没有人去真正考虑过。因为整个厂子的正式工人,从厂子管理层到厂子生产工人,都被划定了不同的属性,管理层是国家干部,正式工人是国有职工。在这些之外,还有集体职工、大集体工人、小集体工人、临时工、承包工等等。

在兴州市电力机械制造厂这么一个厂里,就林林总总地分出很多个不同层级,工资和福利待遇不是按照这个人实际为厂里带来多少效益而定,而是论资排辈,按照那些划分来定。这就让工人们整天想的不是怎样为厂子做贡献和带来效益,而是怎么把自己的层级提升。

改革开放后,厂里实行生产绩效制,绩效好就提升层级。于是各级工人都挖空心思地想着怎么提升生产绩效,盲目进行生产,造成大量的生产原材料浪费,但厂里从来不去考虑这个。大家都以生产总量论,甚至出现一些工人直接把厂里的原材料拉到外面去,委托外面的厂子生产,然后拉成品回厂里充当生产设备的离奇现象。

胡新泉想着这些了解到的情况,就回答赵明诚:"尽管我们上报的租赁承包方案里,制定的规划是持平,但是我的目标是盈利,我想从两个方面下手:一个是生产上要考虑源头的成本控制;一个是生产销售结合制,有目的地生产,以销售来定生产。"

第10章　多方共赢的计划

设备的销售问题，是让兴州市电力机械制造厂走到濒临破产清算的主要原因。生产出来的设备销售不出去，这在改革开放初期就显现出来。几任厂长为此做出了各种调整，王世才在任时，也非常看重销售，提出了一个全员都是销售员的口号。这才让陈苍建这样的技术员，展现出能够搞市场的一面来。但这样同样是有问题的。只抓销售量，不讲究利润，引发出吃回扣，亏本卖，甚至出现左右手交易的情况，就是设备都不出厂，即杜撰一个销售对象，给厂里下订单，开合同，然后出货；接着再让生产部门虚构采购单，生产根本就还在库房堆着的产品，完成一项从生产到销售都只是在纸上出一堆数据的合作。

胡新泉给出的回答，赵明诚认为还是老一套，就不置可否地沉默着。

"赵书记，我知道你以为我说的是老一套，"胡新泉解释，"其实不是，我这里面说的源头成本控制，不是之前那样，以材料的采购来定，而是所有的采购都要细分，然后汇总并加入生产和后期预计的维护费用。"

赵明诚一听这个，眼睛亮起来，不过随即他又有些担心地说："那这样一来，做采购也不是一件容易的事情了。"

"对，"胡新泉点点头，"我会以这两方面为基础，给工人们也做出明确的划分，打破之前的那种唯层级论，工资和福利待遇都以确实给厂里带来的效益挂钩。一个原来划为国家干部的人，要是不能给厂里带来效益，就扣工资，减福利待遇；哪怕原来是一个临时工，只要能给厂子带来效益，就给他加工资，加福利待遇，就是拿超过我这个厂长的工资待遇，也是应该的！"

"这个我赞同，"赵明诚不住点头，他沉吟一会说，"新泉，不过你这样做，可是违反我们现在对于工人待遇的明文规定的。不过你放心地去干吧，我支持你！"

听到赵明诚提到规定，胡新泉本有些担心他会反对，但这个老书记后面的话，让他吃了定心丸。

赵明诚接着说："新泉，哦，胡厂长，你要记住我和你说过的话，同时我现在还要告诉你，一代人有一代人的使命，我看你刚才说的时候，还有些想听我意见的意思，我要和你着重讲一讲。我是经历过几轮政策变化的人，这个国家的形势，肯定会越来越好。就好比一头小牛，一定会不断长大，不断健壮。当它还是牛犊的时候，我们要看护它，给它喂奶，教它走路；当它长大一些，我们就要给它穿鼻孔，磨砺性子；成年后，就得教它耕地拉车。每一个阶段，要做的事情是不一样的。往后的事情，我肯定会有我的局限性，如果你认为是对的，你一定要坚持。想想看，在我们那个时候，谁能知道厂子会变成今天这样，只要是让这个厂子好，你要做的，不是听我这个老家伙的意见，而是让我尽可能帮你做些什么。你能说出这些打破规定的话，我是很欣慰和高兴的，不管这样做到底成不成，我都觉得很好。之前的厂子都已经要破产清算，肯定是患上了绝症，治疗绝症，肯定要下猛药！"

在阀门厂这边有一个站台，上面支起一架两米来高的钢铁吊台，上面挂着一些铁链子。因为较长时间没使用，胡新泉发现那些铁链子都生锈了。推开一扇铁门，眼前的景象，让胡新泉和赵明诚都一下愣住。眼前的兴州市阀门厂，寂静而荒芜，甚至比复工前的兴州市电力机械制造厂还不如。在偌大的厂区走一圈，竟然没有遇到一个人。走进办公楼，灰尘密布，好些玻璃都碎落一地，门都开着，每一间都是乱糟糟，一些野猫蜷缩在里面，见到两人后，发出凄厉的叫声，从窗户迅速蹿出去，完全呈现一派废墟的景象。

两人从办公楼出来，远远见到一个身形佝偻的人，正拖着一辆缺少一个轮子的小拖车朝外面走。胡新泉和赵明诚追上去。

"老许！"赵明诚有些不敢相信地喊了一声。

那个身形佝偻的人转过身来，一脸的愁苦色，花白的头发稀疏凌乱，胡子乱糟糟的,看起来就和乞丐一样。即便这样,胡新泉也认出那个人,是阀门厂主抓生产的高工许墨林。

许墨林眯眼看着两人,用孱弱而迟缓并有些怯懦的语调,试探地回应一声:"赵书记?"

赵明诚走过去,上下打量许墨林,非常疑惑地问:"老许,你怎么搞成这样了?"

"这样,那样,还不都一样,"许墨林一副行将就木的神情,"厂子没了,工人还能怎样?"

赵明诚走过去握住许墨林的手,痛心而关切地问:"到底怎么回事?"

许墨林摇晃着脑袋:"还能怎么回事,厂子破产清算了,这地方,很快也要拆了。"

在胡新泉的记忆里,许墨林是一个意气风发的人,曾经还多次被评过劳模,现在看上去,完全判若两人,再看不出一点以往的风采。

许墨林上气吊着下气地和两人说了阀门厂的情况。

半年前,阀门厂执行破产清算,对工人们进行了安置补偿,但今年物价猛涨,很多工人没有规划意识,缺少应对的方法,发到手的死钱,根本不经花。

现在的许墨林,没有别的生计来源,只能到这个他工作大半辈子、最熟悉且沦为废墟的厂区,扒拉一些废品为生。

阀门厂的这块地方,也已经被新成立的兴岗住宅开发公司买走,即将作为兴州市商业开发用地的试点之一。

胡新泉看着阀门厂现在的情况,感到难过又心惊,兴州市电力机械制造厂要是走破产清算,也肯定会和阀门厂一样。

"许师傅,我们厂复工了,现在需要采购一些蝶阀,现在阀门厂变成这样,我们该怎么办?"胡新泉向许墨林问询。

许墨林一听到复工两个字,本来黯淡的双眼,一下睁开:"复工好啊!复工好啊!"听清后面的话后,他叹一口气:"厂里的库房倒是封存了好些蝶阀,不过那都已经抵给兴科龙公司了,你们去问问他们。"

兴科龙公司原来是兴州市旁边江常镇上的一家铸件加工厂,改革开放后,发展迅速,现在已经是兴州这个地区规模较大的民营企业,从铸件原材料、半成品、成品，都对外供应。

跟兴州市阀门厂的冷清截然相反，兴科龙公司一片繁忙。一溜卡车一辆接一辆地排着队，好些吊车穿行其间，将一箱箱的东西装到车上。

胡新泉和赵明诚直接进到公司办公楼，走廊上挤满了手里拿着单子的人。好不容易进到办公室，就见里面的人也是一个个趴在桌子上核对单子，嘴里不断问询着什么。

赵明诚走到一个秃头中年人旁边，伸手按住他正在看的一张单子。

那人一脸不耐烦地抬头："后面排，后面……咦，是赵书记！"

认出赵明诚后，那人直接撂下手里的活，赶紧和赵明诚握手。

赵明诚有些意外地问那人："小吴，你怎么到兴科龙来了？"

那人挠挠光头："哎，赵书记，不提了，不提了，为了生活，为了生活。"

赵明诚侧一下身，把胡新泉让到前面，介绍："这是我们兴州市电力机械制造厂的厂长胡新泉同志，这是阀门厂原来生产科的吴三海同志。"

吴三海握着胡新泉的手说："听说了，听说了。局里几天前就把文件下到我这里了，我没细看，不过也还真是年轻人有魄力，租赁承包，有想法，可以，可以！"

说完，吴三海让人倒了茶水过来，他有些不理解地看向赵明诚说："赵书记，你是怎么想的，都要退了，还不安分，又跳回制造厂的泥潭里，就不怕陷着脚。"

"三海，你不也换一个阵地继续奋战么？"赵明诚跟吴三海颇为熟稔。

吴三海叹一口气："阀门厂破产清算，我是丧家之犬。赵书记，我跟您说，我要是像您都到局里了，就是八抬大轿抬我，我也不会回来。"

"好了，好了，不说那些，现在厂里恢复生产，我们急需一批阀门。"赵明诚说着，就把一张单子递到吴三海面前。

吴三海接过去一看："恢复生产，好事啊，你单子上列的这些蝶阀，直接从原来阀门厂拉就行，兴科龙是阀门厂的债权人，破产清算的时候，把一批设备抵给我们偿还债务。那边马上就要拆了，我们正要安排把那些产品拉过来，你们要，简直太好了，还省一笔运费。"

"那就好，"胡新泉松一口气，"吴师傅，能不能麻烦你现在就给我们开一些，我们直接去阀门厂拉。"

"可以，"吴三海满口答应，然后回到桌边，拿出一本票据就开始填写，"现在三角债太严重，得先付款再拿货。我这就给你们开单子，你们去财务付一下款。"

胡新泉带着单子和支票去付款，考虑到等下要搬那么多蝶阀，看眼前兴科龙的忙碌情况，肯定安排不出人手，赵明诚就先回厂里，找一些工人去阀门厂等着。

兴科龙的财务室，一样非常忙碌，胡新泉进去问一遍后，把单子和支票交到一个看起来有些脸熟的中年妇女手上。

中年妇女先仔细核对了一下单子，然后拿过那张支票，只瞟一眼，就很快抬头把支票交回胡新泉手上："兴州市电力机械制造厂的支票不能用，你们还有好些空头支票放我们这呢，根本就不能兑现。"

胡新泉赶紧和她解释，这个支票和之前的不同，这是后面银行办下贷款后给的支票。

中年妇女依旧摇头："办下贷款，为什么不把之前欠我们的债还了？这个不能用。你不用多讲了！"

说完，中年妇女把那张单子放回抽屉里，不再理会胡新泉。

胡新泉急得一头汗，他尽量保持平静，想和中年妇女再说说。

办公室里人挤人，中年妇女见胡新泉不走，就朝他不耐烦地吼一声："让开了，我还要做事的！"

这陡然的一声吼，让旁边经过的一个戴着眼镜的男人吃一惊，手里端着的一杯茶，一下就倒到胡新泉的身上。

茶水烫得胡新泉一声惨叫，接连跳了好几步，旁边的人见他的狼狈样，都是一笑，然后又围到中年妇女旁边等着办事。

戴眼镜的男人也并不觉得自己做错什么，朝着胡新泉就轻吼："好狗不挡道，不知道排队？一点规矩都不懂！"

胡新泉很是窝火，这种事情要是发生在兴州市电力机械制造厂，不说送医护室，起码的道歉肯定是有的，这人怎么可以这样趾高气扬。

他怒气冲冲地正要和那人理论。

"咦,这不是胡厂长吗?"没想到那人托一托眼镜,态度陡然转变,满是歉意地就把他拉进旁边的办公室,然后关切地问,"对不起,没事吧。"

胡新泉也认出戴眼镜的男人,是那天民意表决时到场的债权人中的一个,本来满腔的怒意也就只能压下去:"没关系。"

戴眼镜的男人给他倒一杯茶说:"哈哈,看你还在生气,我真不是故意的。胡厂长应该是因为我刚才的态度不满,我跟你讲,外面到我们这办事的人,别说我把一杯茶不小心洒他们身上,就是我朝他们唾一口,他们也还得对我笑脸相迎。"

听他这么一说,胡新泉不禁有些诧异了:"为什么会这样?"

戴眼镜的男人没有直接回答,他抿一口茶水后说:"民意表决那天,我在场,对于胡厂长,我是佩服的。你们刚复产,你今天来不会是清偿我们那些债务的吧?"

胡新泉有些尴尬:"不是,我是想再拿一些蝶阀。"

戴眼镜的男人哈哈一笑:"外面那些人,很多和你情况都是一样的,欠着我们的前债没清,现在又需要我们的东西。也不知道你们这些国企到底是怎么了,同样的政策,对你们还更好,你们怎么就经营成这样了?"

胡新泉有些无地自容,但现在厂里真是非常急需这批蝶阀,他只能说:"之前的债务,我们肯定会偿还,现在这批蝶阀,真是复产后急需,并且我们已经申请到贷款,能不能先给我们这批货。"

"这不符合规定的,也没这个道理。前债不清,后面就不能合作,胡厂长,你说对吧?"戴眼镜的男人反问。

兴州市电力机械制造厂确实欠着兴科龙的债,胡新泉一时不知道该怎么回答。

"喝茶,"戴眼镜的男人招呼胡新泉,又说,"哎,民意表决后,我还专门了解过你,胡厂长,你真了不起,把我和你换一下,我是怎么都不会做你这样的选择的。"

胡新泉心里焦躁非常,真没心思喝茶。

戴眼镜的男人一笑:"胡厂长,你喝吧,这一口茶,我又不算你钱。"

胡新泉一口灌下茶后,硬着头皮又说:"那批蝶阀……"

"我还是第一次见把喝茶喝出干酒气势的,"戴眼镜的男人继续笑着说,"胡厂长,这批蝶阀我可以和财务说一下供给你,但要现钱。还有,你得答应我两件事,之后兴州市电力机械制造厂要是真的搞好了,你要第一个偿还我们兴科龙的债务。"

"没问题,"胡新泉赶紧点头答应,又问,"那另一件事是什么?"

戴眼镜的男人郑重地说:"这一件事更重要,以后如果你们要并购企业上市,你要第一个找我谈。"

胡新泉想都没想过,何况现在兴州市电力机械制造厂的情况,和兴科龙根本没法相比,他怎么会想到这个。

戴眼镜的男人说着,从旁边取过一张纸和一支笔,摆到胡新泉面前:"对了,胡厂长,光顾说事,还忘记自我介绍一下了。我叫黄卫东,现在主管兴科龙的财务工作,你可以叫我黄同志,也可以叫我卫东,我倾向于后者。第二件事,很是重要,你得写下来,再按个手印给我。"

胡新泉反复考虑一番,这样的承诺,对兴州市电力机械制造厂没有任何损害,他于是提笔写好纸条,按上手印。

黄卫东也非常郑重地签好字,盖上他的签章。

"我想冒昧地问一下,黄同……卫东,你怎么会要我答应你这样的事?"胡新泉问。

黄卫东一笑,还是没有直接回答,而是把那张纸条小心放好,然后说:"这个等到兑现这张纸条的时候,我再告诉你。"

然后他把那个中年妇女叫进来,吩咐她:"兴州市电力机械制造厂这次采购的蝶阀,可以给他们,不过必须在收到现款后才让他们提货,之前的债务先挂着。"

胡新泉也不耽搁,当即带着支票去银行提现款。

这段时间,胡新泉频繁地跑银行,里面的工作人员都认识他了,一见他来,就直接把那个黑脸经理叫出来。

经理依旧对胡新泉没什么好脸色,先是往他身后试探地查看一番,见确实就是胡新泉一个人来,就很厌烦地问:"贷款已经批给你,你还有什么事?"

胡新泉打着笑脸,跟他把兴科龙公司的情况说了一遍,然后无奈地和银行经理说:"他们不信任我们,不收我们的支票。"

经理冷笑着说：“银行给企业办理贷款，都是用支票汇兑的，他们不信任你们，不接收你们的支票，是正常的。实话说，就是我们银行，要不是经贸局给出了情况说明，我们也不信任你们的。"

"哎，确实是我们之前没做好，"胡新泉依旧笑脸贴他的冷屁股，耐心地说，"现在也是没办法，只能兑换一些现金去付款了。"

银行经理一张脸更黑了，同时连连摆手："你兑换不了现金，一是现在现金管制，兑换现金是要预约的；二是走支票我们还能知道你们贷款的专项用途，兑换现金给你们，还不知道你们又会花到什么地方去。"

胡新泉无话可说，又不得不继续低声下气地说："我们真的非常需要兴科龙这批蝶阀，我保证兑换出来的现金肯定专项用到采购这批设备上。"

经理依旧摇头："你们之前的几笔债，那些来办的人，哪个不是这样说的，最后都是打水漂，现在还挂在我们账上。对了，你们厂可还欠着兴科龙的债，他们怎么还会给你们产品，这些钱他们要是收到，肯定第一时间抵冲之前的债。这样的责任，我可担不起。"

胡新泉只能把黄卫东和他的约定也说了，保证这笔钱，肯定是专款专用。

银行经理见胡新泉都说到这份上，只能一摊手："好，那你可以预约三天后兑现金，我们银行现在没有那么多现金。"

"三天后，那怎么来得及。"胡新泉简直急得火烧眉毛。

看兴科龙公司那火爆的情况，三天后那些蝶阀还在不在都不好说，就算还在，三天后再提货回去，加工再出厂，可就误了陈苍建带回的那些采购意向协议里约定的时间。

银行经理不紧不慢地又补上一句："是可以预约三天后兑现金，但我可没和你保证一定有现金，现在现金管制是非常严格的。要是三天后还没有，你还可以继续预约。"

一听这话，胡新泉简直气得不行，他算是明白了，因为经贸局的支持，银行不得不给兴州市电力机械制造厂贷款，但因为之前在银行还有债务没有清偿，他们是不愿意贷款的，但又不得不贷，现在这种情况是他们最愿意看到的，一点风险没有，款还是贷出来了的。

"我们兴岗公司预约的现金下来了吗？"就在胡新泉恼火不知道该怎么办

的时候,他听到一个格外熟悉的声音在耳边响起。

一抬头,就见身侧站了一个人,是兴州市电力机械制造厂原厂长王世才,现在是兴州市新成立的兴岗住宅开发公司的董事长。

银行经理一见王世才,顿时和变了个人一样,格外殷勤:"早到了,我还说安排人给你送过去的。"

"胡厂长,又见面了。"王世才平静地看着胡新泉。

对于兴岗住宅开发公司,胡新泉这段时间常跑银行,听到的议论很多,那是兴州市的一个重要规划方向,从起步资金到政策配给,都非常好,甚至有传言,说是从港商那里引入大量投资。

无论这些传言是真还是假,但一个事实确实是公认的,那就是兴岗住宅开发公司真的不缺钱。

胡新泉看向王世才,也保持平静:"嗯,多日不见。"

王世才扭头看向那个银行经理:"冯经理,你们银行没有足够的现金,和我们兴岗预约取现有没有关系?"

"确实有关系,"那个银行经理说,"现在现金管制,你们预约的额度都比较大,但你放心,我们会优先把现金提供给你们的。"

"嗯,那就好,"王世才漫不经心地又问,"阀门厂刚破产清算完,很多工人要安置,我们还需要几笔现金,就麻烦继续预约申请一下。"

"好的,"银行经理爽快答应,"没问题。"

王世才接着说:"那我们继续预约申请,会不会让其他准备预约取现的单位时间延后?"

"肯定会,"银行经理不知道王世才为什么这么问,但他还是如实回答,"总行那边批给我们的现金额度是有限的。"

胡新泉听着这些话,已经明白过来,要是王世才不断预约取现,自己很可能一直都兑取不了现金,一想到还等在阀门厂准备拉货的赵明诚和工人,一想到陈苍建辛辛苦苦签下的那些采购意向协议,他就咬牙切齿,但毫无办法。

"对不起了,胡厂长,"王世才神情平静,"兴岗公司现在是几个项目一起上马,急需现金。"

胡新泉知道完了。

兑现金的事，要是不遇上王世才，还有可能，他可以去找经贸局，可以继续和银行哀求，但现在遇到王世才，这个兴州市电力机械制造厂的上任厂长，是肯定不会让他成功的。

各种情绪在他心里涌动着。

胡新泉这个时候非常想大喊大叫一番，想崩溃地破坏点什么东西，甚至是往什么人的脸上狠狠踩上那么几脚。但他没有，平静地朝王世才微笑："王董事长，我能不能占用你一点时间，和你谈谈？"

王世才神情依旧地说："要谈什么，就在这里不可以？"

再没有任何办法了，胡新泉狠狠一咬牙，差不多要把牙齿都咬碎了。

他身体往前倾，就要跪在王世才面前。

王世才却一把扶住他，说："胡厂长，这样大可不必。"然后他对银行经理说，"你从我们今天要提走的现金里面，划出胡厂长需要的那一部分，让他先用。"

"好的。"银行经理很是不解，但也答应下来。

胡新泉不敢相信。

王世才松开扶住他的手，在他胳膊上拍了拍："胡厂长，祝你好运。你可能忘记了，我却始终记得，我是一个工人。"

注视着王世才离开的背影，胡新泉完全不知道该说什么。他熟悉并了解电气相关的技术，也知道设计里面的各种逻辑合理性，但对于人，胡新泉又一次感到自己实在是不了解。

不管怎样，是获得现金了，看了看时间，他必须赶快去兴科龙付款拿产品。

银行经理却并没有直接给他钱，而是非常不情愿地告诉他："胡厂长，虽然说兴岗能划现金给你使用，但我非常不信任你，不，我对于你个人没什么不信任的，我非常不信任的是你们兴州市电力机械制造厂。为了保证这些钱专款专用，我决定派一个我们的银行人员，跟着你去办理付款事宜。只要是用于恢复生产的钱，她都会协助你支付。"

这简直是不信任到极致，但胡新泉没有做过多的争辩，他点头答应。

银行经理又说："因为派出的这个人员，是为你们厂办理付款业务，她在和你去付钱的时间里，相应的人力费用，我会写情况说明后，从你们的贷款里扣除。"

银行不仅要派人监督着付款,这个监督人的费用还要自己承担,简直是欺负人。

胡新泉依旧没多争辩什么,他还是点头答应。

那个银行经理,本来还想着胡新泉会和他掰扯一番,没想到这个前几次来还有些硬气的人,现在竟然只是点头。这反而让他不好再多说什么,只能朝银行柜台里的一个女职员吩咐:"方玉婷,你带上胡厂长他们要的现金,跟着他去付款,要核实清楚。"

两人回到兴科龙交钱,那个中年妇女很是新奇,语气里带着很明显的调侃说:"哈,我做财务这么多年,还是第一次见到银行的人跟着来付钱的,胡厂长,还是你们兴州市电力机械制造厂受重视。"

从胡新泉跟方玉婷进到兴科龙办公室,那些办事的就好奇观看着,这时一听中年妇女这么说,顿时哄笑一片。

这些人都知道是怎么回事。银行要不是对一个企业已经彻底不信任,是不会用这样的方式来协助付款的。

方玉婷核实清楚情况后付款完毕,胡新泉拿到提货单走出兴科龙公司,往阀门厂回的路上,他再也绷不住了,拳头攥得紧紧的,任凭指甲都嵌进肉里,两行泪水一流而下。

一个厂子因为负债而失去信誉后,会带来怎样的后果,胡新泉是完完全全亲身经历了。这是他从技术员到厂长后,上的深刻的第一课。

胡新泉一开始是慢慢走,步子越来越快,最后就是一路跑起来。

兴州市电力机械制造厂已经被落下得太多,他必须要快,快,再快!

快要到阀门厂的时候,胡新泉停下来,到河边用冰凉的河水洗了一把脸,等脸上的水干后,他朝着平静如镜的河面照了照,整理好头发,这才迈步走进阀门厂。他走到库房的方向,远远就看到赵明诚和四五个兴州市电力机械制造厂的工人等在那。

胡新泉掏出提货单,拿在手里跑了过去,耳边就生起风,刮动手里举着的那张提货单,就和一面小旗子一样。

把蝶阀拉回来后,要不是考虑厂里用电的问题,工人们恨不得连夜开工,把设备都赶出来，胡新泉也和工人们一起全力奋战在生产线上。

在这样的干劲下，第一批设备足足提前了十天完成，陈苍建当即就带着一些业务能力强的工人去交付第一批设备。

累得散架的胡新泉坐在桌边，疲惫到极致，他往窗外看去，随着天气渐渐变暖和，本来光秃秃的树都冒出绿芽，裹绕在树干上的一些藤蔓，甚至生出一两个拇指大小的花蕾。

这情形，给他带来一种温暖，兴州市电力机械制造厂正一点点活过来。

一阵倦意袭过来，胡新泉耳边依稀听到有人在叫他"胡厂长"，但他就觉得眼皮非常重，就和用胶水粘上一样，抗争一会，终于就这么伏在桌上睡过去。

他再睁开眼的时候，就闻到一股清幽的香味，感到身上披了什么，取下来一看，是一件女式大衣。

"你醒了。"身后响起一个声音。

胡新泉一回头，就见陈婷坐在他身后的一张椅子上，她是反着坐的，下巴支撑在椅子背上，饶有兴致地说："胡厂长，你可真是厉害，我叫着你，你都能睡过去，要不是你睡得打鼾，我还以为你是故意装睡不想见我呢。"

"真是不好意思啊，"胡新泉狠狠揉了一把脸，起身向她道歉，同时把身上披的衣服还给陈婷，"谢谢。"

陈婷接过衣服，直接披上，然后微笑着说："我可是给你带了一个好消息来。"说着，她取出一封厚实的信，递给胡新泉。

胡新泉接到手里，就见信封上弯弯曲曲地写着一些国外的字，他完全看不懂。

"这是俄文，你是不是不认识？"陈婷问道。

胡新泉点点头。

陈婷于是把信又拿回去，告诉胡新泉："这是苏联札波罗什变压器厂寄来的设备回复信。"接着，她在胡新泉注视下撕开信，里面是一叠厚厚的设备资料。

胡新泉大概看一下，他认识上面画的一些设备图和数字，但其他的就看不出来了。

陈婷接着说："也不知道是兴州市电力机械制造厂的哪一位厂长，在几年前去苏联札波罗什变压器厂考察过，还签了一份采购设备和引入技术的意向合作备忘录，过了这么久没有后续，他们这次就专门派一项目组，带着这一封资料信过来回复。我懂俄语，这段时间又来过这里，于是就让我陪同着过来一趟。"

对于这件事情，在查看之前厂里的工作日志时，胡新泉有一些印象，这是改革开放开始时，兴州市电力机械制造厂发展很好，当时的厂长提出一个拓展超高压设备的想法，因为那会资金充裕，于是提出再联系苏联的变压器厂，购置两台来搞研发，甚至还为此专门去考察过一趟，但后来厂里的经营情况急转直下，就没有人再提起这件事。

现在兴州市电力机械制造厂刚从破产清算缓过来，还处在自顾不暇的阶段，看着那些材料，胡新泉真是心有余而力不足，感到非常可惜。

他把知道的情况和陈婷都说了，然后叹息说："我们现在的情况你是了解的，现在是真的没有能力和他们合作。"

陈婷一摊手："我知道的，不过人家不远万里来了，就见一见吧，就当是一个技术交流。"

"嗯，这个倒没问题。"胡新泉答应后去告诉赵明诚，这段时间，赵明诚都在抓设备生产，抽不出身，于是胡新泉就跟着陈婷去见从苏联来的项目组。

苏联项目组一共来了三个人，两男一女，年纪都不小，身材肥胖。

胡新泉从他们口里了解到，当时签的合作备忘录是两台±500kV的超高压变压器，之前因为出境技术限制，不能合作，这两年管制松下来，能够合作，所以他们专程过来。在了解到现在厂里没有采购能力后，三个人中，只有一男一女流露出比较失望的神情，另外一个年纪稍轻一些的男的，则还在滔滔不绝地讲。

等他讲完，陈婷告诉胡新泉：这三个人中，两个是苏联札波罗什变压器厂的，一个是基辅的。他们来和兴州市电力机械制造厂谈合作，这是他们项目组的一项工作任务，只算是次要任务，还有一项更重要的工作任务，是采购大量的轻工业制品，诸如牙膏、牙刷、肥皂之类，这个是主要任务。

陈婷指着那个说个不停的人说："他想向你咨询一下，这些东西能够在哪采购到，他的要量非常大。"

这让胡新泉哭笑不得，原来这些家伙来找兴州市电力机械制造厂合作，只是顺道而已，不过他熟悉和了解的都是电气行业，对于那些轻工业制品，他是真的不熟悉，只能冲那人微笑着摇摇头。但这倒是让胡新泉有些意外，苏联那么强大，怎么这些轻工业的小东西，还需要跑到国外来采购。

虽然没有合作成，胡新泉对他们带来的超高压设备，是非常眼馋的。虽然对于之前几任厂长的很多方向性决定，胡新泉并不看好，但关于拓展超高压设备这一条，他是非常赞同的。

在会谈的过程中，胡新泉发现苏联项目组三个人的精神状态都很差。结束后，陈婷和胡新泉回厂里，在路上，她烦恼地说："本来还想着你见到他们讲清楚暂时没有合作可能后，就可以送他们回去，没想到他们的主要任务是采购，还得继续待着，真是愁人。"

胡新泉问："你愁什么？他们又不让你去采购。"

"哎！"陈婷叹一口气，"我都头疼死了，来的这三个人水土不服，再加上饮食习惯不一样，他们不但休息不好，还都腹泻，你看他们时不时离开，就是去上厕所。"

"这怎么可能？"胡新泉向陈婷说，"原来苏联援建的时候，可是有几十个专家都长期生活在这里，如果是这样，那些专家怎么能长待？"

"可得早点配合着他们完成任务，早点送走，不然有个三长两短，更麻烦，"陈婷无奈地看向胡新泉，"你要是有什么办法可以让他们恢复正常，我大大地感谢你。"

"这个我回去后就找厂里的老工人们问问，"胡新泉回应陈婷，"感谢倒是不必的，你让我找的人还没有着落，你还帮了我这么多，该是我谢你。"

"咦，"陈婷摆摆手，"这个我可要说清楚，你答应帮我找人，还有欠下我的三件事，可都是你欠我的，这都是不能抵消的。一码归一码，你是你，我是我。"

虽然猜测来的苏联项目组三人应该听不懂汉语，但两人还是凑到一起说这些话，陈婷说到一码归一码的时候，还把双手都举起来，纤细嫩白好似均匀葱段一样的手指，一根根翘起，做出一副算账的样子，让胡新泉看得有些目眩。

他几乎没有听清陈婷说什么，只是点头答应："好的。"

这么近距离地闻着陈婷身上飘逸出来的香味，再加上她一本正经的样子，胡新泉这时真没想过要反对她什么，哪怕陈婷把他卖给肉贩子，他相信自己也只会乖乖数钱。

回到厂后,胡新泉把厂里的老工人都列一列,谁对苏联人比较熟悉?自然就想到罗白桦,于是就去车间找他,没想到他竟然不在,问了几个人,才知道他并没有来上班。

陈苍建已经带着工人们去交第一批设备,根据采购意向协议的规定,第二批也很快就要交货,正是厂里最忙的时候,就连胡新泉都到车间去生产。这种时候,罗白桦怎么会不在厂里,胡新泉查了一下,也没见他的请假登记,到底是怎么回事?胡新泉本来想去问问罗维卡,但不知道怎么,到了罗维卡的车间,见她正在检测一批设备,隔着玻璃看到她,胡新泉心里就有些没来由的发虚,于是就决定自己直接去罗白桦家查看情况。

刚走进罗白桦家的那条巷子,就见很多人排着队等在那,胡新泉以为发生了什么,赶紧走到最前面看。

就见罗白桦家门口,支起了一张简易的长条桌子,边上摆着五六个小凳,这时都坐着人,旁边墙上用油漆刷了一行显眼的字:罗家秘制麻酱凉皮。胡新泉实在没想到,罗白桦不去厂里,竟然是在自己家搞起了凉皮摊子。

罗白桦端着几碗凉皮从屋里出来,还指着墙角整齐码着的一堆筐子招呼:"冰峰自己拿!"

见到胡新泉,他也并不慌,而是把他拉过去:"新泉来了,快来搭把手!"

胡新泉没理会他,径直走进屋里。

等罗白桦再进来,胡新泉有些恼火地问:"你怎么不去厂里上班,还不请假,还以为你是生了什么急病,没想到你是在家做这个。怎么?不想在厂里干了?"

罗白桦满脸笑意:"看你这话说的,我们都是一家人,你现在是厂长,我不去上班怎么了?厂里肯定还是得干着的。再说了,现在厂里也还发不出工资,我名就挂那,什么时候该发工资,你照发。我在家弄这些,你也看到了,生意多好,还都是现钱!两边都不耽误,这多好!"

"你怎么能这样想?你怎么能这样干?"胡新泉非常恼火,他严厉地和罗白桦说:"做什么,是你的自由,你要选择在家做这个,那就从厂里辞职。"

罗白桦脸上顿时没了笑容:"看你这话说的,我还能为了这个把正经工作丢了?我现在就收工,我现在就收工!"

说着，罗白桦走出去，大声吆喝："卖完，卖完！收摊，收摊！"

顿时惹得外面那些人发出不少抱怨声。

胡新泉走出去，见罗白桦正在拉条桌，坐着的几个还没吃完的，都相当愤慨。

"你让人家吃完啊……"胡新泉有些看不下去，就开口制止。

罗白桦于是顺坡下驴："好嘞。"

有几个要离开的人，凑过来问："既然收摊，那有没有还剩下的秘制麻酱，卖我们一些？"

罗白桦扭头看向胡新泉，胡新泉也不好再多说什么，只能甩甩头。

"有，有，哈哈，你们这些人，我看到这里，也不是为了吃凉皮，就是图我的秘制麻酱来的！"罗白桦嘻嘻哈哈地从里面提出一大桶，同时有些歉意地和那些人说："我这秘制麻酱本是不准备单卖的，现在收摊了，才卖一些，不过我们没有装的东西，这个你们得自己想办法。"

几个要买的，随即都拿出带着的空饭盒说："我们都带着饭盒呢。"

于是罗白桦开始卖麻酱，不一会，一桶就卖光。

收拾空桶，回到屋内，看着胡新泉坐在那一言不发，他赶忙打碗茶水过去，做出一副认罪伏法的神情说："新泉，你自己看嘛，我搞这些，不也是为了弄些钱，等维卡和你结婚的时候，弄些好嫁妆打发给你不是？"

他这么一说，胡新泉不禁一窘，好歹有罗维卡那一层关系摆着，也不好再多指责他，只能说："这个以后也不准弄了。"

"不弄！不弄！肯定服从管理，好好上班。"罗白桦笑着点一叠厚厚的票子，颇为满意地说："新泉，你看，五十多块钱呢！真不枉我这些天没日没夜地熬那些酱！"

胡新泉把苏联项目组的事和罗白桦说了，罗白桦哈哈一笑："新泉，这个你真找对人了。"

罗白桦眼睛骨碌碌转，却不详细和胡新泉说，而是先问："对了，我要帮你把这件事弄好，算不算立功？"

"不算立功，只能是将功补过。"胡新泉回答他。

罗白桦一笑："看你这话说的，我们都是一家人。这事你可得给我记一笔，以后厂子情况真的好了，评个优秀、论个劳模的时候，一定要给我。从你讲的这些，很容易就可以判断，那三个人肯定是从乌克兰地区来的，那地方和我们这有六七个小时的时差，什么水土不服、饮食习惯不对付，那都是表面现象，关键是他们没倒时差。"

说到这里，罗白桦经验丰富地说起来："这些我那个死鬼老爹原来可是没少和我讲，当时我母亲等一些专家们来后，也用了好些天专门倒时差的。六七个小时的时差，也就是说，我们这边的中午，是他们原来的早上，我们的晚上是他们的中午。这个时候，就需要进行作息调整，最重要的就是饮食调整。按照他们的时间和习惯，进行饮食搭配。你想想，在你睡觉的时间，让你猛吃，你受得了？"

时差，胡新泉在书上看到过，但没有亲历过，感受不深，但一听罗白桦这么说，他就理解过来，难怪那三个人看着和霜打的茄子一样。

"那该怎么调？"胡新泉问。

罗白桦相当有把握地说："简单，可以先从清淡饮食开始，给他们先喝上一天粥，搭配一些小菜，把肚子里清一清，然后根据作息和他们本来那种又油又甜的口味给他们逐渐过渡一下，就可以了。"

胡新泉想了一想说："这样，罗师傅……"

"叫什么？叫什么？"罗白桦打断胡新泉，"你可别指望我会给你改口费什么的，按照一家人来叫。"

胡新泉一窘，干脆不叫了，反正就两个人，他的话就是说给罗白桦的："那这段时间，你去兴州酒店，帮苏联项目组的人调一调作息，可以吗？"

罗白桦一口应下来："可以啊！这可是油水很足的活儿，没问题。"

"好吧，那你收拾一下，我现在就带你去。"

罗白桦直接就站起身："走吧，我还有什么要收拾的，兴州酒店里啥没有，热水都一拧水龙头就出来了。"

胡新泉不得不提醒他："你去了可得注意一点形象，到了那里你代表的就是咱们厂。"

"是！"罗白桦朝着胡新泉敬了一个板正的礼，嘴里又叽里咕噜说了几句。

"你后面说的什么？"胡新泉好奇。

罗白桦颇为得意："这是俄语，一定圆满完成任务的意思。"

两人赶到兴州酒店,没有找到陈婷,不过她在前台留了一个电话,胡新泉打过去,知道陈婷已经回西京了。

苏联项目组三人出于身体的原因,只能待在酒店调养,暂时没有外出计划,西京那边又确实有些事情需要陈婷处理,于是她就赶回去了。办完事后再回来看苏联项目组的情况,要是能外出就带着他们去采购那些所需的物品,要是身体还不行,只能劝他们回去。

胡新泉把罗白桦说的那一套时差、调养的话跟陈婷说了,陈婷在那头顿时觉得有戏,就拜托胡新泉让这个罗师傅在这几天帮苏联项目组三人调整调整,需要什么东西,都可以和前台提,产生的相关费用,都直接挂到账上就行。

胡新泉打完电话,发现罗白桦已经自来熟,和苏联项目组里的一个人聊上了,他的俄语不是很流利,但正常的对话还可以。

"这人,拉了两三天,都脱相了,"罗白桦向胡新泉说,"我刚和他简单聊了一下,确实就是我跟你说的,没跑了,就是作息还没调过来,我们这边的接待方也不知道,还给他们吃重油重盐的东西。在西京,甚至还让他们吃油泼辣子面,这些人哪受得了,还没拉躺下,也是身体素质好了。"

"好吧,那接下来就交给你了,"胡新泉又一次强调,"记得一定注意形象。"

罗白桦打了一个OK的手势。

胡新泉离开的时候,补充一句:"对了,你这些天没去厂里,也没办请假,就都给你算成旷工,可得注意,无故旷工大于三天,后面正常补发工资的时候,会双倍扣除。"

"新泉,不,胡厂长,可不能这么算啊!"罗白桦追过来想要辩解。

胡新泉完全不给他机会,脚下加速,快步从兴州酒店离开。

陈苍建他们带着第一批设备去供货后,胡新泉和赵明诚就开始准备后续的几批供货,但进度慢下来许多,因为第一批挑选出来的库存设备,都是保存情况最好的,只需要把蝶阀换上,就可以检修供货。后面的库存品,各种问题频出,需要进行更换的配件不一而足,银行依旧不信任兴州市电力机械制造厂,还是每天让方玉婷带着大笔现金跟在胡新泉身后去付钱。兴州市电力机械制造厂之前的财务主任跟着王世才走了,剩下的几个人,财务工作做得很不好,幸亏现在厂子的财务工作小,才勉强维持,方玉婷在等胡新泉他们确定采购单时，主动帮着把厂里的财务工作梳理了一遍，这让胡新泉很意外。

陈苍建回来的那天，兴州下了一场久违的雨。

陈苍建浑身湿漉漉地走进胡新泉的办公室，说的第一句话是："这事情可不好办了。"当时胡新泉正和赵明诚在核对设备的检测结果。

"什么事情？"两人听到陈苍建的话，异口同声地问。

"没钱啊，"陈苍建一摊手，"那些签了采购意向协议的，收到第一批设备后，都很满意，但家家都没钱，糖厂没钱，饼干厂没钱……甚至连供给铁路局，他们用来给铁道变电站扩能的设备，都没钱付我们。"

胡新泉担忧地问："这是什么情况？"

"什么情况，还能是什么情况？"陈苍建唉声叹气，"现在三角债情况太严重了，你欠着他，他欠着我，我又欠着你，都挂着账，谁都没钱，成了一个死结。因为这个，家家的库存都是满当当的，就是不知道去哪换成资金。采购是必须的，需求也是有的，就是都没钱周转。"

"那你们送的货怎么样了？他们不收？"胡新泉问。

"怎么会不收，他们也是急需我们的设备去稳定电力，"陈苍建说着，掏出一叠东西放到桌上，"只是真的都拿不出钱来，都用的是支票结算。"

看着那一叠支票，胡新泉只能苦涩地摇摇头，以兴州市电力机械制造厂现在的信誉，这些支票可以入银行的账，但肯定是取不出来钱的。

赵明诚也知道这些情况，看着手上的设备检测单，不常见地叹一口气："真没想到，现在情况会变成这样，东西卖的想卖，买的也愿意买，但就是拿不出钱来结算。"

"对啊，并且现在还现金管制，更加不好办，"陈苍建无可奈何，"我们的设备继续供应过去，我看也还是结算不来钱的。"

胡新泉也是很困惑，现在怎么变成这样一种情况。

他取了一支笔来，先写下"兴州市电力机械制造厂"几个字，然后又把那些合作方的名字都写上去。

用线连在一起，都围成一个圈，中间一片空白。

陈苍建看见后，取了一支笔，在空白处填上一个"钱"字。

现在的情况下，生产是肯定不能停的，刚复工复产，甚至目前都只是维持工人们的基本生活，之前的工资没有补发，现在的工资也都还压着。这样还要停工停产，那肯定会引发工人们对租赁承包的质疑，并且这种情况要不能得到有效解决，肯定会让兴州市电力机械制造厂再一次走向破产清算。银行批下来的贷款额度，也快要用完，必须得尽快回笼资金，还不能只用支票走账，最好是现款。

三人看着那张纸，看了好一会，面面相觑，都没有什么主意。只能是先用贷款支撑着维持生产，然后看下一步该怎样取得资金流转起来。

晚上的时候，胡新泉一个人在办公室，他把那张纸举在手上，翻来覆去地看，到底该怎样，才能让所有的连线都正常流转起来。

那些能够买兴州市电力机械制造厂设备的企业，肯定都经营得不错，扩产后需要更稳定的电力支持，才会采购。既然经营得不错，都需要扩产，那为什么还会没有钱？

钱。胡新泉目光落到中间陈苍建写的那个字上，忍不住伸出一根手指按上去，纸是悬空的，他这样一按，就把那个字的位置按破了。纸破开，写在那的钱字，就没有了。胡新泉一下站起来。

兴州市电力机械制造厂现在也面临一样的问题，那就是没有钱，这个没有钱指的是没有现款，因为不信任，即便在银行已经贷到款，但去采购的时候，别人还是要现金，并不认支票。实在没有办法之下，银行派出一个人专门来核实情况后为兴州市电力机械制造厂付款，相信这种问题，在现金管制还存在三角债的情况下，各个企业之间是普遍存在的。要解决这个问题的最好方式，就是直接不用钱。

胡新泉想清楚这一点后，心里就设想出来一个计划，他当即取过纸笔，把这其中牵扯的东西都列清楚，然后找到其中的关键点。技术员的习惯，就是有了设想后，就在图纸上先推导一遍合理性。

第二天一大早，胡新泉就带着苏联项目组寄来的那封信去了兴州市经贸局。

找到宋显林时，他头发凌乱，眼睛里满是血丝，神情憔悴。和上一次跟陈婷来见到的他，完全判若两人。

"宋局长，您这是怎么了？"胡新泉问他。

"现在是进退维谷，不知道该如何是好啊！"宋显林叹一口气，"就那个兴西直流±500kV输电工程，我们已经确定采购设备了，那天和你一起研究设计图的专家陆互林，非常想不通，我们当天好说歹说把他说服了，没想到他回去后，直接一封举报信捅到省府，说的也是实情，就是对方水龙头、草皮都给我们报了匪夷所思的高价。但那有什么办法，不向他们采购，满世界都没人愿意把超高压设备卖给我们，于是这事情就这么搁置了。我们兴州市经贸局现在是老鼠进风箱，两头受气。国家电网要问我们项目设备的采购进度，兴州市下面的电厂更是几乎每天三个电话地问，省府那边又押着不放。最气人的是，我们给设备供应方去函说明这件事，对方更加傲慢，回传来的材料，直接就把水龙头、草皮甚至是马桶都标得清清楚楚，摆明就是那些东西，就是那个价，爱买不买。你说我们现在该怎么办？"宋显林气恼不已。

"宋局长，您也别生气，气大伤身，"胡新泉劝慰宋显林，然后问他，"那这个项目能不能用别家的设备？"

"哎！"宋显林叹一口气，"要是有别的选择，我们还会受这气？现在具备超高压设备生产的国家，大部分对我们都是技术封锁，限制出口，唯有这一家开了口子，可以给我们供货。他们开口子的原因，还在于一个协议规定，就是他们提供给我们的设备上，是带有监护系统的，说是监护设备，随时跟进维护，其实就是监控，避免我们打开设备，整套监护系统全年无休二十四小时监控着，设备就是出故障或者坏了，也只能支付天价修理费，让他们的技术工程师过来处理。最后就是设备报废了，也要保持密封无损状态由他们运回去销毁。"

"技术跟不上，就处处受制于人啊！"宋显林再次重重地叹一口气。

胡新泉取出带来的那封信，放到宋显林面前："宋局长，这是我们刚收到的苏联扎波罗什变压器厂±500kV超高压变压器的材料，你看看，符不符合兴西直流项目的技术要求。"

愁眉苦脸的宋显林拿起材料，翻看浏览一遍，然后跟胡新泉说："我马上去组织人评估，只要技术要求完全满足，一切都好说，今天就给你回复。"

宋显林当即就去安排，胡新泉也不耽误工夫，按照他设想的计划，又去兴州酒店。刚走进酒店大门，就听到一阵喝彩声，见很多酒店的工作人员，还有顾客，都围在酒店前面庭院的西北角落。

胡新泉没时间去看发生了什么，直接到前台，准备问一下，然后去找罗白桦和苏联项目组的人，没想到前台也没人。

一个服务员托着一个茶盘往外走，胡新泉向她询问前台人在哪，那个服务员端着的茶盘里放了四杯茶，小心翼翼地往外走，听到胡新泉的问话，没有直接回答，而是朝喝彩声响起的方向努了努嘴。

胡新泉只能去那找人，刚到近前，就听到罗白桦熟悉的声音："这叫倒挂金钩！"

他挤进人群，就见人群中围着的是三个排成一列的乒乓球球台，罗白桦一个人在左边，而三张球台的另一边，则是苏联项目组的那三个人。

只见罗白桦在三张球台边，奔走不停，神情轻松。而苏联项目组的那三个人，则都是气喘吁吁，满头大汗。

罗白桦看到胡新泉后，还笑吟吟地朝他挥了挥球拍。

"这叫飞龙在天！"罗白桦蹿到最边上的一张球台，往上起跳一些，然后猛地往前一拍子把迎面来的球打过去，那颗乒乓球的速度去得快，落到的桌点又接近中网，和他对打的苏联人，赶紧爬到桌上，但还是没接住。另外两张球台的球，罗白桦先软绵绵地接上几个，然后引导调整角度，最后两颗球成一个夹角，都汇飞到他的正前方。

"这叫一拍两散……不，一拍定乾坤！"罗白桦狠狠地一拍击出，两颗球同时被击飞，对面的两个苏联人如临大敌，但球势去得太快，两人都没接上。顿时又引得一阵喝彩声。

这也让胡新泉感到新奇，没想到罗白桦的乒乓球打得这么好。

"搞定收工，明天再战！"罗白桦还很洋气地举起手里的乒乓球拍，做出一个谢幕的姿势。

胡新泉看苏联项目组的那三个人，虽然都是大汗淋漓，但精神状态比之前好多了。

罗白桦叽里咕噜地说话，然后朝胡新泉指了指。

那三个人也认出胡新泉，于是过来围着他叽里咕噜地说了些什么就离开。

"他们刚才和你说，要回去简单洗浴一下，再和你握手，让你见谅，"罗白桦过来跟胡新泉解释，"你怎么就知道一脸傻笑地看着他们，点个头啊。"

"哦。"胡新泉于是点点头。

"哎，新泉，看到我刚才的表现了吧，那叫扬我国威。"罗白桦得意扬扬地问："你怎么来了？是来验收我的作息调整成果么？你自己也看到了，现在都精神着呐，也不拉。"

"不错。"胡新泉点点头，看那三人的状态，可以放心地给陈婷交差了。

不过他现在来，不是看这个的，于是他对罗白桦说："我来找你，倒不是为这个，是有一些更重要的事情要做。"

罗白桦问："什么重要的事情？"

"他们是带着采购任务来的，你等下帮我和他们核实一下，他们要采购些什么，"胡新泉着重叮嘱，"一点不能出错，都问清楚。"

"这果然是个很重要的事情，"罗白桦凑到胡新泉面前，"是不是也该有合适的奖励啊。"

胡新泉这会着急搞清楚这件事，就模仿罗白桦的语气说："看你这话说的，我们都是一家人，这事情还不……"说到一半，胡新泉不知道为什么，脑海里竟然闪现出陈婷的样子，一时就说不下去了。倒是罗白桦接过话去："这事好办，都交给我吧。"

苏联项目组的三个人收拾完后过来和胡新泉见面，一个劲地握着他手叽里咕噜地说个不停。

罗白桦在旁边给胡新泉翻译，他们先是对刚才自己都是汗，见面没有握手道歉。然后就是从罗白桦那知道胡新泉问他们采购详单的事情，他们非常感激。

几个人直接把他们带来的俄语版采购详单放出来，让罗白桦翻译后详细给胡新泉抄录一份。

胡新泉听不到，也看不懂。

但当罗白桦统计出几样后，胡新泉有些不敢相信，让罗白桦反复和苏联项目组的三人确定，比如肥皂，要五十万块；牙刷，二十万支……

这样巨大的要量，都可以用火车皮作为计量单位了。

详细记了满满三页，上面要的东西，都是些常见的日用品，没什么奇怪的，但要量实在是大，让胡新泉瞠目结舌。

反复确定清楚无误后，胡新泉把三页详单放好，然后回到市经贸局。

宋显林不在局里。

胡新泉等了一会，也没见他回来，肚子饿得前胸贴后背，就准备回去，第二天再来。

刚走到门口，一辆车停在他面前。

宋显林兴高采烈地从车上下来，拽着胡新泉就往外走，说道："你饿不饿，我可是饿得很，走，我请你吃抿节，咱们一边吃一边说。"

抿节，也叫抿尖，是陕省的一道特色面食。这片地方以面为主食，也就将万物都作为面料。像豆子之类磨成的豆面粉子，韧性不足，难以擀制成型，不能拉扯成常规的面条，但只要是食物，就有吃它的方法。

陕省兴州的巧手们，用特制的"抿节床子"将调成黏糊糊的豆面包裹，从一端留的小口子挤出，成品就是细细小小、两头尖尖、中间稍粗的一寸寸小节，如同竹笋尖尖一般，稍微下到水里一煮就可以吃，口感非常鲜嫩。

据说这原本是陕省一些大户才能吃得上的奢侈面食，虽然说法不尽然，但从吃抿节上，可以看出不是空穴来风。

吃抿节，有一碗十二碟的说法，一碗，指的是一碗煮熟的抿节；十二碟则是十二样佐料：葱段，芝麻，蒜泥，姜片，醋，香油，卤汁，酱油，麻油，泡菜，盐和最不可或缺的碎红辣椒。这只是基础的，还有传言说，这十二样虽然其中也有油荤，但只是素抿节的配料。还有更加精细的二十四碟荤抿节，其中包含炒鸡蛋碎、羊肉末、牛头酱等等。

胡新泉想都不敢想二十四碟会是怎样的架势，十二碟调料的抿节，在他看来，已经算是非常讲究。平时吃面，都是一碗。吃抿节，无一例外，都得用一个托盘，十二碟佐料中间围着一碗抿节，那是很多兴州人对于面食的一个想象力极限。

别看抿节端上来的时候架势很足，其实吃法简单，根据自己的口味，往那一碗抿节里加入佐料一搅拌就可以吃。

有些人一开始不知道吃法，认为那些料都得加到碗里，于是不声不响地端起一个个碟子里的料，只顾往抿节里盖，然后只能苦着脸咽下一碗味足难吃的抿节。真正会吃抿节的，则讲究一个四季轮换，那十二样佐料要加四次：第一次往碗里，只少少地加一点盐、一点香油、一点醋，这一开始是较为清淡地吃，先品抿节的嫩和鲜；第二次加葱段、蒜泥、卤汁，吃的是在第一层味觉上陡然提升的热烈；第三次加入酱油、姜片、泡菜，吃一个过口回甘；第四次加入麻油、芝麻和碎红辣椒。那感觉一层层循序渐进，非常爽口酣畅。

宋显林和胡新泉都饿得厉害，两人倒是没那么讲究，抿节一上来，胡乱地添加一些佐料，就开始狼吞虎咽。整一碗下肚后，两人都又让老板加了一碗抿节。

吃抿节，面可以免费加三次，但佐料不能加。两人吃第二碗抿节的时候，速度才慢下来，开始一边谈一边吃。

吃第一碗就加入碎红辣椒的宋显林，额头上渗出密密的汗珠，被辣得不住哈气，却非常高兴地跟胡新泉讲："你拿来的那个资料，我先是在经贸局和几个技术员对了一下，他们中有一个懂一些俄语，看了大致数值后，觉得是可以用的。我觉得不保险，就直接去西京找了这方面的专家，整体详细对照后，他肯定你送来的这个苏联设备完全可以用在兴西直流±500kV输电工程上！"

胡新泉一听可以用，本来悬在心里的几块大石，最重的一块落地踏实。

宋显林问："胡厂长，你从哪拿到的这个材料？"

胡新泉于是把他知道的都和宋显林说了，宋显林站起身，走来走去转了几圈，又坐下说："胡厂长，之前这个拓展超高压设备研发生产的方向是可行的啊，真是可惜，没有执行下来。不过现在，我倒是有个想法，由你们牵头，去完成那份签订的采购设备和引入技术的意向合作备忘录，采购回来的设备，可以直接转给我们用到兴西直流±500kV输电工程上，你看可以吗？"

"可以，"胡新泉答应后，也把他的一个顾虑说出来，"不过我查过那份意向合作备忘录，里面对于设备引入后的用途是有明确规定的，只能用于研究开发。这样用到项目上，不知道他们还愿不愿意让我们采购。"

"这个你们得想办法了，"宋显林眼中也流露一丝担忧，"现在苏联对我们的技术封锁也是很严的，这个问题很关键。"

说完后，宋显林又补充道："我知道你们现在在资金流转上存在问题，我可以给你透露一些情况，像这种国家重视的项目，需要用到现款时，是可以特批的。"

宋显林的话，让胡新泉心里又一块大石落地。

"好的，我明白了。"胡新泉心里的那个计划，几乎可以敲定了。

"胡厂长，我等你的好消息，"宋显林拍了拍胡新泉的肩膀，"我去西京确定这个事情，也和主管部门汇报过了，你有三个月的时间，你这边要是能确定拿下，我们就不再和之前的合作方谈，你这边要是不行，那么我们只能接受之前合作方的那些无理要求，采购他们的设备了。"

回到厂里，胡新泉把那张他拟定的计划又拿出来，把拿到的苏联项目组采购详单和宋显林说的情况也补充上去。他反复斟酌一下，愈加肯定写在纸上的这个"不用钱"计划，完全可能实现。

厂里的第二批设备检测完毕。

赵明诚和陈苍建协商着送货的行程，都是愁眉不展，第一批设备送过去后，带回来的那些结算支票，送到银行去申请提现，没想到竟然被银行直接冲抵了之前的债务。要是第二批送去，还是这样，就麻烦了，因为胡新泉申请下来的贷款已经要用完了，再没有资金流转，只能又停工停产。

胡新泉进到办公室，看到忧心忡忡的两人，说出了自己的决定："这次，我和苍建一起去。"

胡新泉还做了一个调整，把供货期延后，然后加大供货量，这样一来，第二批供货的设备量占了那些采购意向协议里的很大一部分。

"新泉，你这是准备孤注一掷吗？"赵明诚看着这些调整，有些担忧地劝胡新泉，"虽然说贷款就要用完了，但我愿意再去银行争取点。可是这样，有些太冒险了。"

陈苍建也劝他："新泉，咱们这样把货都供过去，那些家伙就更不会给我们用现款结算了，这样，听我的，这次我们只送一半过去，然后和那些企业谈一谈，能争取多少现款，就争取多少现款。"

胡新泉摆摆手："不，就按照目前我们现有的、已经检测完的设备供应量给他们，一点都不留。现在是贷款已经用得差不多了，不然我甚至想把那些企业需求的货，都全部一次性给他们供齐。"

赵明诚和陈苍建都不理解了，因为都给那些企业供应完毕了，他们没有后面供货的什么顾虑，几乎可以肯定，任何一家在现在这种现款紧张的情况下，都不会用现款来进行结算了。

陈苍建忍不住摸摸胡新泉的额头，看他是不是病了说胡话。

胡新泉拨开陈苍建的手，成竹在胸地说："你们放心，我现在有九成把握，即便在现金管制的情况下，我们接下来也不会再为现金发愁。"

于是，在胡新泉的坚持下，所有已经检测完没问题的设备，都装车供应给那些采购方。

出乎陈苍建意料的事情，还是发生了。本来按照上一批的送货计划，铁道局的送货排在最后。铁道局是用在铁道变电站性能提升上，对于设备的需求程度，不如那些急于提升产能的企业那么强烈，给出的供货时间是最长的。但胡新泉调整了供货顺序，把铁道局的供货放在第一家，以至于当供货送到铁道局那些变电站改造现场时，铁道局局长亲自出来接货。见到这情形，陈苍建似乎猜出了胡新泉这么做的目的，就有些佩服地和他说："新泉，你这一手可以啊，等下你是不是准备直接和这个局长谈结算的事。"

"对。"胡新泉点点头。

陈苍建一想，顿时连拍几下："我怎么没想到，我前一次送货过来接的人是分管变电站的站长，他肯定没有用现款结算的权力，只有找到能够负责的人，才能谈这个事。"

想通了这个，陈苍建推断出胡新泉的策略，那就是拿出足够的诚意，让对方在最后谈结算的时候，也得拿出对等的诚意来。

设备进场开始卸货后，铁道局局长主动把胡新泉叫过去谈话："胡厂长啊，真是太感谢了，我们现在处在线路改造阶段，对于输变电设备的需求很大，但很多生产厂家，要么是资质不好，设备的质量不能保证，要么就是觉得我们资金情况不好，不愿意合作。之前陈苍建同志来谈，我们一听，就确定采购你们的设备，兴州市电力机械制造厂，那可是头一号的电力设备生产厂啊。"

"实不相瞒，我是军转干部，原来在部队的时候就分管电力，使用你们厂的设备，那是最多的，质量靠谱。线路改造开始后，也首先考虑的就是你们，但采购员去联络后才发现，你们已经停产，后面都开始走破产清算的程序了，我们是很惋惜的啊，这样一个有口皆碑的厂子。直到陈苍建同志来和我们推荐设备，我们才知道，你们已经起死回生，这样很好，真的很好。"

"谢谢。"胡新泉从这个局长的口中听到这些，感到非常欣慰。

在一旁的陈苍建，见这个局长对兴州市电力机械制造厂这样认可，更加觉得等下谈就没什么问题了。

铁道局局长接着说："胡厂长，你这次不仅及时给我们供货，还几乎没有留什么尾巴，这样的诚意，和我们之前谈的那些合作方比起来，简直是天壤之别。所以我才决定亲自来接货，是想当面告诉你两点：一个是以后我们的电力设备改造，都会优先选择你们兴州市电力机械制造厂；另一个是，你现在有什么想法，可以当面和我说，能解决的，我马上给你解决！"

听到这话，陈苍建更加确定，这个局长亲自来接货，肯定就是奔着用现款结算来的，他心里的担忧一下都没有了。

"好。既然局长你都这么说了，我也就不客气了。确实有些想法要和您谈，本来想着，您就是不亲自来，我也得想办法去见您的。"胡新泉答应一声，取出三页纸递给铁道局局长。

陈苍建顿时愣住，胡新泉拿出的是什么？他不应该赶紧拿出财务开的税票，让铁道局赶紧现款结算吗？

"这是三张轻工业货物的单子，我想和您请教一下，如果用咱们的车厢装，需要多少节车厢？"胡新泉诚恳地问道。

铁道局局长显然也没想到胡新泉会问这个，他接到手里仔细看了一下，眼睛一下瞪大："量这么大，我得让人仔细计算一下，给你一个准确的。胡厂长，你稍等。"

"好的，有劳。"

看着那个铁道局局长拿着单子去找人计算，陈苍建把胡新泉拽到一边，有些恼火地问："新泉，你搞什么鬼，多好的机会，赶紧和他说现款结算啊！"

胡新泉回答："我就是和他谈结算啊。"

"什么结算？那你就该拿出财务开好的税票！"陈苍建急得不行，"你说你掏出那什么货物单子，算怎么回事？"

"胡厂长，算好了，"铁道局局长的效率很高，直接带回来一张计算好的纸递给胡新泉,"你这个单子上的货量很大,我们货运车厢全部挂满,也最少得两列,具体的车厢数已经详细计算出来,因为都是一些轻工业制品,是可以拼车厢装运的。"

胡新泉仔细地看了一遍单子上的数据,和他之前计算的差不多,陈苍建不住给他使眼色。

"局长,咱们这次采购的设备货款你知道吗?"胡新泉问。

陈苍建这才又松一口气。

"我知道的,来接货前,我专门问过。"铁道局局长说完,面露难色地想要补充什么。

胡新泉又问:"刚才我问您的那两列货,要是发往基辅,再从那边也运一些货物回来,所有费用算上,需要多少?"

"这属于跨境运输了,费用国内段并不高,但是国外段,尤其是现在那边的管理不像我们这边这么清晰,是按段收费的,我得问一下才能回答你。"铁道局局长有些意外胡新泉会问这个,他说完后,再一次离开。

陈苍建简直想把胡新泉的脑袋敲开,看看他到底在想什么,明明都已经谈到货款,谈到结算了,怎么又岔开到什么跨境运输费用上。

"胡厂长,你到底是怎么了?"陈苍建问,"咱就不能先把货款现金结算完,你再问这些事?"

胡新泉回答:"这些就和结算有关。"

"有什么关?"陈苍建真是搞不懂胡新泉了,现在资金那么困难,不赶紧争取收,一直问一些有的没的。

胡新泉握一下陈苍建的手,对他说:"苍建,你就相信我吧。你记好我和你跟赵书记说过的话就行,我有计划,做成了,接下来,我们再也不会为现金发愁。"

"不管你!"陈苍建不好再说什么,只能气呼呼地冷语道,"你是厂长,都听你的就是!不过有句丑话我要说在前面,不管你那是什么计划,这放在眼前的现款不收,你肯定会后悔的!你要不后悔,我之后顺着咱们厂墙根爬一圈。"

胡新泉回应他:"好,你说的,我要是弄不成后悔,我也爬一圈。"

"你这是在犯错误!"陈苍建咬牙切齿,"之后你要是后悔,不仅爬一圈，还得一边爬一边学狗叫！"

胡新泉有些犹豫："这样也太侮辱人了吧，有点太过了……"

"过什么过，你这种听不进劝的，就得这样！"陈苍建拉起胡新泉的手就击了个掌，"一言为定！不许反悔！"

"需要这个费用。"铁道局局长又拿着一张标注详尽的纸出来，上面不仅经过的国内每个站点都备注了一下，连经过国外的路段都细分后标上价格，从这一点不难看出这个铁道局局长是一个非常仔细谨慎的人。

胡新泉看了一下数值后，心里又一块悬着的大石落地。

在胡新泉看那页纸的时候，铁道局局长在一旁有些歉意地解释："胡厂长，我知道你们现在比较需要现款，第一批货送来后，陈苍建同志也和我们再三反馈过多次；第二批货送来，你们又拿出这么大的诚意，我这边刚才和财务算了一下，这次的货款，给你们百分之五十走现金账，百分之五十用支票走，你看怎么样？"

"可以！"一旁的陈苍建赶紧答应，这真是解决了眼下的燃眉之急。

胡新泉却摆摆手："局长，我们的货款不用钱结。"

陈苍建瞪圆了眼，铁道局局长也面露疑惑。

胡新泉接着说："我算了一下，要是把我给您看的单子上那些货运到基辅去，再运一些东西回来，需要的运输费，超过了我们给你们供货的货款。您看能不能这样，这个运输费用，给点优惠，直接用我们的货款来抵扣，不够的，从后续给你们供应设备的货款里继续扣。"

"可以，"铁道局局长没想到胡新泉会提出这种结算方式，这是他完全能够决定的，当即就答应下来，"既然是你们要发那些货去基辅，肯定会给你们优惠的。"

陈苍建则疑惑地想：难道说胡新泉准备把厂里的设备卖到基辅去？开什么玩笑，那边的电力设备技术，可是比兴州市电力机械制造厂先进得多的。他想劝，但最终还是忍住，就眼睁睁地看着胡新泉和铁道局签下了一个关于跨境运输的合作协议。

等往下一个企业运送设备时，陈苍建把胡新泉之前拿出的货物单子要过来一看，他彻底傻眼了，上面都是牙膏、肥皂之类的东西，一件和兴州市电力机械制造厂生产的设备相关的东西都没有。是的,一件相关的都没有。

"新泉,我的胡厂长,你真的是疯了。"陈苍建扶住额头,都不知道该说什么好了。

接下来把设备送到各个企业后,胡新泉又都出人意料地不收钱,全部都让那些企业用他们的产品来冲抵。企业都非常愿意,每一家企业的库房里都是满满当当的产品,缺的都是钱。一趟货送下来,没有收到一分钱的货款,倒是签了不少合作协议。

回到厂后,陈苍建第一时间到赵明诚的办公室,去把这件事汇报了,最后无可奈何地说:"赵书记,早知道这样,我怎么都不会答应让新泉跟着去,他这是要干吗,拿我们的设备去换回来一堆肥皂么?"

赵明诚听了陈苍建的话,也感到有些吃惊,他不相信胡新泉会做这样的事情,但当陈苍建怒气冲冲地把那厚厚一叠合作协议摆到桌上,赵明诚无话可说了。

这些合作协议,涉及的面很广,有和铁道局签的,有和各种企业签的。

赵明诚翻了一遍,确定陈苍建所说的情况属实,他想向胡新泉了解一下情况,但胡新泉回兴州后,并没有回厂里,而是直接去了兴州酒店。

胡新泉远远就看见两个人正在那争吵。走近一看,是陈婷和罗白桦。

"新泉,你来得正好,不知道从哪儿冒出来的疯女人,话没说上几句,就让我离开!"罗白桦一见胡新泉,立即朝他喊。

陈婷也看向胡新泉问:"胡厂长,这就是你找来的那个人?"

"到底怎么回事?"胡新泉疑惑不解地问。

"胡厂长,这个人简直离谱!"陈婷于是恼火地说,"他这几天,带着苏联项目的三个人各种吃喝玩,给酒店带来很不好的影响,这也就罢了,他竟然还和人家赌博、酗酒!"

"什么叫吃喝玩,我亲自下厨给他们熬粥做菜,帮他们调整作息饮食,然后带着他们打打球、散散步、锻炼锻炼,这叫吃喝玩?"罗白桦也是愤然,振振有词地说,"我和他们也不是赌博,就是玩一些小游戏,他们输给我的钱,我也没要啊,就让前台拿去换一些酒来喝,这算什么赌博酗酒?他们三天不喝酒，身体都要出问题的！"

看两人这水火不容的架势，胡新泉只能让罗白桦先回去。

罗白桦朝着陈婷旁边的地上啐一口："什么也不懂，就会皮干！真不知道哪冒出来的东西，肯定是有娘生没爹教的野种！"

陈婷本来还只是嘴上不饶，听罗白桦这么一说，顿时失去理智，扯起她身上背的包就过来兜头盖脸砸向罗白桦。她背的小包比较新潮，边角都镶嵌了一些花纹很好看的铜片，包的带子也不是常见的，而是一段精巧的细链子。等胡新泉拦住的时候，罗白桦的额头被砸破一小块，鼻子也被砸出血，他伸手一抹，顿时怒了，一把抓住陈婷的包，狠一用劲，夺了过来，然后猛地扔到地上，里面的一堆东西摔出来，撒了一地。也不知道是被罗白桦突然的凶态吓得，还是其他什么原因，陈婷顿时哭起来。这倒让罗白桦一下愣住。胡新泉在那，看着一个人一脸的血，另一个又痛哭不止，都不知道该怎么办了。这一番争执，引得酒店里经过的人都远远看着，在那指指点点。考虑到影响不好，胡新泉只能把两人拉进酒店里，找了一个没人的地方安抚。他先查看了一下罗白桦的伤势，额头只是擦破皮，鼻子有些肿起，流血已经止住。

"新泉，你可是看到了的，她把我打成这样，你要作证，她得赔我医药费！"罗白桦愤然地说道。

陈婷恨恨地瞪了罗白桦一眼，突然意识到什么，猛地站起来，胡新泉以为她又要动手，赶紧拉住她。

没想到她眼泪又流下来："那包里有我非常重要的东西，我要去拿回来。"

胡新泉只好跟着她走出来，包被那么用力地拉扯和摔，精细的链子已经断掉，包上镶嵌的一些小巧的饰品也掉在地上。

陈婷却没有关心包，而是有些慌张地在包里摔出来的那些东西里寻找着什么，直到找到一个用一块丝巾包裹着的东西，才停下来。

胡新泉帮她把地上那些散落的东西捡回包里，就见陈婷紧张地打开那块丝巾，检查包着的东西，那是一个只有拇指大小的玩偶，上面花色斑斓的油彩已经黯淡。

陈婷仔细查看一遍后，见玩偶没有损坏，才又慎重地用那块丝巾包起来，蹲在那发出呜咽的抽泣声。

"包已经坏了，掉出来的东西，我都捡回来了。"胡新泉托着包，不知道该不该还给她。

罗白桦这时也跟了出来，看到眼前的情形，他伸手蹭了一下额头上的伤，让已经不流血的口子又往外渗血，同时他故作义正词严地说："谁让你这人不讲道理，先打伤我，算了，你的包也被我摔了，我自认倒霉，就不和你一个女人计较了！"

说完，罗白桦捂着头向胡新泉说："你交代的事情，我都弄好了，那三个人，现在生龙活虎的，得，现在被这疯……被这女的一闹腾，也不和你多说了，我回厂里医护室看看伤。"

他说到疯字时，陈婷一下站起身，直瞪瞪地看着他，让罗白桦心里有些发毛，于是后面的话很快和胡新泉交代后，逃一般地离开了。

胡新泉生怕又出什么事，就挡在陈婷身前，陈婷并没有追赶，只是小心翼翼地把手里丝巾包着的东西放好，然后咬牙切齿地说："这个混蛋，永远不要再出现在我眼前，我发誓，我再见到他，一定要让他痛哭流涕地跪在我面前认错！"

看陈婷说这话恶狠狠的语气神情，胡新泉都有些发颤，自从认识陈婷以来，还从来没见到过她的这一面，他在心底打定主意，一定不要招惹这个女人，不然后果真是太可怕了。

胡新泉抱着那个包，跟在她身后走回兴州酒店，苏联项目组的那三个人迎出来，口里叽里呱啦地问一些话。

陈婷短促地回应了一句，三个苏联人都是一愣，随即叹气，然后伤感地不断在那画十字。

胡新泉有些好奇，问陈婷："他们这是怎么了？"

陈婷回答："他们问我这几天陪伴他们的那个朋友怎么了，我告诉他们，那个人刚才死了。他们现在正在为他祈祷。"

"哎呀，你也真是损啊……"胡新泉只能无可奈何地回应一声。

陈婷白了他一眼，从前台拿过一张单子递给胡新泉："我损，能比那个混蛋损，他带着苏联项目组的三个人赌博，要是那个混蛋赢了，他拿去请这些苏联的同志喝酒吃东西；要是苏联同志们赢了，他也唆使他们去买酒来喝。无论输赢，反正都花这些苏联同志用外汇换来的钱，你知道他带着这些苏联同志喝什么酒吗？茅台！就这么几天，把苏联同志们带来的现金都花完了，连接下来外出的费用都没有，采购怎么办？"

胡新泉一听，都不禁咋舌，没想到罗白桦这么能折腾，他也真敢享受的，难怪陈婷会这么生气，换成是自己，怕是要把他皮剥下来。

不过罗白桦这个人做事也还真是想得周全，他知道要是把赢这些人的钱带走，胡新泉肯定会找他要了还回去，于是就全部吃喝个干净，反正落到肚子里的东西，胡新泉肯定没办法往外掏。

陈婷越说越气，目光在胡新泉身上一转，却又恢复平静："胡厂长，这是你找来的人，这些账，可都要记在你身上。"

胡新泉只能苦笑着说："咱们可得讲道理，是你说我要是有什么办法可以让他们恢复正常，你会大大地感谢我的。你看苏联项目组的那些同志，现在一个个看起来精神状态多好，你不提感谢，怎么能反而要记我账，要记账也对，记感谢我的账。"

"不，我记的是找你算账的账，"陈婷继续故作凶巴巴地说，"这些钱的损失，我会想办法解决，但是喝的这些酒，你得陪我也喝那么多！"

"账不能这样算吧！"胡新泉有些无语，"这么多酒，把我泡上都够了！"

"不管，就这么决定了！"陈婷说完，看着胡新泉手里抱着的包，叹一口气，"这是我最喜欢的包，没想到会这样被弄坏。"

"要不这样，喝酒就免了，我赔你一个这样的包，你看怎么样？"胡新泉赶紧说道。

陈婷想了想，从前台要了两个袋子，把那个摔烂的包里的东西，都收拾到一个袋子里；再把那个空出来没有装什么的包放到另外一个袋子里，然后递给胡新泉："你不是答应过可以帮我三件事吗？我现在就提出一件，你帮我修修这个包吧。"

"好的。"胡新泉爽快答应，他心里想：这包摔得有些狠，不是很好修，自己想办法买一个一模一样的给她，肯定也可以的，一个包应该也不值什么钱。

"哎……"陈婷叹一口气，"我去西京，就是见几个企业的负责人，想要找他们采购苏联项目组想要采购的东西，他们要么觉得跨境的钱不好结算，要么是嫌运输麻烦,都不肯接。现在都不知道该怎么办了。"

胡新泉一笑:"那我要办成这个采购的事情,算不算完成一件答应你的事?"

"你能完成采购?"陈婷瞪大眼,不相信地说,"他们可不需要你们的电力设备,还准备卖给你们呢。"

胡新泉不慌不忙地取出三页详单递给陈婷:"你看看,他们要的是不是这些东西?"

陈婷接到手里,一页页翻看过,然后点点头:"对的,对的,就是这些东西。"

"我已经全部都落实好了,这些都可以给他们供货,"胡新泉指着单子后面标的一排数字,"单子后面标的是价格,也是他们给的。"

"你等等我。"陈婷把那三个还在为罗白桦"死掉"而虔诚祈祷的苏联项目组同志叫过来,然后和他们叽里咕噜说了一通。

接着,就见那三个同志脸上很高兴,不住地朝胡新泉比画大拇指。然后苏联项目组的三个人取出一大包东西出来,一样样和陈婷核对,最后连连比画OK的手势。

陈婷站起身,走到胡新泉身边。

"怎么样?"胡新泉有些担心,"是不是这些人觉得那个价格高啊?"

"不是。"陈婷摇摇头。

胡新泉更加担心:"难道他们要不了那么多?"

陈婷还是摇摇头:"不是。"

"那是什么?"胡新泉看着陈婷大气都不敢出一口的模样,觉得事情很是不妙,"难道这些东西不是他们要采购的?"

哎呀,自己千算万算,就没想过,罗白桦历来都是不靠谱的,肯定是他翻译出问题,自己拿来的东西不对。一想到这个,再想到签下来的那一份份协议,他脑袋一片空白,这下可完了。这个计划,哪一步都顺,怎么就没想到罗白桦这一步会出问题。

陈婷紧张得要说不出话了,她喝了一口水,才又摇摇头:"不是。"

"那是怎么了?"胡新泉脸色发白,已经不知道该说什么了。

陈婷深呼吸几口气,说:"采购的这些东西完全对,货物种类、数量,都完全不差……"

"啊！你吓得我差点晕过去。"听到这个，胡新泉松一口气，这才稍微缓过来，只要东西和数量都对，哪怕价格贵一些，按照自己的那个计划，也可以执行。

"只是这个价格有问题。"陈婷声音都在颤抖，"这个价格都是苏联项目组预期合作的价格，但是他们也知道这很可能合作不成，他们给出的实际合作价格，可以在这个价格基础上上浮一倍。胡厂长，你真的可以用这个价格拿到这些货……"

这下，胡新泉都有些失控了，他忍不住双手抓住陈婷的胳膊问："你是说按照单子上我标的价格上浮一倍，他们也愿意合作？"

"是的。"陈婷两只大大的眼睛闪亮着，她点点头。

那是多少钱啊！胡新泉脑袋嗡嗡的，一屁股就坐到了地上。

旁边苏联项目组的三个同志一见这个情形，又在那叽里咕噜地讨论一番，然后一个人走到陈婷的面前说一通。

陈婷从胡新泉的反应已经知道他能够采购到，这时也尽量保持平静地看着地上的胡新泉问："他们只能给出这个价格，如果你愿意接受的话，他们愿意合作。当然，看你这么痛苦，都已经失望地坐到地上，本来按照惯例，是要供货方负责的运费，也由他们承担，你看如何？"

"好吧……"胡新泉只能点点头，他没想到他激动得一屁股坐地上，又获得一笔运费。

那个过来的苏联同志歉意地朝他伸出手，把他从地上拉起来，同时拍了拍他的肩膀，又说了一通。

陈婷翻译道："他们感谢你对他们工作的支持，对于你慷慨地答应合作，他们表示由衷的谢意。"

"谢什么啊，该是我谢他们！"胡新泉从地上起来，这一系列的惊喜，已经把他冲击得好像喝醉了酒一样。

他制订的计划，现在都已经差不多，此时必须稳住。

胡新泉深呼吸几口，向陈婷说："这些货，我都能给他们供上。但我是这样想的，他们之前不是还谈让我们买他们±500kV超高压电力变压器的事吗？之前我们是没有资金，所以不能买，现在我能不能用这些货，换他们同等价值的设备?"

"你是说,这些货不用卖给他们,直接换他们的设备,对吧?"陈婷慎重确认。

胡新泉点点头:"对。"

陈婷过去和苏联项目组的三个同志又是一番交谈。那三个人不断瞟看胡新泉,脸露喜色,甚至时不时还忍不住欢呼一声。

一会儿,她回来。

"怎么样?"胡新泉问。

"他们非常愿意,"陈婷说,"这种跨国涉及资金的交易,后续结算也很麻烦的,要是能用货物进行等值交换,这是他们想都不敢想的好事。"

到这时,胡新泉彻底放心下来。他在权衡所有情况后,做出的多方共赢、皆大欢喜的计划就是:用兴州市电力机械制造厂供应给那些企业的高低压电力设备,换取那些企业的产品,而那些企业库存积压的产品,很多正是苏联项目组想要采购的;然后再用换来的产品,与苏联项目组换他们的超高压电力变压器;这种超高压电力设备,目前国内还不能自主研发生产,也是兴州市的国家项目±500kV兴西直流项目所急需的,他已经提前去和经贸局核对过技术参数,是完全可以用的。

胡新泉从经贸局还了解到,引入这样的设备,财政上都要费尽心力去找外汇进行结算,要是能直接用人民币结算,简直就是天大的好事,绝对不受现金管制的限制。

最后就把换来的超高压电力变压器供给经贸局,拿到足够的资金,也解决了经贸局面临的采购难题。

这是对所有参与方都有利的计划:兴州市电力机械制造厂解决了资金问题,市经贸局解决了重大项目采购问题,各个合作企业解决了库存产品的问题;对于苏联项目组,更是两方面有利,一是解决了超高压设备的卖出问题,二是解决了他们采购急需的轻工业产品的问题。

也难怪他们要在那欢呼,这从他们的角度来说,等于是让他们一次性圆满完成了两个任务。

胡新泉把这个计划和陈婷说了后,陈婷十分佩服:"胡厂长,你太厉害了！兴州市电力机械制造厂能有你这样的厂长，未来可期。"

事不宜迟，苏联项目组的三个人，还担心其中再有什么变化，就当场拟定了协议，要和胡新泉签署。

签订的时候，苏联项目组的人，觉得胡新泉真是为他们解决了难题，于是在超高压变压器设备的估值上，又往下调整一些，给了优惠，这让胡新泉更是惊喜不已。

见到父亲罗白桦额头带伤、鼻青脸肿地回来，罗维卡一脸惊异："爸，你怎么了？昨天回来不还显摆你吃了什么好的、喝了什么好酒么，怎么今天就成这样了？"

罗白桦沉闷地端过一碗水，喝了几口说："还能怎么，也不知道从哪冒出来个疯女人，一点道理不讲，神经病一样就把我头给砸了！我跟你讲，要不是看新泉的面子，我高低得给她来一顿！"

"怎么还和胡厂长有关了？"罗维卡更加好奇。

想到这几天反正吃喝够了，也很值，罗白桦不准备再计较，但在女儿面前还是硬气地说："嗯，还好胡厂长拉住我，不然我还不把那有娘生没爹教的给她弄残了！我发誓，要再让我见到那娘们，我……我……"

"你怎么？"罗维卡问。

罗白桦发一个狠："我一个大老爷们，肯定不能对她一个娘们动手，我就和她老子干！要再见到她，我发誓，我一定要狠狠地给她老子几个大嘴巴子，问问他怎么教的女儿，看看我教的，看看我家的维卡，就不会那样发疯。"

"这话说得对。"罗维卡过来，帮着罗白桦查看伤口，都是皮外伤，就用热水泡了毛巾，给罗白桦敷了敷。闻着他身上一股浓浓的酒气，罗维卡猜测父亲应该是喝酒和人起了纠纷，于是被打成这样。罗白桦这会酒精上来，脑袋晕乎乎的，躺到床上，嘴里骂骂咧咧地又说一些"疯女人""神经病""有妈生没爹教""野种"之类的话，就睡了过去。

看着父亲被打成这样，罗维卡却是不甘心，她倒要看看是什么样的疯女人这么不讲道理，不管罗白桦到底怎样，可以说可以骂，也不该动手打人。等罗白桦睡着后，她就去了兴州酒店。

这几天罗白桦回来后，就显摆他在兴州酒店办事，别的地方，罗白桦也没钱去吃喝，事情肯定就发生在兴州酒店。

在路上，罗维卡一开始想的是要找那个打自己父亲的女人问问发生了什么事；又走一段，想着父亲肯定不会做什么大错事，被打成这样，得好好骂那个女人一顿；再走一段，罗维卡直接就想，能把父亲打成那样，还有什么好说的，见面先打回来再说。快要到兴州酒店时，罗维卡已经积蓄起满腔的怒火，决定见面就先打一架，她一边挽袖子，一边走到兴州酒店门口。这时却见到两个人从里面走出来，罗维卡一看，咦，那不是胡新泉吗？再看另外那个人，咦，很眼熟，对，是那天和胡新泉站在经贸局露台上的女人，后来听胡新泉解释时，说是叫什么陈婷的。罗维卡胸里的怒气一下荡然全消，闪身退到旁边的院墙下。

"你这个计划真是太厉害了，我都得好好分析分析，学习学习！"陈婷赞叹地说，"等这一件事完了，我一定要和你好好请教，胡厂……新泉，你之后可要不吝赐教啊！"

陈婷嘴里要像一直以来那样叫胡厂长，却不知道怎么叫一半，又试探地叫了一声"新泉"，她本来还想加上同志两个字避免尴尬，没想到胡新泉好像完全没在意。

"赐教不敢当，希望这件事能顺利完成！"胡新泉现在满脑子都想着整个计划顺利完成后，兴州市电力机械制造厂后续的发展，确实没留意到陈婷的称呼发生了改变。

女人心思细腻，陈婷留意到胡新泉没注意，就又说："新泉，这件事顺利完成后，赚的可是不少，你得赔我那些酒。"

胡新泉赶紧解释："赚再多，也是厂里的收益。"

再一想罗白桦喝的那些酒可不是一笔小数目，他哪里赔得起，只能勉为其难地圆一下："现在我还赔不起，但陪你喝酒，完全没问题。"

"哈哈，"陈婷一笑，"新泉，酒不要赔，但陪我喝酒可是说好了！"

"没问题。"胡新泉答应后，带着和苏联项目组签订的换货协议，兴高采烈地回厂里。

在院墙外躲着的罗维卡，本来听到陈婷让胡新泉赔酒，还以为是为父亲的事，没想到后面转成陪喝酒。真没想到，在她面前老老实实的胡新泉，原来是这样油嘴滑舌，罗维卡眼一酸，两行眼泪就流了下来。

回到厂后，胡新泉第一时间就去赵明诚办公室说这件大喜事。

进门后，却发现气氛有些不对。

陈苍建焦虑不安地坐在那，赵明诚则是对着桌上的一沓协议发愁。

第11章 科学原理与传统智慧

"你们怎么了？"胡新泉问。

"怎么了？"陈苍建简直怒不可遏，"还不都是你干的这些屁事！"

赵明诚叹一口气："胡厂长，厂里现在什么情况，你知道吗？银行的贷款已经全用完了，买回来的那些材料配件，最多还能生产三天。本来还想着你们这趟货送过去后，能多少收到一些现款，没想到，你直接弄了这么个事！"

"我弄什么事了？"胡新泉被说得有些不明所以。

"还弄什么事？"陈苍建一下站起来，扑到桌上，抱起上面的那叠协议，再一步蹿到胡新泉面前，狠狠地摔他一脸一身，口里喝喊，"你签这一堆协议，是准备拿换来的肥皂去换原材料和配件？是准备用换来的牙刷去给工人们发工资？"

门外拥进来好些工人，一个个都是大汗淋漓。

一个工人不解地大声问："赵书记，怎么回事，这才复工没多少天，怎么又通知即将停产？"

后面跟着的工人，也都纷纷开口。

"生产出来的设备检测后，不都正常供货了吗？怎么还停产？"

"就是，库房调度的小王都说了，全都发出去了啊！"

"咱们生产的设备又不是不合格，又不是积压了，为什么要停产？"

"赵书记，我们现在都没有要工资，就管个吃的，我们天天生产着，看着设备都发出去,都想着接下来肯定可以发工资,怎么就又要停产啊?"

"不能停产啊,我们现在都憋着一股劲,不能停产啊!"

陈苍建指着胡新泉:"你们问他吧,问胡厂长,是他签了这一堆东西,让厂里一点款都没有回到,银行的贷款也没有了,原材料和配件最多能够生产三天,不通知停产,还能怎么办?"

工人们都转头看向胡新泉:"胡厂长,究竟是怎么回事啊?"

胡新泉没想到会是这种情况,被陈苍建那一把协议都弄得蒙住了,再听工人们说什么停产的话,他更是着急。

胡新泉只能看向赵明诚问:"赵书记,这……这怎么回事?"

赵明诚叹一口气说:"新泉,我现在还没有想明白你签下这些换货协议的意义,但是我得说你,厂里的情况你都知道,你告诉我,你签这些协议到底为了什么?"

有工人听到这些话,就去捡地上的协议。

工人们看过协议后,顿时都怒了:"胡厂长,我们现在需要的不是牙刷,不是肥皂,你换这些东西回来干什么?是准备用这些给我们抵工资吗?"

有工人直接就崩溃了:"胡厂长,大家那么信任你,民意表决都举手通过,还选你当厂长,你怎么能这样?"

"我们一直以为王世才这种想把厂子弄没了的人是混蛋,没想到胡厂长你更离谱啊!"

"肥皂!牙刷!我们辛辛苦苦生产出来的设备,就换了这些东西!"

一个工人把手伸到胡新泉面前,那只手用纱布裹着,他难过地说:"胡厂长,厂里的冲压车床刀头掉到下面,本来不用管,换上新的就可以了,但是我想着那个刀头还能用,就去捡,但掉下去的孔太小,手怎么也够不到,结果手撕裂了,两根手指也折了,但把刀头捡起来了。"

"我们真的是豁出命想要节省,想要好好生产,现在厂里不发工资,我们都互相打气,只要还生产,我们就有希望。你现在怎么能这样,换回来一堆肥皂、牙刷……"

听着这些话,看着那个工人受伤的手,胡新泉心里就如被刀子剜一样。

赵明诚咳嗽着,他没有催促胡新泉回答,抬抬手说:"大家都不用这么激动,现在银行的贷款是用完了,原材料和配件最多只能支持生产三天,你们回去安心生产,我们会想办法努力去银行再申请贷款,哪怕停产停工,也只是暂时的。"

工人们都很失望,同时又悲愤,一个工人准备离开的时候,实在忍不住,把手里的协议揉成一团,狠狠地砸到胡新泉的脸上。其他的人,也都把手里的协议揉成一团,扔到胡新泉的脸上。如雨般的纸团,好像下了一阵暴雨,让处在其中的胡新泉,被浇得透心凉。这时一个身影挤进来,替胡新泉挡住砸下来的纸团,工人们一见来的人,都停住了手,那是罗维卡。胡新泉一脸感激地看向她,他没有想到她会在这个时候站出来,同时希望这个时候是她站出来。

"维卡,谢谢你。"胡新泉感谢她。

"叫我罗维卡同志,胡新泉厂长,"罗维卡帮他更正,又说,"这样叫我,别人会误会的,那个你叫嚷着要陪人家喝酒的女人会难过的!"

罗维卡说完,抽泣着,就掩面快步离开。

胡新泉一下呆住。

这比刚才那一阵纸团暴雨打在脸上身上,还要让他措手不及,他心里和一团乱麻一样,罗维卡怎么会说这样的话。

当时他说陪喝酒的话,是因为罗白桦喝掉的那些茅台酒太贵了,自己肯定没有那么多钱买,只能等以后经济情况好了,再赔偿陈婷的损失,现在只能陪她喝酒表示诚意。

工人们一下炸锅了,这一下,连陈苍建都没有想到。

"胡厂长叫嚷着要陪什么女人喝酒?"

"哎呀呀,我知道了,看来胡厂长签下这些换东西的协议,肯定和那个女人有关!"

"胡厂长,你怎么会做这样的事!"

陈苍建本来就恼火,这时直接愤怒了:"胡新泉,没想到你是这样的人!你到底为了一个什么样的女人,竟然连厂子的生死都不顾了!我真是后悔啊!后悔啊!"

赵明诚保持着冷静,他很了解胡新泉,并不相信胡新泉会为了什么女人做出这样的糊涂事,但现在一堆协议摆在眼前,又是罗维卡说出这样的话,他很不解。

不过，他并没有像陈苍建和那些工人那样激动，而是竭力保持着平静，走到胡新泉身前问他："胡新泉，你到底为什么要签这些协议？"

已经是这样一种局面，必须尽快说清楚。

胡新泉把手里的协议递给赵明诚："赵书记，你要相信我，我一定不会做出任何对厂子不利的事情，我签这些协议，就是为了这个。"

赵明诚接过那叠协议，他翻开看，最顶上的几份，是俄语的，他能看懂一些，往下翻，是几份中文的，他完全能够看懂。

全部看完后，赵明诚的眉头舒展开来，再看了看地上的那些协议："你是用换来的这些产品，去和苏联换这些超高压电力设备？"

"是的。"胡新泉点点头。

陈苍建疑惑不解："我们现在缺的不是超高压设备，这个之前讨论后，不是已经决定推掉的吗？你又换回来干什么？"

工人们更加不明白，先是换一堆肥皂、牙刷，现在又换超高压设备。换来换去，还是没钱，这个胡新泉，到底想干什么。

胡新泉捡起地上被揉成纸团的协议，展开，拉平，说："这些超高压设备，目前咱们国内还不能研发生产，但是重点项目上又急需，就是我们兴州市经贸局都急需，我已经和经贸局核对过参数，这些设备完全可以用，换回来的超高压设备会直接供给经贸局，用在国家级的重点项目上。"

赵明诚稍微一沉吟，顿时明白过来，他扶住胡新泉："新泉，你这事做得好啊！供给经贸局，用在国家级的重点项目上，那资金问题就根本不用发愁了。"

陈苍建还没搞清楚，但一听赵明诚说资金根本不用发愁，他立马知道自己错了，赶紧过来，有些尴尬地笑着问："新泉，到底是怎么回事？你快说说！"

胡新泉于是把整个计划都详细说了一遍。

"啊呀！这是天大的好事啊！"陈苍建听后，惊喜地大叫一声，一下抱住胡新泉，"我的好厂长，你是怎么想到的，这真是太厉害了！"

那些工人们也听明白了，一个个顿时愧疚不已地过来道歉。

胡新泉劝住他们:"不用,你们也是关心厂里的事情。"

那个手指受伤的工人,更是无地自容地想找一个地缝钻进去,他走到胡新泉面前说:"胡厂长,我刚才那样质问你,真是对不起!"他说完,就顺势往下,准备给胡新泉磕头道歉。

胡新泉双手托住他:"别!别!真的不用,你放心,你手上的伤,等这次的款收到,马上就给你按照工伤进行补偿!你没有任何对不起我!不要再说这些了,也是怪我一开始没把计划告诉你们,到现在,我实话实说吧,我一开始其实也很担心,生怕自己弄不成,所以没敢和你们讲,甚至都没敢和赵书记、苍建说。"

说着,胡新泉看向赵明诚和陈苍建,挠挠头:"你们是熟悉我的,没有十足把握的事情,我不会提前说的。这件事做之前,我也没想过能成,哪怕是去经贸局核对了技术参数,和铁道局签下跨境运输协议,甚至是后面带回这些协议,我的一颗心都是悬着的,真是对不起大家!"

心里有了这个计划后,胡新泉没有一天睡踏实过,他的脑子里,每天都在想着各个可能出问题的点,现在,他终于松一口气了。不过一想到罗维卡刚才离开的情形,他的一颗心又不安起来。

知道地上的协议是这件大好事中至关重要的环节后,陈苍建和那些工人,一个个都赶紧趴到地上捡起来,小心地展开拉平。

胡新泉想要一起捡,却被赵明诚拦住,这个老书记把胡新泉推到门外问他:"那刚才罗维卡说到的什么女人、什么喝酒,又是怎么一回事?"

胡新泉于是简单地和赵明诚说了一下陈婷的事,包括之前她帮忙跑贷款,以及带去经贸局看设计图的事,也都说了。

赵明诚听完后,就明白其中的问题,提醒胡新泉:"看来罗维卡是对你产生误会了,这些东西我们来收拾整理,你快去找她解释清楚吧,我跟你讲,罗维卡真是一个好同志,你别错过了!"

胡新泉这时候其实也是有点怯的,他并不知道该怎么跟罗维卡解释,尤其是在这种情况下,就想留下来先收拾那一地的协议,缓一缓。

没想到赵明诚一进办公室,咣当一声就把门关上。

胡新泉敲门,赵明诚只回了一声:"快去!"

真不知道该怎么办，他就想找陈苍建一起去，于是等了一会，就又敲门。

没想到这一次，屋里的人都一起喊："快去！"然后就哄笑起来，显然是赵明诚和他们说了什么。

其中陈苍建的笑声最大，一边笑还一边说："胡厂长，你要再不去，弄丢了厂长夫人，我们可不用纸团砸你，都得上砖头了！"

胡新泉只好去找罗维卡。但是罗维卡会去哪里呢？他一边想着，一边迈步朝前走，不知道怎么就走到了厂里的那棵夹竹桃树前，他不禁想起还水壶那天的情形。夹竹桃树不知道什么时候已经开花了，一朵朵的，粉红色带些白，就和那天罗维卡的脸一样。再想到他托住她的情形，一切就好像慢镜头一样回放，让他哪怕一个人站在这，也不由得贼兮兮地四下看看，感到非常不自在。逃一般地迈步离开那株夹竹桃树，他心里两件事翻腾着：那水壶里封着的纸条，究竟写了什么？罗维卡这回会去哪里？

以罗维卡的性格，她肯定不会回家，那么她会去哪？

胡新泉突然想到一个地方，他立即快步往那儿走去，走出一段，他又跑回来，环顾一下周围没人，就从那株夹竹桃树上摘下一枝夹竹桃花拿在手里，然后才再次朝那个地方快步走去。他知道，罗维卡肯定在那里。

冲压车间是一个危险系数比较高的车间，每一个要进冲压车间工作的新工人，前面三天的工作内容就是背安全操作注意事项，不仅要背下来，后续一个月时间，师傅每天都会盯着你，让你一边念，一边操作机床。

胡新泉带着夹竹桃花走进冲压车间，这段时间的设备生产工作主要集中在易损件的更换上，冲压车间并没有安排生产任务。他一走进车间，就听到一台机床运转的声音，伴随着的还有一个人在一边背冲压车间安全操作注意事项。

安全操作注意事项有六项三十八条。"开机前应先将各运动部位充分给予润滑油，并应详细检查。……推上总电源开关，查看操作电源灯是否点亮。……"

顺着声音走过去，胡新泉就见到罗维卡正在操作机床，她眼中含着泪。

胡新泉走过去，大声地背："使用中应注意事项……操作者切勿以疲劳或浮躁的心情从事作业，应适当地休息以保证作业时的安全。"

罗维卡一扭头站到一边，胡新泉过去看时，她冲压的是之前的茶缸缸坯。

"对不起。"胡新泉和她道歉。

罗维卡迈步想要离开，胡新泉把那枝夹竹桃花拦在她身前，她抬手想要拨开那枝花，但看清后，就停在那里。胡新泉于是把他的计划都说了一遍，罗维卡听明白了。

"我做的事情，都是为了厂子，你放心，我一定不会做任何对不起咱们厂子的事情。"胡新泉向她保证道。

"这个我相信，"罗维卡开口道，"那你就会做对不起我的事？"

胡新泉不知道该怎么回答，因为他不知道哪些事情属于"对不起她"这个范畴。

这时，他心里想，每天只在工作时间和冲压机床待八个小时，都有安全注意事项，选择和一个人在一起要待一辈子，为什么却没有安全注意事项？

在没有明确的爱情安全注意事项前，我们能不能先把冲压安全注意事项背一背？

胡新泉于是说："我不知道哪些事情是对不起你。"

罗维卡沉默不语，她其实也搞不清哪些事情是对不起自己。胡新泉接着把为什么愿意陪陈婷喝酒的原因说了。

"你肯定是又误会我了。"胡新泉说道。

罗维卡伸手把胡新泉手里的那枝夹竹桃花拿到自己手里，然后一瓣一瓣地扯下上面的花瓣，说："这些事情如果不是误会，那就是对不起我的事情。"

胡新泉点点头："好的，那以后我都会尽快和你解释清楚。"

"不，"罗维卡扯下花瓣后，并没有直接扔掉，而是握在手里，她扬起手，朝胡新泉的脸上扔了一把花瓣，歪着头，嗔他一句，"你就不应该让我误会。"

这可有些难办。胡新泉心里想着，他都不知道罗维卡什么时候会因为什么事情而误会，不过跟女人讲道理就是最大的没道理。他只能点点头。

那些花瓣砸到他的头上、脸上，让他心里都感到一种前所未有的甜蜜。

"还有，"罗维卡挥动手里的夹竹桃枝，往胡新泉的身上轻轻抽打了一下，"就在这段时间，你已经两次和我解释跟这个叫陈婷的女人相关的事，我不喜欢她，你不要在我面前提起她。"

这下胡新泉有些犯难，因为接下来运货去基辅，以及从那边运超高压设备回来，都需要用到陈婷，何况自己还答应了帮她找人。

胡新泉只好把这些情况和罗维卡说了，她听完后，就把手里的夹竹桃枝狠狠地抽打到胡新泉身上，一下，两下，三下，枝条抽断了。

"你们这些男人，要做什么事，总是能说出一堆非做不可的道理来，"罗维卡恼火地说，"那好，以后你只要和别的女人去做事，都要先和我说，我同意才行。"

夹竹桃枝并不粗，但罗维卡抽的地方，都挑胡新泉没有衣服覆盖的手上，有一下抽在他的脖子上，辣疼辣疼的。但胡新泉没躲，就是龇牙咧嘴地吸了几口冷气，他心里其实对自己是有一个疑惑的，难道说自己真的是因为办事必须得用上陈婷？要是他那天没在银行门口遇到她，那接下来的事情就不做了？这显然是不会的。

在这种疑惑下，他是有些不安的，被罗维卡这样抽打几下，反而让他有了那种做错事后被处罚的释然感，他点头同意："好的。"

带着和苏联项目组签的设备合作协议，胡新泉去了经贸局，给厂里申请的贷款，即便是让方玉婷跟着付现款，额度也已经用完。要维持接下来的生产，就需要钱。他没有其他办法，只能到经贸局想办法再从银行贷些款，找到宋显林，他还没来得及开口。"胡厂长，我正准备让人去找你过来，没想到，你倒自己来了。"宋显林把胡新泉拉到一间小会客厅坐下，有些着急地问，"兴州市电力机械制造厂恢复生产后，现在情况怎么样？"

"情况可以，设备已经出两批了。"胡新泉回答后，把近来厂里的生产以及供货情况，都进一步做了说明。

"哈哈！"宋显林如释重负，爽朗一笑，"很好，很好，那看来搞这个租赁承包是对的，形势一片大好，前景可期嘛。"

看宋局长心情不错，胡新泉准备开口说再靠经贸局从银行给厂里申请一批贷款。

"冯行长一大早就跑我这来，谈你们厂和银行债务的事，"宋显林说："原来给厂里的几笔贷款，已经逾期时间比较长了，现在厂里情况变好，就从回的款里拿一部分先把逾期的还了吧。"

一听这话，胡新泉顿时愣住，都不知道该怎么回了。两批供货，第一批没多少钱不说，收到的都是支票；第二批根本就没收钱，签的都是换货协议。现在别说还银行钱，要是再不从银行贷款，又得停工停产。

"怎么？胡厂长，有困难？"宋显林看出胡新泉一脸难色，就好言劝他，"虽然说是之前给你留下的债务，但也是兴州市电力机械制造厂的债务嘛，可不能有现官不理前官账的想法。有借有还，再借才不难嘛。"

胡新泉只能叹一口气，无可奈何地说："宋局长，我肯定不会有那种想法，但现在厂里是真的没有资金。不瞒您说，我今天来找您，就是还想通过经贸局，再从银行贷一些款的。"

宋显林的脸色一下变得难看，不解地问："胡厂长，这不应该吧，刚才听你说了，厂里的情况不错，复工复产，还已经供了两批货。怎么还没钱？胡新泉同志，还要贷款？怎么可能？"

说到后面，宋显林已经有些生气了："那看来这个租赁承包也是饮鸩止渴，应该坚决执行破产清算才对，机电工业局也是，都定下来的事情，后面又改变干吗。"

看这情形，再想要贷款是肯定不行了。

胡新泉心里发苦，只能顶着宋显林那恨不得生吞活剥他的目光，把自己的计划说了一遍。

"异想天开，"没等胡新泉说到最后，宋显林就打断他，"胡厂长，不是我说你，这个事情涉及了企业、铁道局还有境外贸易，哪有你想的那么简单，你应该先来和我商量一下。现在怎样？你们连现款都收不到，基本的生产都不能维持。"

"宋局长，您说得对，这个计划确实是异想天开，我也没有做成的把握，所以才没提前和您汇报，"胡新泉话已经说到这一步，就补充道，"我也没跟厂里的赵书记说。"

"看吧！看吧！"宋显林铁青着脸，"胡新泉同志，我要批评你！你这是一言堂啊！这是要不得的，是要犯错误的！你得好好反思了，然后把这次的失败整理一个情况说明交到局里吧，我们经贸局也会出一个意见。"

失败？计划没有失败啊。

"宋局长，我承认我的这个计划有冒险的成分……"胡新泉进一步说明。却被宋显林不耐烦地直接打断："对啊！冒险主义、机会主义，是绝对要不得的！胡新泉同志，你不要再多说和找借口了。局里对你是非常信任的，一开始是对你抱支持态度的，所以才向银行说明情况，给你们申请贷款。但你是怎么做的？竟然冒出以货易货这样的错误想法，有资金问题，我们应该从正面去考虑怎么解决，而不是一拍脑袋，搞这些开历史倒车的歪门邪道。以货易货，你当是原始社会吗？"

"对不起，我认识到这个错误，我承认我冒险了，"胡新泉只能认错，但他还是把和苏联签的合作协议拿出来，递给宋显林，"宋局长，不过这件事各方面都已经协调好了，这是和苏联项目组签下的合作协议，我们协定的送货时间是一周后，涉及各家企业的装货时间，也已经和各家企业以及铁道局落实好。"

宋显林紧皱着眉头，接过胡新泉递过来的合作协议，粗略地翻着，浏览一遍，然后发出一声感叹，接着又仔仔细细地翻看一遍，再把协议合上放在桌上，他的手掌按在上面，两根手指起伏敲动了几下。

"胡厂长，"宋显林伸手拍一下那叠协议，看向胡新泉说，"你在这等着。"

胡新泉想问他几句，但看宋显林的神情有些着急，就点点头："好的。"

"等着啊！哪也不准去！就在这！"宋显林拿着合作协议离开，走到门边，又回过头来叮嘱。

宋显林的话和表现，让胡新泉有些担心。他忐忑不安地等在那，脑子里一遍遍地过这个计划，再回想那份协议，没有想到里面会有什么问题。过了好一会，就听见外面传来急促的脚步声，胡新泉更加不安。

宋显林一把推开门，从外面走进来，他问："胡厂长，你刚才说你们厂还需要贷款？"

"是的，"胡新泉硬着头皮回答，"之前贷的那笔款子，已经用完了，采购的原材料和一些配件产品，也最多只够用三天，是真的资金紧张……"

宋显林回答："贷款，是不可能贷了。"

胡新泉心里非常懊悔，那看来只能先暂时停工停产一段时间，等自己的计划完成后,再重新恢复生产。刚花资金检测完的生产设备,又得再过一遍检测,这还不是最主要的,最主要的是那些刚被激发积极性的工人们,信心肯定会被严重打击,这是最让胡新泉感到难过的。

看胡新泉一副灰心丧气的神情,宋显林哈哈一笑,拍拍他肩膀:"贷款不能贷,有一笔预付款提前拨给厂里要不要?"

"什么?预付款?"胡新泉简直不敢相信自己的耳朵。

宋显林取出一份协议递给胡新泉:"这是一份兴西直流±500kV输电工程的采购合同,我给你拿来了,你看过后,带回厂里组织厂委会研究一下,要是同意合作,签订后送过来,就可以给你们支付百分之十的预付款。"

"太感谢了,太感谢了!"胡新泉翻看着那一份协议,激动得简直不知道说什么好了。

宋显林说:"应该是我们感谢你才对,我们牵头的兴西直流±500kV输变电工程,在采购主要的两台±500kV超高压三相自耦变压器时,遇到了阻碍,供货方不仅以高价搭售一些关联性并不是那么强的配套设施,还要求必须以外汇结算。甚至还步步加码,又在设备上加二十四小时监测系统,严禁我们自主拆卸维修,连一颗螺丝钉都不能动,又要定期派人员来检查维护,让我们支付高昂维护费用,简直是得寸进尺!现在你能够通过易货的形式,把完全符合技术要求的设备搞到,简直是解决了我们一个老大难的问题!胡厂长,你真可以啊!这样的事情都能搞得定!"

宋显林喜形于色,难以自制。

胡新泉同样是非常激动,这下可好了,都不用再贷款,直接拿预付款就可以支持厂子接下来的生产了。

"胡厂长,对于租赁承包,我收回刚才过激的话,有你这样的人搞,我觉得肯定能行!"宋显林诚挚地说,"接下来去换设备回来,要是有哪方面需要我们配合的,及时开口!一路绿灯,没的说!"

"好的,谢谢宋局长!"胡新泉向他道谢,忍住原地就要蹦上几蹦的冲动,尽量保持平静地走出经贸局回厂里。

胡新泉快步走着,经过一片麦田的时候,看到地面冒出一层绿色,是刚冒芽的麦苗。再往前走时,一个土岗子上生着的几棵桃树,花都开了。他再也抑制不住，发声吼了几嗓子，就野马一样朝兴州市电力机械制造厂狂奔而去。

几天后，一列从兴州市发往基辅的货运专列出发了。

在协议清单上看到那些轻工业制品的时候，只是一个个数字，当看到装载过程，胡新泉被那小山一样的商品给震撼到了。

陈婷穿着一件褐色的呢子大衣，提着一个很新潮的旅行箱子；胡新泉则比较粗犷，他一直在协调着装货以及核对清单，临出发的时候，只有半天的时间。还好罗维卡已经提前给他准备一个帆布手提行李袋，但他提到车站翻来翻去，往里面猛塞几次东西，竟然给弄破了。于是胡新泉只好找两个编织袋，用一根铁管挑上，一头装上他日常要用的一些东西，另一头则装换的衣服鞋袜，这样反而方便许多。

苏联项目组的那三个人看到胡新泉的行李后觉得格外好，不住和陈婷要求，希望也能得到这样便捷的中国式行李担子。

"我把你这一次的易货经历也给我父亲说了，他很感兴趣，本来也想跟着去一趟，但因为身体原因，不能出行。"陈婷说着，取出一个牛皮封面的笔记本在胡新泉眼前晃了晃，"不过他交代我要仔细把整个过程记录下来，之后他还希望到兴州来和你面谈。"

胡新泉一听这话，顿时有些激动和紧张，激动的是之后能够见到陈福聚那样赫赫有名的大专家，紧张的原因则是那个人是陈婷的父亲。

铁道局局长亲自来送行，对于这次和苏联项目组以这样的方式合作，对铁道局来说，也是首次。

整趟行程，从兴州市最东边的兴筑车站开出，一直往东北方向而行，从国门二连浩特出境，还要经过蒙古、俄罗斯，预计十五天左右到达基辅。

第一列火车发出的同时，苏联项目组联系苏联札波罗什变压器厂，让厂里将变压器运至基辅货运站，直接在车站交接完毕后由胡新泉运回。

苏联项目组的三人，同时完成出售超高压变压器设备和采购商品的工作，兴致比较高，在车上不断称赞胡新泉。

在漫长的行程中，几人除了休息、看书，也常聚在一起交谈。

胡新泉从这一次的合作中，意识到一些不解的东西，他就问苏联项目组的人："为什么苏联有那样强的工业技术，生产超高压设备都毫无问题，像牙刷、肥皂这些东西，却要到我们这样工业技术相对落后的国家进行大批量的采购？"

其中一个留着一把大胡子的老专家，在陈婷的帮助下，就向他解释了一番。最直接的回答，就是我们生产的这些产品，虽然数量庞大，但并不能够满足人们的实际需求。不能满足的原因：其一，生产出来的产品只追求数量的增加，在实际的质量以及美观程度等方面，都是不够的；其二，就是生产的实际数量很可能并不真实。老专家在说出第二点的时候，另外两个苏联项目组的人，连连出声制止，最后甚至捂住他的嘴巴，其中一个表情严肃地和陈婷说了一些话。

陈婷不住点头，却眨巴着眼睛向胡新泉翻译："他禁止我把后面的这一点照实翻译给你，让我和你说，其二是他们比较喜欢我们生产的东西。你笑一笑，假装我翻译的是这个。"

胡新泉于是微微一笑，假装没听到陈婷翻译的，伸出手和三人握手，故意说："感谢你们的喜欢。"

陈婷把他的话翻译过去，另外两人这才松一口气，但还是不住朝那个实话实说的老专家瞪眼。

刚才那个老专家提到计划经济，胡新泉取出包里带着的一摞粮票和其他一些票据出来，虽然在兴州很多地方，不用这些票也可以买到粮和菜肉蛋这些东西，但明面上说起来，还是不合规的。不过用这些票据去国营商店买到的东西，往往没有市面上不需要票据买到的好，比如用粮票买到的粮往往是陈粮。像胡新泉这样出差到外地，还是会带上这些票据，但很多东西的购买其实已经放开，这些票据已经名存实亡。以胡新泉个人的推断，这些票据随着市场的不断开放，用处应该会越来越小。那个老专家接在手里，翻看着，给出的结论是：用这些票据，是比较基础的计划方式，如果有更好的数学实力，是完全可以计算出一个时间段的。

老专家不再直接回答胡新泉，而是岔开话题说，共和国联盟执行的是计划经济，那是一套非常庞大的设计，需要极为强大的数学实力。执行计划经济后，对于整个生产效率的提升，是帮助很大的，因为每一步其实都已经做出预判，是完全可以做到资源最优分配的。

陈婷把这个话翻译过来后，胡新泉并不是很认同，就他的切身经历，不用票就能买到东西，肯定比处处受限制要靠票据才能买东西要好。

老专家却是一笑，然后取出一叠纸来，他让陈婷告诉胡新泉，他就可以通过计划经济的方式算出由此往后推的第五天，车厢会用掉的物资。

胡新泉更加不信。

那个老专家于是拿一瓶伏特加和胡新泉打赌，他接下来会统计车厢里连续两天的物资使用情况，然后计算出一个结果，放在一个空的伏特加酒瓶里，到第五天打开看结果是否吻合。

胡新泉同意，他虽然对数学谈不上什么深入研究，但还是有所了解的，要通过数学算出这种生活上事情，他还是不相信有那么邪乎。

那个老专家，在接下来的两天，就真的开始详细统计每个人每天都用了些什么以及正常的作息。

胡新泉看他一本正经的架势，心里也有一丝吃不准，于是他留了一个心眼，故意在这两天，吃少一些，喝少一些，甚至连厕所都忍住憋着，两天里只去了一趟。

这样一来，即便真的像那个老专家所说，能够算出来，肯定也不准确。

车上的其他人，也对这个打赌来了兴趣，就这么几个人，也开上一个外场局。

陈婷把这个事情告诉胡新泉后，他好奇地问："那现在押我们输赢的人数是怎样？"

陈婷没有直接回答，而是问胡新泉："你押谁赢？"

这不明知故问吗？胡新泉回答："我肯定押我赢啊。"

陈婷回答："好，那就是四比一。"

"就是嘛，我就说大家还是理智的。这种事情怎么能够算出来。"胡新泉顿时很有把握，看来除了那个老专家自己，没有人相信他能算出来，四个人都押自己赢。

陈婷掩嘴一笑："不是，包括我，都押你输，幸好你押你自己赢，不然这外场局都开不了。这下，你要赢了，我们每人都得喝一瓶伏特加，和你打赌的专家得喝两瓶；你要输了，需要喝六瓶！"

"我可以选择不赌吗？虽然我很有把握。"胡新泉虽然不能理解其他人为什么都相信那个老专家会赢，但遇到这种一边倒的情况，他还是不想冒险。

"不行。胡新泉同志，这是一个要么你一个人醉死，要么我们四个人醉倒的赌局，很有意思。"陈婷一副看热闹不嫌事大地说，"没准你赢了呢？我可从来没喝过这么多烈性酒。你要是醉死了，我会好好照顾你的；我要是喝醉了，你也得照顾我哦。"

看苏联项目组三个人的情况，伏特加是每天都得喝的，他们很可能就是为了输后有酒喝，所以选择支持他们自己人。

没想到的是陈婷也押那个老专家赢，难道说她是故意想喝醉？

话都说到这份儿上，胡新泉也不能怂，于是他点头同意下来。

第三天，那个老专家计算出一张纸后放进瓶子里，挂在车厢中央的一个吊钩上，随着列车前行，那个瓶子就在中间摇摇晃晃。

胡新泉从纸条被封进瓶子后，他就放开饮食，对于这种显然想让前两天的数据不准确的做法，那个老专家并不以为意，依旧微笑着看着他，没有提出任何反对。

之后的行程里，胡新泉的注意力就大部分都放在那个瓶子上，因为有希望看到的结果，接下来的时间好像都被加快了。

到第五天的夜晚，到检验老专家计算数据的时候，大家都停止饮食，到车厢里，一起看着他把那个瓶子取下来。

胡新泉为了确保肯定赢，他还偷偷藏了一袋米，等下要是老专家的计算真的那么准，他藏下的这袋米，就是获胜的关键。

在大家的注视下，老专家取出之前放进去的结果，都看到结果后，大家开始盘点剩下的物资，让胡新泉都感到不可思议，所有的物资都对得上，但算到米时，数值少了一袋。

老专家反复看了一下，另外两个人也面露失望。

"胡厂长，你赢了。"陈婷宣布结果，然后大致翻译一下那些人沮丧的对话内容。

和胡新泉打赌的老同志，叹着气说：他的岁数大了，糊涂了，应该是建数据模型的时候发生了偏差，不过他可以确定他的每一步运算都是对的。

另外两个人说的话意思概括起来都一样：调侃老同志有辱师门。

胡新泉有些好奇："陈婷，这个老同志的老师是谁？"

"康托罗维奇，"陈婷语气充满佩服地说，"也是我的精神导师。"

胡新泉对于这个名字，在大学时可是如雷贯耳，同时看那张结果，给他也带来很大的震撼，他赶紧告诉老同志列奥洛夫："虽然我还是不敢相信，但我还是得说，您的计算结果完全正确。"

胡新泉拿出那一袋子藏起来的米，苏联项目组的三个人一见，甚至都不等陈婷翻译，就都和那个老同志击掌，然后欢呼。

愿赌服输，胡新泉看着摆到面前的六瓶伏特加，知道他喝完后再醒来，肯定就到地方了。他非常不解，当即向那老同志请教，想知道他到底怎样计算出来的。因为这个方法要是学会，就能计算出厂里的情况，那样就完全可以避免厂子再走到破产清算的方向上去。

老专家笑吟吟地催促胡新泉喝酒，也简单地和他说了一下，这是结合线性规划再加上运筹学科，以及对于一些特别因素的条件性排除后，进行计算得到的结果。这里面包含的知识是很复杂的，他之所以能那么快计算出来，是因为这列火车上只有五个人，并且是在一个隔绝的环境里面。在知道库存物资这个总量不变的前提下，只以五个相对概率性变量来计算一个短周期的计划数，是可以比较精确的。

胡新泉听得一头雾水。但胡新泉有了一个清晰的意识：技术，会是一切的核心。很可能我们还达不到的技术，在别人那里已经是淘汰的技术。

打开一瓶伏特加，胡新泉咕嘟咕嘟地一气喝干，模糊中，听到苏联项目组的人鼓掌，他醉下的时候，还在想，这个与技术相关的打赌，现在自己输掉，只是喝几瓶酒的事，要是在装备制造上，这样的技术落差一直存在，在以后的竞争中，又会输掉什么？

再醒来时，胡新泉感到又饿又渴，他摸着起来，就看到他卧铺旁边靠窗的椅子上，陈婷正伏桌睡在那里。

看来自己醉酒后，是她一直在照顾自己。

胡新泉取了下铺的一床毯子盖到她身上，桌上放着一杯水，他端起来一口喝掉大半，水尚温。揉了揉脑袋，看向窗外，一片漆黑的远处，有点点亮光。

虽然什么也看不清，但也不知道是空气中的味道不对，还是其他的原因，胡新泉知道这已经不是国内。此时，他听到一阵阵歌声传来。

曲调很熟悉，却是用俄语唱出的，胡新泉端着水杯走过去。

就见那个赢了他的老专家正靠在车厢边的窗户旁，看着窗外的一片漆黑吟唱。看到胡新泉过来，他举了举手中的杯子示意，胡新泉也朝他举了举杯子。他们两人都知道自己听不懂对方的话，于是都没有开口。老专家轻轻吟唱，胡新泉听着，然后找到那个熟悉的曲调，也就用中文跟着哼唱起来。

"夜色多么好，令人心神往，多么幽静的晚上。小河静静流，微微泛波浪，明月照水面，银晃晃。依稀听得到，有人轻声唱，多么幽静的晚上。我的心上人坐在我身旁，默默看着我不作声。"

一样的曲调，两种语言，非常好地契合在一起。

陈婷不知道什么时候已经醒来，她用手拉着那条胡新泉给她披上的毯子，看着车厢里两个倚窗而唱的人，就觉得似乎有一层铜黄色的光芒照到两人身上，让她心中触动不已。在陈婷母亲的口中，她有一个非常厉害的苏联专家奶奶，但母亲的前恋人是一个不折不扣的纨绔混蛋，最终母亲才会选择离开他，一个人去当知青。从小到大，母亲虽然没有提及和这个纨绔混蛋太多的事情，但经常会无缘无故地就骂那个人，这让陈婷心里很疑惑，到底是怎样的人，才会让母亲这样痛恨，并时时提及。

倒是陈婷的父亲陈福聚看得比较清楚，陈婷长大后曾经偷偷问过父亲，那个声名赫赫的著名人物则在反复叮嘱陈婷要对母亲保密后，说出了实情："你的母亲是深爱那个人的，痛恨和骂，只是她放不下。"陈婷很不理解：我的母亲爱着别人，难道你就不难过？陈福聚告诉女儿："我爱着你的母亲，你的母亲也在我身边，这本身就是一件非常圆满和幸福的事情。我们必然要做的一个人生选择是：和你爱的人在一起，还是和爱你的人在一起。这两者往往就跟鱼和熊掌一样，是不可兼得的。并且很多时候，我们其实都只有选择后者的机会，甚至只能选择和二者都不是的人相伴一生。我能选择前者，本身就足够幸运了，现在还收获一个你来爱我，难道这还不够吗？"陈婷当时就抱住了父亲，当时，她是同情并佩服父亲的选择，随着自己的成长，她变得理解和羡慕父亲。从她个人的角度来看，爱她的人很多，但她爱的人确实不容易遇到。所以她对那个自己母亲爱着的人，是非常感兴趣的，进而也就对母亲常提及的苏联文化感兴趣。

现在，她从车厢里唱歌的两个人身上找到了那种感兴趣的东西，陈婷冒出一个古怪的想法，眼前的这两个人合在一起，应该就是那个被母亲爱着的前恋人。

到达基辅后，在列车卸载货物和装上设备的时间，胡新泉和陈婷两人，在苏联项目组的陪同下，游览基辅。

对于这座比莫斯科还要古老的城市，胡新泉在看过几个几年前新建的景点后，就兴趣大失。

他想到车上输掉的那个赌，于是提出一个请求，能不能找一个当地的工厂去看一下，胡新泉非常想了解，在这样精确先进的计划之下，工厂的运转情况如何。

让胡新泉感到奇怪的是，当陈婷把这个请求翻译给老专家时，他基本上都没有犹豫就摇头拒绝，这和他刚才侃侃而谈、介绍基辅在战争中如何成为逆转的关键地域时，完全判若两人。

不过，老专家在思考一会后，倒是同意带胡新泉去看基辅工厂工人发明出来的一种新工艺：爆炸加工。

胡清泉没有拒绝，爆炸对这个国家来说，其实意味着他们另一方面技术的最高水准。他记忆很深刻，小时候在他老家那个山村，甚至都进行过钻山洞逃生训练，以及如何防范辐射污染而生活下去。不过胡新泉亲眼见到后，有些失望，但也非常佩服。

老专家一路上不停地和胡新泉讲述各种基于精准计算下，即便是难以操控的爆炸，也是可以有效利用的。

这个面容慈祥的老同志，兴致勃勃地还说了一些让胡新泉听起来瞠目结舌的案例，比如用大当量的爆炸迅速开挖水库，甚至于用来灭火。本来胡新泉认为只要和爆炸相关，肯定要在一些有危险标识、禁区、军管之类的空旷无人隐蔽地方进行。但老专家把胡新泉和陈婷带进的就是一个普普通通的工厂。

胡新泉一看这个工厂，就知道经营情况并不乐观，但看到厂里的迎接人群后，胡新泉认为自己搞错了。因为一个经营不好的工厂，肯定不会有几十人来迎接他们三个人。并且前来迎接的人，从厂长到工人，无一例外，都身形肥胖，要不是看他们穿着工装，胡新泉真不能把他们和工人联系在一起。

进到用于展示工艺的车间，胡新泉只见到几个工人慵懒地靠在机器旁抽烟，他们显然对这样的参观习以为常，除了其中一个嬉皮笑脸地和厂长打趣了一下，其他的几个人根本连头都没抬一下就在那聊着什么。直到见到那个展示爆炸加工工艺的人，胡新泉才从他身上看到一点工人的感觉。爆炸加工没有很惊天动地，胡新泉等人都可以在很近的地方围观。

那个工人先加工出一颗绿豆大小的爆炸物，接着放到一个杯子形状的坯体里面引爆，爆炸让杯坯的黄铜外壁紧贴着蚀刻好的花纹模具，就形成非常漂亮的向外凸起的杯体花纹，爆炸的同时，还让一层白锡紧密地熔焊在内壁。用这么微型的爆炸，加工出这么精美的东西，显示出这个工人对于爆炸的驾驭程度完全是炉火纯青。

离开的时候，胡新泉和陈婷还各自收到一个用爆炸加工工艺做出来的精美杯子作为纪念品。

其实这是一次不错的参观，但在回来的路上，胡新泉都一言不发。

"你看起来很失望？"陈婷有些不解地问，"新泉，你不觉得这是一个很美丽、很有创造性的杯子吗？"

胡新泉摇摇头："对这个杯子我并不失望，我只是觉得很遗憾，本来我想着，在那样准确的计划之下，这个地方工厂的技术应该也同样让我吃惊，结果他们能够展现给我看的，只是这样一个给杯子刻上花纹的工艺。说句比较打击他们的话，这种工艺我在兴州的瓷器加工厂见过，并且都不需要用到炸药，而是把上好釉的杯坯烧制将要成型的时候，往里面加水，滚烫的釉和剧烈沸腾的水，形成的花纹，和这比起来，也是毫不逊色的，但那是我们几百年前就会的工艺。我觉得他们实在浪费他们引以为傲的数学实力和技术能力。我们见到的那个工厂的情况，比我见过的任何一个工厂情况都要糟糕，但我看他们中的任何一个人都不担忧，这挺奇怪的。我是说，他们看起来就像一只只温水里面煮着的青蛙，工人不应该是这种情况的。"

陈婷把胡新泉的话翻译给老专家。

让胡新泉都感到意外的是，这个苏联老专家并没有和他争辩，也没有再说什么，只是叹了一口气。

回到列车站，还不等胡新泉询问超高压设备的装车情况，一件非常棘手的事情就摆在面前。一队军人禁止超高压设备装车，为首的一个军官拿出一页材料，凶巴巴地拍到胡新泉的胸口上。陈婷翻译那页材料，上面明确写着大于220kV的电力设备，都属于禁止出口的技术装备。苏联专家当即表示了强烈的抗议：这笔交易，不仅提前告知了外贸部，相应的技术评估也早已经进行过了。现在军队突然不让出口，那那些已经卸载的产品怎么办？再装回去？

军官告诉他们，运来的那一列产品，以及还在路上并且已经通过国境的产品，都会正常交易给基辅外贸局，至于怎么结算，那是外贸部和胡新泉进行商务谈判的事，不在他们的管理范畴。

胡新泉听得着急上火，按照这个军官的意思，这两列运来的产品，就变成砧板上的肉，只能任凭他们宰割。

就在胡新泉毫无办法的时候，站在一旁的老专家朝着那个军官吼了一声，拿起军官带来的那份材料，几下撕个粉碎，军官显然很生气，于是两个军人进来，把老专家押解出去。

"他说了什么？"胡新泉好奇地问。

陈婷显然没有见过这种阵势，她紧紧地依偎着胡新泉，用颤抖的声音翻译：你们这些贪婪的白痴，收起这些无聊的说辞，我要见你们的长官！

过了好一会，苏联项目组的人都来到胡新泉和陈婷面前，不住地向他们道歉。

胡新泉更关心的是接下来该怎么办。

他们愧疚地说出一番话：准备用来和胡新泉交换的超高压设备，已经在基辅外贸部备案是可以出口的，但在军队系统属于严禁出口的技术装备。两者都是合法的，现在经过协商，只能拆卸这些超高压设备，以化整为零的方式装车出口。

因为整台设备属于技术装备，但分拆成的几部分设备配件是可以出口的。

胡新泉有些哭笑不得，还能有这种自欺欺人的操作方法。

一样的东西，合在一起不让出口，拆散就可以出口，真是岂有此理。

他们接着说："这不是自欺欺人，这样操作并不是白来的，而是运送来的两列车产品,其中四分之一要给军队。"

"四分之一?这不是明抢吗?"胡新泉非常无语,表示完全不能接受。

他们继续解释:"拆卸后的超高压装备各个部分会以设备配件价格来进行结算,目前两列车产品按照之前的协议约定,是可以换四台超高压设备,现在并没有改变,剩下的四分之三产品依旧可以换四台设备,唯一不同的是设备是拆卸开的。"

这听起来似乎没有什么不同,但胡新泉发现其中的问题,于是问:"那这些拆卸开的设备,该怎么再重新安装起来?"

苏联项目组的人,没想到胡新泉会这么快就发现其中的关键,于是一摊手,三人协商一通。

他们再次和胡新泉协商:"将这些设备配件重新安装为一台完整的设备,并进行检测调试,所涉及的技术问题,其实比这次交换的四台超高压设备都要有价值。充分考虑到和胡新泉接下来还要继续合作,以及这一次合作的时候胡新泉所表现出来的诚意,他们给出两种不同的重新安装方式。"

第一种,他们派出相关的技术员和胡新泉他们一起回去,然后在兴州负责把设备重新组装好,并调整测试完毕。整个过程中,他们会严格保密。

第二种,他们同样直接派出一支更加专业的专家团队,不仅负责把设备重新组装起来,进行调整测试,还把这里面相关的技术教会胡新泉他们选出来的技术员,等于是设备和整套技术都输出。

选择两种方式的不同之处在于,要是选第一种,他们会按照协议约定的,交换四台超高压设备给胡新泉。选第二种,则只给一台,另外三台设备的价值,折算为整套技术输出的价格。

胡新泉听得心热眼睛热,第二种合作方式,真是他梦寐以求的,等同于一下就让兴州市电力机械制造厂具备能够组装±500kV超高压设备的技术实力,那之后只需要从基辅不断进口相关设备配件,就能生产超高压设备。甚至可以采用不断替换国产件的形式,进一步降低成本,这里面包含的利润是非常大的。只是现在兴西直流项目急需两台超高压设备,这可有些难办。

胡新泉非常纠结,眼前是一个千载难逢的可以获得超高压设备组装技术的机会,作为一个技术员,他深刻知道这意味着什么。

陈婷知道胡新泉的企图后，却非常轻松地说："新泉，你还真是只顾着急，就和无头苍蝇一样，我们可以这次也技术输出呀。"

胡新泉一时没想明白："怎么说？和他们讲价？我看他们肯定不会答应，我跟你讲，他说那个组装技术价值远远超过四台设备，我非常认同的，技术输出的同时，还给我们一台，是真的非常超值了。"

"哎，你还真是技术员的脑子，"陈婷说，"我们可以和他们约定，回去马上就给他们再供一次货，不就行了？"

"对呀！"胡新泉一拍大腿，不过随即又苦恼起来，"再供一次货，里面可有很多不确定的因素了，姑且不说这些产品是不是还能换到，就是能换到，我们厂里也没有这么多设备去换的。"

转念又一想，这机会可不能错过，这和那些不确定的冒险比起来，算不得什么，胡新泉一咬牙就同意下来："可以。"

于是双方商定，这次输出两台设备和一整套含组装带调整测试的技术，胡新泉在本次设备运回兴州后，需在技术没有全部输出前，再送两趟产品到基辅，收到产品后，苏联项目组再补发三台分拆的超高压设备配件回去。真是意外的大惊喜，被军队从中这么一作梗，竟然获得一整套的超高压设备技术，胡新泉真有一种走大运的感觉。

这对兴州市电力机械制造厂来说，无疑是最好的消息，胡新泉于是催促尽快装车返回。但当两台超高压设备分拆完毕后，另一个问题又冒出来。苏联项目组的人，不得不再次和胡新泉进行协商。分拆下来的设备配件，比较容易损坏，这种损坏不仅仅来自于物理碰撞，更大程度来自于运输途中摩擦产生的静电和热量。为了能够长途运输这种电力设备，电力专家们研制出一种专用的一次性填充物。

一次性填充物是小拇指那么大小的圆形颗粒，把这些填充物填入已经密封起来的设备配件空隙，然后浇入水，这些圆形的颗粒就会膨胀，塞满空隙，可以完全起到抗震防撞的作用，还能导电隔热。不过这种填充物的价格不便宜，之前设想的是整台运输，用到的填充物不多，是赠送的，现在分拆后，需要的填充物量是之前所需的很多倍，量太大，不能赠送。即将分两次运出的四台装备分拆件，所需要的填充物折算下来，大致等于一台设备的价值。

胡新泉对此感到有些恼火又无奈，这些人还真是具备很好的数学能力，他当即不同意。

苏联项目组表示：这是自愿选择的，如果不选择这种专用填充物，他们会提供常规的泡沫和空气包来作为填充物，但那样的话，他们不对设备配件的损坏进行保障。

胡新泉亲自跑去装卸现场看，那些分拆下来的设备配件，用泡沫和空气包，这么远的运输距离，几乎可以肯定会有一定的损坏。即便如此，一想到要用一台设备去换这些运输后就没什么价值的一次性填充物，他心里就在滴血。

关于这些一次性填充物，苏联项目组确实没有乱要价，别看这种填充物只是一次性用于运输过程中，为了研发它，苏联的几个顶级研究所可是用了很多年的时间。胡新泉对这样的解释并不怎么接受，但不用这些一次性填充物，该怎么把这些设备配件完好无损地运回去。

陈婷见他这样苦恼，就又和苏联项目组的人进行了交涉，不过在知道这些一次性填充物的研发过程后，她也只能劝胡新泉接受。

盯着已经分拆密封好的设备配件，胡新泉抓起一把那种一次性填充物在手里不住翻看，想了一会后，眼前一亮，有了主意。

胡新泉向陈婷说：“麻烦你帮我告诉他们，这些一次性填充物，我不用，常规的泡沫和空气包，我也不用。”

陈婷有些诧异，但她还是如实地和苏联项目组的人说了。

苏联项目组的人顿时面面相觑，完全不知道胡新泉想干什么，他们不得不郑重地告诫胡新泉：“这些分拆的设备配件，虽然都已经密封起来，但也只能赶到正常的防水防潮作用，要是什么填充物都不用，这样长距离的运输，大部分都会被碰撞损坏。”

第12章 结果

胡新泉先感谢了他们的告诫,接着就问陈婷一件事。

陈婷听后,当时就愣住。

胡新泉问的事是:"在基辅,什么地方可以买到很多大豆?"

陈婷向苏联项目组询问,那些人顿时一个个目瞪口呆,其中一个还反复向陈婷核实,最终确定胡新泉问的就是大豆后,都觉得匪夷所思。不过苏联项目组里的一个同志还是做了回答:基辅就是整个共和国联盟最重要的农产品种植区域,这里就出产优质大豆,在这个车站旁边不远的一处库房,就有着数十万吨的大豆。

胡新泉知道这些情况后,长长地舒了一口气。

陈婷好奇地问:"你怎么突然问到买大豆的事?"

"我要买大豆,"胡新泉补充说明,"我要用大豆来作为填充物。"

陈婷瞪大眼,把胡新泉的话翻译给苏联项目组的人,他们先是上下打量胡新泉,更是再次向陈婷询问:胡厂长是不是酒醉还没清醒过来,或者就是因为饮下大量伏特加后,酒精中毒导致思维混乱。

用大豆来作为填充物,虽然陈婷对于技术方面的东西不是很清楚,但她一直从中翻译,也知道那种一次性填充物是大量科学家长时间研究才发明出来的东西,怎么也不可能用大豆来替代。

"新泉,这样,关于买大豆的事情,我们之后再说,"陈婷格外担忧地和胡新泉说，"现在，我先带你到这儿的医院去检查一下吧。"

"你认为我这是有病吗？"胡新泉很是无奈。

陈婷点点头："很可能是一下摄入大量酒精后的后遗症。"

苏联项目组的那些人，已经开始嬉笑着议论，在这里，有很多关于调侃醉酒的故事，现在看来又增加一个，喝下伏特加的中国电力设备制造厂厂长，竟然提出用大豆来为昂贵的电力设备提供运输保护。

"不，我没有任何问题，"胡新泉没有理会苏联项目组那些人的嬉笑，平静地和陈婷说，"麻烦你，给我弄到那些大豆吧。"

陈婷依旧是疑惑的。

胡新泉突然轻轻一笑："你就当这是我在某种病态情况下向你提出的要求，你会答应吗？"

这一次，陈婷点点头，不再多说什么。

很快，胡新泉需要的大豆就运到车站，而那个关于中国某厂长醉酒后一意孤行用大豆来保护设备的调侃，也迅速演绎成各种版本传开，进而引得很多人过来一探究竟，甚至连那个军官也过来，嬉皮笑脸地用劲拍打胡新泉的肩膀，用生硬的汉语说："伏特加！大豆！"

分拆的设备配件已经装车，大豆运来后，胡新泉就让装卸工人直接倒进去作为填充物。

这个时候，苏联专家实在忍不住，拉着陈婷走到胡新泉面前，大声阻止道："胡厂长，我希望你明白自己在干什么，这种行为非常愚蠢，你会让这些昂贵的设备配件全部损坏在一堆豆粉中。"

他阻止的话是用俄语说的，顿时引得车站上的那些装卸工、军人，还有一些记者，都哄然大笑起来。尽管这些人里面，大多数对于那种价值不菲的一次性填充物并不了解，但也都非常明白，再怎么说也比大豆要靠谱。

"感谢你的提醒。"胡新泉诚挚地对专家道谢，但他还是坚持自己的错误行为。

于是，成吨的大豆就作为填充物倒进每一节货运车厢，把那些已经密封严实的设备配件都埋在其中。

运输物品间的填充物，要求摩擦力大、柔软、具备弹性，而运输电力设备要求防静电、隔热等等。总之就是要让运输的物品在运输的过程中，不能有物理碰撞，也不能因为温度、潮湿、静电等因素而损坏。

大豆圆润坚硬，作为填充物，是连最基础的防止碰撞都达不到的。

除了大多数人看笑话般地嘲笑，苏联项目组的人则是惋惜，他们完全不能理解胡新泉的短视，都认为中国的这个厂长是因为接受不了他们提供的一次性填充物的价格，而用这种方式表示抗议。

大豆都填好后，胡新泉又让装车人员往每一节车厢，都浇上足够的水。

浇水，是使用那种一次性填充物后的关键一步，浇上水后，那种一次性填充物会膨胀，进而把处在其中的设备配件紧紧包住，用这种方式能够极好地避免运输过程中设备移动导致的物理碰撞。

没想到，现在胡新泉用大豆填上后，竟然也这么操作。这更加让那些苏联项目组的人意识到：他肯定是在表示抗议。

事情到这一步，陈婷也没有必要再多说什么，她心里想的是，回到国内后，该怎么修复这些肯定会被损坏的设备配件。

等到所有装上设备配件以及满满当当大豆的车厢都浇上水，这件荒唐事才告一段落。

车站则爆发一阵阵吆喝和哄笑。

胡新泉对此并不在意，而那些劝阻他不成的苏联项目组人员则都摇着头离开。

确定回程的时间是第二天下午，胡新泉和陈婷收拾着东西，五个被选派往兴州负责教授组装设备以及调试测试的专家，则叹息着等在那。从这五个专家的神情和议论，还有他们看向胡新泉时的戏谑，不难看出，他们显然知道昨天关于大豆的事。于他们而言，去组装这些注定会在途中损坏的设备配件，是同样荒唐和可笑的。所以在他们见到胡新泉后，反复和陈婷强调：

"我们只负责教授组装设备，一些物理碰撞造成的设备配件损坏，我们不会修理。"

等待着发车，一阵喧哗后，苏联老专家冲到两人面前，挥动手里的一张纸说："好了，胡厂长，停止你的荒唐举动吧，我们反复说明情况后，这一次运货的一次性填充物，我们可以只算你们十分之一的价格。主要的原因是我们也不愿意就那么看着这些设备配件变成一堆废铁。厂长同志，作为一名工人，我觉得你应该对生产出来的任何东西，都抱以应该有的珍惜和尊重。好了，把那些该死的大豆卸下来吧！"

老专家的话，引得那五个专家和跟来的很多人，一阵喝彩。甚至在车站的一些工作人员，已经自觉主动地准备开始卸大豆。

胡新泉赶紧制止，苏联项目组的人立即拉住他。

陈婷也顺势抓住他，翻译出那些人的话："别再因为你的不满，就进行破坏。"

"我没有进行破坏啊！"胡新泉简直百口莫辩。

一节车厢的厢门被扒开，随即传来一声惊呼，一个扒开门的装卸工人，瞪大眼叽里咕噜说一通。

苏联项目组的人松开拉住胡新泉的手，朝车厢走去。

打开的车厢门里，露出密密麻麻的大豆，但一颗都没掉出来，仔细看，就会发现，那些浇水的大豆，都已经膨胀，伸手摸一下，还有些微微发热。

这倒不难理解，浇水的大豆膨胀萌芽时，本身就会散出热量。但是意想不到的是：这些浇水的大豆膨胀后，彼此之间牢牢地挤压在一起，让埋在其中的设备配件，绝对不会再移动分毫。

一些已经报道过中国厂长和大豆趣闻的记者，今天还试着看看能不能再找到什么更有趣的东西，这时也都挤过来。

"这样看来，蠢货竟然是我们！"好半天后，老专家才说出这句话。

昨天为了显示胡新泉的愚蠢，苏联项目组的人已经和记者以及其他人反复介绍过那种一次性填充物，诸如一次性填充物为什么价值这样高，有哪些知名的科学家参与研制，花费了多少年时间，里面包含了多少高科技，这种填充物对于长途运输的巨大意义……

没想到的是，现在浇水后的大豆，已经完全发挥一次性填充物的各种作用。

那种高科技填充物，注入水后膨胀从而固定需要保护的设备配件，而大豆浇水后同样膨胀，也能起到保护作用。

其中最让这些苏联项目组的人津津乐道的，是那种高科技填充物注入水后，还会不断均匀散热，这对于一些存在温差的地域间运输，是意义重大的，而大豆浇水后，同样散热，并且比那种高科技填充物散热还稳定。

高科技填充物在自然界中只需要十年就能降解，非常环保，发芽后的大豆几天就能变成有机肥。

一样样功能列举下来，大豆每一样都可以完全达到，并且在很多方面，还比那种填充物要好。

苏联项目组的几个人变得尴尬。围过来的人，在知道这种情形的反转后，再看胡新泉，就没有一个人觉得他是笑话。

过了好久，那个跟着来的军官，才恼怒地喝骂一声，然后愤然离开。

陈婷小声告诉胡新泉那个军官骂出的话："这些该死的混蛋，竟然为了发明一种连大豆都不如的东西，浪费那么多钱！等着上审判吧！肮脏的白痴！"

老专家无地自容，走到胡新泉面前，朝他郑重地行了一个礼，称赞他："你真是一个很有智慧的人。"

胡新泉也朝他回礼："感谢你的善意。"

列车满载着五个技术专家、设备配件，当然，还有大豆返程。

将要抵达国门的时候，列车经过一片极为空旷的原野，放眼看去，天地在遥远的地方交汇，没有什么阻挡视线。

有一群牛羊在那悠闲地吃着草，还能看到一间红漆屋顶的木屋升起袅袅的烟。

陈婷问胡新泉："为什么你会想到用大豆？"

胡新泉就把原因告诉她，首先他注意到所有的设备配件都是密封好的，不存在浸水或受潮的危险，从苏联项目组后面推荐的那种高科技填充物可以看出，它的作用是固定和防静电。

高科技填充物的解决思路，是注入水后通过材料膨胀实现固定，同时利用水的导电性避免产生静电。

"我一开始也没有想到能够用大豆来代替，但是我想到被带去看那个爆炸加工工艺后和你说的话，"胡新泉又把当时的话重复一遍，"那是我们几百年前就会的工艺。于是我就回想了我看过的那些关于古代工艺的书，还真让我想到了，在宋代的《萍州藩志》一书中，有记录过泉州商人往海外运瓷器的时候，为了避免瓷器在海洋浪涛的颠簸中碎损，所用的方法，就是往装载瓷器的船舱内填满豆子，再浇水让其膨胀发芽，从而使瓷器不碎。你想，瓷器那么容易碎的东西，用这种方法都可以做到无损。我们通过铁路运这些东西沿途的颠簸程度远小于海洋，大豆肯定可以用啊。"

"原来是这样，"陈婷微微一笑，"看来，我们可是不缺少高科技的，我回去也得好好翻翻，没准从什么书里就翻到一点什么，受到启发后，说不定能拿到诺贝尔奖呢。"

胡新泉也是一笑："你这个就有点夸张了。"

两人相对着站在同一扇车窗边，胡新泉看到的景物都是迎面而来，陈婷看到的景象都是远远而去。胡新泉觉得陈婷在不断朝她走来，而陈婷却觉得胡新泉在迅速地离她而去。

陈婷取出用丝巾包着的那个小玩偶，她告诉胡新泉："这个东西叫套娃，我只有一个，但原本应该是一套，由这样一个又一个大小不一的玩偶组成，是我母亲送给我的，是她很看重的东西，是她前恋人送给她的。据她那个前恋人说，是他父亲给他的，而那个前恋人的父亲是从他母亲手里得到的。这些听起来，就像是一个又一个的套娃般的联系。

"我不知道我母亲为什么会把这个东西给我，但自从我得到这个东西后，就对和这个东西相关的一切，都非常感兴趣。于是，围绕这个东西，我开始去了解苏联的一切，进而被那个先进的共和国联盟所展现出来的那种强大所吸引，但这一次通过大豆这件事，我意识到一些之前吸引我的东西，已经发生了改变。"

胡新泉问："发生了什么改变？"

陈婷没说："我不知道该怎么说这种改变，但我觉得它跟我小时候父亲和我讲过的一个故事很接近。"

"那个故事是这样的：有一只志向远大的小兔子，它听说一个叫'森林'的地方是所有动物的天堂后，就决定去找寻这个天堂。经历了重重艰辛，最终来到一只将死的老兔子面前，它向老兔子打听森林在哪。老兔子告诉它，你不就是从森林而来吗？小兔子不信，我来的地方只有一棵棵树而已。"

陈婷说完这个故事，把她手里那个用丝巾包着的小套娃递给胡新泉："这个我不需要了，送给你吧。"

到达兴州的时候，因为气温不高，又在密闭的空间里，让胡新泉意外的是，那些发芽的大豆竟然都还能吃。于是卸车后，就安排板车拉了几十车回厂里发给兴州市电力机械制造厂的工人们。

建厂后很长的一段时间，兴州市电力机械制造厂每逢节假日都会发东西，这是整个兴州市其他厂里工人提到都会非常羡慕的事情。

这次豆芽发下去，有些平时饱受歧视的工人，刻意提着到兴州市拜访亲戚朋友，说这是厂里发的"苏联豆芽"。兴州市百货商店的经理发现机会，第一时间联系车站，要求代销车站里剩下的那些堆积如山的"苏联豆芽"。

胡新泉一开始还没反应过来，搞清楚后就爽快地答应了。

限量供应"苏联豆芽"的牌子一经百货商店挂出，顿时门庭若市，一向冷冷清清的地方，排出很长的几列队来，完全再现了原来人气鼎盛的情形。接下来好些天里，兴州市的大街小巷都弥漫着"苏联豆芽"的味道，和这些豆芽一起扩散出去的，还有胡新泉去苏联换回超高压设备的经历。

设备配件运回厂里后，胡新泉和赵明诚马上着手安排进行设备的组装工作，两人正在办公室讨论计划方案时，一个身影冲进来。

"赵书记，新泉，我强烈要求加入，请把我列到这次组装，以及后面调试检测的技术团队里面去。"陈苍建语气相当诚恳地要求。

这倒让胡新泉和赵明诚都感到意外，因为在他们的印象中，陈苍建对于技术并不热衷，他虽然是技术员出身，但在改革开放的政策下来后，整个人都扑在市场业务方面。

赵明诚劝他："苍建哪，我们还有第二批货要及时供应过去，我和新泉其实是想让你去弄第二批货的工作。"

"第二批货并不用花费什么精力的，"陈苍建十分肯定地说："那些企业会自己找到咱们厂的，不受现金管制的限制，又完全避开三角债，这简直就是他们梦寐以求的交易。我还是坚持我的要求：让我加入技术团队吧。"

说完，陈苍建还郑重地补充："再怎么说，我是一个技术员啊。"

他这样一说，胡新泉和赵明诚都不好再反对，只能同意。

相应地就做出工作调整，胡新泉负责去联络那些企业和铁道局，准备第二批货尽快发走。陈苍建作为兴州市电力机械制造厂的技术团领队，带着七个选出来的技术骨干去配合苏联来的五个专家把设备组装好，并进行调试检测，整个过程中,要求厂里的技术团队必须每一步都做好详细记录,哪怕是拧下一颗螺丝钉的方向,用什么工具拧,拧紧几圈,拧松几圈,都要写清楚,不能留一点疑问。

作为兴西直流±500kV输变电工程的核心装备,国家电网、经贸局、供电局等相关部门的同志,从设备开始组装的那一天,几乎每一天都会到厂里来跟进进度。

这让之前一直冷冷清清的兴州市电力机械制造厂厂区,完全变样,整天都有各种货车、小车进进出出。

胡新泉一开始埋头去联络企业办货,并没有注意到这些变化。

有一天晚上,他从肥皂厂谈好换货协议后回厂里,时间已经比较晚,他记得之前那一次晚上走夜路,走岔到河滩上的事情,这次就格外注意。转过几个土岗子,他正苦恼用什么准确方法定位方向时,就见到远处一片灯火通明。那会是什么地方?

胡新泉带着疑惑朝那里赶去,越走,越熟悉,等到看清的时候,才发现,那一片灯火通明的地方,就是兴州市电力机械制造厂。不知道为什么,他的眼眶突然一下就湿了。没有人是喜欢黑暗的,如果一时只能生活在黑暗里,不过是因为没有光明来照亮它。这一刻,胡新泉知道,只要这个灯光不灭,他再也不会在去厂里的路上迷路了。

第一台设备完成交付后,胡新泉一收到货款,就把银行的债务都还了。然后召开了一次全员大会,这次大会还在之前民意表决的那个会场,不同的是,在会场中间多了一垛子东西,是用红布盖着的。

工人们进来后,都窃窃私语议论那会是什么。都知道厂长通过以货易货的形式换回来两台超高压设备,难道这是其中一台?不过这种想法随即就被否定掉,因为设备即便是盖上布,也不可能这么规整。

等到工人们都进场后,会议开始。

赵明诚先把厂里执行租赁承包后各项工作的开展情况都做了介绍,重点说了这次以货易货、换回两台超高压设备的事,最后还给大家报了好消息:第一台设备组装完成,并进行调试检测,各项指标合格,已经正常交付。

工人们顿时都很高兴,整个会场掌声雷动。

接下来，胡新泉讲话，他没有直接开口，而是先起身走到那一垛子东西前，他问："大家进来后，看到这样东西，心里应该都奇怪，这是什么，为什么摆到会场来，我现在就为大家揭晓答案。"

他一抬手，一下扯下上面的红布，整个会场顿时寂静一片，随即就是波浪一般的惊呼声。那是一垛子摆得整整齐齐的钱，都是十块面额的，一沓沓，和一块块小砖头一样。

胡新泉又补充一句："这些都是等下要发给你们的。"

全场顿时爆发雷鸣般的声音，里面有掌声，有叫声，还有哭的声音。

这些声音持续了有十多分钟。

等再一次安静下来后，胡新泉才又开口道："我在这里要感谢大家，这段时间，大家都没有领工资，就靠食堂管着吃，在厂里辛苦生产，没有人说过一句怨言。今天坐到这里的人，都经历了厂里之前的事情，也知道，要是厂子没有了，我们会怎样，都憋着一股子劲，要搞好厂子。正是这股子劲，取得了这个成果，我在这里跟大家说一声：辛苦了！"

会场又鼓起掌来。

再次安静后，胡新泉说："我接下来要说的话，就不像刚才的那样中听了。我知道在座的人里，有国家干部，有国有职工，有集体职工，有大集体工人，有小集体工人，有临时工，你们原来的工资和福利待遇，都是和这些有关。但是，从今天开始，在我们兴州市电力机械制造厂，这些都没有了，你们都只是工人，无论是谁，包括我在内，拿到手的工资多少、福利待遇怎样，都只看你们生产产品的质和量，都只看实际工作给厂子带来了什么效益，都只看你做的工作对厂子有怎样的贡献。"

胡新泉说完，会场先是一片安静，然后响起窃窃私语的议论，过了好一会，一个工人大声地问："都是工人，临时工也是吗？"

胡新泉回答他："哪怕你是临时工，只要干得好，就马上可以转正当厂里的干部，干不好，就算是正式干部也马上降为普通工人，再干不好，就给我走人！"

这话一出，会场的议论声一下都停了，很快就响起比之前还要响亮很多倍的掌声。

"发钱！"不等掌声停下来，胡新泉从旁边拿起话筒，喊出这两个字。

兴州市电力机械制造厂的"发钱"会开完后，立即产生积极的影响，十几个工人写了一封联名信交给赵明诚，申请两班倒，上昼夜班。

解决资金问题后，厂里的生产原材料充裕，再加上供电局的支持，现在厂里确实具备夜班的条件，因为要及时准备第二批货，对电力设备的需求量很急迫，也有夜班的必要。不过胡新泉心里有顾虑，他问赵明诚："虽然是工人们自愿申请，但要是这样，咱们工厂还是社会主义吗？"

赵明诚给他解答："穷，吃不上饭，被人看不起，不是社会主义。让工人们过上好日子，有尊严，能够挺直腰杆抬起头地生活是社会主义应有之义。这些都是好工人哪！他们只是有奔头后想跑快一点，同意他们吧，胡厂长。有什么责任，我担。"

兴州市电力机械制造厂，于是成了陕省首个开夜班的厂子。

胡新泉走在晚上的厂区里，听着机器的嗡嗡声，他心里还是不安，沿着每个车间都转一转，发现其中一个厂房没有灯光。那是专门为了组装那两台从苏联换回来的超高压设备新建的厂房。他走到门口，被两个看守的人叫住，那两个人拧亮手电照他脸，看清楚人后，赶紧跑过来把他迎过去。

胡新泉进到厂房里，第二台超高压设备已经开始组装，那些苏联来的专家，只在白天工作八小时，因此这里晚上没人。

只组装一部分的超高压设备，看上去像一副巨大的骨架摆在那里，从内心来讲，胡新泉非常想参与到超高压设备的组装工作中来，他沿着那台设备绕了好几圈，一个大胆的想法冒出来。他随即去了生产办公室，本来只是想找值班的人员，没想到，敲门后里面响起赵明诚的声音："请进。"

胡新泉进门后就关切地询问："赵书记，您怎么还没回去休息，不是该分管夜班的鲁主任值班么？"

"休息什么，年纪大了，就没什么瞌睡，"赵明诚合上手里正翻看的材料说，"三车间的七号床线路老化，小鲁正带着人去更换呢，我就多待一会，反正回去也没事。倒是你，白天在外面跑了一圈，怎么回来也不好好休息，到这来干什么？"

胡新泉开门见山地说："赵书记，我想看一下咱们第一台超高压设备的组装日志。"

"新泉，你想干什么？"赵明诚问完后，已经想到胡新泉想干什么，眼睛一转，"我不同意。"

"赵书记，我都还没说呢。我是这样想的，那个车间晚上也没有人，我想利用晚上的时间，参照组装日志，自己研究一下超高压设备的组装工作。"

"看吧，看吧，你都不用说，我就猜到你想打这个主意，"赵明诚说，"新泉，你可不是铁打的，白天劳累一天，晚上又去那拆装设备，你真不要命了！"

胡新泉哀求："赵书记，您就答应我吧，我保证不影响白天的工作。"

赵明诚摇头："不行，不行。你这样搞，身体早晚得垮掉。"

"那这样，我每天晚上就在那学习组装四个小时，这总行了吧！"看赵明诚神情坚定，胡新泉只能退一步请求。

赵明诚盯着胡新泉，知道以他的性格要不答应，他肯定会想别的办法，反复想了一会后，才伸出一个指头："一个小时。"

"哎呀，赵书记，一个小时哪够啊，拆几颗螺丝拧上去一个小时都紧紧张张的，"胡新泉讨价还价，"三个小时。"

赵明诚斩钉截铁地回答："好了，两个小时，多一分都不行。你要还想加时间，我就收回这个，不同意了。"

已经没有余地，胡新泉只好答应："那就两个小时，谢谢老书记！"

于是，从那天开始，胡新泉白天去谈换货的事，晚上就带着组装日志到那间厂房里一个人研究超高压设备的组装、调试、检测。

第二台超高压设备组装调试完毕后，胡新泉找到赵明诚，提出一个大胆的想法：把这台组装好的设备再拆掉，然后组织厂里参加整个组装过程的技术员进行一次组装技能大比武。

"我不同意！"陈苍建当即表示反对，大多数参加组装的技术员也都纷纷表态。

他们表示反对的理由大同小异：这台设备非常金贵，关乎厂里所有职工接下来几个月的生计。姑且不论一个月能不能拆卸再组装好的问题，就算是可以组装好，那跟定好的交货时间也就相差一周不到，从时间上来讲，不仅紧张，还非常冒险。

正常交货，以目前的情况，完全可以评上今年的先进，这等于是用一个稳稳到手的先进奖励，去换一个存在很大风险的技能大比武。"

陈苍建苦口婆心地劝胡新泉："新泉，胡厂长，你是没有参与这设备的组装调试，它不同于以往厂里生产的那些高压设备。我知道你的想法，现在我们有两台设备的完整组装日志，你就认为我们具备这种超高压设备的组装技术能力？不是的，真不是你想的那么简单，很多步骤，就算完全按照操作日志来，要是没有配套的技术积累，也很难成功的。"

大多数技术员对陈苍建的说法，都纷纷表示赞同。

有些技术员小声议论："胡厂长这是自己没参与组装过程，不知道其中的难处。"

"真把这设备拆卸了，要能再组装调试好，已经是谢天谢地，还技能大比武，简直是异想天开。"

"胡厂长原来是技术员时，可不会这么离谱，当上厂长就飘了。"

听着那些议论，胡新泉站起身，平静地说："要是因为这次技能大比武，造成任何损失或者不良影响，所有责任都由我个人承担。"

话已经说到这份儿上，大家也不好再继续反对。陈苍建只能摇头叹息，苦笑着拍了拍胡新泉的肩膀："新泉，你这是给我出难题啊，要真的收不了场，也只有我能帮你擦屁股。"

胡新泉回应："我相信你。"

设备已经组装调试完，比预定的时间早，几个苏联专家已经兴高采烈地筹备告别宴。胡新泉试探几次，知道他们肯定不会同意再拆卸设备，于是想了一个办法，从兴州市申请下一台车，安排苏联专家们去看一看西京市的景点。苏联专家组一听这个，顿时来兴趣，当即答应。他们前脚离开，胡新泉后脚就让陈苍建带着技术骨干拆卸设备。

因为时间紧张，这次技能大比武，把之前组装日志的时间作为标准时间，每一个步骤，标准时间内完成的计为优秀，超过标准时间则为不合格。然后以少于标准时间的多少，来评定名次。

虽然大家一开始都对举行技能大比武持反对意见，但决定执行后，还是非常积极。尤其是参加比赛的二十多个技术员，他们跟着苏联专家组，组装出来的第一台超高压设备，直接挽救了兴州市电力机械制造厂，也给了厂里所有人一条活路。

在两台超高压设备的组装过程中，陈苍建表现非常抢眼，已经成为技术人员心目中当之无愧的技术第一人。胡新泉没让他参加技能大比武，而是让他作为整个比试的总裁判，好些技术员私下都开始叫他陈总工。

整个技能大比武是通宵达旦进行的，陈苍建负责统计时间。

胡新泉同样没能好好休息。

周边那些参与第一批超高压设备以货易货的厂家，不但把库存清了，手里还都有了大量现金。

在现金管制的情况下，手里有大量现金的厂家，就成了香饽饽，供应原材料的想方设法找上门求合作，给出的优惠几乎可以用吓人来形容。等到去交换第二台超高压设备的时候，几十家上百家厂都蜂拥进兴州市电力机械制造厂，死活要把自家的小商品加入以货易货的单子。

铁道局因为有了一次成功经历，对于第二次专列也是格外上心。

这些因素加起来，让第二台超高压设备的以货易货效率高了非常多，只需陈婷一个人去，就完全办妥。

现在第二台超高压设备还没有交付，几百家厂子的代表已经汇聚到兴州市电力机械制造厂，天天堵胡清泉，用尽一切办法想要把自家那些牙刷、肥皂、糖果之类的小商品加入换货单子。

胡清泉被弄得焦头烂额。

不过想到之前自己亲自上门找货的艰难，他对这些人的到来都是表示欢迎的，专门拨出一间厂房来安顿代表们，后来人数实在太多，根本安置不下了。

这个季节，雨水又多，那些厂代表一个个都颇有怨气。但胡清泉除了劝他们先回厂里，实在是没别的办法。

脑子活泛的罗白桦，却在其中发现商机，他把厂子旁边的一块农田租下来，又不知道从哪儿找来几车石棉瓦和空心砖，盖出几十间简易房子，在里面弄起大通铺，租给这些厂里来的谈事代表，一天收五毛。

罗白桦给入住的人提供免费热水和简单的被褥，一下解决了大部分厂代表的需求，口碑颇好。这种经营行为真要追究起来，是完全不符合规定的。但厂里实在安排不了这么多人，胡清泉只能听之任之。

第二台超高压设备组装完成，还没有交付，闻风而来的各种小商品厂家陡增。

陈苍建等人之所以反对进行技能大比武，还有一个考虑，那就是尽快完成第二台超高压设备交付，得马上着手进行以货易货准备。

赵明诚统计了一下手上已经签订意向的货物单子，用来以货易货换第三台超高压设备，完全绰绰有余。

兴州市电力机械制造厂已经在几天前就停止签订意向货物单，但还是有源源不断的小商品厂家赶来。对这种情况，赵明诚第一时间找到主管部门，进行了反映。

厂商们汇聚在这里，又不能和兴州市电力机械制造厂签订协议，一些厂商就开始自行交流，寻找合作的可能。之前已经和兴州市电力机械制造厂签订协议的厂商，拿着那些签订的协议也加入进来，厂商之间的交易竟然被盘活。好些之前被三角债、现金管制限制不能进行的贸易，就这么进行起来。参与其中的厂商越来越多，厂商们甚至还私下给取了一个洋气的名字：全国第一届以货易货商贸大会。

兴州市电力机械制造厂所在的地方，厂内技能大比武，昼夜不息；厂外的各种交易也是如火如荼，人声鼎沸。

胡新泉好不容易劝走最后一批挤在办公室要签意向协议的厂商，又累又饿，瘫躺在椅子上，半点力气都没有。

"力微任重久神疲，再竭衰庸定不支。"陈苍建手里提着一包东西走进来，有些幸灾乐祸地说，"胡大厂长，我下午就准备和你汇报技能大比武的事，硬是没挤进你的办公室。"

一听技能大比武，胡新泉整个人精神顿时为之一振，一下站起身问："结果怎么样？"

陈苍建白他一眼："你这是垂死病中惊坐起啊，我现在也不着急说，跟我走，我先给你弄点吃的，你等下一边吃，一边自己看。"

"食堂已经关了，你准备带我吃什么，哦，你不会是……"胡清泉提醒他，"苍建，厂里的仓库已经重新拾掇过，开不了荤的。"

"哈,你还想吃肉?"陈苍建拽起胡清泉,"今天我带你去吃土。"

"吃土?"

陈苍建带着胡清泉上到厂区东侧的一个土岗子,几棵低矮的野枣树生在那里,两人站上去,就看到以兴州市电力机械制造厂为圆心,一层层的灯光往外扩出去。

"看看吧,新泉,这里已经成风暴眼了,我已经感受到,这肯定是一场改天换地的风暴!"迎着一股涌来的晚风,陈苍建大声吟诵,"大风起兮云飞扬!"

已经有一段时间没见陈苍建再这样口出诗文,胡新泉感到很欣慰。

陈苍建回头重重地拍了胡新泉的肩膀一把:"真是没想到,厂子会变成现在这样,胡厂长,我要感谢你。"

说着,他猛地一下跪伏在地,胡新泉吃了一惊,赶紧托起他:"苍建,你干什么!"

陈苍建挣脱开胡新泉的手:"我要请你吃土啊!"

胡新泉放手,就见陈苍建跪在地上,从兜里取出一个布袋、一把小铲子,挖起土来。

陈苍建挖了半袋子。

提着土往厂里食堂走,陈苍建和胡新泉介绍:"胡厂长,你可有口福了,这可不是一般的土,听厂里的老工人们讲,那地方原来是一处老堡子,往低了算,也有千八百年的历史,都是古董土。"

胡新泉有些疑惑:"怎么,今天咱们还真吃土?"

"真吃土。"陈苍建肯定地回答。

进到食堂,陈苍建找了一口大铁锅,把那半袋子土都捻得细细的放到锅里,然后端到火上就真的烧起来。

近看那些土,干燥松散,没有一般土的褐色,呈黄白色,里面没有什么杂质,显得很干净。胡新泉伸手掬起一捧,那土已经被烧得有些热,手感非常舒服,温暖细腻,指缝间稍微松些劲,就一股股如同轻雾般流落回锅里。

这倒和之前吃过的炒面很有些相似,难道真的可以吃?这么一想,正是饥饿的胡新泉不由得吞咽了一口口水。

"哈,你准备就抓着开吃了?"陈苍建调侃一声,从旁边箱柜里翻出几团发酵好的面团，加些盐、五香粉什么的，迅速揉透，然后拉扯成指头粗细的条条。

胡新泉有些想不通：折腾这么半天，难道是准备做拉条子吃？那用这些土故弄玄虚干什么？

陈苍建没理他，把那些拉好的条子一条条都用刀切成一个指节大小的面块，再往案板上扑些干面粉，手掌压上去揉搓。

不一会，案板上的面块都被揉搓成一个个小小的圆球。

这是要做面汤圆？

就见陈苍建伸手试了一下锅里的土温，把那些圆球都放进一锅土里，取了锅铲，慢慢翻动那一锅加入面球的土。

等到一股股微微有些发焦的香味从锅里飘出来，陈苍建手里握着笊篱，贴着锅边，捞出一笊篱带土的面球。

之前倒进锅里的面球，已由软变硬，变得饱满浑圆，膨起鼓胀，表皮微微焦黄，冒出一股股钻入胃里的勾人香味。

颠簸摇晃笊篱，细细的热土落下，剩下的就是一颗颗让人垂涎的美味。

陈苍建抓一把送到胡新泉手里，他狠狠吞一口馋水，先往嘴里放进一颗，有些烫嘴，但还没等他反应过来，已经吞到肚里。从嘴到喉咙，都只有一股热热的回味。肚子里的馋虫被勾起，胡新泉再顾不得其他，直接把手里的一把都揉进嘴里，咀嚼几下，塞得满口，真是要多舒坦就有多舒坦。

陈苍建继续晃着笊篱，嘴里一边说："新泉，咱们厂的情况，越来越好，我看你现在忙得一口吃的都顾不上，就想到了这个。这是我家那块的一种吃食，叫蛋蛋馍。我等下多做一些，你随身带着，饿了就趁个空，往嘴里塞些。"

"好，哈哈，没想到还有这么实用的好东西。"胡新泉自己伸手到笊篱里，抓了一把，往嘴里塞。

陈苍建伸手想拦他，但伸到一半就停住，继续摇晃笊篱，嘴里说："是的，真是实用的好东西。"

备下的面全部做完，陈苍建把刚才装土的袋子用力抖干净，翻个面，把蛋蛋馍都装进去，有大半口袋。

"走吧,我们到组装车间去,一边吃,一边说,我给你做关于技能大比武的汇报。"陈苍建说着,就往前走。

胡新泉刚才注意力都在蛋蛋馍上,现在才察觉陈苍建有些异常。

两人来到组装车间,这里灯火通明,很多人围在中间那台已经组装好的高大设备旁,商量讨论着什么。

那些选出来参加技能大比武的技术员们神情都很焦急,有几个甚至在那咒骂着什么。

见到胡新泉和陈苍建,一个技术员走过来,他满头大汗,眼睛看向胡新泉的时候,明显带着情绪。

技术员压住怒火,转头看向陈苍建:"陈总工,还是不行,严格按照流程启动了四五次,数据还是不对。"

"怎么?"胡新泉关切地问,"设备出问题了?"

那个技术员再也忍不住,直接就火气冲冲地对着胡新泉说:"胡厂长,依咱们的组装经验,怎么能独立完成,还搞什么技能大比武,这种技术跃进就是瞎搞,就是扯淡!你没有像陈总工这样从头到尾跟过,不知道这里面的技术难点,现在好了,设备是组装成了,但运行的数据完全就不对!这个责任谁负?咱们厂刚有变好的迹象,就来这一出,您也是技术员出身,真是不应该!"

其他的技术员也都围过来,嘴里都满是抱怨,陈苍建赶紧上前,把那些愤怒的技术员都请出去。

胡新泉从身前捡起一本组装说明分册,他没有发火,一本本地捡起来,整理成整齐的一叠放到一旁。

好不容易把技术员们劝离开,陈苍建回来,叹一口气:"这就是我一开始反对技能大比武的原因。你没事吧?"

"没事,"胡新泉掏出几颗蛋蛋馍塞进嘴里,吃到肚里后,才无奈地一笑,"他们没有把这些手册砸我脸上,还是好的。"

组装车间就剩下两人,陈苍建过去检查了一圈,再回到胡新泉身旁,递给他一份操作日志,胡新泉看后,眉头一皱:"这么高的电阻率,肯定不行。"

陈苍建点点头:"是的,这还是做了保留的数据。新泉,我和你汇报一下。我们拆卸完成后,每一步安装都严格按照专家们在的时候的操作进行,甚至连人站哪里,我都用粉笔描了圈,几乎是复制一遍地进行组装。好消息是,我们的整个组装时间,缩短了近三分之一,其中部分常规的组装,我们的技术员甚至只用不到四分之一的时间就完成了。"

听到这里,胡新泉不由得称赞一声:"这真是好消息。"

陈苍建摇摇头:"不,接下来我要说坏消息,虽然整台设备我们已经安装完,但你也看到了,在几轮调试中,几个关键数值都不对,存在非常大的偏差,也就是说,哪怕是按照那些专家教我们的,原封不动地组装,这些核心的东西,我们也还没有掌握。"

胡新泉也面露担忧,他揉了一把蛋蛋馍进嘴里,从那一叠组装说明材料里抽出几本,仔细翻看起来。

"胡厂长,我要郑重和你说,以两个技术员进行技术交流的对等身份,"陈苍建先强调,然后放慢语速,似乎是要确保胡新泉能够听清每一个字,"这些超过我们现有技术条件的电力设备,哪怕只是组装,也不是我们现在能够掌握的。现在,我们最应该做的,是在我们已有的技术条件下,实现利润最大化,让咱们厂的效益变好。"

"不对,"胡新泉当即表示反对,"苍建,这不是一个技术员该说的话,作为技术员,我们应该始终把怎样提高技术能力,怎样掌握核心的科学生产力作为对自我的要求,你这样有点短视……"

陈苍建一摆手,直接打断胡新泉的话:"胡厂长,你这是刚捧上饭碗,就忘记之前吃不饱的时候了。我认可你的说法,但现阶段,我不同意。你要看清摆在眼前的事实,我们几乎是复制一样进行每一步组装,现在结果怎么样?还不是不行?耽误了交设备,这个厂里刚吃上一口热乎饭的工人们,又得回到之前的境地里去!"

胡新泉把手里的组装说明材料翻到一页,递到陈苍建面前:"这里的几处设备初始值,是咱们工人填写的吗?"

"你根本就没听我说什么!"陈苍建有些生气,他朝组装说明材料瞟了一眼,"不是,胡厂长,你脱离技术岗位的时间也不长啊,那些技术参数的设置,是组装设备完成后的初始值,是那些苏联专家帮我们填的,其中每一个数值,和上一台正常交付的都是吻合的,我一个个核对过。"

胡新泉一边朝设备走过去，口里一边说："这只是一个建议数值……"

"你什么意思？你是说那些专家在误导我们，你是说他们填的这个数值是错的？你这是认为以我和咱们厂那么多技术骨干的技术能力，都不能正确复核这个数值？"陈苍建也和刚才他请出去的那些技术员一样发怒了，他大声吼着，"胡厂长，你没有跟整个设备的组装流程，才会这么短视，你对这台设备的组装一无所知！现在我也擦不了这个屁股！我相信咱们厂任何人也擦不了这个屁股，我们已经联系被支走的专家，让他们尽快赶回来处理，关于拆卸再组装的事情，你和他们解释去吧！"

"苍建，你冷静冷静，"胡新泉劝说陈苍建，"我没有说他们误导我们，但是，你想没想过，这只是一个建议值，有没有可能，这本身应该是一个变化量，他们填的数值，对于这台设备的检测调试来说，是错的。"

"不可理喻！"陈苍建连连摆手，"胡厂长，你还是不愿意接受他们技术能力远超我们这个事实，我不和你争论这个，我现在只想让这台设备能够正常交付。你这种盲目自信的技术怀疑，让我有些失望。胡新泉，你现在是这个厂的厂长，你的决定，关乎厂里这些亲手选你出来的工人们接下来的生计，你自己好好想想吧。"

陈苍建气呼呼地离开，胡新泉知道他这么愤怒的原因。

刚分配进兴州市电力机械制造厂时，厂子的情况还很好，每一批新入厂的技术员，都会被安排一次到苏联电力机械制造厂参观学习。以往在学校时，只是在纸面上知道老大哥的伟大，当真正直面时，那种来自技术层面的冲击，轻易就能使一个人彻底折服。那是完全不同的两个技术层面，这种绝对的碾压往往会在技术员心中形成某种神圣的"芥蒂"，只能仰望和努力达到，任何质疑都等同于亵渎。

苏联专家组是第二天下午才回到厂里的，技术员们不住地致歉，同时把这种擅自支开他们进行技能大比武的无礼行为，都全部推到了胡新泉这个厂长身上。出乎技术员们意料的是，苏联专家组并没有吃惊和生气，他们只是以一种看好戏的神情俯视这些诚惶诚恐的技术员们。技术员们羞愧地说出设备组装完成后，怎么调试参数都不对的问题，并希望专家组不计前嫌帮助解决。专家组听完前因后果，有的也忍不住笑起来，那是一种偏向于傲慢的笑，他们显然是知道拆卸再组装后会出现这样的问题。

其中一个还用生硬的汉语说:"我们会制造,会组装,会调试,你们不用搞。我们会帮你们组装、调试好。这不是搭积木,只是重复你们看到的就行。这里面,包含着你们还不知道的东西。"

技术员们为胡新泉的冒犯行为感到窘迫不已,但还是涨红了脸,忍不住问:"什么东西?"

那个身材臃肿肥胖的专家,哈哈一笑:"伏特加和鱼子酱。"

专家组在技术员们期盼的眼光下,走过去调试组装好的设备,一圈走下来,却诧异地对技术员们说:"设备并没有像你们说的那样有问题。"

技术员们则更加疑惑,他们启动设备进行检测调试,意外发现,所有的数值竟然都正确了。

技术员们都瞪大了眼,一番回想后,都看向陈苍建,肯定是昨天陈苍建把他们赶走后自己把问题解决了,一个个顿时都对陈苍建佩服不已。只有陈苍建明白,昨天他气呼呼走后,就胡新泉一个人留在这里,他看向胡新泉,心里连自己都不敢相信地想:是胡新泉解决了这个技术问题。神情憔悴疲惫的胡新泉没有多说什么,掏出一把蛋蛋馍塞到嘴里。

到第二台设备交付时,胡新泉已经完全掌握超高压设备的相关技术,这也促使他产生要着手建立超高压研发部的想法。在厂里完成第二台设备交付后的总结会上,胡新泉就提交了这个想法的拟定办法。让他没想到的是,陈苍建当场就表示反对。陈苍建表示反对后,还提交了另外一个计划,和胡新泉想要研发超高压不同,他提出的是兴州市电力机械制造厂之后应该调整方向,专门走组装供货的路子,完全没有必要搞研发。因为技术研发的周期太长,未来的收益也是不能准确预定的。但走组装的路线,兴州市电力机械制造厂有非常好的现有优势。

首先是目前兴州市电力机械制造厂已经拥有能够组装超高压设备的技术能力,这是非常大的优势,目前国内大多数电力设备制造企业,都只能自主生产高压设备,能够生产超高压设备的企业寥寥无几。现在应该把握机会,采购超高压设备的配件,扩大组装的规模,把厂里研发技术的人力物力都投到组装上来。

其次是兴州市电力机械制造厂有一定品牌效应，老厂子，好品质。就算是还保留的非超高压设备生产，也应该走组装路线，这样可以迅速提升产能，达到事半功倍的效果。

胡新泉听完陈苍建的计划后，问了一个问题："如果只是组装，那我们手上就不会有什么专利技术，要是提供设备配件的厂家，以技术来作为涨价的条件，我们该怎么办？"

"这个好办，我们提供成品给客户的时候，也涨价就可以了啊，"陈苍建一笑，"我们甚至还可以顺势多涨一些，还能增加我们的效益。"

会场的气氛缓和一些，好些人看来都对陈苍建持支持意见。

其中生产部主任鲁建刚提醒胡新泉："胡厂长，咱们厂这段时间，能够这么迅速见效益，正是因为换回来那些超高压设备后，组装供应出去获得的啊。我看了交换的协议，这一套组装技术也是付出代价换回来的，它的价值甚至远超这两台设备。我认同陈总工的意见，咱们应该迅速把握先机，把技术研发先放一边，那不是一个短期能够见效益的方向。"

会场还有人对两种方向进行了总结。胡新泉提出搞超高压研发部，是一个要长期投入的方向，并且后期不一定就能见到很好的效益，没准研发出拥有专利技术的超高压设备了，其他人也研究出来了；还有更坏的结果，研究出一堆超高压技术，但已经不符合市场形势，不能再变现了。技术研发，虽然有可能拥有专利技术，但未来效益并不明确。

陈苍建提出的组装路线，现在只需要采购配件，进行组装后，就可以销售出去，虽然没有专利技术，短期就能获得很好的效益。

两个方向都有人支持，但经历过厂子停产停工生活窘迫的情形，会场里更多的人支持的是陈苍建。

在一片热火朝天的讨论中，胡新泉问："要是别人直接不提供设备配件给我们，我们该怎么办？我们自己没有技术，别人要是完全不卖给我们，我们该怎么办？"

会场一下就安静下来。

过了好一会没人说话，陈苍建继续笑着缓和气氛，伸手拍一下胡新泉的肩膀："哈哈，新泉，你这就是有点抬杠了，我们付钱，别人怎么会不卖？生产出设备配件不卖，他们生产出来干什么？留着看吗？"

其他人也纷纷附和。

胡新泉却郑重地说："我不是抬杠，你们不要忘记，我们现在也还有很多技术是被封锁的，我们这一次换超高压设备，为什么是设备配件拉回来，而不是整机。"

会场再一次沉默。

又过了好一会，赵明诚开口说："我的意见是建超高压研发部，我们要有自己的专利技术，同志们，咱们不能好了伤疤忘了疼啊！"

确定下建超高压研发部后，胡新泉着手做计划，一个尖锐的问题冒出来：这样的技术投入是非常大的，从什么地方获得资金，是首要解决的难题。

胡新泉想到一个人，兴科龙主管财务的黄卫东。

听完胡新泉的讲述后，黄卫东微笑着递给他一杯茶，然后平静地说："胡厂长，你这个问题，我先不回答你。我先问你一个问题，你有没有想过把兴州市电力机械制造厂收购了？"

也许是杯子太烫，胡新泉手没接住那个茶杯。茶杯摔得粉碎，里面的茶水也洒出来，有些溅到胡新泉的身上，烫得他忍不住轻叫一声。

"哈哈，不用紧张。"黄卫东又递一杯茶给他，胡新泉接到手里，却发现这和刚才一模一样的茶，并不是那么烫手。

收购兴州市电力机械制造厂，胡新泉真是从来没想过，这种念头甚至都从来没有过。

黄卫东说："我已经了解兴州市电力机械制造厂在你搞租赁承包后，效益是不错的。但这种效益，是和承包任务挂钩的。在这种时候，你需要钱，只能往上申请，但以你们厂子的情况，基本上不可能。你要走的方向，不是那么简单一笔两笔钱能够支持起来的，你现在需要的是融资，但以兴州市电力机械制造厂目前的情况，外界的资金是不好进入的。现在的问题其实简单，你只要把厂子收购下来，那么我们兴科龙都能给你投资。"

这个从未有过的念头，自从黄卫东提过后，"收购厂子"就在胡新泉的脑海里萦绕不散。他先找陈婷咨询，陈婷不仅给他分析了一遍这件事的可行性，甚至还举出已经有的案例给他听，最后更是直言不讳："我赞成你收购厂子，给你这个建议的人，很了解目前的市场情况，电力设备是非常有潜质的一个行业，但是目前大多数厂子受管理者管理思维和资金的限制，要么是在高低中压领域拼价格厮杀，要么就是沦为国外一些超高压设备厂商的代工厂、组装厂。现在很缺乏这种想要走自己专利路线的厂子，你要是收购成功，我也可以给你拉几笔资金注入。"

和陈婷一番谈话后，胡新泉把这个大胆的念头转变为一个准备实行的想法。找到一个机会，他单独和赵明诚谈了这件事。

没想到一贯支持他的老书记，顿时勃然大怒："新泉，你怎么能有这样的想法？收购厂子！你这是想干什么，想当工厂主！想当资本家！"

胡新泉和他详细地解释了一遍，关于走技术方向，关于资金来源，关于电力行业的未来。

赵明诚则根本听不进去，气愤地直接指着胡新泉的鼻子说："胡新泉，我劝你趁早打消这个想法，我支持你搞租赁承包，支持你走技术路线，是希望你把这个厂子搞好，是为了国家，为了工人，不是为了你自己！"

这种从来没有过的反对，让胡新泉苦恼不已，他找到陈苍建商量。

陈苍建反而来了兴趣："新泉，你其实死板了一些，咱们为什么一定要收购这个厂子，咱们完全可以重新搞一家厂子啊，你看那些电力设备厂，多红火！他们有你我这样的技术吗？我们要搞一个，肯定大大超过他们！"

胡新泉被陈苍建的提议更是震惊得几乎说不出话来，他再怎么想，也是为了厂子好，没想到陈苍建倒干脆，直接就想着另起炉灶。

赵明诚和陈苍建两人的反应，让胡新泉暂时放下收购厂子的念头。

在没有想出明确开源办法前，胡新泉决定先从节流着手，先把厂里原材料的采购成本降下来。他去找经贸局的宋显林，说出他的想法后，宋显林表示支持。宋显林考虑一番后，决定以政府牵线介绍的方式，为胡新泉采购原材料拿到最优惠的价格。为此，宋显林不仅专门开介绍信，还亲自陪胡新泉到各个跟经贸局对接过的厂子。胡新泉在这些厂子进行采购时候，发现其中好些厂子都已经被收购了，他于是大着胆子和宋显林说了他的想法。本以为也会遭到宋显林的强烈反对，没想到宋显林听后，哈哈一笑："胡厂长，你不和我提这个事，其实我们都准备通过机电工业局组织正式会谈和你说的，你不用有这样的芥蒂，走技术这个方向，我很看好；收购厂子这种方式，在现行的市场趋势下，是可行，并且有必要的。"

宋显林专门带上胡新泉到南方苏省去，直接让胡新泉和两家被收购后经营状况很好的电磁线厂和套管厂负责人进行会谈。

两位现在负责的厂长都说了各自的情况，在收购前，同样都面临胡新泉现在面临的问题，外来资本引入困难，扩产扩能都不能落到实处，导致市场竞争力下滑，阶段性的濒临破产危机始终存在。收购之后，大量的资本进入，直接提升企业市场竞争力的同时，也更加重视核心竞争力技术的提升。

其中套管厂厂长的一番话，让胡新泉如醍醐灌顶一般：市场的趋势是越来越开放，在现有的情况下，我们还只是和国内的同行竞争，未来我们要面对的是国外同行业的竞争，到那个时候，如果我们还是一艘艘的小渔船去和航母硬碰硬，是没有任何胜算可言的。现在我们还有时间成长，就要把握一切对成长最为有利的因素发展，尽可能地提升技术实力，等到那个时候，才有对抗的可能。

充分了解这些后，胡新泉心中哽着的东西渐渐被打消，他把这些都整理出来，准备回去后好好和赵明诚解释。

有了这些东西，胡新泉相信，赵明诚肯定不会再那样剧烈反对。

宋显林也表示会帮助胡新泉一起把这个事讲清楚。

完成采购后，胡新泉和宋显林回兴州，刚下火车就见来接他们的陈苍建等人神情奇怪。

胡新泉问陈苍建发生了什么事，陈苍建扭过头去，没有说话，问其他人，也都不说话。

直到出站，陈苍建才哇的一声哭出来："新泉，厂子被烧了！"

"什么？"胡新泉惊得一下站起来。

到厂门口，一下车，胡新泉就闻到一股呛人的焦糊味。

走进大门，进门处的那面墙壁也变得黑漆漆的，已经看不清上面那些用水泥浇筑固定死的玻璃盒。

"设备做电压测试，线路起火后，工人下班没仔细检查，半夜时候，整个车间都被点燃，后面又起风，火势蔓延，把整个厂区大部分都点燃了。"

看着被烧焦的厂区，胡新泉心里剧疼，他更担心的是赵明诚，连忙问："赵书记呢？赵书记怎么样了？"

"赵书记是第一个赶到厂里救火的，我到的时候，他的衣服都烧烂了，眉毛胡子头发都被燎掉，抢出好些材料后，他又带着大家去把变压器油桶往外滚，避免更大的火势。其中有一桶漏了，他整个人都被烧伤了，现在正在医院抢救……"陈苍建说完，就哭泣起来。

胡新泉疯了一般地朝着医院跑去，宋显林赶紧拦住他，一把将他抱住："车！车！坐车去！"

在车上，胡新泉的泪水就忍不住了。

宋显林不住劝他："不会有事的，很快就到了。"

赶到赵明诚的病房，看到浑身都裹满绷带的老书记，胡新泉一下就跪在地上，他用膝盖挪动着到了床边，痛哭不已。

赵明诚哆嗦着移动手，放到他的头顶上，轻轻滑动，虚弱地说："新泉哪，我这是犯了错啊，没有管好厂子，你该怪我的，怎么走的时候好好的，回来厂子就被烧了……"

"赵书记，我不怪你，也没有人会怪你，你一定要好起来。"胡新泉难过地回答他。

赵明诚无力地喘着气："是的呀，我得好起来，还要一砖一瓦地建厂子呢，不容易啊，那冬天的土挖起来，就和石头一样硬。"

"是的，你一定会好起来。"

机电工业局的乔局长和市里一些人赶过来，就见到胡新泉跪在病床边，赵明诚的声音越来越弱，整个病房里外都挤满了人。

这么多人，却很安静，每个人的眼眶都是红的，都含着泪水。

赵明诚已经很细微的声音，却显得那么清晰："怎么那么黑啊，新泉，是不是停电了。"

现在是白天，病房里的窗户把外面的阳光都透进来，显得格外明亮。

但胡新泉还是摸到开关，把灯开了。

"可不能停电啊，"赵明诚虚弱地说，"停电了，就一片黑暗，得照亮它……"

病房里的灯煞白煞白地亮着，一阵抽泣声响起来。

胡新泉感到眼前也暗下来，拆下自己的肋骨做成火把照亮黑暗的人，就那么去了，如同一颗星消逝了。

对兴州市电力机械制造厂的收购，有两份方案。

其中一份是兴岗住宅开发公司的房地产开发方案，一份是重建方案。

乔子龙局长为此专门问胡新泉："厂子已经成那样了，你确定还要收购重建？"

胡新泉肯定地回答："是的，我就要收购重建，兴州市电力机械制造厂会永远在那里，在那个地方。"

等待批复结果时，胡新泉焦急地在已经接近于废墟的厂区踱步，那一面耀眼的勋章墙，覆满黑灰，胡新泉想找一块布把它擦拭干净，但找了一圈也没有，他就把身上的衣服脱了，放到旁边的一洼水里浸透，拧干，然后去擦那墙。

"没用的，擦不干净了，"陈苍建走到胡新泉身边，伸手抠了一下，"看，不只是表面有黑灰，里面都烧结住了。"

胡新泉继续擦："擦了肯定会好一些。"

陈苍建叹口气，站在那看一会，在周围找一圈，没找到什么可以擦拭的东西，他看了看身上的衣服，纠结了一下，就把外套先脱了，再脱下里面穿的一件"优秀工人"背心，然后过去跟着胡新泉一起擦。

陈苍建说："新泉，我已经和厂里办了买断工龄，我决定离开这里了。"

胡新泉头也不抬地回应："我知道，我签字了。"

"我不是逃兵，你知道的，"陈苍建强调，"原来多难啊，我也是毫不犹豫地跟你留下来的。"

"对，你不是逃兵，"胡新泉起身拧了拧手里已经黑乎乎的衣服，继续擦拭，"你接下来什么打算？"

陈苍建手里的衣服没拿稳，一下掉到地上，他捡起来，回答："新泉，我也不瞒你，首都科学院电力设备研究所的一个专家，前段时间来咱们厂参观过，我接待他的时候，和他谈了一些关于超高压电力设备组装的情况，他很感兴趣。回去他就拉到几笔投资，让我和他一起干，走组装的设备生产思路。

"不错，这也是你一直以来的想法。"

"对，新泉，咱们现在其实真的没有必要搞技术研发，那个投入太大，一定会错过当前的市场潮流。"

"苍建，我还是以前的看法，生产技术要是不掌握在自己手中，以后别人要是不供给组配件了，就会出事的。"

陈苍建连连摇头："新泉，我也还是之前和你说的，难道别人生产出组配件，不是为了销售？你这种逻辑，不是市场逻辑，只是片面的立场逻辑。"

胡新泉平静地问："我不是立场逻辑，我只是提醒，那要是生产组配件的地方不再生产了，不再供应，你该怎么办？"

陈苍建笑起来："你这就是抬杠了，给我们供应组配件的，是苏联的国有企业，我们和他们已经签了长期合作协议，只要老大哥还在，他们就会生产，就会供应给我们。"

"那要是不在了呢？"

"什么不在了？"

"老大哥。"

陈苍建更加大声地笑起来："新泉，你让我想到了一个词，杞人忧天。"

胡新泉仔细地擦拭了一遍，墙上嵌入的那些玻璃盒子仍旧黑黝黝的，阳光很刺眼，但看不清里面是什么。

对于陈苍建的大笑，他没有在意，只轻轻地说了一句："爹有娘有不如自己有，技术一定要掌握在自己手中，不然都是靠不住的。"

机电工业局最终批复重建方案，胡新泉收购兴州市电力机械制造厂，黄卫东不仅注资，还将兴科龙下属企业兴科龙电气修造厂和兴州市电力机械制造厂进行合并，成立兴变电工股份有限公司，简称兴变电工。

陈苍建则几乎是同步成立首都科学院电力设备研究所兴州超高压技术发展有限公司，后改为联思电工，主要产品思路是引入苏联超高压电力设备组配件，在国内进行系统性优化后整装销售。

联思电工所生产的超高压设备，很好地填补了国内超高压电力设备的空白，一度占据市场的主要地位。

兴变电工获得资本注入后，成立超高压研发部，专攻超高压领域的装备制造，取得±500kV的自主研发专利技术。这对于势头正劲的联思电工，是当头棒喝一样的打击，为了防止兴变电工进行市场拓展，陈苍建制定了一系列对应措施，但甚至都等不到兴变电工做出应对，一条让全世界震惊的消息直接给正如日中天的联思电工判了死刑。苏联解体了，联思电工全部的上游组配件供应链，因合同里的"不可抗力因素"荡然无存。联思电工，昙花一现地成为时代的陪葬品。

为实现更远距离的电力传输，胡新泉想要启动1000kV特高压电力装备研发项目，但那需要更加强大的技术力量补充和资本。

黄卫东对此很不理解："现在的超高压技术已经能够带来很好的利益回报，为什么还要搞特高压？"

胡新泉把一张全国地图摆到他的面前，在其中画了横竖两条线："我们现在的技术能力，生产出来的电力设备，可以很好地实现竖向线路的电力输送。但横向的电力输送会更加有潜力，因为大量的电能产出往往在西部，从西部往东部送电，肯定是未来的一个大趋势。我们生产的心脏要是不够强，那之后等到有更好的心脏进来，衰弱的心脏和不顺畅的血管，都会被替换掉。"

黄卫东认可胡新泉的分析，要想提升更强的技术力量，只能通过并购的方式来实现。

国内最大的电力设备制造厂之一盛阳变压器厂，正濒临破产，目前已经选定三家国外企业进行收购的工作。

盛阳变压器厂在规模上属于国内头部的电力设备制造企业，濒临破产后，国内已经找不到能与之实力相当的企业收购，只能考虑国外世界级的电力企业。

知道这个讯息后，胡新泉当即前往盛阳，但多次接洽后，像兴变电工这样的实力，连入围的资格都没有。

眼看着这个天大的机会就要从眼前溜走，胡新泉苦恼无计，陈婷给他打来电话，帮他引荐了一个人。见到那个人后，胡新泉格外震惊。

那人和胡新泉见面后，只说了一句话："你有半小时的时间。"

前几分钟，胡新泉大脑一片空白，几乎无法说话，他让自己保持镇定后，先简单把兴变电工的情况介绍了一下，然后就简明扼要地谈了他的选择，以及董青金和赵明诚两个人对他的影响和寄托。他还提到了不久前的国际电力装备展，在那个面向全世界电力行业的展会上，一些涉及超高压特高压的展厅，对其他国家都开放，唯独不对中国开放。一些国际电力龙头企业，邀请厂商们去参观他们的特高压试验场，却单单将中国人拒之门外。那种屈辱感强烈刺激着胡新泉，他说到这里的时候，忍不住眼圈发红。

最后，胡新泉说："我想搞好厂子，我想搞成特高压。为了我和您提到的这两个老同志，也为了我自己。"

那人没有答应他什么，只给他说了这样一句话："从现在开始，你还剩下十年时间。"

兴变电工获得和三家世界级电力设备制造企业一起竞争收购盛阳变压器厂的机会，最终出乎所有人的意料，兴变电工成功收购盛阳变压器厂，在此基础上成立兴变电工集团，并于同年成立特高压电力装备研发部。

同步进行的是将原来盛阳变压器厂研发部门的一大批技术骨干和专家，甚至包括一些已经退休的高工，都全部调到兴州，这样做的目的，是为聚合力量攻关特高压核心的技术隘口。但对于这种跨越几千里的人员大迁移，很多人是不满的，举报信雪片一般飞向主管部门。胡新泉不得不一次次进行解释，挨家挨户地做工作。其实，兴变电工收购盛阳变压器厂，完全是一次虾米吞鲸鱼式的收购，很多人对此是非常不满的，现在一有由头，大家全都拥了上来，舆论一片哗然。

资本家、买办……各种反面的帽子一顶顶地扣到胡新泉头上，一轮又一轮来自各方面的审查、调查、问话、约谈，让他痛苦不已，胡新泉一遍一遍地在心底问自己，现在做的这些事情，到底值不值。站在办公室窗边，看到一个厂里的工人，正推着自行车往外走，到厂门边后，接上等门口的一个女人和一个小孩，一车三人就那么离开。

如果当初自己选择去化肥厂，而不是留下来，他一定也会过上这样平静安稳的日子。

想着，想着，有什么东西似乎吸引着他，胡新泉心里涌起一种冲动，从这窗户跳下去，困扰自己的所有问题，都不复存在了。一步步靠近窗口，拉开窗户，外面一下涌进来一股让人清爽的风，让他感觉格外舒服。

在胡新泉半个身子都伸到窗外时，办公室门发出一声巨响，一个人影冲进来，一把将他拽住。

"胡厂长，你干什么？"一声喝喊，让胡新泉清醒过来，他看清来人，是陈婷。

胡新泉苦涩地问："你怎么来了？"

陈婷把他拉到一边，关切地说："我专门来找你的，看到你办公室门开着，问了旁边的人，都说你在，但我敲好一会门，也没人开，你这是要干什么？"

"你敲门了？我没听见啊……"胡新泉脑子里混乱不堪，他刚才确实没听到什么声音。

陈婷一把抱住他，探手去把窗户关上。

外面的冷气不再涌进来，胡新泉感到暖和，这才发现抱着陈婷，他很有些手足无措，只能僵硬地站着。

"你刚才想干什么？"陈婷担心地问。

"不知道，"胡新泉摇摇头，只是喃喃自语一般地说，"空气很新鲜啊，我不知道我现在做的这些，到底是不是对的。"

陈婷双手在他背上轻轻地拍着："我已经知道你的遭遇，所以专门赶来看你。你不要这样想，也不应该这样想。"

胡新泉叹一口气，苦笑着："那我该怎么想？自讨苦吃，自作自受？又或者是罪有应得？"

陈婷摇头，她往后退出一步，双手按住胡新泉的胳膊，一字一顿地说："只有对民族、对人民高度的责任感和为人类争取更美好未来的使命感，才能让你面对现在这样的情况。你不要忘记之前那么艰苦的条件，都挺过来了。"

"事不经过不知难，"胡新泉依旧很沮丧，"如果当时我不留下，而是去做一个普通的技术员，现在生活会是怎样安稳和与世无争。你知道吗，我本不至于此。"

"你现在是后悔了吗？"陈婷问。

胡新泉没有回答。

陈婷说："你不应该后悔，事情都是这样发展的，现在这个厂，你这个人，还有许许多多的人，都是这样走过来的。倘若走到这里就后悔，那么在这之前所做的所有事情，都会变得没有价值。那么多为此付出精力，付出时间，甚至是生命的人，都是徒劳无功。"

胡新泉想到了自己做出的抉择，想到那时接到调令去拜访董青金的情形，还想到了许许多多事，许许多多人。

眼睛有些不争气地涌出泪来，他自己都不知道，自己竟然有这样脆弱的一面，于是他哭起来，但顾忌陈婷就在身前，他压制着，挤出一个并不那么好看的笑，指着窗户说："一定要让人在这加一个护栏，咱们厂的景致实在太好，我肯定早晚要从这融了进去，变成厂景的一部分。"

看着胡新泉的情绪恢复，陈婷稍微放松，她郑重地说："胡厂长，新泉同志，你一定要坚强一些。一定要相信，好时代到来了，现在再多的艰难和痛苦，都承受下来吧，做好所能做好的一切准备，待时守机。"

陈婷的话，让胡新泉大感振奋："实在没想到，你能说出这样厉害的话来。"

"这不是我说的，"陈婷双眼看着胡新泉，"这是我父亲的恩师说的，从我现在的了解来看，我认为是非常对的。为什么？因为我看到了你。"

精神平复过来的胡新泉，才意识到自己和陈婷的近距离，触电般往后退出几步，没想到陈婷竟然紧跟过来。

胡新泉呼吸都变得急促，他结结巴巴地挤出一些话来："并购盛阳，真是多亏了你，我想着要感谢你的……"

"只是想着，不实际行动？"陈婷停下脚步，伸手把额前一缕垂下的头发挽起，平静地说，"带我随便走走吧。"

胡新泉恢复理智后，有些手足无措。

两人出了厂，一前一后地走着，这个季节的天气，不冷不热。

灞河边的柳树垂下，一条条枝丫伸到清澈的河水里，随风而动，一点点的涟漪就从柳枝尖扩散出去。

两人一直没有说话，就这么走着，有些憋闷，胡新泉想到一个玩意儿，就从旁边的土里挖出条肥蚯蚓，再找到一条伸进水里一段的柳枝，把前段的柳树叶子去掉，蚯蚓穿上去。

穿上蚯蚓的柳条，随风和之前一样在河水里一点一点，不一会，下面就聚集上一群鱼来。

陈婷看得新奇，眼睛眨巴着，脸上露出些笑意。

胡新泉从旁边找了一条棍子，挨近过去，陈婷不解地问："你要干什么？"

"敲鱼。"胡新泉和她解释，之前厂里情况不好，有挨饿的时候，厂里的工人就会到灞河边来这样抓鱼，只要用棍子猛地砸柳树下的水面，底下聚拢过来的鱼就会被敲晕，翻上水来。

陈婷止住他："我们就这样看看。"

胡新泉挠挠头，嘴里自嘲："也是挨饿养成的习惯，看到什么，就想着该怎么吃到嘴里。"

陈婷盯着他："看到我，你也想吃？"

胡新泉脸一下涨红："人怎么能吃……"嘴里嘟囔几下，赶紧转换话题打破尴尬："可惜现在天气暖和，等到天气冷后，我到这河滩可以给你找样好吃的，保管你不但没吃过，肯定连听都没听过。"

接着，胡新泉就把罗白桦和他在河滩上吃肉果子的事和陈婷说了一遍。

陈婷正蹲在河边，摘下一些柳树叶，扔到河里逗弄那些聚拢过来的鱼，听到关于肉果子的事后，浑身一颤，直接站起身来。

"很吃惊吧，确实有些残忍，不过味道真的不错，"胡新泉四下看了看，发现一丛野芥菜，他摘下几朵开出的小黄花，拢成一束，递给陈婷，"就是这个结出的籽，磨成粉后和盐拌在一起，直接蘸了就可以吃。"

陈婷接过那一束小黄花，一下下把花瓣扯掉，似乎在做什么决定，扯掉最后一片花瓣后，她看向胡新泉："那个带你吃肉果子的人在哪，我想见见他。"

胡新泉微微一愣，他从陈婷不同寻常的神情，隐隐感觉到什么，难道罗白桦就是她之前想要找的人。

感受到陈婷的严肃，胡新泉立即一边往厂子的方向去，一边说："你等一下，我这就把他叫来。"

要说随着兴变电工的发展，谁最受益，那个人肯定是罗白桦。他那一开始搭起来的简易房，后来变成砖瓦房，再后来直接弄成楼房，就处在兴变电工厂子前面，餐饮住宿洗浴娱乐一条龙，完全成了一个功能十分齐全的娱乐城。

找到罗白桦的时候，他正在招呼几个人搬货，一见胡新泉，就笑眯眯地迎上来："哎呀，胡厂长，可是难得见的人啊。来得刚刚好，刚宰的羊，肉嫩嫩的，就给你炖上；从我酒厂自家出的兴州特，一口肉嘛一口酒嘛，整起，整起。"

胡新泉走得急，喘一口气说："有个人要见见你。"

罗白桦嘀咕："见见我？见我干啥，谁啊？还要你来说，我又批不了条子……"

"陈婷。"胡新泉说出名字，罗白桦也没什么印象，他就连比带画地好一番说，罗白桦才搞明白是之前和他扯打过的那个女人。

罗白桦连连拒绝："不去，不去！那个女的，凶得很。怎么，事情都过去那么久了，还想找我麻烦？"

胡新泉好说歹说，罗白桦就是不去，自己也说不清两人到底什么关系，突然想到什么，胡新泉赶紧在身上摸了一遍，掏出那个用丝巾包着的套娃，递给罗白桦。

罗白桦明显一愣，接过去仔细翻看，手就颤抖起来："这个你是从哪来的？"

"她给我的。"

"她在哪？"

"灞河边，就是之前你弄肉果子吃的那个河滩。"

胡新泉才说到"灞河边"三个字，罗白桦已经跑出去，也不知道他有没有听清后面的。他赶紧跟上去，刚到厂门口，却见好几个人也往灞河边跑，一看到胡新泉，就焦急地和他喊："胡厂长！陈苍建跳河了！"

跟着几个人到了灞河边，先看到一辆歪歪斜斜停着的虎头奔，已经有几条清理河道的船在一处河湾打捞。

陈苍建是从前面百十米处一个湍急的河湾跳进灞河的，这么长时间没见踪影，生还的可能性极小。

胡新泉不管那么多，一人撑着一条船就进到灞河里。

这个季节的灞河，柳叶子都泛黄了，上面全是密密麻麻的小点子，芦苇的叶子全变得干黄，稍微一碰到，干蓬蓬的芦花就飘飞起来。

很快赶上那几条打捞的船，胡新泉焦急地问："找到了吗？"

大家都摇摇头。

河面泛起一些细浪，放眼看去，没有什么漂浮物。

一个很有经验的船工说："都这么长时间了，按理说应该浮起来的，现在影子也见不到,应该是沉底被东西裹住了,那可麻烦。"

胡新泉不信,撑开船继续寻,逆流而上,仔仔细细,每一处都瞪大了眼睛看,还是没有。

船往上,过了平缓的河段,都快要到陈苍建跳下去的河湾。

周围的柳树开始变少,芦苇变得多起来,密密匝匝的,河道收窄,水逐渐变急,一股子风从上往下不停吹,胡新泉的撑篙一个不注意,碰到旁边的芦苇丛,顿时一大蓬芦花扬起来。

纷纷扬扬的,和下了一场雪一样。

胡新泉眯着眼拨开,就看到一个身影从旁边芦苇隔着的河岸往前跑,从背影他认出那人,是罗维卡。

她怎么到这来了?是来找陈苍建的吗?

胡新泉想开口喊她,就听到旁边一阵呜呜咽咽的哭泣声,顺着声音看过去,就见不远处浓密的芦苇下,陈苍建浑身颤抖着缩成一团。

把船撑过去,胡新泉扔出绑了救生胎的绳子,陈苍建一把拨开,口里哆哆嗦嗦地喊:"你别管我,让我死!让我死!"

"那你松开手!"胡新泉撑船靠过去,一竿子拍过去。

"呜呜……"陈苍建死死抱住芦苇哭泣,侧头要躲开竿子,但竿子拍落的地方,离他很远,只有打起的水花溅到他苍白的脸上。

陈苍建发一个狠,猛地一下松开手,人被水流一冲,顿时漂出一段,他马上想要再抱住芦苇,扯断几棵后,就直接沉到水里。

胡新泉一跃跳到水里,见到陈苍建在不远处扑腾,他没有直接游过去救人,而是绕游到陈苍建身后,猛地一下伸手从他肋下把他抱住,然后踩水回游到船边,再一转身,让陈苍建挨到船边。

已经有些神志不清的陈苍建,立即紧紧地扒住船舷,胡新泉松开手,迅速翻上船去,趴在船上,用脚钩住船横板,再用双手把陈苍建扯上船去。

陈苍建躺在船上,双眼睁着,嘴唇毫无血色,整张脸煞白煞白的,嘴里吐水,模模糊糊地说着:"我不想死,我要活,我要活,救救我,救救我……"

胡新泉安抚他,陈苍建死死地抱住他。

看他的精神状态,胡新泉有些担心,必须尽快送他去医院。

环顾四周，船顺流漂到一处河湾，隔着芦苇不远的河滩上，有一个人影，是陈婷。她手里捏着一把芦花，不断掐弄着，胡新泉刚要开口喊她，就见一个人从远处跑过来。那人跑得很快，快要到近前的时候，被什么绊倒，狠狠摔了一跤，起来后，踉跄着走到陈婷身前，是罗白桦。

胡新泉已经张开一半的嘴就又合上。

罗白桦喘着气，举起手中的那个小套娃，结结巴巴地问："这……这是你……"

"我是陈莉莉的女儿。"陈婷很平静，她仔细打量着眼前的这个男人，之前虽然和他厮打过，当时她怎么也不会想到，这就是自己要找的人。

"你……你好。可以告诉我，陈莉莉在哪吗？"罗白桦关切地问，眼中满是期盼，"我这些年一直在找她。"

陈婷回答："你不用再找了，三天前，她已经过世了。"

"啊！"罗白桦往后退出好几步，好像被一柄重锤砸中胸口，他痛苦地说，"都是我的错，都是我的错，她永不可能再原谅我了……"

"我还要告诉你一件事，"接着，陈婷说出一个时间，然后用一个极为冰冷的声音说，"这是我的生日。"

罗白桦愣了一下，他掰起指头一算，极不敢相信地看向陈婷："你……你……这……这……"

"是的。她离开的时候，已经怀上我了，"陈婷站在那，手里的芦花撒落，飘飞得她周身都是，她说，"我不会原谅你。"

罗白桦抽泣着，身体瘫软下去，就那么跪倒在河滩上。

身后响起哗哗的拨水声，一条船开过来，嘭一下撞到胡新泉的船，胡新泉回头一看，是船工驾船过来。从船头跳过来一个人，是罗维卡，她靠过来，看着浑身湿漉漉的胡新泉和陈苍建，嘴里打趣："要找陈苍建，还是得胡厂长，看，两人抱得可紧。"

船上又有人过来，把陈苍建接过去。

胡新泉朝芦苇隔着的河滩看，罗维卡也看，看到陈婷后，她顿时有些气恼，呛声朝胡新泉问："原来你不是来找陈苍建，是来找她的。"

胡新泉示意罗维卡住声。

罗维卡摇摇头："今天就说清楚了吧，我，还是她？"

船工们驾船带着陈苍建离开，罗维卡拉着胡新泉直接跳到河里，清澈的水齐腰，她没有在意，就那么涉水朝河滩走过去。

河湾的芦苇丛很密，走出不多远，就挨到芦苇边上，罗维卡和胡新泉踩上去，已经枯干的芦苇被踩得噼啪作响，芦花漫天飞。

几只躲在里面的野鸟，被惊得蹿出来，在河面蹬水跑远一段，踩开一串涟漪，扑腾着飞到对岸去。

"哎，那女人，就在这掰扯个明白吧！"罗维卡朝陈婷喊，胡新泉完全拉不住她。

刚一上到河滩，罗维卡看清跪在地上的人，眼睛瞪得大大的："爸，你这是在干什么？"

一股风从河面吹到河滩上。

胡新泉看看陈婷，又看看罗维卡，再看看罗白桦，一时不知道该说些什么，该做些什么。

几年后，世界首条商业运营特高压输电工程投产运行。

红色的电话机响起，秘书接起。

胡新泉报出一串数字，很快，就听到一个宽厚的声音在那头响起："胡新泉同志，接你这个电话前，我查了一下记录，你和我的约定时间还没有到。"

胡新泉站得笔直，语气因敬重而微微颤抖地说："报告首长，±1000kV特高压输变电已经完工验收，其中一条线输的电已接入天安门供电系统，请指示！"

"不错，提前完成任务。没有辜负我们的期望，也没有辜负我对你的信任。谢谢你，谢谢你们厂，谢谢过去、现在以及将来，为这个国家的发展做出努力和奉献的工人同志们。接下来，我会和你一起看那电点亮天安门。"

电话挂断，不一会，一个微信好友申请过来，头像是桃心状的一片红，左上角是金灿灿的五颗星。

胡新泉通过。

对方发起视频，胡新泉接受。

视频那边，正正地对着天安门城楼。

那里，灯光璀璨。

胡新泉看着传送过来的天安门画面，并没有灯熄灭再亮。

天安门有不止一条供电系统，也有不止一套照明系统，用以确保无论何种情况下，天安门都始终被点亮。

编号为第九号的供电系统接入从兴州±1000kV变电站输出的电，现在点亮天安门城楼的，是兴变电工自主研发的特高压设备里输出的电。

他把手机放到董师傅、赵明诚的照片前，眼中默默地淌下泪，嘴角颤抖着的，是笑。

（全稿完）